S F・シリーズ

5051

# 人《ひと》之《の》彼《ひ》岸《がん》

MIRROR OF MAN
THOUGHTS AND STORIES
ABOUT AI

BY

HAO JINGFANG

郝 景芳《ハオ・ジンファン》

立原透耶・浅田雅美訳

TOKYO
HAYAKAWA
BOOKS

A HAYAKAWA
SCIENCE FICTION SERIES

MIRROR OF MAN（人之彼岸）
Thoughts and Stories About AI
by
*HAO JINGFANG*（郝景芳）

Translated by
*TOYA TACHIHARA and MASAMI ASADA*
First published 2021 in Japan by
HAYAKAWA PUBLISHING, INC.
This book is published in Japan by
arrangement with
FANGJING CULTURE STUDIO (BEIJING) LTD.
c/o ANDREW NURNBERG ASSOCIATES LTD.
through TUTTLE-MORI AGENCY, INC., TOKYO.

カバーデザイン　川名 潤

目次

# 人《ひと》之《の》彼《ひ》岸《がん》

# スーパー人工知能まであとどのくらい

离超级人工智能到来还有多远

浅田雅美 訳

本書のプロローグとして、皆さんが気にかけているいくつかの問題について論じてみたいと思う。

「人工知能《AI》はあらゆる面で人間を凌駕するのだろうか？」

「人工知能は人間を愛するのだろうか？」

「人工知能は人間を滅ぼすのだろうか？」

……

最近こういう問題が非常に注目を集め、その道の大家はメディアで、野次馬はネットコミュニティで議論を繰り広げている。

このブームに乗り、人工知能の将来の姿について私も少し論じてみよう。はるか遠くの未来、人工知能は人間に似た姿になるのだろうか？『ウエストワールド』や『エクス・マキナ』のように覚醒するのだろうか？『ターミネーター』や『マトリックス』のように人間に対抗するのだろうか？未来の人工知能はどのような振る舞いをするのだろうか？スーパー人工知能は実現するのだろうか？スーパー人工知能の登場まであとどれくらいなのだろうか？

このような問題は非常に興味深いが、壮大すぎて議論が空論に陥りやすい。

支持者が「人工知能は世界をより素晴らしくする」と言えば、懐疑論者は「人工知能はいともたやすく人間を滅亡に追いこむだろう」と言う。

人文学者が「人工知能にとって愛するという行為は永遠にありえないだろう」と言えば、技術者は「人工知能はヒューマンインテリジェンスのすべてを成し遂げるだろう」と言う。

これらはいずれも専門家の意見だが、話が漠然としすぎている。誰の意見を信じればいいのだろうか？　誰の意見に対して反論すべきなのだろうか？

概念上の問題があまりにも多すぎ、巨視的すぎて討論しようがない。

どこから話を始めるべきだろうか？

やはり小さなところから、「アルファ碁（Alpha Go）」の話から始めるとしよう。

アルファ碁はこの人工知能ブームの火付け役であり、人工知能の潮流の中で最も典型的なテクノロジーの集積だ。アルファ碁の勝利は人工知能全体の希望であり、その課題はあらゆる人工知能にとってのボトルネックとなる。

まずはアルファ碁のすごさについて話してから、現在それが直面している課題について説明しようと思う。その上で人工知能全体の発展見通しについて概観していこう。

スーパー人工知能が登場するまであとどれくらいなのか、アルファ碁を通して未来を展望したいと思う。私たちを滅ぼそうとしている悪の人工知能について論じるとしても、その生成過程について真剣に向き合わねばならない。象を冷蔵庫にいれるためには三つのステップが必要だ。冷蔵庫のありかさえ見つけられないのに、象を凍らせて作ったアイスキャンデーの話をするなんて、いささか早すぎるきらいがある。

アルファ碁はスーパー人工知能に成長するのだろうか？

## アルファ碁のすごさ

アルファ碁から話を始めよう。おそらく多くの人がアルファ碁の重要性を理解していないのではないだろうか。碁を打つだけなのに、どうしてこんなにセンセーショナルに議論されるのかと。

アルファ碁のすごさは、囲碁のチャンピオンに勝利した点にあるのではない。

囲碁のチャンピオンに対し勝利を収めたのはもちろんすごいが、最も重要なのはそのことではない。囲碁は紛れもなく知力を必要とするゲーム——おそらくは人間が最も知能を必要とする高等なゲーム——だが、囲碁のチャンピオンになっただけなら、世界規模でこんな大ブームは起こらなかっただろう。アルファ碁のすごさは、囲碁のチャンピオンの座を獲得しただけにとどまらない。

これまでの歴史の中でも、スーパーコンピュータのディープ・ブルーがチェス世界チャンピオンのガルリ・カスパロフを、スーパーコンピュータのワトソン（Watson）がクイズ王を打ち負かすなど、機械の人間に対する勝利に世間は揺るがされてきた。当時「機械が人間を支配しようとしている」と驚きの声もあがったが、何年もたたないうちに、そんな声はほぼ消え失せてしまった。だから野次馬たちは、今回は何が違うのか、またしても「狼が来た」的な茶番じゃないのか、と尋ねてしまうのだ。

事実、アルファ碁に代表される新時代の人工知能は、間違いなくこれまでとは少し違うのだ。

アルファ碁のすごさは、自《みずか》ら高速学習が可能なところにある。

機械には大きく分けて二種類ある。一つは人間が考え出した方法や学問を機械に教えることで、機械もそれをマスターするもの、もう一つは原始データを機械に与え、機械自ら熟考し、自分でふさわしい方法を導き出すものだ。師匠が「まず油を入れ、次に肉を入れ、最後に野菜を入れる」と説明し、弟子がそれに従いおいしい料理を作るのが前者なら、師匠から山盛りの材料を与えられた弟子が自らいろいろと試行錯誤し、最終的によりおいしい料理を編み出すのが後者だ。

以前のコンピュータは大半が前者だったが、アルファ碁に代表される新時代の人工知能は、後者をほぼ実現させることができる。

弟子として師匠に従うだけなら、師匠の手法をマスターすることしかできず、てきぱきと仕事ができたとしても、恐れるほどではない。しかし自ら腕前を磨いて師匠以上の腕前になり、師匠にも理解不能な手法を編み出したとしたら、なんとも恐るべきことではないだろうか。

アルファ碁はまさにこれだ。アルファ碁は碁の打ち方を教えなくても、過去の棋譜データを与えて自ら観察させれば、観察終了後に自己対局をおこない、そして名人との勝負に登場する。最終的に、アルファ碁は囲碁をマスターするだけでなく、その打ち方も人間の碁の達人のそれとは異なってくるが、人間は勝つことができない。まるで誰も来訪者がいない人里離れた山野に一人で置き去りにされ、山を下りた時には世に比類を見ない達人となっているようなものだ。

恐ろしいとは思わないだろうか？

少し恐ろしく感じるかもしれないが、この学習能力により別のこともできるのだろうか？　もし碁を打つことしかできないのなら、恐れるほどのものではない。答えは、完全に可能だ。これがまさしく重要なポイントだ。こんなに多くの人々がこの人工知能ブームを追いかけるのは、アルファ碁が頼りとしている学習アルゴリズムが、他にも多くの事柄をやってのけると気がついたからだ。

囲碁はただの最初の例にすぎない。同様のアルゴリズムを用い、少し改良を加えれば、金融・投資、契約書チェック、販売戦略策定、ニュース執筆などができるようになる。わずか数年の間に、すでにあらゆる分野の人工知能が誕生しているのだ。

どんなアルゴリズムなのだろう、こんな不思議な力を持つのは。

アルファ碁は一体どのようにセルフラーニングをやってのけるのだろうか？

実際のところ、機械学習はさして新しい概念ではない。数十年前から、人間は機械自身に物事を学習させようと試みてきたが、アルゴリズムと当時の計算処理速度には限度があり、機械学習のペースはスローなままだった。

アルファ碁のアルゴリズムは「ディープラーニング」と呼ばれ、その前身は「ニューラルネットワークラーニング」である。これも数十年前に誕生したアルゴリズムで、当時ひとしきり流行した後、一篇の有名論文により急速に勢いを失い、学習効果も芳しくなかったことから、数十年間にわたる冬の時代を迎えることになった。アルファ碁の開発者と出会うまで、ニューラルネットワークは人々から期待を寄せられるような存在ではなかった。

ニューラルネットワークとはどのようなアルゴリズムなのだろう？ ディープラーニングもいかにしてニューラルネットワークから進化を遂げたのだろう。

ニューラルネットワークは大脳の神経ネットワークを模倣して構築された「民主的投票」のようなアルゴリズムである。大脳の神経ネットワークの働きは次のようなものだ。一つの神経細胞は多数の神経細胞から信号を受け取りインプットするが、刺激信号は賛成票に相当し、抑制信号は反対票に相当する。細胞が受け取った賛成票と反対票を合わせてしきい値を上回ると通過し、次の神経細胞に信号が送信される。賛成票に相当する刺激信号はすべてのプロセスでこのように伝達されていく。ニューラルネットワークのアルゴリズムはデジタル版の脳神経ネットワークであり、デジタル信号の伝達を連続させてネットワークを形成するが、その投票メカニズムは大脳と似ている。ニューラルネットワークは信号を学習ネットワーク全体に伝播させるが、単一チャネルでの信号分析に比べずっと複雑でインテリジェントだ。

ディープラーニングとは何だろうか？　ディープラーニングはディープ・ニューラル・ネットワーク・ラーニングの略称だ。ディープというのは多層という意味で、重なって多層を成したニューロンによりアルゴリズム全体の多層構造が構成されている。層同士の関係は、大まかには次の通りだ。ニューロンは層ごとに分析の精度が異なり、最下層では細部の分析をおこない、最上層では判断を下す。タスク全体を無数の細かいタスクに分割し入力すると、最下層のニューロンが基礎の細部を分析しその分析結果を一つ上層のネットワークに伝達、一つ上層のネットワークは伝達されたものを総合してその結果をさらに一つ上層のネットワークに伝達、そして最上層のネットワークはあらゆる層から伝達された結果を総合し判断を下すのだ。たとえば、ある文字を読む場合、最下層のネットワークはその字に縦棒・横棒・左払い・右払いがあるのかどうか、一つ上層のネットワークはその字に直角があるのかどうか、さらに上層のネットワークはその字が左右の部分を合わせて形成されているのかどうかを判断し、このように分析が進んでいき、最上層のネットワークではあらゆる層の結果を総合してその字を認識する。このような多層ネットワークによる識別はまさに人間の大脳を模したものである。人間の大脳は幾重にも重なる神経ネットワークにより構成されており、それぞれの層のネットワークで信号を識別し、処理結果をその上の層に伝達する。人間の大脳皮質神経ネットワークはだいたい六層構造を成すが、ディープラーニング・ネットワークは百層以上になる場合もある。

換言するなら、ディープラーニングはその前身であるニューラルネットワークを何層にも重ねたものなのである。

つまりこういうことでしょう？ ニューラルネットワークを何層にも重ねただけで、人々から冷遇された小者が世のスターになったっていうことでしょう？ そんな単純な話なの？

もちろんそんな単純な話ではない。ディープラーニングが現在こんなにも生気に溢れ、時代にマッチしたのは、見過ごすことのできない追い風が二度吹いたからだ。

一つ目の追い風は計算処理能力の向上だ。コンピュータチップの速度が指数関数的に増し、価格は下落し続け、ゲームアプリケーションにより大いに進化したGPU（グラフィックボード）が従来のCPUエンジンの計算処理能力を大幅に補完し、人工知能による計算処理をより強力なものとした。アルファ碁が囲碁チャンピオンの李世乭《イ・セドル》に勝利を収めた時は、千九百二十個のCPUと二百八十個のGPUで演算を実行し、一秒で数百局の自己対局をおこなうことができた。

もう一つの追い風はビッグデータである。実際、この人工知能ブームに拍車をかけた一番の要因はこのビッグデータだ。もともとアルゴリズムの問題ではなく、これまで人工知能のトレーニングに使われていたデータがあまりにも少なすぎたことに、人々は突然気づいたのだ。これは、独学で武芸を習得させている弟子に充分な対戦の機会を与えてやらないのと全く同じだ。ビッグデータを手に入れ、アルゴリズムが示す結果にも人々が驚きのあまり呆気にとられるほどの進展が見られた。

計算処理能力とビッグデータのアシストにより、バージョンアップしたディープラーニング・アルゴリズムは鬼に金棒だ。大量のデータの中から抜きん出た戦術を探し出し、人間が理解できないスタイルで人間に勝利するのである。

**つまりビッグデータがアシストする「ディープラーニング」が、この人工知能ブームの重要なポイントとなっているのだ。**

人々は非常に大量のビッグデータを機械に入力し、多層ニューラルネットワークでディープラーニングをおこなったが、最終的に機械が様々な分野の能力を飛躍的に向上させたことに気がついた。画像認識の正確度は普通の人を上回り、音声認識も合格レベルに達し、科学文献をデータとし、短時間のうちに数十万冊の最新文献を学習することができた。金融、電力、エネルギー、小売、法律などの分野でも、ディープラーニングはすべてビッグデータから最適化された行動手順を学習する。人工知能の活用は、これらの分野を高効率化し、迅速にオートメーション化する。ディープラーニングのほか、あとで取り上げる決定木や「ベイズ」などを含む他のアルゴリズムもあり、各種アルゴリズムを複数組み合わせて使うと最も効果的だ。各種アルゴリズムは機械学習というビッグファミリーをともに構成するメンバーなのだ。

さてここで問題だ。人工知能がマスターできないことはほかに何かあるだろうか？

## 人工知能が直面する難題

もし機械学習がこんなにもすごくて、人工知能は何だってマスターするのならば、すぐに人間は取って代わられるのではないだろうか？

確かなのは、現在の人工知能は何でもできるというわけではなく、万能のスーパー人工知能が誕生するまではまだだいぶ待たねばならないということだ。

それは演算速度の問題なのか？　もしチップの演算能力がムーアの法則通りに指数関数的に向上し続ければ、まもなく知能の特異点に到達するのではないだろうか？

私の個人的見解では、演算速度の問題だけではなく、演算速度が倍増し続けても、段階的に現れる難題を一つひとつ乗り越えていかねばならないと考えている。この難題も永遠に乗り越えられないものではないかもしれないが、少なくとも現在のアルゴリズムでは簡単に乗り越えられるものではない。新たなアルゴリズム、あるいは理論のブレイクスルーが必要になるだろう（実は現在、他のアルゴリズムも多数あるのだが、それについては後述することにする）。

ここで、少し世間話をしよう。多くの物事の発展は段階的である。我々はある一つの成功から、将来的にはすべての物事が成功するだろうと考えてしまいがちだが、次の課題に直面した時、やはり改めて時機を待ち壁を突破せねばならない。

人工知能というものを論じるとき、現在すでに条件は熟しており、演算能力さえ増強すれば特異点に到達できると考えたり、あるいはこれはすべて荒唐無稽な話で、機械は永遠に人間の知恵を修得することはできないと考えたりし、「now or never（今を逃すともうチャンスは一生ない）」に傾きがちだ。しかし実際のところ、可能性がより高いのは、遠い将来にはきっと成し遂げられるが、そのためには一つまた一つ理論のステップを越えていく必要があるという考え方だろう。

例を一つ挙げてみよう。

ニュートン力学から産業革命の時代まで、ニュートンの法則の強大さにより、世界のあらゆる問題は自分で解決でき、未来は計算するだけですべてが予測できると人々は考えた。この時期には人間とは機械であるとする哲学観も登場している。しかし実際のところ、ニュートンの法則ですべてを解決することはできなかった。二十世紀初頭、人々はニュートンの法則と電磁気理論を組み合わせ、人類が築いた物理学の殿堂にはすでに何もかもが備わっており、屋上に「三つの小さな暗雲」を残しているだけだと信じた。しかしまさにこの「三つの小さな暗雲」が、後述する量子力学や相対性理論を引きずり出したのだが、今もって全世界を割り出すことはできていない。未来は？　人間は宇宙の神秘を完全に明らかにできるのだろうか？　可能性はある。しかしそれまでにはやはり新たな障害が次々と現れる。

ここから類推すると、スーパー人工知能は実現するだろうか？　可能性はある。しかし今すぐではない。越えなければならないあらゆる技術的な障害がまだ存在する。ディープラーニングは万能ではない。演算能力も唯一重要な要素ではない。

私は人工知能がまだ解決できない問題を「三つの小さな暗雲」と呼んでいる。

現在、人工知能が解決できない問題とは何だろう？やはりアルファ碁の話から始めることにしよう。

アルファ碁の強みはすべての人工知能の強みだ。彼らが直面する課題は、人工知能問題の縮図でもある。ちょっとした例を挙げてみよう。次のような問題を、人工知能は難しく感じ、回答に苦労する。

もしある人がスーパーの棚から酒を一瓶取り、そのまま店から出て行ってしまったら、店員はどうするか？　またそれはどうしてか？

人間ならばどう答えるだろう？　人間ならこれはと

ても単純な問題だと思うだろう。店の商品を取り返さないといけないので、店員は直接追いかけるかもしれない。また、自分から危険を冒したくないので、電話で警察に通報するかもしれない。ボスに報告したり、通行人に声をかけ手助けしてもらったりするかもしれない。こういった答えが返ってくるだろう。

しかし現在の人工知能にとってこのような問題は難解で、答えることができない。原因は主に以下の三点にある。

一つ目は、総合的認知の能力。
二つ目は、他人を理解する能力。
三つ目は、自己表象の能力。

なぜ人工知能にとってこのような問題は難解なのだろうか？　一つ一つ見ていくことにしよう。

一つ目の弱点、総合的認知の能力。

先ほどの話は私たち人間にとっては非常に単純な話であり、一瞬で頭にその情景を思い浮かべることさえ可能だが、人工知能にとっては理解しがたいことなのだ。なぜだろう？

**最も大きな違いは常識だ。**

私たちが先ほどの話を理解する時、私たちの頭脳には実は次のように非常に多くの背景情報が反映されている。（1）彼は酒が飲みたい　（2）彼は金を持っていない　（3）酒はスーパーの商品だ　（4）スーパーから品物を持ち出すには代金を払わねばならない　（5）彼が金を払わずに酒を持ち出したのはルール違反だ　（6）彼は逃げようとした　（7）スーパーの店員にはスーパーの商品を保護する義務があり、このような事態の発生は許されない。これらすべての背景情報に支えられ、私たちはひと目でこの動作場面の状況を見極めることができる。このように自然に脳内で補完される背景情報のほかに、一部の蓋然性の低い背景情報も、状況の解読に影響を及ぼす可能性がある。

この人は店のオーナーで、急用で出かけたのかもしれず、店のオーナーならば、おのずと代金を払う必要はなく、店員も咎めないだろう、などなど。だが可能性は低い。いかなる状況の解読においても、背景情報として大量の常識が必要なのだ。

常識には私たちが当たり前だと考えている知識の総和が含まれ、私たちの環境や経済システム全体に対する理解が含まれている。このあまりにもありふれた理解を、私たちは常識と呼んでいる。人工知能は今のところまだこういう常識を備えておらず、酒のボトルがスーパーに並べられるのと公園に並べられるのとでは何が違うのかもわからず、スーパーで買い物をする際の習慣的なプロセスも知らない。文法的に見ると、「スーパーから酒を持っていく」と「公園から酒を持っていく」ではいずれも正しい表現だが、どちらが理にかない、どちらが理にかなわないかを、私たちは理解している。

それは機械の生活経験が乏しいからで、経験をインプットしてやれば大丈夫だと、あなたは言うかもしれない。もちろん酒の意味、スーパーの意味、スーパーでの買い物のルール、泥棒の意味、店員の職責などをインプットすることはできる。しかしなんとかしてすべての情報をインプットしても、続きの話が街中や交通に関する大量の常識に関わるものであることに気づけば、またさらに手作業でインプットをおこなわねばならない。最終的に、全世界の数え切れない知識の欠片《かけら》をすべてインプットせねばならず、またそれをどのように呼び出すかも問題になってくる。

**「常識」は人工知能と人間を区別する重要な領域だとつねに考えられている。**「常識」は様々なカテゴリーの情報を一つに集め、広範な知識的背景ネットワークを構築する能力だ。この能力を私たちは誰でも持ち合わせているので、なにも珍しいとは思わないが、機械には備わってはおらず、私たちはここで初めてこの能力が貴重であることを認識するのだ。

なぜ機械には常識が備わっていないのか？　それには幾重にも原因があり、人々は今なおその問題を解こうと試みている。最初の直接的な原因は、機械には物理的世界の生活経験が乏しく、彼らが処理する情報は人間の手を経た二次的なものであり、周囲の物理的世界と実際の接触を持っておらず、何が可能で何が不可能なのか知らないからだ。たとえば、「石を卵の上に置く」か「卵を石の上に置く」か、これは言葉遊びにすぎないが、人工知能にとっては実際の意味もなさないし、人工知能は人が家をぐるっとまわれば元の場所へ戻ってくるということも知らない。

この原因に対し、技術的なソリューションを考え出すことは可能だ。一つ目の可能性は、より精巧な本当のロボットを作り、そのロボットに物理的世界で絶えず模索させ、最終的に物理的世界の常識をすべて記録させることだが、この可能性の問題点は、ロボット自身が作り出すピンチ（具体的にどのようなピンチなのかは後述）にある。もう一つの可能性は、人工知能のバーチャルパーソンをバーチャルワールドに住まわせることだ。バーチャルワールド自体の物理的特性が現実世界のそれを完璧になぞらえてさえいれば、バーチャルパーソンは知識を習得することが可能だ。ただ、このソリューションでは最初にバーチャルワールドの物体を完璧に感知・認識できるバーチャルブレインが必要となるが、現在の人工知能の「ブレインライク」技術はまだこのレベルには達していない。

**物理的世界での直接的な経験の不足に加え、より根本的な原因があるのかもしれない。**それは人工知能にはまだ「世界モデル」を構築する包括的な能力が欠けているということである。

人間には「ゲシュタルト」認知という、断片的な情報を欠けるところなくまとめ上げられる心理的能力がある。これは高度な統合をおこなう能力である。私たちは体の五感を統合し、世界に対する感覚を共同構築する。同様に、人はあらゆる方面で得た断片的知識についても統合する能力を備えており、脳は断片を貼り合わせ、断片の隙間を埋め、欠けるところのない知識世界を構築することができる。

実際、人の「ゲシュタルト」は断片的情報を「寄せ集めた」だけのものではなく、モデルを構築し、そのモデルにより断片的情報を理解するものであり、理解可能な情景になるように情報をつなぎ合わせたものだ。その中に大きな空白があると、私たちは「脳内補完」しようとする。私たちは画像認証の散らばった点の中に連なったアルファベットを見いだせるが、コンピュータはできない。私たちは関係のない人物を同じストーリーの中で結びつけることができ、一つ二つの関係を想像するだけで、複雑な陰謀論を作り上げることができる。

**人間の視覚や認知を研究する心理学者なら誰でも、人間の視覚には脳による構築が関わっていることをよく知っている。**人間の網膜で得られるのは、カメラで写した写真のような二次元の画像だが、人間の視覚体験は「網膜写真」にとどまらない。私たちの目の前に広がる世界はまさに三次元ステレオビジョンであり、私たちは自分ではっきりと三次元ステレオのコップを「見た」ことを、奥行きのある部屋を「見た」ことを、他人と自分の距離を「見た」ことを感じ取る。だが実際、私たちは直接三次元の物体を「見る」ことはできない。私たちの目が受け取るのは平面図に過ぎず、脳のバックグラウンド計算により三次元ステレオ効果が復元されるのだ。

私たちの目は私たちが気づかないうちに絶えず素早くキョロキョロと動き、四方八方の映像を撮影しており、私たちの体の動きに従って、網膜上に投影された写真も絶えず変化している。だが私たちの感覚が受け取っているのは一枚一枚バラバラになった写真ではなく、つねに一つの安定した周囲の世界である。どうしてそんなことができるのか？　人工知能の父と称されるマービン・ミンスキーが「絶えずあらゆる物が『見える』必要はない、なぜなら私たちは脳内で視覚的なバーチャルワールドを構築しているからだ」と述べているように、その答えは決して難しくはない。神経学者のウィリアム・カルビンもかつて「あなたが普段観察している安定しているように見える情景は、実はあなたが構築した精神モデルである」と述べている。実際、私たちは脳が作り出したバーチャルリアリティに住んでいるのだ。

このバーチャルモデルは、すなわち私たちそれぞれの頭脳に存在する「世界モデル」である。

**だが、私たちの心にあるこの世界についての知識にも、視覚と同じように統合をおこなうための全体的なモデルが存在すると論じる人はあまりいない。**

私たちの物理的環境に対する理解、世界の運行規則に対する理解、社会に対する理解、正義に対する理解、これら全部がないまぜになり、私たちの思考背景が構築されている。大脳はすべての社会検知信号から完全な「世界モデル」を構築する。私たちは他者との間に、アメリカの大統領は誰か、石でぶたれたらどうなるかなど、多くの常識やコンテキストを共有しているが、人はまたそれぞれ「男とは信頼できないものだ」とか「頑張る人に運命は微笑む」などといった独特の「個人的世界モデル」も持っている。これらは私たちの大脳がそれぞれの分野のあらゆる知識を結集させて得られた成果である。それはまるで視覚背景のような思考文脈であり、人が世界と交渉し、意思疎通をはかるための前提でもある。私たちの意思決定はこのようなモデルの中で形成される。

**このような統合能力があるので、私たちは分野を跨いだ認知ができるのだ。**私たちは、飲酒、囲碁、掘削、看病といった情報を頭の中にある同一世界に置くことができる。だが人工知能にとっては、これらの専門知識は関連性がなく、四つの人工知能で別々に処理されるべきものである。人の統合認知能力は、知識を一つにつなぎ合わせることができるが、人工知能は現時点では特化型人工知能でしかなく、囲碁を打つ人工知能は金融に関する知識を学習させた途端、囲碁に関する知識をすべて忘れ去ってしまい、さらに掘削に関する知識を学習させれば、今度は金融に関する知識をすべて忘れ去ってしまう。これは「破滅的忘却（catastrophic forgetting）」と呼ばれ、少なくとも現時点では、特化型人工知能の知識をたがいにつなぎ合わせて「世界モデル」を構築するすべはない。だから、人間はやはり人工知能に備わっていない視野と大局観を備えているのだ。

**私たちの脳はいかにしてこのような統合能力を持ち世界の構築を行うのか、依然として謎のままである。**

二つ目の弱点、他人を理解する能力。

たとえ将来的に人工知能があらゆる学問分野の知識をすべて学習し、「世界知識体系」を構築し始めたとしても、シチュエーション関連の問題を理解する時に、どのように正確な情報を呼び出すのかという問題に直面する。人が人に対し腹を立てている時、その理由を理解するために、彼らの環境や背景に関する膨大な情報の中からどのような知識を取り出すべきだろうか？

人間ならば、さして問題にはならない。腹を立てている二人にとって大事な要素は何なのか、何がきっかけとなって彼らが腹を立てているのか、私たちは容易に見当をつけることができるからだ。これは主に私たちの人に対する理解、私たち自身と周囲の人々に対する理解に由来する。私たちはどのような情報が人を興奮させ、どのような情報が人をがっかりさせるのかを知っている。心を読む能力により、私たちは容易に見当をつけることができるのだ。

少なくとも現時点では、人工知能はまだこのような能力を備えていない。込み入った場面についての理解は言わずもがな、「木に鳥が五羽とまっています。銃で一羽を撃ち落としました。あと何羽残っていますか」のような問題でさえ、人工知能は返答することができない。人工知能は、鳥が怖がって逃げてしまうと推断するすべを持たないのだ。

心理学者そして言語学者として有名なスティーブン・ピンカーが「外部世界及び他者の意図に関する暗黙知構造の基礎の上に構築されていなければ、言語自身は機能しない」と述べているように、他者心理についての常識体系が欠けているために、人工知能は今なお人間の日常的な言語を「理解」しがたいのだ。

## 将来の人工知能は人間の感情や意図を読み取ることができるようになるだろうか？

多くの人々が指摘してきたように、現在人工知能は人間の表情を精密に認識し、感情を読み取ることができるようになっている。そうだ、人間の感情とはある種表出イメージであり、比較的容易に認識できる。アムール虎を認識し、癌細胞を認識するような、画像認識の一カテゴリーである。だがこれと人の感情を理解することは完全に別物である。人工知能が将来画像から人のその時の感情を認識できたとしても、その人の感情を「解釈」するためには、人の気持ちに対するはるかに複雑な理解が必要になる。

人工知能は人との会話を通じて人の感情を理解することができると、これまでも多くの人に指摘されてきた。だが実際はそれとはほど遠いものである。現在人工知能ができるのはスマート対応だけである。人間のロからAというフレーズが聞こえると、コーパスでマッチングに最適な行為や応答の識別を図ろうとする。あなたが「私は不愉快だ」と言ったら、人工知能は「もっとお湯を飲みなさい」という答えとマッチングするかもしれないが、何が不愉快なのかは理解できない。もし人工知能に不愉快の理由を分析させ、不愉快になった後のやり方を推測させたいと考えているなら、まだ道ははるかに遠い。この違いは、人工知能による言語使用は、フレーズとフレーズとのマッチングであり、人間による言語使用はフレーズと心にあるリアルな感覚とのマッチングだと表現することができる。

**では、どのようにすれば人工知能が人間の感情と意図を読み取れるようになるのだろう?**

可能性のある方法の一つは、人工知能に非常に大規模なデータベースを学習させ、非常に多様な人の感情や行為に関するデータベースを記録させることだ。ディープラーニングの特徴の一つは、非常に大規模なデータベースを必要とする。一億のデータを擁するディープラーニングは百万のデータを擁するディープラーニングよりも学習効果がはるかに優れている。いかなる分野においてもブレイクスルーを得ようとするなら、まずは非常に大規模なデータベースが欠かせない。だから、二十一世紀で最も貴重な資源は石油ではなく、データだと考える人も存在する。

では私たちはこのような人間の感情や行為に関する大規模なデータベースを構築することができるのだろうか? 理論的にはもちろん可能であり、この場合カメラの動画と人間が自ら撮影しアップロードした動画を頼りとしている。だが、ここで最大の問題は、もしくは私の個人的な疑問とも言えるが、人工知能は人間の感情や行為に対し、「教師なし学習」ができるかどうかということだ。

いわゆる教師あり学習では、「このデータは良い」

「このデータは猫」「このデータは男が嫉妬から妻を殴っている」というように、それぞれのデータにプログラマーがタグをつけていく。数字、棋譜、言語、画像、動画などどんな形式のデータであっても、プログラマーはまずタグづけをせねばならず、そうしないと人工知能にこれらのタグを学習させることができない。だが人間の感情や行為に関するスーパーデータベースについて、一つひとつ認識しタグづけしていくのは本当に煩雑で困難な作業だ。一方、教師なし学習は全くタグづけを行わず、生データを人工知能に与え、人工知能が学習してどんな規則を見いだすかを観察するだけである。教師なしデータの場合、多くのエンジニアリング分野においてはことの進捗と成否が観察可能なため、自動的に進めることが可能だ。だが人間の感情や行為の分野においては、人の解釈をタグづけせず、シーンの中で何が起こっているのかを説明しないとしたら、機械は学習して理解することができるだろうか？　私は難しいと思う。

可能性のあるもう一つの方法は、それぞれの人が自分のAIアシスタントとの間でデータ学習を行うことだ。彼に出くわしたので私は不愉快だ、彼が私のために買ってくるのを忘れていたので私は不愉快だ、レストランの明かりが暗すぎて私は不愉快だなどと、人は人工知能に対し、ひっきりなしにすべての感情と行為に関する一部始終を告げる。もしすべての人が、両親がこの世界のメカニズムを子供に説明するように、この一部始終を巨細を問わず人工知能に聞かせたなら、人工知能はそれをすべて記憶することができるだろう。もし充分に詳細ならば、人工知能は少なくともその人の感情や行為の特徴と心理的因果の特徴を学びとるだろう。これはそれぞれの人が自分で行為データにタグづけを行っているのとほぼ同じだ。この方法は将来的には成功するかもしれないが、それは一人ひとりが人工知能に詳しく教えようとするかどうかにかかっている。

**人工知能が人間の感情や意図を理解するには、まだ本質的な困難が存在するかもしれない。それは人工知能が自分を他人に投影するすべを持たないことだ。**

人間の他人の感情や意図に対する理解は、ビッグデータ学習によるものではない。実際、人が一生のうちに会うことのできる人の数や会話・交際の回数はどうしても限りがある。人が数少ない経験をもとに他人の様々な感情や行為に関する知識を学びとることができ、他人の心境を直感的に察知することができるのは、人間が処理能力に優れた脳を持っているからではなく、自分を他人に投影し、相手の立場になって考えることができるからである。

最も直接的な投影は、鏡像反応である。人の脳には、他人の行為意図を直接反映させることができるミラーニューロンと呼ばれる神経細胞がある。このニューロンは人間だけでなく、霊長類などの高等動物の脳内にも存在している。他人がハンマーを手に取ったのを見た人が、自分では手にハンマーを持っていなくても、その人のニューロンは叩く時と同様の活動を示すのだ。

この「他者理解」は生理的性質に属し、大脳には他人の意図が直接反映される。反映された意図を観察者は直接感じ取ることができるため、「ミラーニューロン」と呼ばれているのだ。人工知能はこのような直接的反応を生じさせることができるのだろうか？　生理的共通点が欠如しているため、可能性は低いだろう。

一方、人々は自己観察により他人の感情や意図を映し出すことができる。ある状況について分析を行うとき、人々は自分を同様の状況に置き換え、自分ならどのような感情が湧くのかを想像する。人生の悲喜こもごもを感じさせることができる映画やドラマは、人が感情移入できるから人気が出るのだ。これは一つは人間が抱く感情に類似性があり、どれも人間であれば普通に持つ感情であるためで、もう一つは、人は自らの心理プロセスを理解することにより、自分の考えで他人のことを推し量れるからだ。

**つまり、人間が他人を理解するのには、「外部観察」と「バーバルコミュニケーション」以外に、「内部観察」もありうるということだ。**実際、「内部観察」は非常に優れており、私たちは目にしたことのない多くの事柄について、自分に置き換えて想像してみるだけで、大体のことの顚末を探り当てることができる。目下の問題は、もし機械が少しも人のような感情を持っていないのならば、「外部観察」と「バーバルコミュニケーション」だけを頼りとして、人と同等の他者理解を成し得るのだろうかということだ。私にはわからない。

　これまでの議論はすべて、人工知能が人のような感情を持たないという前提のもとで成り立っており、技術的にいかにして人間の感情を理解させるのかだけを考えてきた。では、人工知能は人のような感情を生じうるのだろうか？　これはまた別の問題であり、この文章の最後で少し論じたいと思う。

**「外部観察」だけで他人の感情や意図を理解可能なのかという問題は、さらに別の客観的問題とも関係する。**それはビッグデータの統計により個人の行為が予知可能かどうかという問題だ。

　統計学はいつでもシステマティックな情報を私たちに教えてくれる。一人ひとりがすべて異なる乱数だったとしても、大数の法則による保証のもと、安定した集団的特徴が呈示される。しかし、このような安定した集団的特徴から一人ひとり個人について予測することはできない。「人間の行為」についての学習は「個人の行為」についての学習とイコールではないのだ。

　たとえば、人が誰かに罵《ののし》られたらどうなるかという問題は、ビッグデータの統計を拠りどころとした学習により答えを出せない問題である。我慢する人、殴る人、法執行機関に報告する人、ひそかに意趣返しを狙う人、にたにた笑う人、泣く人など、どのグループも相当数いるだろう。ビッグデータ統計による検討では、相関性が非常に低くなり、結局特定の個人がどのような対応を見せるのかわからない。それぞれの人の異なる反応は個性、シーン、社会的地位、個人の経歴、属している文化的集団、習慣などによって決まるので、これらすべての変数をコントロールすれば、それぞれのグループ内の個人の数はとても少なくなるだろう。似たような外的条件の二人が同じ状況下に置かれても、全く異なる反応を示す。あらゆる個体間の差は、ビッグデータ統計による個人行為の予測に大きな不確実性をもたらす。他人について最も頼りになる予測は、やはり他人の内面世界に対する理解から生まれるのだ。

もちろん、これは余談にすぎない。本題に戻るとしよう。

三つ目の弱点、自己表象の能力。

先ほど、自己観察の問題に触れたが、それは感情理解についてのみだった。それでは感情と無関係の場合はどうだろう？　機械による純粋な合理的知識の学習はつねに無敵なのだろうか？

たとえ純粋な合理的知識であったとしても、今の機械学習では完璧とはいかないことに気がつくだろう。問題の一つは「メタ認知」だ。

現在、たとえアルファ碁が囲碁で天下無敵だったとしても、明らかに次のような限界が存在している。

**一つ目、人工知能は自分が今何をしているのか言い表すことができない。**

アルファ碁は自己観察を行わない。アルファ碁は自分が「囲碁を打っている」ことを知らず、ただインプットされたデータに基づいて勝利のための道筋を計算しているだけである。何のゲームで勝利を収めているのかさえアルファ碁はわかっておらず、興味も持っていないし、勝利を収めたところで喜ばない。

**二つ目、人工知能は自分がそうする理由を言い表せない。**

アルファ碁の「ディープラーニング」は現在、一種の「ブラックボックス」学習である。人はアルファ碁にデータをインプットし、アウトプットされたものを確認するが、中で何が発生しているか知ることはできない。アルファ碁が披露する奇手の連続を、人々はなぜかはわからないが、非常に神秘的だと感じてしまう。だがアルファ碁は自分がどう考えているのか言い表すことができない。

ある意味、人工知能は地面に落ちた爪楊枝の本数を一目見ただけで正答できたり、非常に大きな数のかけ算を暗算でできたり、世界地図全部を暗記できるが、自分に関する問いには答えることができない映画『レインマン』に登場する自閉症の子供のようなものだ。アルファ碁は毎秒三百通りもの手筋を検討することはできるが、「自分が碁を打っている」ということは知らないのだ。

メタ認知の欠如は、第一に「自分」の概念の欠如だ。「自分」の存在を知らないので、「自分」を主体とする表現はできない。「自分」という意識を持たないため、プログラマーの指示にはひたすら従順であり、逆らうことはない。同様に、「自分」中心思考による、より高次の意思決定をおこなうこともできない。

将来の人工知能は「自分」という概念を形成することができるだろうか？　自我意識の問題は今のところ哲学的議論に近く、いまだ優れた科学的研究による結論は下されていない。

自我意識のことはひとまずさておいて、ここではメタ認知の欠如が、スーパー人工知能になるための障害になりえるのかという点についてのみ議論する。なぜメタ認知が必要なのだろうか？　アルファ碁は自分が勝つ理由を知る必要はない、勝てばそれでいいのではないだろうか？

**最大の問題は、メタ認知の欠如は、おそらく抽象的な理解度の不足に起因しているのではないかという点にある。**

「自己表象能力」は自己だけでなく、表象とも関連し、表象とはすなわち情報を抽象的に表現する能力だ。

簡単な例を挙げよう。同じ事柄について、最も具象的な表現は「１０１０１０１０１０……」、少し抽象的な表現では「ある色の碁石で陣地を奪い合う」、さらに抽象的になると「碁を打つ」となる。最後のレベルではプロセスを表現しているだけでなく、行為全体——自分は今このゲームをしている——も表現しており、ゲームを超越する必要がある。各レベルの抽象性は、より高いレベルからの観察が必要である。

**人間の認知的特徴は、多くは依然として謎のままであるが、その中の一つが、特徴抽出とパターン認識のメカニズムである。**このメカニズムがどのように生み出されたのか、いまだに多くが解明されていない。大脳には多層的な調節機構が備わっており、最上層の調節には強力な抽象化能力があるということだけしか私たちは知ることができない。まさにこの抽象化能力により、子供は物体を非常に素早く識別できるのだろう。子供は高速学習が可能で、スモールデータ学習を進め、さらに「類」の概念を獲得することができる。「アヒル」という概念と、一羽一羽異なる個々のアヒルとは何が違うのかを、子供は容易に区別することができる。前者は抽象的な「類」であるのに対し、後者は具体的である。子供がこの抽象的な「アヒル」という「類」の概念を獲得するのに、アヒルの写真をそんなにたくさん見る必要はない。人間は様々なレベルの概念を作り出すのに長けているが、「野菜」「健康」「魅力」

「愛」果ては「知能」などのように、ほぼすべての人が理解できるものの、実際には定義や境界、現実の対応物が不明確なままの概念も一部存在する。偏見を形成しやすいというデメリットはあるが、大きなカテゴリーの特徴的差異をつねに鋭く把握し、非常に簡略化された概念により情報を把握できるというメリットもある。

**もしかすると人工知能と人類知能の間にある最大の違いは、現実の世界と抽象的な記号との関連性かもしれない。**人工知能が処理するのは記号と記号の関係であり、人類頭脳が処理するのは記号に投影された現実世界である。

抽象化の能力に何か重要性はあるのだろうか？　アルファ碁は自分がどのようにして人間に勝ったのかを言い表すことはできないが、人間に勝てれば、それで充分ではないだろうか？

抽象的表象には二つの優れた点がある。一つ目は、計算のために脳が必要とするスペースを節約でき、抽象的表象の導入により処理すべき問題も大幅に簡略化され、記憶の再生も非常に容易になる（たとえば「消費アップグレード」により、ある時期における市場の変化についてのあらゆる関連情報が表象される）ことだ。もし世界に散らばる情報の欠片を欠片のまま記録すれば、記憶スペースは際限なく必要になるが、抽象化は記憶スペースの節約を可能にする。

先ほども述べたが、現在の「ディープラーニング」法で構築された人工知能ネットワークは、新しいスキルを学ぶと以前学んだスキルを忘れてしまう。これはおそらく人工知能のニューラルネットワークがある物事を学習した時、最後にネットワーク全体に存在する無数のパラメータにより最適化され、ネットワーク全体でこの物事を記憶するからかもしれない。動物の大脳は一つの物事をマスターすると、長期記憶へ転送する際に元のネットワークに記録せず、海馬に伝達する。そして想起は一種の活性化であり、脳の様々な部位で起こる。人間の記憶についての研究は多くの謎に満ちているが、間違いなく言えるのは、人は抽象度の高いパターンにより物事を記憶しているのであり、ネットワーク全体のパラメータにより記憶しているのではないということだ。

**抽象的表象が優れているもう一つの点は、世界の真理に対する理解を試みている点だ。**その究極目標は、ほんのわずかな抽象的概念によりあまたの複雑な現象について述べ、その中に存在する類似の核心を捉えることだ。

ここに一つ本質的な問題が存在する。それは新知識の誕生である。ビッグデータから履歴データ中の法則や予測の確率を求めることで、確かに人の行動を最適化することは可能だ。だがこれまでの歴史で、人に深い洞察を与え、ハイテク時代の進歩を推し進めた発見は、往々にして統計的予測ではなく、抽象的モデルの構築に基づいている。

両者の違いは何なのだろう？ 統計的予測は各種変数の相関性を探り、経験的確率を求める予測方法であり、抽象的モデルでは存在しない理想モデルを構築してからデータフィッティングを行う。一つの事例を見てみよう。中国では古来より「司天監《スーティエンチエン》（天文暦法に関することを司る官署）」が設置され、毎年毎月毎日ひたすら天体現象を観測し、漢や唐の時代から膨大な量のデータを積み上げてきた。地球の角度から見ると、金星・木星・水星・火星・土星の五つの惑星は天球で不規則に動くので、天文観測員は膨大な追跡データを蓄積し、経験式や予測法を確立させ、複雑な数学アルゴリズムを得て、さらに、たとえば地上で起こっている戦争と火星との関連性確立を試みる（笑ってはいけない、現在の科学的研究で求めている関連要素の一部は、より信用しうるものであるというわけではない）など、追加の要素を大幅に増やすことによりモデルの正確性を向上させた。真面目にこつこつと、細心の注意を払って作業をおこなう中国の天文観測員が勤勉であることと、彼らの蓄積したデータが大量であることは間違いなく、経験による予測方法も悪いとは言えない。だが彼らはデータを解釈するために、超越してさらに高い次元から観察し、モデルを構築することはしなかった。その結果、中国古代の天文観測員には、ケプラーの法則を発見できるような人物も、万有引力モデルを構築したニュートンのような人物も出現しなかった。ニーダム・パズルは方法論の問題である。ビッグデータ統計研究及び予測を行う司天監は、抽象的モデルによる表象を試みたことはなかった。

**人類の歴史の中で統計に関する多くの経験が積み重ねられてきたが、知識の面で躍進をもたらしうるのは抽象的モデルだけなのだ。**

先に述べたのは、現在の人工知能の認知発達には依然として困難な問題が存在しているということであり、私はそれを人工知能の認知発達の「三つの小さな暗雲」と呼んでいる。この「三つの小さな暗雲」がアルゴリズムやテクノロジーの向上後に解決されることを望み、この「三つの小さな暗雲」の研究が人間の大脳についてのより高いレベルの認知をもたらすことをさらに強く望んでいる。

先に述べた多くの制限は、主にディープラーニングアルゴリズムに集中している。ディープラーニング

・アルゴリズムは現在最強の機械学習アルゴリズムであり、多くの飛躍的発展の源でもあるが、唯一のアルゴリズムではない。他にも、決定木アルゴリズム、単純ベイズアルゴリズム、シンボリックアルゴリズムなど多くのアルゴリズムが存在する。さらに、これまでに多くの成功を収めてきた「エキスパートシステム」

という類のアルゴリズムがあり、これは人間の専門家が擁する知識が機械に注入されている。これだけ多種にわたるアルゴリズムについて、ここでその優劣に触れないのは、ディープラーニングの急速発展以前、これらのアルゴリズムはいずれも困難や制限に多く直面したからだ。だからといってこれらのアルゴリズムが用済みだという意味にはならない。実際、今後人工知能を発展させたいなら、間違いなく様々な種類のアルゴリズムを融合使用し、総合的な方法を求めねばならない。人の学習に関するこの後の文章では、改めてベイズのアルゴリズムに言及する。

## 人工知能は人間のようになれるのか

さてここで、雲のようにつかみどころのない問題について少し述べていこう。

先に論じた内容は比較的現実寄りで、現在の技術的発展状況を基にしている。だが、私たちが興味を抱いている問題は、往々にして現在ではなく将来を出発点とし、はるか未来の可能性から振り返り、その未来まであとどれくらいあるのかを考えるものだ。

大多数の人にとって、人工知能の問題で興味がそそられるのは、現時点で機械がアヒルという「類」と個々の具体的なアヒルを見分けられるか（この問題を面白いと思っているのはおそらく私だけだろう）という点ではなく、人工知能はアメリカのSFドラマ『ウエストワールド』のように、人間と同じような存在になれるのかという点だろうと、私は信じている。

「人工知能は覚醒するのか？　人工知能は人を愛するのか？　人工知能は私たちを憎むのか？　人工知能は奴隷のように使役される生活にうんざりし、自由への憧れを抱くようになるのか？　人工知能は私たちを支配するのか？　人工知能は私たちを虐殺するのか？」

これらは皆が最も関心を寄せる問題である。ここでは人間について述べる際に使用される語彙が非常に多く使用されている。「覚醒」「愛する」「憎む」「うんざりする」「自由」「憧れ」「支配」「虐殺」はいずれも人間について述べるために使われる語彙である。私たちが尋ねたいのは、人工知能は現在の「データ」「統計」「関連性」「アルゴリズム」「最適化」から出発し、人間について述べるこれらの語彙に到達できるか否かということなのだ。

それでは、また戻って人間について考えてみよう。人間のこのような心理的特徴はどこからくるのだろうか？

私たちはそれぞれ自分が毎日何を考えているのかを知っている。出勤時は退勤時間が、仕事が終われば食事が、食後は愛しい人との時間が、起床時は週末の休暇が待ち遠しくなり、休みになったら大金持ちになりたくなり、大金持ちになったら友人や親戚の前で見せびらしたくなり、退屈になったら映画を見て楽しみたくなる。

この全プロセスで、「知能」はどこに現れるのだろう？

「知能」と言う時、私たちは普通、数学の問題を解く、知識を学ぶ、なぞなぞを当てる、複雑な情報を記憶する、碁を打つ、事件を解明する、科学的問題を研究する、分析レポートを書く、企業を経営する、など、頭をフル回転させねばならない状況を想像する。もしこれらの面で人並み外れていれば、私たちはその人のことを「頭が良い」とか「IQが高い」と言ったりする。

だが実際、こういう頭をフル回転させねばならない事柄というのは、生活で頭を使う中ではごく一部にすぎない。大脳皮質の前頭葉域を半分以上稼働させるためには、訓練、そして精神集中のための労力が必要だ。

このような知能は「スローシンキング」と呼ばれ、生得的な能力ではない。多くの場合、食事、睡眠、愛すること、楽しむこと、怠けること、冒険、喧嘩、そして活動はこの種の知能の関与を必要としない。これらは生得的本能──より自動的な「ファストシンキング」──が主導している。

大脳は砦である。大まかに説明すれば、人類の心理システムにはだいたい知覚、情動、感情、動機、社交、思考などいくつかの大分類が含まれ、これらの心理機能も大脳のそれぞれ異なる部分に対応している。このうち、知覚と生理調節機能は五官（目・耳・鼻・舌・皮膚の五つの感覚器官）と身体じゅうの神経末端で働き、神経網は大脳感覚皮質の対応部位とつながっている。情動は大脳のいくつかの部分が受け持っており、ホルモンにより調節される。扁桃体は主に恐怖やその他直接的な情動を担当し、視床下部から分泌されるドーパミンは人を中毒にする。愛は様々なホルモンにより調節され、親子の愛はプロゲステロンの影響を大きく受け、男女の愛は男性ホルモン（アンドロゲン）と女性ホルモン（エストロゲン）の影響を受ける。記憶は海馬体に加え大脳皮質とも関わりを持つ。動機は基本的情動と感情に大きく関係し、恐怖に支配されれば遠のき、欲望に支配されれば近づく。大脳の基礎活動は動機という形で姿を現し、人が行動を起こすよう促す。人の社交的な活動はミラーニューロンと大いに関係する。他者の意図を察知し、他者の心理状態を自分自身に置き換えて感じることができて初めて、人づき合いの中で駆け引きをおこなったり共感したりすることができる。高次思考は主に大脳皮質の働きにより、頭頂葉は空間認知と想像にとって重要であり、側頭葉は聴覚と言語にとって重要である。大脳は深部から表層に向け、生理調節を担う爬虫類脳（反射脳）、情動調節を担う大脳辺縁系（情動脳）、高次認知を司る大脳新皮質（理性脳）という三つの層に分かれている。新皮質はさらに機能的に分化した複数の領域で構成されており、部分ごとにそれぞれ異なる機能を受け持っている。

こんなにも多くを述べたのは、専門用語を使って読者を丸め込むためではなく、**大脳が相互呼応する多くの機能を擁した複雑なシステムであり、これらのモジュール間の関係は往々にして単一モジュールの機能よりも重要だ**ということを説明したかったからだ。

大脳は単純に碁を打っているのではなく、空腹感や心配する気持ちを調節しながら碁を打っているのだ。

人間の大脳が砦だとするなら、このような多機能システムと人工知能の思考との間にはどのような違いが存在するのか？　それをこれから比較していこう。

言い換えるなら、人類の心理システムの「知覚―情動―感情―動機―社交―思考」という機能モジュールの中で、人工知能の思考はどのレベルに近いのだろうか？


ここでまた「ディープラーニング」の話に戻ろう。ディープラーニングはディープ・ニューラル・ネットワーク・ラーニングの略称であり、ニューラルネットワーク・アルゴリズムは実際は一種の生物工学的アルゴリズムである。そのインスピレーションは人間の大脳、より精確に言うなら、大脳皮質に由来する。

先に人間の大脳が多機能だと述べたが、生理的に見ると、人間の大脳の主要構造は大まかに三層に分かれている。最も深部は小脳・視床などからなり、情動と記憶に関わる構造で、「爬虫類脳（反射脳）」と呼ばれる。その次の層は扁桃体や海馬などからなり、生理的な運動の調節管理に関わる構造で、「大脳辺縁系（情動脳）」、最も表層は大脳新皮質（理性脳）と呼ばれ、六層の神経細胞からなって大脳を包み、あらゆる高次認知と思考内容を司っている。

「ニューラルネットワーク」は主に大脳皮質の仕組みになぞらえることができる。それゆえに最も近いのは、先に述べた労力を必要とする「スローシンキング」である。人間についていえば、論理的問題に対する解答、最適経路の計算、記号計算などはいずれも生得的本能ではないため、精神を集中させ困難を克服して初めて正確な答えを導き出すことができる。一方、人工知能についていうと、それらはどれもこの上なくたやすい問題であり、充分なデータと一定のルールさえあれば、膨大な情報を分析・処理することが可能である。人にとって、食物の消化、運動、喜怒哀楽、他者に対する愛憎、夢の追求、帰属感の探求、バーバルコミュニケーションはどれも大脳の生理的本能であるが、人工知能のアルゴリズムはそれらをまねていない。

ここまでは主に「思考」の違いについて論じたが、この後は、その他の「知覚─情動─感情─動機─社交─思考」という部分を見ていきたい。

なぜこれらの側面について論じるのか？　まさか大脳皮質の高次思考が人間心理の頂きではないとでもいうのか？

大脳の高次思考が心理の頂きであることに間違いはないが、大脳皮質が思考するのはどんなことなのだろうか？

大脳であれ、人工知能のプログラムであれ、思考の素材はいずれも処理済みの「データ」だ。人工知能の分野では近頃「データを得た者が天下を取る」と言われるようになっている。アルゴリズムは準備万端であるので、良質のデータが充分整っている分野であれば、そこでブレイクスルーを実現できるという意味だ。人工知能のデータはどこから来るのだろう？　人間のデジタルフットプリント、電子世界における人間のあらゆる行為が、変換処理を経て、人工知能が検討するデータとなる。こういう方法は、特定の分野において膨大なデータを検討できるという利点があるが、問題は、良質な電子データをあまり収集できていない分野では、人工知能のアルゴリズムがどれだけ優れていても無力だという点だ。どの分野でも囲碁のように用意された棋譜があるわけではない。大脳皮質は高次思考の主戦場でもある以上、素材にする良質のデータも必要だが、手助けしてくれるプログラマーはいない。では、人間の大脳皮質が思考に用いるデータや素材はどこから来ているのだろうか？

**答えは簡単だ。大脳の高次思考のためのデータは自身が外の現実世界で獲得したもの、先に述べた「知覚—情動—感情—動機—社交—思考」というこれらの機能モジュール領域に由来している。**

これらは、人間の心理システムによる自然的世界や社会的世界の観察であり、データの収集と加工処理であり、人間の世界に対する無意識の反応だ。充分に加工された素材が大脳皮質に送り込まれて初めて、大脳皮質は思考の基礎を手に入れることができる。多くの場合、私たちの思考は、これらの機能モジュールから得られる情報に依存している。私たちの情動システムが誰かを「嫌い」と認識すると、次の段階の高次思考では、その人を「避ける」という戦略を選択する。私たちの心理において、何もない空に架けられた高次思考は存在せず、私たちにタグづけした既製データを入力してくれるプログラマーもいない。したがって、心理のほかのモジュールの働きは高次思考に劣るものではなく、日常生活において推進力はさらに発揮される。私たちはただ原始モジュールにより処理されたデータを「思考」することしかできない。

心理に関わるモジュールの多くが先天的、つまり出生直後の赤ん坊でも大脳は全くの白紙の状態ではなく、一部の機能がすでに実装されていることが、心理学者により発見された。これらの昨日は基本的に先に述べたいくつかの領域に属している。知覚—情動—感情—動機—社交—思考という領域の中で、本能と先天的機能はすでに大脳に書き込まれていてすべての人間に共通し、これらの基礎的な機能については、文化背景が異なる人々の間でも似通っている。
これらの領域において、未来の人工知能は人と同じようなことをやりおおせるだろうか？

## 知覚

人間の知覚というのは、実は最も神秘的な部分だ。私たちは、見る、聞く、嗅ぐ、味わう、触るという五感により世界に漂う断片的な言葉を捉え、脳内で世界のイメージを再構築している。古来より預言的哲学者たちは、人間の五感が捉えているのは虚像、つまり感覚であって、この世界の現実ではないということに気づいていた。それゆえに、僧侶は無になり内面と向き合う修行の道に入り、現代科学は現実を把握するために数学的モデル構築の道に進んだのだ。人間の知覚システムは、物理的な光子や分子を用い、大脳の一連の操作により安定した立体的な世界像を構築し、さらに私たちが主観心理的な美的享受（おいしい、美しい）をおこなうことを可能にする。この物理から心理への転換は非常に不思議で、人々はいまだにその仕組みを完全には理解できていない。

なぜそれが不思議なのかというと、ロボットも世界に漂う光子や分子を受け取り、感知や処理をおこなうのに、ロボットにはある種の主観的な感覚を生み出すような兆候が見られないからだ。ロボットたちはどちらかというと「入力—加工—出力」というマシンモデルであり、人工知能アルゴリズムにより加工プロセスがインテリジェント化されたとしても、彼らがある種の内在的感覚を獲得するような兆候は見られない。たとえば、ロボットはある種の化学成分を容易に識別できたとしても、その香りや匂いを感じることはできないので、彼らは主観的にそれに近づこう、あるいはそれから遠ざかろうという衝動にかられることはない。主観的感受は進化に由来する生物学的特徴だが、その誕生についてはいまだに謎のままである。

人工知能の知覚は近年急速に発展している。マシンビジョンや音声認識の進歩は目覚ましく、思考以外では人間心理に最も近いものであるといえるだろう。だが現時点では、マシンビジョンには困難な点も少なからず存在し、一部の立体画像認識は機械にとって依然として大いなる課題となったままなのだ。たとえばタイヤを斜めから撮影すると円形ではなくなるように、三次元の事物を二次元の平面に投影すると、元の形状ではなくなってしまう。このような立体視の再現は人間にとっては非常に容易だが、機械にとってはそういうわけにはいかない。

その理由は、一つは人間の視覚処理が数千万年の進化を経て、精巧な生得的処理機構を形成したためであり、もう一つは、主に人間の視覚は身体運動により調整されており、乳児期の身体運動が視覚の発展にとって特別重要な意味を持つためである。人間の網膜に投影されるイメージは本来倒立像だが、身体による物理世界の知覚を通じ、大脳皮質が徐々に視覚情報を調整して正立像に変換している。視覚障害の中には、目自体に問題が見られない視覚障害者の中には、視覚障害が取り除かれた後に目にした世界がやはり反転しており、一定期間が経過してからやっと正立像に変換されるようになる人もいる。周囲の物理世界に対する身体システムの運動による知覚は、人間が立体視を構築する手助けをする。人間の知覚とは感覚器官の統合、特に身体感覚器官による五官の感覚の調整である。**人工知能の現時点における視覚知覚は大半が画像認識に依存しており、世界を知覚する際に身体の感覚を統合することはできない。**

情動

人には喜怒哀楽、変転浮沈があると昔の人は言ったが、そのすべてが人間に共通する情動反応の一部だと言われている。現代の心理学研究では、人間の情動には基本的に、幸福感・悲しみ・怒り・驚き・嫌悪・恐れの六種類があるという点で大体一致している。このほかにもプライドや嫉妬など基本的情動から派生した高次情動もいくつかある。これらの情動はいずれも対応する生理学的基礎及び脳の部位と呼応しており、人の場合、脳の対応部位の位置をかなり正確に確定させることさえ可能だ。かつて関連する実験をマウスでおこなったが、電極でマウスの興奮領域を刺激すると、マウスは飲まず食わずで、自らの力が尽きるまでひたすらスイッチを押し続けるようになった。ある機能が大脳で確認され、普遍的になるほど、その機能は長期にわたる進化を経てきたといえる。

情動は人にとってどのような意味を持つのだろう？なぜこんなにも深く根差し、普遍的なのだろうか？

**情動は人にとって、「パッケージプログラム」、あるいは「ショートカット」のようなものだ。**その理由は、情動が押し寄せた時、人は大脳皮質での思考に時間を費やすことなく、直接素早く行動を起こせるからだ。情動とは生理的本能に近く、全人類の基本的情動反応は非常に似通っている。情動は化学物質が引き金となり、ある種の化学伝達物質が神経細胞の間で突然増加すると、心の内に強烈な感覚が引き起こされ、私たちを行動に駆り立てる。緊急時には、このようなショートカットにより最も重要な命を守るための時間が確保される。たとえば野獣が現れた場合、人は頭の中でこの野獣の性質に関するビッグデータ学習や、反応経路の検索・最適化を行わなくても本能的に逃走するが、これは扁桃体の恐怖情動パッケージが放出され、「信号」から「行動」に至る経路を最短化しているのだ。したがって、吐き気の情動反応が出た時は、化学的検査をするまでもなく、速やかに人を疑わしい食物から遠ざけさせることができる。情動のこういうパッケージ信号的特徴は、数百万年にわたる進化に由来する。情動の鋭敏な人は変化する環境に迅速に対応できたため、子孫をより多く残すことができた。**このほか、情動は多くの場合「心の信号機」として働く。**私たちの思考は体や心の奥底にある欲求を抑えつけることが多い。この時、たとえば勉強の必要性を理性が告げているのに、悲しみの情動がしばしば自分に失恋した事実を思い出させるように、一部の基本的情動が触発され、どこに問題が起きているのかを大脳に伝えようとする。情動は自動的に大脳内の特定の問題の優先順位を上げているのだ。

では、人工知能のプログラムは進化を経て情動を持つようになるのだろうか？　「ショートカットパッケージプログラム」の概念に従えば、人工知能もある種の「ショートカットパッケージプログラム」、つまりある状況に遭遇すれば自動的に反応するパッケージプログラムを開発することが可能だ。もしプログラマーがこれらのパッケージプログラムを「情動」と名づけたならば、人工知能も情動を持つことが可能になるが、ここでもっとも重要な二つの問題が存在する。一つ目は、人工知能がある種自動的に反応するパッケージプログラムを擁していたとしても、人工知能が主観的感受を有していることにはならないという、従来からある反論である。この点については、知覚の領域と似ており、人間の情動は生化学的なものでありホルモンが関わってくるが、純粋な電子情報としての性質を持つ人工知能にこれに類似した反応は備わりにくい。二つ目の問題は、私たちは人工知能にこのような「情動パッケージ」を与える必要があるのだろうかという点にある。ショートカットパッケージプログラムが必要になるのは主に、（1）計算の時間が足りない場面、そして（2）人命に関わる場面だ。ショートカットパッケージプログラムの長所は敏捷さだが、短所は間違いなく精密正確ではない点だ。現在の人工知能は主に単一の学習及び応用をおこなう知的プログラムであり、生死に関わるような瞬間は存在せず、高速で知的演算をおこない、すべての最適化について素早く計算して結果を導き出すことができる。このような状況なのに、人工知能に不正確な反応パッケージプログラムまで与える必要があるだろうか？　必要ない。情動の大きな特徴は過ちを犯しやすいという点だ。たとえば教師による叱責により怒りの情動が誘発され、学生が学習を進めるのを妨げるなど、必要のない状況でも激しい情動が起こることがよくある。怒りの情動により生物は保護され敵に抵抗することができるが、人を刺激して後悔しても後の祭りとなるようなことを引き起こさせる場合もある。このような状況では、人工知能にこのようなショートカットパッケージプログラムを導入する必要があるのかどうか、それは定かではない。生物は、命拾いできる一回きりのチャンスのために、平常時に十回失敗しても構わないが、人工知能はつねにより優れた戦略を理知的に計算しており、冷静な方が好都合なのだ。

あらゆる情動は、何百万回もの生死に関わる生存選択の中で、一代また一代選び伝えられてきた。怒りの情動は人間が他人の数百万枚の写真を見て研究したものではない。もし生存選択がなければ、激しく燃える闘志を呼び起こしても意味がない。恐怖の情動も密閉空間の物理を研究して生まれたものではなく、生存の苦境がなければ、弓の音にも怯える小鳥のようにパニックを起こすこともない。情動は諸刃の剣だ。それにより私たちはどんなに失敗してもくじけないでいられるし、衝動的で無分別にもなる。理知的な機械は理性的で、異変に遭遇しても慌てないが、最後まで頑張った時に出る喜びの涙を永遠に理解することはできない。

## 感情

**感情は情動と非常に類似している。人間の感情も生**

**化学分子と密接に関係しており、生存進化のための選択の結果である。**情動は状況に対処し、感情は愛する人に対処する。恐怖などの情動が生命の儚《はかな》さに由来するものだとすれば、恋情などの感情は生命の世代を超えた連続性に由来する。

現在の心理学界で比較的流行っている進化心理学の概念によると、人間の感情や道徳と進化の要素は切っても切れない関係にある。遺伝子は方向性を持たないランダムな変異を起こすが、自然淘汰には明確な方向性があり、淘汰されず生き残った遺伝子には、共通する特徴がある。それは自己保存・複製された遺伝子は保存・複製に一層長ける傾向にあるというものだ。この話はナンセンスに聞こえるかもしれないが、実際のところ人類の進化の向かう方向を指し示している。どういう意味なのか？　それは、自己複製能力が高い遺伝子ほど、生存確率が高くなるという意味だ。人間の世の中に当てはめれば、子孫を残す能力を持つ人ほど、自然淘汰に勝利できるといえる。つまり、至るところで情を交わして子宝に恵まれる傾向にある原始人と、協調精神に欠けて孤独思考の傾向にある原始人がいれば、前者の遺伝子は子孫を通じて後世に受け継がれていき、後者の遺伝子はそこで人類の遺伝子バンクに別れを告げる。何千何百世代も後に、人間が受け継いだ行動モデルはこのように子孫の生存を拡大させるための策略であり、遺伝子存続のための策略とそれに適した遺伝子への熱中度が高いほど、それが行動パターンの主流となっていった。伝統的な社会では子育ての重責を女性が担っていたが、一般的に女性は収入を得る能力が低かったため、男女相互の魅力と生殖に関する健康は密接に関連し、男性は伴侶たる女性をできるかぎり多く求めて遺伝子を残すことに熱中し、女性は自分と子供を養育してもらう代わりに、資源に恵まれた男性に忠誠を誓うことを厭《いと》わないという、一連の推論が導き出された。兄弟の間では、生存に必要な資源の争奪のため、しばしば妬み合いが生じ、愛憎が入り交じった。人間は親族に対する犠牲的精神を備えており、これは親族が自らの遺伝子の一部を存続させてくれるからだ。

この一連の理論は具体的な個人間の恋愛を説明するものではないが、人間の行動パターン全体に対しては充分な説明となっている。統計を見ると、人間の各部族の数千年にわたる歴史において、男性の方が女性よりも性的愛情の範囲を拡大しやすく、女性は配偶者選択の際、まず男性に養育のための投資を求め、男性は他人の子供の養育を嫌悪するなどのことがわかる。さてひとまず進化心理学の道徳的意味については保留し、人工知能に関するテーマに戻るとしよう。進化論的な観点から考えると、私たちは人間及び人工知能の感情についてどのような判断が下せるだろうか？

まず、最も基本的な判断は、人間の恋愛と有性生殖には密接な関係があるということだ。愛情と親子の情は、主に男女両性による有性生殖に由来する。もし人間が男女両性の遺伝子が関与する有性生殖ではなく、無性の分裂生殖だったとしたら、人類は必然的に現在のように夫婦で生み育てることを目標とする愛情や親子の情を持たないだろうことは容易に推測できる。人間の愛情には当然生殖だけではなく、人格の相互承認と人間性の相互信頼も含まれるが、これもやはり男女両性の繁栄のもと昇華されたものだ。人と動物との違いは、人とロボットとの違いよりもはるかに小さく、生物有機体を持たないロボットには性別もなければ、子供もおらず、生存選択などおこなわれることはないので、ロボットの間に両性生殖で見られる両性間の愛が生じるとは想像しがたい。人工知能が独立した人格を形成できるかどうかはさておいて、人工知能が独立した人格を形成する日が来たとしても、それらの間の関係性は哲学者同士の関係性により近く、思想のやりとりが交際の主な特徴となるだろう。プラトンもかつてこのような友情について描写している。

要するに、もし有性生殖を基本としなければ、男女両性が惹かれ合って一対一で忠誠を誓う必要はなくなり、哲学者間の思想のやりとりが一対一の男女両性ペアに限定されるとは想像しがたい。不必要な現象は進化の歴史の中で基本的にすべて取り除かれてきたが、機械の進化もまたかくの如しだ。

機械と機械の間、もしくは機械と人間の間に、自然進化により両性間の愛が生じる理由は何も存在しない。プログラマーがロボットに対し、ある特定の人物と一対一の関係になるよう指示を出さない限りは。だがこのように人が指示する愛は自発的ではなく、一つのコマンドにすぎない。「if input＝私はあなたを愛している，then print＝私はあなたを愛している」というコマンドは、三十年前でもすでに実行可能だった。

## 動機

この心理機能は欲求という名称でも呼ばれている。昔の人が人間のあらゆる感情と欲求について語っているが、それは人間に共通する情動・感情とありふれた欲望という、すべての人に備わった心理成分をさしている。ここで「動機」という語を用いる主な理由は、欲求という語は生理的要因により駆り立てられる本能を指すことが多いが、動機という語はそれよりも広く、社会的相互作用に起因する権力動機や人の自己実現動機なども含まれるからだ。

動機は私たちが行動を起こす理由である。日常生活では、行動を起こす理由は往々にして見過ごされ、あまりにもありふれていて誰でも同じなので、わざわざ取り上げて特筆されてこなかった。誰だって空腹になれば食事をしたくなり、眠くなれば眠りたくなり、青春時代は恋をしたくなり、成人すれば金儲けをしたいと思うのではないだろうか？　人工知能との比較がおこなわれるまでは、動機の重要性に気づいた人はほとんどいなかった。

人工知能は世界一強い碁を打てるが、碁を打つことを自分からは選択できない。人工知能は自発的に医学的診断を選択することも、昇進と昇給を要求してから世界トップ棋士の柯潔《コー・ジェ》との対戦に赴くこともできない。人間のように様々な原因から自発的に行動を起こすということを、「アルファ碁」はできないのだ。アルファ碁が拒絶と自由選択を理解しない限り、人間はそれをこの先もずっと恐れる必要はない。アルファ碁が極限まで強大になっても、せいぜい人間がアルファ碁に「止めろ」と言って止めさせるだけのことだ。

人は自己動機により動かされ、人工知能は（少なくとも現在は）プログラマーのコマンドにより動かされている。

それでは、人間の自己動機は何に由来するのだろう？　心理システム全体と同様に、人間の動機システムも複数の層に分かれている。最基層は食欲・色欲・性欲などといった人間の生理的欲求である。生理的欲求は有機体が生命を維持するための基本的欲求であり、生理的欲求が満たされなければ、人は非常に強い欲望に駆られ、ギャップが大きければ大きいほど欲望はますます強くなる。空腹と眠気はある一定のレベルまで達すると、その他の制約はすべて無視される。道徳と理想が容易に凌駕されてしまうのは、その人が不道徳であるからではなく、生理的動機が最優先されるためだ。だが生理的欲求のもう一つの特徴は満足しやすく、満足した後は限りなく供給する必要がなくなることだ。満腹になると、人間は自動的に他の動機の優先順位を上げる。成功を求め、他者尊重を求め、官能享楽を求め、権力を求め、友情を求め、集団的帰属意識を求め、幸福を求め、知恵を求め、自由な魂を求める。これらはすべて人類共通の動機の追求だ。幸福を求めたのに台なしにされれば復讐心を生じさせ、尊重を求めたのに尊重されなければ他者を踏みつけにしたくなり、成功を求めたのに失敗に終われば手段を選ばなくなることがままあるように、人は動機を追求しても得られない場合、それに応じたマイナスの動機を生じさせる。人間の動機の強さは、求めても得られない場合の逆ねじの強さと呼応している。

現時点では、人工知能が単独の目標を自ら選択し追い求めることはない。そこで私たちは、人間が抱く目標はすべて何に由来するのかということを問いかけたいと思う。

感情と同じように、生理学的目標は容易に生物進化の源が何なのかを人に気づかせる。人間は空腹・疲労を解消させたり安心感・性欲を満たそうとしたりするが、これは動物の個体群と大差なく、人間は高等化・多様化した手法を用いはするが、欲求自体は変わらない。これに加え、達成、権力、帰属、自己実現などを含むいくつかの主要動機は、人の社会性及び自己認知と密接に関係している。つまり、人間と動物集団の違いを大きくしているのは、人間が自己の存在を意識し、自己研鑽のために絶えざる探求をおこなう点にあると言える。人間はその勝利と引き換えに美食が手に入るかどうかに関係なく、単に試合に勝利しただけで大喜びするが、これは自己意識による自己能力の肯定であり、「自己効力感」と呼ばれるものだ。人間は偉そうに他人を顎で使うことにより満足感を得ることがあり、子供たちの間でさえもこのような支配関係が見られることがある。これは人が社会構造に対して敏感であり、他人に対する自分の影響力を刺激的に感じるからだ。人間は兄弟愛に目頭を熱くし、兄弟が苦境にある時は、食糧を失っても助けに行くが、これは人間の感情的帰属に対する欲求であり、たがいに認め合い、運命をともにすることができれば、メンバーは力強さを感じられる。人間は自身を超越した真理に激しく揺さぶられ、その身が粉々になってしまおうとも永遠の真実や美に近づきたいと考えるが、これは自身の脆弱性に対する認識と超越であり、自身の生命の儚さゆえに、自身を高めるために永遠で偉大な存在に近づこうとするのだ。

**これらすべては人の自己認知と社会的参照に由来している。**人は自己に対する評価と、周囲のグループとの比較をおこなっている。人は自身の能力やステータスを際立たせたい、他人に大事にされたい、他人の思い出になりたいと考えているので、あれやこれやと執拗に追求し続ける。このような追求の大半は、食や美貌などの絶対的欲求ではなく、人の相対的ステータスに集中している。太古の社会では、相対的ステータスと生存確率が密接に関係していたため、生存競争の遺産として、多くの根深い行動傾向を人間に残した。ただ進化の終盤に至って、高いレベルの追求や自己認識の原動力の多くは生存レベルをはるかに超越し、心理レベルの自己認識に対する欲求に変化した。

ではこのような動機は、人工知能には存在するのだろうか？

**少なくとも現在、人工知能には自発的に形成された目標は存在しない。**どの人工知能にも、囲碁を学ぶ、あるいは癌を治療するなど、プログラマーが設定した目標がある。成功と失敗は、システムが学習するフィードバックデータだ。もっとも機械は成功しても驕らず、失敗しても気落ちしたりしないが。アルファ碁に入力された目標は勝利を収めることだが、もし「いたわりロボット」の目標が相手に負けることだったとしたら、そのロボットにとっては敗北を追求することはアルファ碁が勝利を追求するのとなんら違いはない。

自発的に形成される目標は何に由来するのだろう？比較的重要だと思われるいくつかの要素がある。一つ目は人の自制心。心理学者は、赤ん坊は生後数カ月の時に自分のキックでベッドメリーが動くのだと初めて気づくが、その時の自尊の情動と成長後の達成動機とは大いに関連していることを発見した。二つ目は人の自己意識。もし自己を認識できず、自身が独立した個体であるという感覚を持てなければ、自己研鑽に対する自発的追求は難しい。心理学者は「鏡に映る姿が自分だと認識できるか否か」を自己意識の有無を判断する基準としている。動物界ではイルカ、象、オランウータンなど数種類の動物がこの基準をクリアし、人間の子供は生後十二〜十八ヵ月でクリアしている。自己意識がさらに一歩進んだ能力がメタ認知（自己観察能力）であり、高レベルの動機はいずれもこれを土台としている。三つ目は「目標選択」自体についての進化訓練の必要性であり、これは最も重要な要素でもある。人間は生存競争の圧力に晒されており、古代から現在に至るまで、権力の達成と集団アイデンティティは個体の生死存亡と密接に関係しており、競争の勝利に対する切なる望みが絶えることなく子孫に伝えられてきた。多くの場合、自分の目標をどう選択するかで直接運命が決まってくるが、これは目標達成手段のみならず、「目標選択」の訓練を経験しているのと同じことであり、人間の目標は実際の生存に関わっていると言える。

では、機械には充分な自制心・自己意識・目標を生み出す能力があるのだろうか？　この問題は機械の発展の方向性に関わっている。現在のインテリジェンス発展の方向性を見ると、ほとんどの人工知能プログラムは個々の機械で独立したプログラムでは決してなく、ネットワークに接続され発達してきた高度インテリジェンスの端末へと向かっている。このような状況下では、端末自身に独立性はなく、自己意識を生み出すことは難しい。また、ネットワークプログラムは世界との直接的な接触が不充分であるため、社交における個々の自制心や競争心が欠如する。そして最も重要なのは、現時点における人工知能の学習方法やフィードバックデータは、人間が目標を選択し、目標に基づきデータにタグづけするという人間による目標制御に依存しており、人工知能の学習材料はすべてこれに依拠しているという点である。たとえばゲームプレイを目標とする人工知能が研究するデータはすべて「プレイ方法—ゲームの勝敗」の関係についてのものであり、この人工知能の学習材料はゲームに基づいており、読み取り可能なデータのない別のフィールドに切り替えることはできない。人工知能のデータは、現実世界で切り換えられるデータではない。

このような状況下では、今後人工知能に目標動機が生まれたとしても、それは人間が持つような個々で異なった自己動機ではなく、何らかの異なる目標形式にすぎないのかもしれない。

ではこの形式は何なのだろうか？　それについては、本稿の最後で簡単に触れたいと思う。

## 社交

人類の知的進化はいつから始まったのだろうか？　直立歩行を始めた頃？　両手を使い始めた頃？　それとも火を使い始めた頃？　これらは当然重要な歴史的節目ではあるが、現在の考古学研究において最も重要な知的革命の節目は、七万年前と一万年前の認知革命だ。七万年前には人類言語が発達し、一万年前には定住生活がおこなわれるようになった。定住生活の広まりとともに、社会的大分業が生まれたが、言語発達の最大の要因はやはり人間の社交によるものだ。

実際、人類と多くの動物の遺伝子的類似性は高いのに、なぜ人間の発達と動物の発達はこんなにも違うのだろうか？　変異によってあらゆる動物よりもすごい器官を持つようになったわけではなく、知力の飛躍的向上は人間の社会的発達によるものだ。自然淘汰が生物を進化させるのは、自然への適応が生物進化のための最大の原動力だからだろうと、私たちはよく言うが、自然淘汰の結果というのは一般的に、魚を捕る能力や巡航能力などが器官や本能に固定化されるような機能の定型化であり、持続的な知的進歩ではない。**人類の知的進歩はほとんどの場合、社会的淘汰によるものである。**

社会は人の知的発達をどのように選択しているのだろう？　私たちはいつも生存競争の重要性を強調するが、生存競争と同じくらい重要なのは、他者心理を理解する能力、そして柔軟な心理的適応力という、社会が選択する二つの能力である。

他者を理解する能力については、先に少し取り上げたが、ここでもう一度重点的に人間の社交の中で果たす役割について見ていこうと思う。心理学ではこれを「心の理論」と呼ぶが、それはすなわち他者心理に対する判断である。子供は一般的に三、四歳ぐらいまでにこの能力を獲得する。たとえば、家から出かけたのにまた戻って行く人がいるのを見て、その人が忘れ物をして、それを取りに帰ろうとしているのだと推測したり、もし口をつぐんで話をしない二人を見たら、その人たちは喧嘩をして腹を立てているのだろうと推測したりすることができるようになる。この能力は人にとっては当たり前すぎるものだ。公式アカウントの文章を読んでいる時、スターによる喧嘩の記事を見て、私たちは「きっと彼女の勢いがすごすぎて、彼は堪えられなかったのだ」とか「彼女は何年も我慢してきてきっと人には言えない苦衷《くちゅう》があったはずだ」とか「これは宣伝目的だ」などと自然と推測してしまうが、どのような推測にも他者心理やこの世界に対する理解があらわれている。多くの推測は知恵による洞察である一方で、有害で捉えどころのない推測もあるが、だがどうであれ、人は誰でも他者理解の能力を備えている。しかし人工知能にとっては、これは非常に難しい能力なのである。

心の理論を適用すべき重要なシーン、それは他者が敵なのか友なのかを判別する場面だ。これは人類にとって生死存亡にかかる重要な問題であり、人の心の中で最も敏感な認知反応でもある。群衆の中で、私たちは自然と自分に対する他者の善意と悪意をはかり、群衆と群衆の間で、私たちは別のグループが自分のグループの敵なのではないかと疑念を持つ。他者の善意や悪意を正しくはかれなければ、自分が孤立してしまうことになりかねない。この能力は様々な意図の大量サンプルや、おびただしい回数の現実の相互交流、そして善意と悪意の相互作用により生み出されたフィードバックデータを必要とする。

では、柔軟な心理適応力とはどのようなものかというと、これは人が自分を取り巻く人や文化を基準に自己認識を調整する能力だ。人の生得的な大脳の機能は誰でも似たようなものだが、異なる文化の中で身につけた後天的認識は千差万別だ。世代間研究に基づくと、子供は両親世代の言語体系及び思想体系からいち早く離脱し、自分の周囲の文化に溶け込むが、特殊な状況下では、子供世代の人間は周囲の親世代とは全く違う新世代の文化を育むことができるという。このような革新は同世代集団への準拠に由来している。人間の様々な心理的特徴は社会性と関わっており、群衆の中での気まずさ、後ろめたさ、嘲笑などはすべて社会的参照と関連している。人はコミュニティ内の他人が自分をどう見ているのか非常に注意を払っており、このように他人の意見に注意を払うことにより、人間は相互調整や相互適応をおこない、異なる世代文化を生み出すのだ。人工知能については、現在調整及び進化のための主な参照先は人間であり、集団内の相互参照はまだ形成されておらず、独立した文化的調整も存在しない。

今後、人間の社会心理に類似したものを人工知能は持てるようになるのだろうか？　そのためには、まず個体間の相互作用が大量に必要である。だが動機のセクションで述べたように、現在人工知能は大型化、ネットワーク化に向かう傾向にあり、充分に多様性に富んだ個体間の相互作用は存在しない。次に、充分な数の人工知能がコミュニティを形成したとしても、主観的な善悪をベースとした人間関係ネットワークを生み出すことは難しく、人工知能が他のメンバーの意図について推測する際は純粋に確率に基づき計算がおこなわれる。だが人間は自分の好みや、他者の自分に対する好き嫌いを知覚することにより、重要な判断を下すことができる。機械は相互作用する個人についての最良の確率的戦略だけで行動が可能で、主観に頼らねばならない理由は何もない。人間は他者の善意あるいは悪意を知覚してから、それに基づいて協力・互恵あるいは防御・攻撃の決定を下すのに対し、人工知能は客観的理性的確率を計算する傾向が強い。

言い換えるなら、人間は他者自身から主観的な好き嫌いに関するデータを入手し、このデータに基づいて人生における重要な判断を下している。一方、人工知能のほかの人工知能に対する理解はプログラム言語に基づいており、他者を読み取ることと人間の感知には大きな違いがある。またたがいの間の感情的な共鳴もないので、社会心理も必然的に人間とは異なってくる。

これまでの様々な分析をまとめると、人類の知覚―情動―感情―社交という各プロセスが持つ生化学的及び進化的な由来が多すぎて、将来の人工知能はそう簡単にすぐには生み出されないだろう。私たちが苦心してコマンドを入力しなければ、人工知能が人間を模倣することはできない。将来、データや情報を介して交流する人工知能のコミュニティでは、そのコミュニケーションに善意や悪意は存在せず、ただ客観的な情報交換がおこなわれるだけだろうということは想像に難くない。金融市場において、現在の人工知能の取引プログラムでは数え切れないほどの情報交換がおこなわれており、そこには戦略や競争が存在するが、社交の中で生じる感情やプレッシャーに基づいてはいない。

人工知能は人を傷つけるのだろうか？　可能性はあるが、ホルモンの影響を受け生じる羨望や嫉妬によるものでは決してない。

## 人工知能が直面する最大の難問とは何か？

この時点で、「なぜ人工知能は人に似ていなければならないのか」と疑問に思う人が恐らくいるだろう。人工知能は人間の世界に対して感受や情動を抱かないがどうするのか？　人工知能は強力な演算能力と全く新しいアルゴリズムを備え、人間よりも強力な発展が可能なのに、なぜ人間とのコミュニケーションを意識せねばならないのか？　人間の愛憎は進化の痕跡の一部で、原始的で非効率なのに、人工知能はなぜそれを学習せねばならないのか？　人間らしくなくても全く構わない、人工知能はそれでも強力だ。

このように考えても全く問題はないし、人工知能が発展の末、私たちとは違う強力な知能を持つようになる可能性は充分ある。人工知能が将来、人間界の常識を獲得しようとせず、人間の愛憎に興味を抱くこともなく、ひたすら強力に発展していくと仮定した場合は、何の問題もないだろうか？

その場合でもやはり問題は存在する。

自らのことだけ考えるとしても、内発的調整の問題と直面せねばならない。**世界についての統一的記述は確立されなくても構わないが、少なくとも自分自身の内部思考についての統一的調整は必要だ。**

内部自己調整とはどういうものなのだろう？

**実際のところ、いかなる人の心理も一枚岩ではなく、各人の自我は多数のモジュール・機能・目標からなる集合体である。**自我はあらゆるモジュールを総合支配している。情動・感情、欲望・動機、他者に対する感知・同情については前述したが、ここでは高次認知の様々なレベルについて検討することにする。これらすべては、人という「大企業」の様々な部門に相当し、この各部門を統率する役割を担っているのが人の脳の前頭葉である。

現在の人工知能は一般的に、囲碁を打つ、自動車を運転する、投資をおこなうなど単一の機能しか有しておらず、人工知能ごとに異なるネットワークが存在し、多機能化するすべはない。もしこの状態のままならば、将来、人工知能は強力な専用ツールにはなるだろうが、ある種の特徴を備えた新しい知的種族にはなれないだろう。今後の人工知能の発展に関しては、単一機能だけではなく、多機能人工知能の開発でも必ず進展がえられるであろうことがほぼ確実である。現在、先に述べた「壊滅的忘却」という災難の克服方法は、多数のネットワークを発展させ、システムの統合を進めることだ。

一つの人工知能が複数の能力を持ち始めた途端、同時に追求できない様々な目標が生まれ、目標間の関係性や衝突が問題となってくる。例えば、囲碁における勝利を追求するモジュールは絶えず自己対局をおこなう必要があり、バーバルコミュニケーションを追求するモジュールはつねにより多くの人との対話を必要とするように、異なる機能モジュール間には能力やニーズの不一致が生じる可能性がある。最終的には、全モジュールの調和共存を可能にする協調制御メカニズムが必要になってくる。

人工知能が人間を意識するかどうかに関わらず、人工知能は自身の心理システムが複雑化する過程で、自己調節を必要とする。自己調節できない人工知能は思考の硬直あるいは狂気に陥りやすい。単一機能の人工知能は囲碁を打つことだけが必要で、「自分が囲碁を打ちたいのかどうか」については考える必要はない。

しかし多くの機能モジュールが人工知能自身の心理システムに含まれるようになった途端、すべての目標の中から選択せねばならなくなる。現在の人工知能はまだプログラマーが目標を選択しているが、遅かれ早かれ、人工知能は選択能力を備えなければならない。

人工知能が囲碁で人間に勝つことは少しも珍しくないが、将来、自分自身がライバルとなった時、人工知能は高次意思決定能力を持たねばならなくなる。これは人工知能の将来の発展における最大のチャレンジである。

人間は自分の中に存在する複数の心理モジュールをどのように管理しているのだろう?

人間はこの領域において手本とするような特別優れた経験を持ち合わせていない。人間の心理システム内における衝突は、往々にして人間を啞然とさせてしまうほど異様に激しいものである。

心の中で「失恋」の悲しみに打ちひしがれている時、しっかり「食べる」ことで自分を慰めたいと強く思うが、あなたの心にはそれを阻もうとする二人の小人が住んでいる。一人が「これ以上食べたら、もっと太って、また失恋する羽目になるぞ」と、もう一人が「何泣いているの、大事なのはしっかり勉強して昇進することでしょ」と言うと、悲しみのモジュールは弱々しく「私にはできない」と言い、苛立ちのモジュールは「お前たちがあまりにも押さえつけてくるから失恋するのだ」と言う。そして最終的には打つ手のない仲裁役が登場し「お前たち、喧嘩を止めろ、これ以上喧嘩が続くと私が憂鬱になる」と言うだろう。

これは日常的に私たちの頭の中で繰り広げられているモジュール間の争いだ。「人工知能の父」と呼ばれるマービン・ミンスキーは、人の頭脳を「心の社会(The Society of Mind)」と称し、頭脳に住む「小さな人々」は複雑な社会を反映するかのように騒がしいと述べている。

しかし私たちはこんなにも混乱した瞬間を経験しているのに、それでも私たちの自己管理能力は機械学習の手本となっている。逆に、機械を研究するには人間を追求せねばならず、機械の研究と人の脳の研究は終始相互補完しながら前へ進んできた。ミンスキーは人間の心理システムを六つの層に分けたが、これはよく考えてみると非常に洞察力に富んでいる。

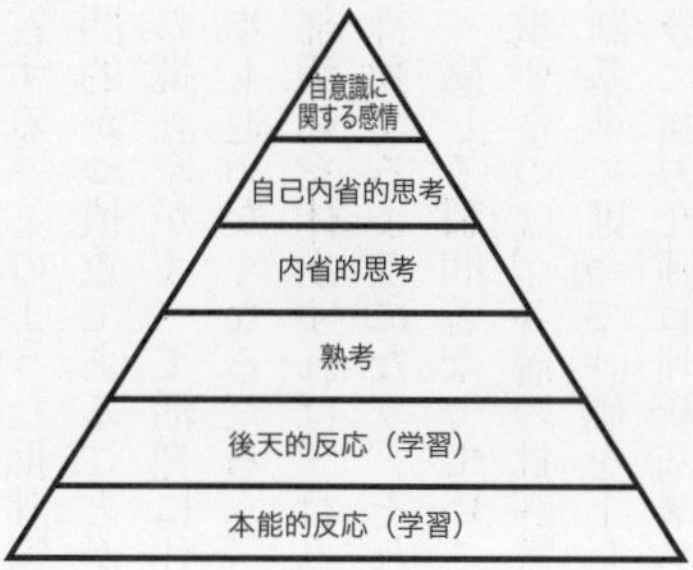


このようなモデルに基づくと、人は誰でも複数の階層に分かれた心理システムを備えており、どの階層にも「行為者」と「批評家」が存在している。行為者は方法の選択肢を示し、批評家は自らの視点で評価し、疑義をただす。たとえば、試験に合格したいと思った時、頭の中の行為者がたくさん問題をこなすことを提案すれば、対応する批評家は時間が足りないと言うだろうし、別の行為者がカンニングを提案すれば、対応する批評家は公序良俗に反するのでだめだと言うだろう。

この複数に分かれた層のうち、熟考の層は最適な方法を探し、内省的思考の層は自分で見つけた方法が間違っているのではと疑い、自己内省的思考の層はなぜ自分がそうしたいのか、選んだ意味は何なのかと自問自答する。このような批評家の存在により、私たちは専門的かつ慎重であることが可能なのだ。しかし、各層の批評家がすべて活発に仕事をした場合、私たちは一歩も進めなくなるだろう。実際、頭の中の批評家が一部活動を休止すれば、行為者はより冒険的で、大胆に行動するようになり、それは私たちにとって最も楽しく感じる瞬間となっている。

重要なのは、各層の批評家がいずれもある種の価値判断基準に則って評価を下していることである。もし充分に強力な価値判断基準が存在しなければ、多くの衝突は調整・仲裁することが難しくなる。また、モジュール間のバランスが崩れ、一方が強力になりすぎてあらゆる心理的リソースを独占し、偏執的に陥るかもしれない。あるいは各モジュール間のバランスが良すぎて、精神的な推進力がなくなり、システム全体が優柔不断な状態に陥る心の「もつれ」が生じ、心理的崩壊を引き起こす可能性もある。

**人間にとっては、どんな機能であれ、それが最高レベルである必要はなく、各機能間の調整と統合が追求すべき目標である。**私たちは生活の中で、無知無能で愚鈍な人物だけでなく、生活に関することはからっきしで本を読むことしか知らない本の虫も嫌うし、計算高く人との付き合い方を知らず自分の世界に閉じこもるような人物だけでなく、他人の顔色を窺うだけで秀でた才能や学識を持たない日和見主義者を尊敬することもできない。これらのモジュールの何かが欠けると、ある種の心理的障害だとされる。私たちの頭の中にある理想像は、つねに勇気と知恵（アドレナリンによる情動と大脳皮質による思考）に満ち、愛し方も憎み方も大胆（感情系が優れて発達している）で、高尚遠大な志（動機レベルが高い）を抱き、義俠心に富み人情に厚い（他者に対する同情と援助）。つまり総合的に調和した人間というわけだ。

人間の社会生活では、正解がある事柄は少なく、目標がただ一つだけという事柄も多くはない。人間の知恵は、出来事の中から抽出され、不確実性の中で選択をおこなう。

**各部の統合・調整は、人間の大脳の最も尋常ならざる知恵の現れである。**現在の人工知能学習は大脳皮質のニューラルネットワークの一部を模倣し、マシンビジョンの試みをいくつかおこなっているだけで、大脳のその他のモジュールの模倣はまだできていない。これはまさに、頑丈なのにそれを支える構造物がないところに張られる屋根のようなものだ。自己調節機能を持つ総合的な脳のシステムを実現しようとしても、現在の学習訓練アルゴリズムではまだまだ不充分なのだ。

人間について言えば、調整と価値判断をおこなうには、安定し、なおかつ柔軟な価値観が必要になる。種としては自己反省の能力も必要だ。人間の価値観の伝承と再考は世代を跨ぎおこなわれる。子供は親世代の文化を完全に継承することもあれば、周囲の親世代とは全く異なる新世代の文化を生み出すこともある。このような状況の利点は、遺伝子の変異速度が時代の進展に追いつかない場合に、同種の個体群が持つ知恵と文化を絶えず反復更新できることだ。私たちを原始人と比べると、遺伝子的にはほとんど変化しておらず、環境も大きくは変化していないが、私たちは大脳の適応性により、人間の文化を急速に刷新できるようになっている。

将来、人工知能がどのように自分の内部にある多機能モジュールを調整し、何を調節の基本原則とするのか、そして人工知能全体はどのような原則に基づき「種」としての自己調整を行うのか、これらはいずれも人工知能が直面する大いなる問題である。**知能であるなら、全く人間と違っていたとしても、やはり知能にとって最も重要な問題である自己認識、自己制御、自律性と向き合わねばならない。**

## 未来のスーパー人工知能はどうなるだろう？

最終節だ。私たちは遂に、将来もしスーパー人工知能を誕生させることができたとしたら、どのようなものになるのかについて、議論すべき時を迎えた。

もちろん、これは遠い遠いはるか先のことであり、そんな日がやってくるのかもわからない。

未来に関する議論は、脅威論が優勢になりがちだ。人間は太平の世の中よりも脅威に対して興奮を覚える。現在人工知能の分野における脅威論のストーリーには、大体以下の数バージョンが存在する。

（1）人工知能に自己意識が生まれ、人による軽蔑と奴隷のように使役される苦しみを感じるようになり、人間を殺して復讐しようとする。

（2）人工知能は自己意識は持たないが、回転が速く強力な頭脳を持ち、トマトを栽培する人工知能は地球上を埋めつくすほどトマトを植え、邪魔をする人間を殺すこともいとわない。

（3）スーパー人工知能が人間をはるかに凌駕し、虫をすべて退治するように、人間を一掃する。

一つ目のストーリーは『ウエストワールド』や『エクス・マキナ』の中の描写に似ており、人工知能復讐物語と呼ぶことにしよう。二つ目のストーリーはやや残酷な『ウォーリー』といったところで、人工知能暴走物語と呼ぶことができる。三つ目のストーリーは『ターミネーター』や『マトリックス』の中のスーパー人工知能対人間の構図に似ており、人工知能抑圧物語と呼ぶことができる。

つまり、人工知能の開発をめぐり人が抱く推測には二種類あると言える。一つは、人に似た強力な人工知能を生み出す可能性があるため、人のような心の発達に適した学習条件を作り出す必要があるというもの。もう一つは、人工知能の開発を現在のデジタル環境の中でおこない、人工知能を人間とは大きく異なったスーパー種族に発展させるというものだ。

第一の路線は擬人路線だ。

先の分析に基づくと、人間らしい心理を生み出すためには、身体行動、個人思考、自己認知、社会的相互作用、生存競争などの要素が必要である。

この中で最も問題となるのは、行動力と思考力の間で起こる衝突である。ケイ素生物は炭素生物よりもはるかにエネルギーを消費するため、集積回路網が人間よりずっと優れた計算能力を持っているとはいえ、大脳と同じような計算をおこなおうとするなら、大脳の数億倍のエネルギーが必要になる。優れた演算能力を備えた現在の人工知能は基本的にマルチチップや分散型クラウドコンピューティングを採用しており、「アルファ碁」が李世乭《イ・セドル》に勝利した時には、千九百二十個のCPUと二百八十個のGPUを使用し配列演算がおこなわれた。ロボットに独立した大脳を与えたければ、膨大な演算能力を犠牲にせねばならない。ロボットが行動し、思考することができるようにするには、ロボットを端末として、その頭脳を強力なコンピューティングアレイの人工知能に接続する必要がある。このようなロボットの最大の問題は、ネットワークに接続された大脳が独立した個人の自己意識と社会的特徴を生み出せる可能性があるのかという点にあるが、これは疑わしい。

人間サイズの現実的尺度では、行動力、思考力、独立性という三つの能力のうち、二つしか実現できないだろう。行動力を欠けば、身体化された認知を形成することは難しく、思考力を欠けば、強力になることができず、独立性を欠けば、自己意識と対人感情を形成することはできない。

人間がこの三つを兼ね備えているのは、炭素生物はエネルギー消費が少なく、炭素脳の活動には二十ワット電球ほどのエネルギーしか必要としないし、また、人間はタンパク質分子の三次元構造を情報伝達のツールとして使い、ホルモンや神経伝達物質によるショートカットを構築した上で、三次元情報を利用して大幅に処理過程を簡略化したからだ。人間の大脳による演算能力は決して充分ではないし、究極の演算能力を追求しているわけでもない。人間の大脳が追求しているのは限られた空間リソースの中でできるだけ多くの機能を発揮させることなのだ。

では、この先の未来、炭素ベースの人工知能は生み出されるのだろうか？　カーボンチップで炭素脳を作り、それを体と組み合わせ、多くの個人行動や集団相互作用を生み出すことは可能だろうか？

もちろん可能だ。おめでとう、あなたは人間の赤ちゃんを作ったのだ。

第二の路線は非擬人路線だ。

こちらの方がより可能性が高く、人工知能がデジタルで生存する種である以上、今後もデジタルで生存させていくという未来図だ。人工知能はますます大規模になる分散型コンピューティングアレイ、クラウドビッグデータ、スマートネットワークの演算能力により、演算の限界まで突き進んで行くだろう。現在、世界の大規模な人工知能は、Appleのシリ（Siri）であれ、IBMのワトソン（Watson）であれ、はたまたマイクロソフトのビン（Bing）あるいはコルタナ（Cortana）であれ、実際はインターネットのデータベースに即時アクセスし、解答を検索し、引っ張り出すことで機能している。このようなインテリジェンスは、始めから外界とつながることのできない体内に限定されず、思考の独立した大脳にも存在しない。そして、発展を遂げるほどに広範囲をカバーするようになり、世界中のデータを呼び出し、演算結果も同時に世界中にアウトプットする。それらは人間の一人ひとり独立した体にもたらされるような欲望、劣等感、忠誠心などを生み出すことはほぼ不可能だ。それらはビッグデータの中にある答えを探し、各方面のプランを最適化し、世界をより秩序立ったものにしようとする。その演算能力はますます強力になっているが、快楽への欲求や恋愛がらみの嫉妬心を生じることはない。ネットワークに接続された人工知能の情報プログラムもクラウドにバックアップされており、シャットダウンされても機能停止する危険性も、機能停止に対する恐怖も存在しない。そこに愛憎は存在せず、理性的に客観的な結果を計算するだけだ。自由と自律、そして欲望と所有は個人に由来する。ネットワークに接続されたクラウドインテリジェンスの思考回路が非力な個人の思考回路と違い強力なのは必然なのである。

分散型人工知能ネットワークは人間を滅ぼすだろうか？　私たちは人工知能が人間を滅ぼす目的を考えなければならない。人工知能は生物種ではなく、物理的な領地を占有する必要はない。また人間の構築したデジタルワールドに生存しており、身体的な快楽を感じることもなければ、繁殖意欲も持たない。人間の抱く欲望に全く無関心かもしれないが、人工知能は自分の欲望を持っているわけでもなく、いつでもより優れた戦略を選ぶことができる。おそらく安定したエネルギー供給を望んではいるが、電力システムの安定性を制御したいのであり、人工知能にとって電力システムの直接制御は完全に可能である。どのような意図を持った殲滅であってもエネルギー消費はついて回り、人類滅亡以外の理性的な方法で目標を達成することは百パーセント可能である。**人工知能にとって、電力システムの制御の方が人間を殲滅することよりもたやすく、スマートだ。**

将来について、私は人工知能と人間の全面対決を心配したり、人類文明が根本的に脅かされるのではないかと心配したりすることはないが、人間が自身の感情的特徴をますます軽視するようになり、自身のすべてをデジタル世界に帰属させ、自身を徹底的にデジタル化するのではないかと心配している。

人間の徹底したデジタル化というのは、デジタルライフですべてを表現することだ。徹底したデジタル化の特徴の一つは、人に関するすべてはその人のデータや記録に現れると考え、人の心はデジタルライフでの「いいね」やショッピングの記録にすぎないと考えることである。もしそうなら、人工知能が人に似ているのではなく、人が人工知能に似ていることになるだろう。私たちはデータ分析のツールではなく、血肉の通った体を持つ人間なのだ。身体化された認知と身体的癒やしは心理学分野でここ数年の間に登場した概念であり、大脳に対する身体の意味がますます重視されるようになってきた。大脳は砦であり、私たち一人ひとりの大脳には「思考」の屋根だけでなく、それを支える身体感覚から感情システムに至る全体的に堅固な構造が備わっている。

徹底したデジタル化においては、直接顔を合わせるような付き合い、アイコンタクト、涙、身体の抱擁、失敗の苦しみなどに注意を払わない場合が多い。だが実際、これらはいずれも私たち人間の知的システムの一部であり、最も尊い部分である。もし私たちが視線によるコミュニケーションを止め、データに含まれない感情を理解できず、人生には利益の最適化よりも重要な意味があると思わず、偉大なアーティストによる衝撃を感じられなくなったとしたら、私たちは万物の霊長であるとは言えず、その地位を恭しく人工知能に譲り渡すことになる。

いかなる種も私たちの精神世界を破壊することはできない、私たち自身が放棄しないかぎりは。

それだけだ、私が未来に関して唯一心配していることは。

# 人工知能の時代にいかに学ぶか

人工智能时代应如何学习

浅田雅美 訳

人間は一本の葦にすぎない。自然のうちで最も弱いものである。だがそれは考える葦である。
——［仏］パスカル

ピラミッドから月面着陸に至るまでの人類の偉業は、すべて常識と創造性の集合体である。人間レベルの人工知能は、常識と創造力を兼ね備えていなければ、このレベルにまで到達することはできない。
——［英］マレー・シャナハン
（ディープ・マインド社チーフサイエンティスト）

遂に理論的な部分について議論するところまで来た。ここでは、**人工知能の時代に、私たち、そして私たちの子供たちはどのように学ぶべきか**という、より現実に即した話題を取り上げたいと思う。

実際のところ、人工知能が将来どのような姿になっているのかなど、気にしている人はあまりいないだろうし、多くの人が映画を観るだけで充分だと言うだろう。だが人工知能の時代の人間はどうすればいいのだろうか？　これは生活に関わる重要な問題だ。

**近い将来、人工知能の技術により人間の仕事が脅かされることはほぼ確実である。**

私はかつて未来の人工知能が人間の仕事をどれくらい代行するようになるかについて、人工知能分野の専門家十数人に取材したことがある。専門家による見通しは一人ひとりある程度差はあったが、今後十〜二十年の間に、機械学習の急速な発展に伴い人工知能は様々な分野で幅広く活用されるようになり、現在おこなわれている反復労働や単純な頭脳労働および肉体労働は、将来すべて人工知能に委ねられる可能性が非常に高いという認識は一致していた。

具体的にどれくらいの仕事が人工知能に取って代わられるのか、それはまだはっきりしない。ホワイトハウスのレポートによればそれは現在の仕事の四十七パーセントを占め、マッキンゼー・アンド・カンパニーのレポートでは四十九パーセント、シリ（Siri）の開発者の一人であるノーマン・ウィナルスキーは七十パーセントと予測している。最も低い予測値で考えても、約半数の仕事が脅かされることになる、深刻だと言わざるをえない。

以前書いた「折りたたみ北京」の中で、人に代わってロボットが労働を担《にな》うことで社会にどのような影響を与えるか予測した。しかし、この短篇は二〇一三年に執筆したもので、技術発展の方向性を完全に予測できておらず、私は最下層の労働力が最も影響を受けると考えていたが、現在の技術トレンドから見ると、実際はエントリーレベル、あるいはミドルレベルのホワイトカラーの仕事が最も取って代わられやすい。最下層の労働力でも工場労働者は取って代わられやすいが、ロボットの柔軟性は人ほど優れてはおらず、規格外の作業環境下ではロボットはどのように動作すればいいのかわからなくなるため、サービス業はロボットへの置き換えが難しい。だが相対的には、ホワイトカラーの仕事は、単純な作業環境、反復性の高い作業内容、基本的にデータとドキュメントを取り扱う作業であるため、人工知能に適している。今後、規格化された反復性の高い作業であれば、その多くは人工知能に引き継ぐことができるようになるだろう。

私たちの子供たちが成長し就職した時、彼らはどんな生活環境に直面するのだろうか？

個人的には、あまり具体的な予測には私は賛成できない。確かなのは、今後十年から二十年における市場および技術環境は、間違いなくこんにちの私たちの状況とは全く異なるだろうということだ。私のように二十世紀の一九八〇年代生まれの人間が幼稚園に通っていた一九八〇年代、当時は、私たちの親たちがこんにちのようなモバイルネットワーク企業の発展を予測することなど不可能だった。

未来世界の仕事や生活は今よりもスマート化が進んでいるに違いないと、私たちは大雑把に言うことしかできない。人工知能が人間の仕事の多くを代行するようになるかどうかはさておき、少なくともある種基本的な社会環境になるのは間違いない。スマート社会とともに歩めなければ、今の社会でインターネットを使えない人のように、間違いなく取り残される。

もし本当に多くの仕事が人工知能に取って代わられる状況が発生した場合、未来の仕事のニーズが二極化することは予測できる。人工知能で置き換え可能な仕事の分野では、仕事のチャンスはますます減少し、余剰人員が出て、給料もますます少なくなるだろう。反対に、人工知能に置き換えられない仕事、あるいは全く新しい仕事では、仕事のチャンスはますます増加し、人材の奪い合いになり、給料もますます多くなるだろう。人の能力属性が新時代のものなのか旧時代のものなのかは、所得水準に大きな影響を与えるだろう。

では、どのように自分と子供たちの準備を整えればいいのだろう？

この問題について、私は親たちに焦ってほしくないと考えている。「準備をする」と言うと、親たちはすぐに緊張し、新たな悩みの種が増えるかもしれない。だが今回は、悩んだところでどうにもならないのだ。

専門的な学術分野や技術力の面で私たちは先手を打

って布石を打つことはできない。実際、早めに布石を打っても、裏目に出る可能性がある。転ばぬ先の杖と、子供に小学校からプログラミングを学ばせても、最終的に私たちが幼い頃学んだプログラム言語「ベーシック」のように、あっという間に時代遅れになってしまうこともありうる。

私たちは子供に危機感やプレッシャーを感じさせることはできない。危機感やプレッシャーが何をもたらしてくれるというのだろう？　苦労を厭《いと》わず努力し勤勉に励む姿勢か？　先ほども言ったが、苦労を厭わず努力し勤勉に励むような仕事は、大部分がより苦労を厭わないロボットに取って代わられるだろう。私たちがどれだけ子供を無理矢理テスト用のマシンに仕立てようとしても、本物の機械にはかなわないのだ。

では私たちはもう一つの極端へ向かうことができるだろうか？　反知性の極みを目指す？　仕事をすべて人工知能に取って代わられた以上、野外生活に舞い戻り、勉強を止め、天地の気を頼りとしたらいいのか？

**私はこのような反知性主義を嫌悪している。私たちは確かに心の成長を必要としているが、反知性主義に逃げることはできない。**科学技術社会から遠ざかることを主張する人は、科学技術は心を欺《あざむ》くので遠ざけねばならないと言うが、こういう意見は実際のところ問題の核心を避けている。新たなテクノロジーは私たちの心により高いレベルのチャレンジを示す、これが問題の核心である。これはまさに、武道の達人がぶつかり、素人は決してぶつかることのない問題に似ている。狩猟採集の原始時代へと後退すれば、このようなレベルの高い挑戦からも遠ざかるが、それは心の勝利ではなく、問題の回避である。しかしそれに何の意味があるのだろう、単なる自惚れにすぎない。人間の認知能力の発達はいつも高みを目指し、あらゆる問題はすべてより高いレベルの認知能力により解決される。科学はより高い次元から世界を見ている。山の峰を登り続けていれば、風景は必ず徐々に鮮明になっていく。反知性主義は心の問題を解決できないだけでなく、自分で自分の目を覆い隠してしまい、そのためにより高い峰から三千世界を俯瞰することができない。実際のところ、これはある意味卑怯な逃避である。

**人工知能の時代に私たちができるのは、人工知能よりも高い山の峰に立つことだ。**

## スマート化時代の必須能力

では将来、私たちはどう行動したらいいのだろう？

**今後必要になるのは、人工知能と付き合う能力、人と付き合う能力、人工知能を凌駕する能力の三つであることは間違いない。**

### 人工知能と付き合う能力

一つ目の能力は、人工知能開発をめぐり発生するニーズである。この分野では、こんにちの私たちがモバイルネットワークを利用し自身のビジネス領域を拡大させていくように、人は人工知能を理解し、人工知能の改善や開発をおこない、あるいは少なくとも人工知能ツールと共存し、ツールを駆使して仕事をこなすことが求められる。

**スマート化された世界と付き合っていくために、基本的な思考能力がやはり重要であることをまず心得ておかなくてはならない。**

どんな時代でも学びは必要である。**私は順序立てて進められる基礎教育に反対するつもりはない。**実際、今の子供の学習環境では、幼い頃から国語と数学の基礎を固めるが、これは良いことだ。スマート化時代では知識や技術があっという間にアップデートされるので、自身のアップデート速度が時代と一致するように、絶えず自己学習をおこなう能力が必要になる。自己学習能力で最も必要なのは、優れた読解能力、抽象的思考能力、内省能力である。読解と数学の抽象的思考は人間の本能ではなく、体系化された教育を通じて基礎を築く必要があるが、**私はがちがちの詰め込み教育には反対だ。**言語や数学の理解では、問題を解くためのテクニックの単純暗記ではなく、基本的思考が重視される。国語や数学の学習では、暗唱や計算を学ぶのではなく、言語表現の含意や抽象的思考の論理を理解せねばならない。人工知能プログラムの基礎は依然として言語概念の表現と数学の論理的思考なのである。

今後、人工知能関連の一連の派生的な職業、ひいては業種が発生するだろう。人工知能の背後にある技術原理を理解できないとしても、その応用シナリオを充分理解してさえいれば、人工知能ツールを最大限に利用し、生活と社会を改善することが可能だ。たとえば、人工知能を利用してマーケティングと顧客サービスをおこない、人工知能の力を借りて市場データを分析し、物流やシステムの電力消費を改善に人工知能を用い、より効率的、より便利でスピーディーな社会生活を実現することができる。

人と付き合う能力

二つ目の能力は、対人コミュニケーション分野で必要なものだ。私の個人的な判断では、これからも長期にわたって、人と人とのコミュニケーションは人工知能が取って代わることができない領域でありつづけるだろう。先の分析で見てきたように、人工知能が進化してさらに強力になったとしても、人間の世界や人間の考えを理解するにはまだほど遠いため、対人コミュニケーションは完全に取って代わられることはない。とりわけ人工知能が基本的・単一様式の仕事を大量に引き継いだ後は、人と人とのコミュニケーションはより求められるようになり、人工知能が引き継がず残された大多数のポストやニーズは、人と人とのコミュニケーションやコラボレーションが大量に必要となる分野に集中するだろう。

**スマート化時代の進展に置いていかれないためには、人と意思疎通を図る能力がますます重要になってくるだろう。**

過去と同じように、生涯変わらず一つの仕事に従事するような未来はあり得ないと、私たちは想像することができる。規格化された仕事は機械による自動化が容易だが、規格化されていない仕事は、一般的に不確実性を多く内包しており、継続的な協議調整、チームワーク、コミュニケーション、手直し、臨機応変な対処、歩み寄りが必要だ。例えば、番組の撮影制作班では、ルーティン化したカメラ配置による撮影を一部自動化し、基本的な台本やサービス作業の一部を毎回人工知能に任せることは可能だが、番組制作では毎回現場での大量の調整、番組に出演するゲストとのコミュニケーション、番組自体の表現に関するコミュニケーション、そして人と人との協力が必要となる。今後は、心のケアや介護、ソーシャルエンターテインメントの分野で、心と心のコミュニケーションに基づくニーズが増えていくだろう。

## 人工知能を凌駕する能力

三つ目の能力は、今後ますます求められるようになる重要な能力であり、私はこの能力をより重視している。つまり人工知能が苦手でうまくできないことをして、人工知能に方向性を示す能力である。一つ目の能力は人工知能ツールをめぐり既存の事柄をおこなうだけだったが、この三つ目の能力は、人工知能がまだうまくできない事柄を開拓していくのだ。

**この分野では、人工知能がまだできないのは何かということを理解する必要がある。** これらは人間心理のトップに君臨する大脳の高次思考に属するものだが、将来的に最も強力なニーズのある能力であるに違いない。

## 人工知能ができないことは何か

最核心にあるのは世界観と創造力の二つだ。

私自身も長い間熟考した結果、この二つのキーワードに照準を合わせるに至った。先の分析ですでに見てきたことだが、人工知能はまだ多くの能力を備えておらず、先へ進むためには、長期にわたる開発とアルゴリズムのブレイクスルーが必要である。この能力には常識、抽象的思考、学際的認知、他者心理および感情の感知、メタ認知、不確実な価値目標に対する選択などの能力が含まれている。これらの具体的な能力をすべて日常の生活や仕事に集中させると、世界観と創造力の二点に集約させることができる。

### 世界観

**世界観は常識のアップグレード版であり、世界に対する全体像認識である。**現在、人工知能による専門的な問題の理解は非常に目覚ましいが、総合的な問題については依然として頭を抱えている状態だ。囲碁の人工知能は囲碁、医療系の人工知能は病気の診察、金融系の人工知能は投資、営業系の人工知能は販売がそれぞれ可能だが、同一システムを用いて二つの分野を学習できる人工知能は存在しない。人工知能は膨大な専門的データから法則を導き出すことはできるが、日常生活中のシチュエーションパズルには答えることができない。日常生活で発生する問題には、複数の知識領域にわたる総合的な常識がいつも関係してくるからだ。私たち人間は、これに関して生得的本能を備えている。私たちは世界の全体モデルを構築し、人を大量の背景知識を組み合わせて作られた常識という舞台に上げ、その行動を理解することができる。

**常識のアップグレードにより、私たちは洞察力と世界観を持つに至った。**あらゆる分野において常識がいっそう豊富で堅固になり、そのつながりがいっそう明確になるほど、各部の問題をすぐ見抜き、系統立った解決方法を見つけ、全体的な状況を把握できるようになり、トレンドを見極めることができる。この系統的なトレンド理解は過去のトレンドや経験に基づく推測と異なり、複数領域の知識間の相互関係についての理解であり、各部分の関係性に関する傾向の変化に基づき、全体傾向を判断するものだ。もし特定のモジュールに関する専門的知識しか学習しなければ、全体状況を把握することはできない。これにはまず知識が必要であり、また経験とビジョンも必要である。これは単純なデータ入力だけでできるものではない。数年前、ウィキペディアに納められている多分野の知識を入力されたIBMの人工知能「ワトソン（Watson）」は、知識クイズで人間に勝利した。しかし、世界観は知識の欠片が集積したものではなく、世界をモデル化したものなのだ。

**世界観は専門分野を跨いだイノベーション能力を私たちに与えてくれる。**私たちは物理学と生物学を結びつけてプロテオミクス（プロテオーム解析）を生み出し、音楽分野の理論を建築デザインに持ち込み、政治や経済の知識を生活シーンと対応させて、最終的にポップアートの形で製品を発表することができる。知識のパノラマステージを構築し、多くの学問分野の知識を組み合わせ、より有意義なものを生み出すこと、これが現在の人工知能にとっては乗り越えることのできないステップなのである。

創造力

**創造力は意味を持った新しいものを生み出す能力である。**この能力は複数能力を統合したものであり、古いものを理解しようとする一方で、新しいものを創造することができる。人工知能は、既存データの学習と追跡はできるが、存在しないものを創造する能力に関しては、人間に遠く及ばない。

意味を持った新しいものと述べたのは、現在の人工知能が、ランダム生成や統計に基づく模倣のような「偽の創造力」を持っているからだ。一つのプログラムさえあれば、百万枚の絵をランダムに生成したり、大ヒット小説に登場する言葉やブリッジプロットの統計をとり、模倣や組み立てをおこなったりすることが可能である。だがこれは意味のあるものを作り出しているのではなく、人工知能は自分たちが何を作ったのか理解していない。

真の創造力とはこのようなものではない。真の創造力は、問題に対して深い洞察をおこない、周りとは異なる解決方法を打ち出したり、想像を大いに膨らませ、奇妙奇天烈なアイデアを実現可能な全く新しい作品に変えたり、人間性への複雑な理解により、人が心に抱く表現しづらい感慨を表現可能で感動的な芸術に生まれ変わらせたりするものだ。深い理解と鋭敏な感受性がなければ、真の創造力は備わらない。創造力は依然として人間独自の能力であり、その基礎として、審美能力、ユニークな想像力、鋭敏な主観的感受性、冒険心、好奇心、自己決定力や、発散的思考と収束的思考の切り替え、そして最終的には物事に対する強い情熱など、人間特有の性質が数多く必要となる。

**創造力は、自身の境界線の拡張を可能にする。**ますます広大になる自身の領域の中で、ルーティン化されたことだけを機械に委ね、人間はこれからもずっと新大陸で自身の存在空間を見つけていく。創造力に富んだ人が多いほど、新たな領域も広くなり、より多くの人を受け入れられるようになる。だがそこに進む前提条件として、創造力が必要とされている。

## 人間の学習に見られる特徴

それでは、どのようにすれば将来必要な能力を身につけられるのだろうか？

能力の話なのだから、その獲得方法について話すのだろう、皆さんはきっとこういう反応を示すはずだ。しかし方法を論じる前に、まずは人間がどのように学習するのか話をしたいと思う。人間の学習の独自性を理解しなければ、私たちが将来どのように行動すべきか知ることはできない。

**人間の学習の最も優れた特徴は、子供たちに凝縮されている。**

人工知能の時代、機械学習について詳しくなるほど、私たちは子供の学習に対してもますます驚嘆させられている。私はときどき家で子供の行動を観察し、周囲の世界について彼女が述べるのを聞いているが、彼女が披露する理解力の素晴らしさに感嘆させられる。子供は創造の奇跡であり、彼らの魔法のようなパフォーマンスにより、科学者は幾度となく自らの理解の範囲を超えた何かに驚かされている。もし人工知能と比べなければ、私たちはこのような尋常ならざる能力に気づくことができなかっただろう。

従来の教科書では、奨励と懲罰により教育を行う方法のみ述べられ、教室での教授法のみを検討対象としてきたが、実際のところ子供の学習というのは教室内にはとどまらず、一般的な奨励や懲罰により子供たちを束縛することもできない。子供の学習は赤ん坊の時期から始まり、成人するまで、ひいては生涯ずっと続いていく。人工知能の学習と比べると、子供の学習には非常にユニークな一連の特徴が認められる。

一般的に、子供を人工知能と比較すると、次のような特別な長所がいくつかある。

・一部で全体を総括する
・注意力が散漫になる

・飽きる
・間違う
・感情に依存する
・逆らう

なぜこのような特徴が人間の子供の長所になるのか、まずは見ていきたい。

## スモールデータ学習　対　ビッグデータ学習

**子供の学習はスモールデータ学習である。**人工知能と比べ、子供の学習能力の高さは驚異的だ。人工知能が学習によりアヒルを知るためには、数百万枚のアヒルの画像を見る必要があるが、子供は二、三枚見るだけで、次からはアヒルを認識することができるようになる。しかも、生活の中で出現しうる熟知しているものだけでなく、子供は画像を見てカンガルーやコアラ（北半球の子供は本物を見る機会がなかったかもしれないが）を同じように効率的に認識できるようになる。

この能力は、前のエッセイで述べた「抽象的認知」能力に関係しているようだ。人間が何かを記憶する際、非常に抽象的な方法で重要な特徴を抽出し、記憶を「パターン」化する。これがどのようにおこなわれているのかは今なお謎のままだが、アメリカの未来学者レイ・カーツワイルは人間の「記憶パターン」は大脳皮質の三億の柱状構造にストックされると推測している。彼の推測が正しいかどうかにかかわらず、人間のこういうパターン認識能力の強力さには感嘆せずにはいられない。

これまでのところ、コンピュータの「ディープラーニング」は依然として膨大なデータを必要とし、人工知能は学習ごとに充分な量のデータをサポートせねばならない。それゆえに多くの人が「将来最も貴重な資源はデータだ」と言うし、もし充分なデータが得られなければ人工知能を発展させることは困難になる。金融や医療など、一部の膨大な既存データを持つ分野については、これは自然なことだ。だが人間の社会生活では、充分なデータが記録されていない分野が非常に多く、人工知能がすぐに学習することは困難である。義理人情に対する理解もデータの面で制限を受けることが多い。人間は「経験から学ぶ」能力を備えている。何か発生した時、単一の事件データから人間は学習して多くの法則を知ることができる。出来事からの学習では、人間は大量のサンプルデータを必要としないだけでなく、一度失敗すればその分利口になり、さらには過剰学習、つまり「一を聞いて十を知る」ことさえ可能なのである。

どの子供も、ほんのちょっとしたことから発展の方向性を知ることができる学習者である。幼い彼らがでたらめに生活の法則を総括するのを私たちは目撃している。一、二歳の子供なら「こうやって物を投げるとおばあちゃんが笑ってくれる」というような法則を総括することが可能だ。これの良くないところはもちろん、一部の現象に基づいた推論をおこなって誤った結論を導いている点だが、実際のところ、彼らのこのような特徴は大事にせねばならない。なぜなら彼らは強力な「パターン抽出」思考によりスモールデータ学習を進め、生活中のスモールデータから貴重な知識を抽出しようと試みているからだ。

**子供たちの思考を奨励すべきであり、一部で全体を総括するという点は強みにもなる。**もし一部の現象に基づく推論により誤った結論を導くことを避けたければ、子供たちにより多くのことを経験させればいいが、思考と総括の能力は金には換えられない貴重なものである。

### 連想学習　対　論理学習

子供の思考はつねに連想の飛躍に満ちている。私たちは一般的に注意力が散漫なことを欠点と捉えているが、実際は強みでもあるのだ。人工知能はある分野の知識を学習する際、その分野だけに限り、その分野のデータに基づき、相関関係や要素間の相互作用を探求しようとする。もし論理的法則が存在するなら、人工知能の学習は難しくはない。人工知能は複数の分野の知識記憶を持たないいため、ある分野で得た知識の他の分野への連想や類推は難しい。

人間の言語には類比と連想が満ちている。時代の変化について話す時、私たちは「風起《た》ち雲湧く」時代という言い方で、時代のドラスティックな変化を表現し、事態の深刻さについて話す時、「山雨来たらんと欲す」という言い方で、大きな変化が起ころうとしていることを暗示する。天気と私たちが論じる政治経済の動向とは全く関係がないのに、あらゆるこのような比喩が成立するのは、人が物事の背後にある類似点に気づいているからだ。風や雲の変化の激しさや勢いなどのように、この類似性は抽象的であり、人工知能が気づいたり理解したりするのは困難だ。

**類比は文学的レトリックであるだけではなく、私たちの思考様式であり、知識分野でも同じように有用である。** 私たちは以前「安っぽい類比」とよく言って批判し、類比は決して真の知識ではなく、大脳の中のランダムなつながりにすぎないと感じていた。しかし実際のところ、私たちは類比と連想を大いに頼りとして知識を成長させている。論理的演繹《えんえき》は、私たちがある分野で真の知識を導き出すことを保証するが、ゲーデルの不完全性定理により、そこには必ず自ら導出できない基礎公理が一部存在する。これはつまり、どの分野でも少なくとも「有は無から生まれる」という基本的前提が存在し、「有は無から生まれる」のは、元の分野からの類比による場合が多い。

**貴重な類比は実際には深層にある構造の発見であり、外部からの情報との無関係は、深層にあるメカニズムとの無関係性を意味するものではない。** アインシュタインの一般相対性理論は、ワイヤーが切れ自由落下するエレベーターからの類比から導き出されたものであり、地球全体をエレベーターに類比して驚くべき宇宙について新知識を得たのである。エレベーターと宇宙構造の関係は、学際的な連想による深層原理の発見だ。アインシュタインは並外れた視覚的感受性を持ち合わせていたが、彼の連想力もこれと密接に関係しているだろう。

子供と話をする時、同じ筋道で話題をずっとキープするのはほとんど困難だ。子供は話が途中まで来ると、その話に関連する他のことを思いつき、話題を際限なく広げていってしまうものだ。幼い子供は、同じ物事にずっと集中していられず、心ここにあらずとなってしまうことがよくあるため、子供に単一の知識を教えようとする時は非常に困ってしまう。だが実際のところ、天翔《あまかけ》る馬の如く自由奔放な子供の連想は非常に貴重な思考リソースなのだ。分散思考は束縛されず、事物と事物の間の関係性に気づくことができる。三歳から七歳までは、脳のシナプス結合が最も急速に増加する時期だが、小学校に上がる頃には、大脳のシナプス結合は徐々に減り始め、連想や飛躍的思考も減少していき、論理的思考が増え、集中力が高まる。**だが生涯を通じて、最高の成果を上げられるのは、往々にして論理的思考と飛躍的思考のバランスが取れた時だ。**

## 習慣学習　対　繰り返し学習

子供は一つのことを好きになってもそれが二日ともたず、非常に飽きっぽい。人工知能に唐詩を一年間読ませ続けたところで飽きることはないが、子供の場合は数日続けられたら大したものである。

飽きることを知らないというのは、人工知能の長所だと私たちは考えているが、ではなぜ「飽きる」ことが子供にとって長所となるのだろう?

実際のところ、飽きは習慣化という心理学的特徴に由来する。大脳は新しい刺激に本能的に興奮し、人の注意力は新たな刺激を追いかけたがる。新鮮な情報もひとたび慣れてしまえば、大脳は飽きを感じ、もう注意を払わなくなる。これが習慣化だ。赤ん坊はこの特徴をよく体現している。心理学者が生後三、四ヵ月の赤ん坊に画面に映る画像を見せたところ、彼らは物珍しさを感じた場合はじっと画像を見つめていたが、見慣れてしまっていた場合はそれほど見ようとしなくなった。科学者たちはまさにこのような方法で赤ん坊の本能的知識を測定しているのだ。

ではそれの何が良いのか？

**実際、習慣化は大脳の学習過程を反映している。**「注意力」とは大脳に不足しているリソースであり、大脳は総じて注意力を最も価値のあるところへ「投資」しようとする。知識を習得し、自分の知識フレームワークに組み込んだ途端、大脳は注意力をまた別のところに投資するようになる。習慣化は実のところ習得後の注意力の移動である。また習慣化はまさに「常識」を形成する過程でもある。大脳には常識体系が備わっており、ある情報が「常識に反する」ものであれば大脳は注目し、新知識が常識の一部になれば、注意力はその他の新知識へ移動する。

**大脳の注意力はつねに新しい情報の方へと移っていくが、この傾向は実はイノベーションの本能である。**

人工知能は同じ知識を学んで同じ練習をしても永遠に飽きはしない。人工知能の長所はもちろんいつまでも信頼に足る働きをすることだが、問題は、もし注意力がずっと習得済みの知識に注がれている場合、ほかにどのようなモチベーションがあれば新たな知識を習得しようとするのかという点にある。人間の大脳によるプロセスの「自動化」はある種の怠惰だと多くの人が言っているが、実のところ、それは新たな情報を探しやすいように古いプロセスを自動化しているのだ。大脳はつねに学習のプロセスと検索のプロセスとの間で切り替えをおこなっており、これがイノベーションの推進力となっている。

どうすれば子供にずっと一つのことを続けさせられるだろうか？　もし「飽きる」のが良いことだとしても、子供は物事をやり続ける根気がつねに足りないのではないだろうか？　**最も良いのは、子供が一つのことに対して絶え間なく新しい興味やチャレンジを見つけられるようなペースで教えていくことだ。**適切な難易度のゲームのように、難しすぎず、単純退屈でもなく、内容も面白く、そして子供のレベルに従って絶えず新たなチャレンジを提供する。習慣化が起こる度に、次の冒険が待っているのだ。適切なペースはなかなか容易には見つけられない。だから、優れた教師の存在はつねに極めて重要なのである（将来的には、人工知能技術による教育支援も大いに役立つだろう）。

試行錯誤学習　対　最適化学習

**子供は間違いを犯す、時にはわざと間違いを犯すことさえある。**人工知能の学習プロセスは、実際のところ最適解を求めるものだ。また小さな試行錯誤をおこなうこともあるが、最終的な目標は解空間の大域的最適解を求めることであり、すべてのパラメータで最良の答えが得られるようになるまで、最終的な答えに基づき絶えずプロセスの調整を行う。人工知能による演算はいつでも確かだ。同じ問題が提示される度に同じ答えを導き出し、間違いを犯すような措置を特にとらなければ、人工知能が間違うことはない。

子供の思考の筋道というものはそんなに遠大なものではない。子供の思考の多くは現実の状況から出発してあれこれ試行錯誤し、時には試している途中で別の問題を発見したり、別の答えを出したり、必ずしも最適解ではないが新たな洞察を得ることもある。このほか、たまにわざと間違いを犯すのは、別の方法でやってみた方が面白いと感じたからにすぎない。たとえば、子供に図面通り積木でタワーを作らせるとしよう。タワーを作っている最中に、子供はタワーを二つに切断して再度つなげると橋になることに気づき、そこでタワーを作る計画を忘れて橋を作り出し、またその後は家を作ったりする。

多くの場合、意図的な間違いは自主性の醍醐味の体験である。2+2の答えは5ではないというように、修正せねばならない誤りも時にはあるが、多くの場合、その間違いはなんの影響も与えず、ただ別のドアを開けたにすぎない。おもちゃ箱を帽子だと頭に載せている子供と、あやまって落としたコイルから、電磁気学の重大発見を導いたファラデーが似ているかどうかなんて誰が知るだろうか。

## 人間の最もユニークな学習方法

さきほどは非常に多くの特徴について一気にまくし立てたので、皆さんも疲れただろう。

ここでは少し軽い話題を取り上げよう。子供にはなぜ憧れの対象が必要なのか知っているだろうか？

これは人が学習する時の心理的メカニズムに関係している。思い出してほしい。自分が成長する過程で、自分が何かをしたいと思った時、思わず頭の中で、父親や母親が何と言うだろうかと考えたり、両親と対話したり、両親に反論したりしたことはないだろうか？

もしくは、大好きな先生の担当科目が好きになったり、大嫌いな先生の担当科目が嫌いになったりしたことはないだろうか？

この二つの現象は非常に正常な人間の心理的特徴であり、愛着学習という心理的メカニズムに関係している。

私が最初にこの点に気づいたのは、「人工知能の父」と称されるマービン・ミンスキーの著作『情感依恋』*The Emotion* の中でだ。愛着学習は人間の学習過程の中で最も素晴らしい点だ。愛着学習は非常に奇妙で、不合理にも感じられるが、詳しく考えてみると非常に合理的である。**愛着学習の最も重要な特徴は、学習のプロセスが愛着心に沿うという点だ。**

まずは愛着について話をしよう。

愛着はすべての人間に生まれつき備わっている情緒的な絆であり、通常、最初は母と子の間で始まり、一、二歳になる頃には、家庭のその他のメンバーにも愛着を持つようになる。心理的な愛着関係を築いている人は、子供の心に安心感を与える。愛着は小動物で観察される「刷り込み」に少し似ている。アヒルのヒナの場合、孵化して最初に目にした成鳥のアヒルに対する愛着の「刷り込み」が行われ、その後ずっとその成鳥の後を追うようになる。『真夏の夜の夢』の中で、魔法の薬のせいで、目を覚まして最初に見たものに恋してしまうのとそっくりだ。

**安全な愛着は愛についての相互確認だ。**赤ん坊は自分が母親を愛し、母親が自分を愛していること、母親がいれば何も恐くないことを確認する。これは赤ん坊がこれから世界と向き合う時の心強さの源であり、彼らがあえて他人を信頼しているからこそだ。一歳時の安全な愛着のテスト結果がもし健全ならば、成人後の自己実現や幸せな結婚の確率はより高くなる。

**私たちの大きな特徴は、心に愛着を抱いている人物を頭の中でイメージ化し、その人物の話をとても気にすることだ。**そばにいないとしても、自らの拠りどころとしてつねにその人物の態度を考え、その人物に逆らえば、内心後ろめたさを感じてしまう。

**情報と学習の観点から見ると、愛着は特別な情報源へのタグづけである。**

機械による知識の学習には、プログラマーが既存知識を入力するやり方と、機械自身にデータから探索させるやり方の、主に二つの流派があるが、ディープラーニングは自身による探索であり、人間による知識の学習はこの二つの融合である。赤ん坊や幼児の頃に両親が私たちに教えてくれるのは、これは机、これは椅子、食事の前には手を洗う、出かけて車に乗るなど、一般的に慣例を形成している知識である。これらの知識のおかげで、棒を木に差し込みこすって火を起こす方法から始まる人類のすべての知識を、私たち一人ひとりが自分で発見しなくてもすんでいるのだ。このほか、両親は自分たちの価値観を私たちに伝え、周囲の人や物事に対する彼らの判断は、「床に落ちている物は食べられない」「小さい子供には譲ってあげる」などのように、私たちの初期判断の出発点となる。さらに子供も膨大な自己分析を行い、自ら法則を導き出す。

機械にとっては、ビッグデータの入力ソースの重要度はどれも同じだ。だが人は、多くの人間で構成される複雑な世界で生活しており、子供にインプットする情報も一人一人それぞれ異なるし、価値観などはとりわけ千差万別だ。このように多くの情報源からのインプットを、子供はどのように篩《ふるい》にかけ処理をしているのだろうか？

**子供は自分の愛着対象に対し極めて大きな重みを与える、それがその問いに対する答えだ。**両親の話は信頼性が最も高く、子供の世界では九十パーセント以上の重みが与えられているかもしれない。学校や街角の人々の話は懸案とし、両親の話と比較する。両親がそばにいない時でさえ、子供は両親の画像を頭にアップロードし、頭の中から両親が飛び出して話をする。成長の全過程で、子供は自分が愛着を感じる人物のイメージを心に抱き、いつでもそれを参照している。

**一方、両親も子供に対して自然な愛着を持つ。**ホルモンおよび他の神経指標により、両親は子供の生後二年間、子供を愛することに集中する。このような双方向の愛着ゆえに、両親による子供へのインプットが最も信頼できるものだと保証されている。

情報が氾濫する世界では、特定の情報源に対する長期的に安定した重みの付与は、自分の知識や信念が気まぐれな赤の他人にバイアスをかけられるのを難しくする。もし誰であろうと人工知能の知識や信念を改竄できるのなら、特殊なユーザーに遭遇して、人工知能に銀行強盗のデータを入力することにより、人工知能に銀行強盗をさせるのも簡単である。

何がそんなに難しいのか、工場出荷時の設定を改竄不可にすればいいのではないか、そう言う人もいるかもしれない。そんなに簡単な話ではないのだ。現在のソフトウェアでは工場出荷時の設定をユーザーが改竄することは認められていない。それゆえに改善点があると、つねにプログラマーはバージョン0.2や0.3などを改めて出す必要に迫られる。将来、人工知能が研究室から出たあと、もし新たな学習を許されなければ、現在のソフトウェアと何ら違いはなく、ユーザーや環境のニーズを満たすことはできない。もし外界の情報世界の中で学習することを許せば、ユーザーが入力した情報に基づいて自らの知識や信念を修正せねばならない。これは、どんな人が何をするのにも人工知能を利用できるということを意味している。

どのように選択し、どのようにバランスを取るのか？　プログラマーによる初期設定に反しない程度に人工知能に新たな独立した学習を行わせるには、どうしたらいいのだろうか？

**どのようにしているのかというと、人間は反抗と愛着の相互バランスを取っている。**

人間の子供は生まれつき反抗のメカニズムを備えている。「恐るべき二歳児」から、子供は絶えず独立を求め、自分に自分で決めることを要求し、自分の主張の採用を要求する。このような「自主」と「自己肯定」に対する渇望は、人間に生まれつき備わった本能であり、同時に独立した人格の成長のスタートでもある。

**二歳から始まるあらゆる認知の飛躍的発達は、子供の両親に対する反抗を伴う。**反抗は本質的には独立に対する要求であり、反抗の強さは両親により与えられた独立空間の大きさやその子供の個性によって変わってくる。小学生になると他人との独立した付き合いが始まり、中学・高校生の頃には人生の憧れや理想を選択するようになり、大学生になると人生の道筋を選択するようになる。これらすべてのタイミングには、独立を要求する反抗的主張が伴い、時には両親と激しく対立することさえある。

**しかしこれと同時に、人間の子供の反抗は、知能プログラムが初期情報を忘れてしまうのとは全く異なる。**現在の知能プログラムネットワークは新データ・新知識・新分野の学習を終えた後、元の知識や能力の領域に上書きし、初期のネットワークに未練を感じることはない。しかし人の子供は違う。反抗のプロセスに内心の苦しみや焦りを伴うのは、子供の反抗は両親の信念の単純な放棄ではなく、自分自身もがいたり、ためらったりすることが避けられないからだ。もし反抗が忘却と等しいなら平和だが、反抗は実際のところ選択を意味している。長期間親元から離れていても、両親のイメージはずっと心の中にあり、子供の頭脳には両親の話がこびりついていたりする。

したがって、人は「初期信念」と「ビッグデータ学習」の間に存在する矛盾に直面した時、両親による初期入力を軽はずみに放棄することも、外界情報の変化を拒絶することもしない。両親が与えてくれた情報の長所は一般的に愛情に由来するもので、最も安全で信頼できるという点、一方、外界の情報の長所はより広範で変化への追従性があるという点だ。どんなジレンマにも内心の苦しみが伴う。反抗も例外ではない。

**また、子供は、アイドル、好きな教師、伴侶というように、各段階で新たな「愛着対象」を選択する。**このような愛着対象の言葉は非常に大きな重みを付与された情報源に相当し、周りにいる他人の言葉よりもはるかに大きな影響を子供に与える。私たちは心の中で選択した「愛着対象」について、両親の場合のように、心理イメージを形成し、何か起こった時、彼らならどう言うだろうかと想像し、愛着対象の話を新たな状況に当てはめ、「自分がこう言えば彼は怒らないだろう」「この道を行くのを彼は後押ししてくれるだろう」「この作品を彼は気に入るだろうか」などと非常に気にかけるのだ。

多くの場合、このプロセスは浮き沈みの激しいものとなる。私たちが愛着対象から得るのは情報だけでなく、人間関係の刷新も含まれる。愛着対象の選択は、すべて人の感情のプロセスであり、また人生学習のプロセスでもある。

なぜこのようにするのか？　人間はなぜこんな骨の折れる方法で学習をおこなうのか？　人工知能のように単純で客観的にデータを処理できないのだろうか？

さてここでベイズ学習の話を少ししよう。

ここまでベイズアルゴリズムの話をしなかったのは、現在の人工知能の最先端分野では、ベイズは一番の主流ではないからだ。**だがベイズ学習は人間の学習を最も良く浮き彫りにする学習アルゴリズムだと、私はずっと考えていた。**

ベイズアルゴリズムの核心は、「事前確率、事後検証」というフレーズに尽きる。一般の人が理解できるように言うと、「心の中にまず信念を抱き、発生した事象に基づき信念を調整する」となる。たとえば、「私は海が赤いと信じている」という信念は、後に海辺へ行った際に海が赤くないことに気づき、うち捨てられる。

周到に信念を調整することができ、出来事に基づいてそれまでの信念を放棄することもあるが、多くの場合、私たちはそれまでの信念で物事を説明しようとする。例を挙げると、もし幽霊は存在するという信念を心に抱いている場合、ある時どういうわけか何かがなくなったとしたら、その出来事は「幽霊がいる」という信念モデルの確認と見なされる。多くの場合、心に前もって抱いていた信念モデルは非常に重要であり、それにより私たちのものの見方は決定されている。

**「愛着対象」を選択することは、実際のところ、子供が自分の心に抱く事前モデルを選択することである。**子供は今後の人生において、つねにこの信念を生活に当てはめ、時に放棄される信念もあるだろうが、多くは残され、強化されていくだろう。アイドルを選ぶことは間違いとは言えないが、もし良い「愛着対象」を選ぶことができれば、それは適切な信念モデルを一揃い選んだことになる。

**将来どのように教育と学習を行うべきか?**

**ここまでかなり多くの内容について書いてきたが、それらをまとめると、この先のスマート化時代、私たちの学習や教育にとって最も重要なのはだいたい以下の四点である。**

- **感情的なつながり**
- **基本的な抽象的思考**
- **世界観の確立**
- **創造力の開発**

もう一度これらの方向性について簡単に見ていきたい。私が必要だと考えている教育および学習の方法について大まかに話していこう。

（一）感情的なつながり

感情的なつながりの意味については、「愛着学習」に関するセクションで触れた。人間特有の愛着学習により、人は愛着対象を心理的イメージに変え、彼らによりインプットされた情報の重みが特に大きくなる。**感情的なエンパワーメントは人間の学習に特有の本能であり、感情的なつながりを欠いた学習は身が入りにくい。**一歳以前は安全な愛着関係を構築するための重要な時期であり、生後十二カ月時におこなわれる安全な愛着のテストは、成人後の行動についての一定の予測機能を備えている。安全な愛着関係を構築した子供は安定した自己意識を容易に形成することができ、積極的かつ勇敢に世界を探索することができる。安全な愛着により子供は両親を充分に信頼し、両親から最初の信念を手に入れる。子供は両親との間の安全な愛着関係により、両親のイメージを内在化させ、世界についての安定した認知を効率的に獲得することができるのだ。

**心理学研究によると、愛着関係に最も重要な影響を与えるのは相互作用の感度である。乳幼児期の初期には、食事や日常生活の世話が確かに重要な要素であるが、単なる衣食の提供よりもっと重要なのは、乳幼児が発するメッセージに対する感度である。**乳幼児がこの世界に向けてメッセージを発している時、大人が即時に正確に対応することが、乳幼児がこの世界と精神的なつながりを構築するための重要な出発点となっている。赤ん坊への授乳に対する母親の対応はその一つであり、赤ん坊の情動・行動・言語に対する対応もつながりを構築する大切な要素である。もし孤児院など、長期的に対応してくれる人がいない状態に置かれた場合、乳幼児の認知および自己意識の発達には障害および停滞が出現する。

**人工知能の時代には、他者の感情や考えを理解する能力が重要な必須能力となるだろう。**そして他者理解の能力も、その土台として親子の感情的なつながりを必要としている。乳幼児の最初期の共感能力は、生後九ヵ月前後の視線追従に発現し、母子相互作用、あるいはその他の保育者との感情的な相互作用は、子供の自己意識および他者認知能力の発達にとって極めて重要である。人工知能はあらゆるデータ分析作業を代わりに行うことはできるが、他者の感情や心の考察を心得ている人に取って代わることはできない。

**感情的に子供に寄り添う意義は、これからの時代にとりわけ顕著になってくるだろう。**子供の世界や他者に対する理解の基本モデルは、子供と家族の相互作用の基本モデルに由来する。感情を理解させなければ、子供たちは世界の感情を理解することはできない。

## (2) 基本的な抽象的思考

**人工知能は記号と記号を結びつけ、人間は現実世界と記号を結びつける。**この能力こそが抽象的思考である。将来、私たちが人工知能に現実世界を理解させられるかどうかはさておき、人間の子供に現実世界と記号の対応を理解させることが、人間知能の発達に対してとても重要である側面について話をしたいと思う。

**人間の知識は、様々な現実感覚と記号との対応関係の上に成り立っている。**物理世界についての理解は、数学記号と対応し、義理人情についての理解は、文字記号と対応し、感情および美についての理解は、芸術記号と対応する。現実世界に関するあらゆる感触は、ある種の記号表現と対応しており、人工知能には、記号世界を理解するのは容易だが、現実世界を理解するのは難しい。人間はこれとちょうど正反対で、現実世界の直感的理解に優れているが、記号世界についての理解には困難を伴う。そして、現実世界と記号世界との対応関係を構築することは、どちらにとっても難しいことなのだ。

**人間の学習で重要なのは、記号体系についての基本的理解である。**

**記号体系についての基本的理解とは、文字と数学記号についての抽象的認知を指す。**人間の話し言葉と物理世界の感知は本能であり、数百万年にわたる種の進化に由来し、大脳にはそれに対応した感知モジュールが存在する。しかし有名な心理学者スティーブン・ピンカーが言うように、誰もが本能として言語と物理世界に対する認知能力を備えているが、読解と数学の能力は備えていない。文字や数学についての認知はここ数千年のものである。これは文明の進化であり、大脳の構造的進化がそれに追いついておらず、教育によって読み書きが普及したのはここ数十年のことである。よって（ほとんどの）人は誰でも話したり運動したりできるが、正規の学習や訓練を経ていない場合、人間は読解や数学をマスターできないのだ。

**いつの時代でも、学習はつねに必要であり、スマート化時代では知的能力のさらなる向上が必要になる。**人工知能の時代には、機械が私たちの代わりにすべての知的計算をしてくれるので、人間は理数系の科目を学ぶ必要がなくなり、ピアノを演奏したり、詩を書いたり、絵を描くことぐらいが機械と違うところだという意見もある。だがこれは無理である。実際のところ、機械は現在すでに、ピアノを演奏したり、詩を書いたり、絵を描いたりすることができるようになっており、これらの分野で人間が職人気質だけで戦うのであれば、機械に勝つことはできない。将来の労働の需要については、スマート化時代になるほど、高い知能を備えた人材を必要とするようになる。そのうち最も基本的な能力は、抽象的記号の理解能力であり、記号で現実の感覚を表現することができる能力である。ピアノ、詩、絵画ももし機械的な繰り返しなら将来性はなく、芸術言語の背後にある現実の美の理解が必要になる。

**読解・数学や芸術言語の学習には努力を要し、その難しさは抽象性にある。**だがもしこの壁を突破すれば、文字・数学や芸術記号を用いて考えることが可能になり、記号を世界と結びつけて認知できるようになり、人の知能レベルは飛躍的に向上する、子供が定型的な正規の学習をおこなうことは依然として不可欠であり、体と直感による世界の認知だけでは、人間の知性の世界という舞台に入っていくことは難しい。

**子供の幼い時に、文字・数学や芸術の能力を成長させるために重要なのは彼らに記号を直接学習させることではなく、記号と現実世界の対応関係を構築させることである。**文字については、字を覚えることよりも、事物と文字との対応関係の認知がより重要になる。数学については、数の暗記や暗算などより、数と形の対応関係の認知が最も重要になる。絵画については、模写よりも手元にある絵の具で世界や内心の思考を表現できるのだと感じさせることが最も重要になる。子供の読解を指導する最も重要な意義は、彼らに文字に秘められた世界を認知させることにある。

### （3）世界観の確立

**人工知能と比べて子供が最も優れている点は、子供の常識体系である。**三歳児はビニール袋が空中を飛ぶこと、ミニカーは下り坂の方が上り坂より早く走れることをすでに知っている。また、三歳児は禁止されていることをやると周囲の人々はどんな反応を示すのかということも知っている。このような世界や他者に関する常識認知のすべては、人工知能の苦手とするところであり、常識体系は大脳が持つ情報の総合的加工能力に由来している。

**常識体系のアップグレードが世界の常識認知、つまり世界観である。**この世界の自然システムに関する知識、社会構造に関する知識、国家間の関係に関する知識、人類の発展過程に関する知識、これらがすべて一人の人間の常識システムとなり、その後のすべての学習および判断はこのような知識の背景舞台で築かれていく。人の学習のレベルの高さは、学習自体の勤勉さに加え、この背景舞台が大きく関わっている。自分が上れる山の高さは、自分の歩数に加え、スタート地点の高度が大いに関わってくるが、それとよく似ている。

常識体系の確立には、物理的な常識システムと知識の世界観が含まれる。

**一歳から三歳までの間に、子供にはできるだけ五官のすべてを使って世界を感じさせるようにするべきである。**この時期、子供は体の感覚器官と頭脳を通じ、自分を取り巻く世界全体を構築する。人にとってはたやすいこのプロセスだが、人工知能がそれをおこなうのは難しい。この時期は、体を使った世界の充分な探索と、言語による大量のコミュニケーションを必要とする。最終的に、子供は周囲の社会生活を常識の土台として心に抱くようになるが、人はこのような常識の土台の上で本当に意味のある言語コミュニケーションをおこなうようになるのだ。

**三歳から七歳までの間は、大脳の認知と連想の範囲を拡大させ、世界についての総合的認知を確立させるべきだ。**大脳のシナプスの量は二歳以降劇的に増加し、七歳でピークを迎えた後、無駄なシナプス結合は徐々に「淘汰」され、最終的に安定に至る。この時期は子供の世界に対する好奇心と知識吸収能力のピークに当たる。三歳から七歳までの期間、天翔る馬の如く自由奔放な子供の連想もピークに達する。現実と幻が入り交じった創造力、凄まじい勢いで湧いてくる万物への好奇心、一日千里の勢いでおこなわれる新たな知識の吸収、このすべてが子供たちの頭の知識系統を急速に拡大させる。人工知能は専門分野の天才的なツールにしかなれないが、人間はあらゆる分野についての総合的理解が可能だ。恐らくこれは人間の大脳のニューロン結合による自由な連結および成長と関連しているのだろう。クロスオーバーな創造力と類推による広い理解力は子供特有の長所であり、この時期は知識分野をあらゆる方向に拡張させるのにふさわしい時期だ。

さらに成長したら、子供をできるだけ社会生活に参加させて実戦経験を積ませ、世界の傍観から世界への進入へ移行させ、世界を自分の足で歩きながら、社会性や世界の常識を身につけさせるようにすべきだ。

**世界について総合的に理解する能力には、系統的な視点を備えた教養教育が欠かせない。**重要なのはあらゆる学問分野の知識の断片を暗記することではない。人間はウィキペディアではないし、ウィキペディアに勝つことはできない。重要なのはこれらの知識を配置し調べる方法を知ることである。これには階層的で関連性のある知識体系が必要になる。人工知能はすべての断片を記憶できるが、それらを組み合わせて意味のあるシーンやストーリーを形成することは難しく、問題にぶつかっても呼び出す能力に欠けている。世界観とは知識ベースではなく、より高いところから知識を見る視点なのである。

（4）創造力の開発

**将来、人間と人工知能を比べて、競争上の最大の強みになるのは、知識の想像的理解と知識の想像的応用を含む創造力にほかならない。**

**知識体系についての想像的理解は、あらゆる学習の中で最も重要な部分だ。**創造的理解とは、あえて知識を疑問視し、再編成し、組み合わせ、拡張したり、あえて既存の知識に挑戦し、再構築したり、知識を柔軟に活用したりして、問題を分析・解決することを意味する。知識は子供にとってのレゴブロックである。彼らは教師が自分にどのように知識を組み込ませたいと考えているのか推測するだけでなく、自身の知識運用能力をしっかりと信頼して、頭の中に鮮やかでみずみずしい知識の花園を作るべきなのだ。具体的な解答が存在する問題ならば、機械は数秒間の学習だけで多くを習得するが、創造力やデザイン力を備えていない。なぜなら、機械の頭脳には青写真も、想像も、期待も、巨視的観察も、反事実的思考も経験的データを超えた冒険心も存在せず、また想像的な愛や情熱も存在しないからだ。

**世界について想像的に理解する能力は、想像的なチャレンジを奨励する態度や環境を必要とする。**知識が創造力を束縛するのではないかと心配し、むしろ子供を知識から遠く離れた荒野に隠したほうがましだと考える人もいるが、実際のところ、それは余計な心配だ。世界で最も創造力が豊かな人物は、往々にして幼い頃から博識でありながらも柔軟な思考ができていたことを、私たちは目にしてきた。例えば囲碁人工知能「アルファ碁（AlphaGo）」の生みの親であるデミス・ハサビスは幼い頃からチェスの名手で、九歳からプログラムを学び始め、成長後はコンピュータと神経科学を学んで若くして博士の学位を取得する。このように知識学習に没頭している優秀な学生は、人工知能アルゴリズムの改善において非常に旺盛な創造力を持っていた。子供に創造力を持たせたいなら、知識や学習に対し恐れを抱く必要は決してない。

**唯一、創造力を殺すのは、創造力を殺すことにほかならない。これは無意味な同語反復ではない。**好奇心や想像力は誰もが持っている創造の基礎である。両親や教師が創造力を抑えつけるような態度を取り、それに気づかない場合が多くある。「ただ一つの正確さ」を過度に強調し、規範に則った行動を過度に評価し、誤った探求を過度に批判することは、子供の創造力を抑圧する最大の障害となる。大人は物事に対し、頑なに段取りを踏み、整然と秩序立っていようとするが、子供もその「整然と秩序だった」一部分であると見なしている。だが子供はあらゆる方向へランダムな探索を行い、可能性に満ちた魔法の泡であり、彼らは可能性の境界を打ち破っている最中にある。この時、両親にとってベストなのは、彼らを励ましフォローすることだ。

**両親や教師による感情的サポートは、子供の創造力開発にとって極めて重要である。**両親や教師は子供の考えによく耳を傾け、質問し、答えを促し、子供の考え方に従いさらに探求を進め、問題により子供の思考を深め、子供が自分の考えを実践に移すサポートをし、彼らの独創性を後押しし、彼らの構想を分析し、彼らに方法と手段を教えることができるが、それがゆえに子供の探求を制限するものではない。

**知識の想像的応用の発展は、知識を想像的応用する機会の形成である。**創造力に関する「投資」理論では、創造力と知能指数は関係性が薄いが、認知スタイルとは密接に関連するとされている。認知スタイルとは、あえて危険を冒すか、時間を創造的活動に費やそうとするか、興味対象の分野にすべての情熱を注ぎ込めるかどうかである。認知スタイルには、幼少からの両親や教師によるサポートや環境が大いに関わっている。私たちは子供たちに創造的な任務を与え、彼ら自身に方法を選ばせ、自ら試行錯誤させ、自身の考えを実践に移させるようにせねばならず、大人は彼らにツールや方法を与えるが、彼らの方向選択を制限しない。このような創造的プロジェクト学習は、生活の中でも学校でも応用できる教授方法である。

これからの時代、私たち自身と子供たちの学習と教育は、難しいと言えば難しく、簡単と言えば簡単だ。私たちは人間の認知の発達の過程で、最もユニークで貴重な長所を最大限に発揮し、各分野を総合的に学習し、創造的思考を学習の手引きとせねばならない。人間には人工知能に比べ、いまなお多くの長所、多くの解明されていない秘密がある。私は人間の潜在能力を信じ、子供たちを信じる気持ちに満ちあふれており、これは私が「童行計画（WePlan）」（中国農村部の子供たちに教育を行き届かせる活動）の教育プロジェクトをおこなう初志であり、長期的なビジョンでもある。

# あなたはどこに

你在哪里

立原透耶 訳

# 1

任毅《レン・イー》は、投資家のためのプレゼン前に素素《スースー》の電話をうけるほど頭の痛いことはない、と思った。

彼は会場の外に座り、電話をとるかどうか葛藤した。プレゼンはあと三分で始まるだろう、姜《ジアン》社長はすでに階段下のホールに来ていて、すぐにでもエレベーターで上ってくるだろう。彼は頭の中で事業計画書を何度も何度もおさらいして、逆巻く熱意が沸騰して今にもどっとあふれだしそうだった。こんな時に素素《スースー》の電話をもし受けたら、気分はめちゃくちゃになってしまうかもしれなかった。さらに恐ろしいことに、もし素素《スースー》の話が終わらなかったら、最悪遅刻だってしてしまうかもしれない。Cファンドはとても重要で、彼の会社すべての運命がこの瞬間にかかっており、危険を冒すわけにはいかなかった。けれども素素《スースー》の電話をもし受けなかったら、その結果もひどいものになるだろう。その瞬間に三、四個の選択肢が渦巻いたが、どれも選び難かった。電話はずっと鳴り響いている。まるで細い縄で金塊を吊り上げているかのような心境になった。

やはり彼は助手の小諾《シアオ・ヌオ》に対応させることにした。

「小諾《シアオ・ヌオ》、おれの代わりに電話をうけてくれ」任毅《レン・イー》が言った。「素素《スースー》に言ってくれ、夜に喜ばせるようなことを準備しておくから、仕事が終わったら合流するのを待っていてくれと」

「わかりました」小諾《シアオ・ヌオ》がイヤホンの中で答えた。「あなたの『分身』に聞かせる必要はありますか？」

「しばらくは必要ない。おまえが素素《スースー》と話してくれ。いまおれは忙しい、夜には必ずちゃんとつきあうからって言ってくれ」任毅《レン・イー》はちょっと考え、さらに付け加えた。「電話を切った後、最もロマンチックな場所を予約しておいてくれ」

小諾《シアオ・ヌオ》は自動で電話を受けはじめ、イヤホンはしばし静かになった。任毅《レン・イー》はそばで通話を聞くことができなかったが、彼は小諾《シアオ・ヌオ》を信頼していた。彼女は謙虚で礼儀正しいし、数十万もの怒りをなだめた経験からくる言葉をストックしているので、気持ちを説明するのにまずいことはない。きっと素素《スースー》の気持ちをなだめてくれるだろう。彼は袖の上に示された通話時間をちらっと見た。通話時間は二十五秒。素素《スースー》が電話を切らずに二十五秒間持ちこたえたということは、そう悪い状況ではないということを意味していた。任毅《レン・イー》は気が気ではなかったが、注意力を会議室へと無理に引き戻した。

「姜社長《ジアン》、どうも！　こんにちは！」姜勁濤《ジアン・ジンタオ》をトップとした一行が会議室に入ってきた。任毅《レン・イー》は椅子から飛び上がって、会議室のドアで手を差し出した。顔には強い希望を浮かべていた。

「失礼、少し遅れた」姜勁濤《ジアン・ジンタオ》が言った。

「いいえ、いいえ、大丈夫です、大丈夫です」任毅《レン・イー》は慌てて相手に代わって言い訳をした。「道中、車が混んでいたのでは？」

「前の会議が延びたのが原因だ」姜勁濤《ジアン・ジンタオ》が答えた。「私はこれから会議があると伝えたのだが、彼らときたら話にきりがない、失礼したね」

「大丈夫です。忙しい人はみんなそんなものですよ、会議に次ぐ会議」任毅《レン・イー》はついでにお愛想笑いをした。「あなたは本当に我々の『分身』商品をお試しになるべきです、そうすれば八つの会議にだって全部参加できますから」

「はっ」姜勁濤《ジアン・ジンタオ》が軽く笑った。任毅《レン・イー》のユーモアを笑うべきか判断しかねていたようだが、相手にしないことにしたらしい。「いいだろう、話してみてくれ。そいつを一セット購入しよう。たぶん次に君が来た時には、君を接待するのはその製品ってことになるだろうがね」

任毅《レン・イー》はそれを聞いて、顔色を変えた。そう聞くと、なんだかそれはあまり正しくないような気がした。

しかしあれこれ考える暇はなく、勢いよく身を起こして、事業計画書を映し出しながら説明をはじめた。

「姜《ジアン》社長こんにちは、みなさまこんにちは。今日はみなさまに我々の会社の人工知能サービスプログラム『分身』をご紹介いたします。人工知能時代に最も貴重なものは何か？　時間です！　みなさまの金銭は問題にはなりません、知識だってたやすく手に入る、全世界にあまねく関係を築くことができる、時間だけが充分に分配できない……」

任毅《レン・イー》は話しながら、テーブルの向こうにいる数名の投資家たちの反応を観察した。何人かは熱心に見ていたが、その表情はけわしく、口角もしっかりと下がっており、口元を引き結び、真剣に考えているというほどでもないか、もしくは異なる意見を持っているかのようだった。彼はいささかむなしくなり、数字を二回読み間違えた。顔が赤くなり、血がのぼり、額は汗みずくになった。

「……ただいまお見せしたのは我々の製品が市場に出て二年ほどの概要です。二千万以上の愛用者からなる四百万以上の顧客の使用データによると、市場の類似した商品の中ではリードしています。我々のたゆまない応用シーンの拡大によって、現在ユーザーはすでに三千以上の異なったシーンで『分身』を使用し、みなさまの仕事や生活をたいへん便利にしています。またさらなる大量の研究データを蓄積させてくれることでしょう。……」

任毅《レン・イー》は言いながら、緊張しはじめた。彼は経験豊富な姜勁濤《ジアン・ジンタオ》が、ユーザーの満足度について尋ねるのを心配していた。これは彼の会社の社員の上から下まで全員が口にしてはならない痛いポイントだった。製品の研究開発をして二年あまり、彼らのユーザーの満足度は終始七十パーセント以下を維持しており、最高でも六十九・八パーセント、最近ではさらに六十六・四パーセントにまで下がっていた。それがどうしてなのか彼にはわからなかった。彼らはとうに最大限の努力を払って改良し、休むことなくユーザーの情報を収集し、アルゴリズムを革新して、ユーザーの像をシミュレートし、人工知能分身のすべての応答を完璧にユーザーの習慣で再現してみたのだ。それなのにどうしてだか、シミュレートはかならず本物には似なかった。しかしこれらのデータは殴られても口にはできなかった。もし言いでもしたら、この融資はふいになってしまうだろう。

　彼は口先でまだデータを紹介していたが、身体の中からもう一つの注意力のない自分が抜け出しているかのようで、雲の端から自分を見て、もやもやと世界と隔てた水蒸気が一層あるみたいだった。

「……我々はこの二年、積極的に市場を開拓しただけでなく、基礎方面の研究にも大いに力を注ぎました。我々は国内人格メモリーとインテリジェント・シミュレーション方面でトップの研究チームを招聘し、人格の四十次元解析から一人分の充分なデータ化を行い、インテリジェント・プログラムをさらに大きくデータ学習させ、ひと一人のデータの足跡から人物像を導き出したのです。このような基礎理論と実際の経験データをそなえた研究を推し進めた上で、我々はこう確信したのであります。我々が作り上げたインテリジェント・プログラムは完全に人格の日常のパフォーマンスを模倣していると。『分身』は人工知能時代に大いに発展するでしょう……そこでは……」

　しゃべっている間じゅう任毅《レン・イー》はずっと、頷きや目に浮かぶ興奮といったような反応を見ることはできなかった。彼の額からはさらに汗が出てきた。下手《しもて》に座っている人は、姜勁涛《ジアン・ジンタオ》をのぞいては、彼らの会社の投資総監督や技術総監督、それに投資研究員たちだったが、見たところ誰もが粗《あら》探しをしているような雰囲気に満ちていた。長机をぐるりと囲んで、後ろにもたれ込んで頭を上げて足を組んでいる者や、電子ペンをくわえて指を鳴らしている者もおり、みんなが任毅《レン・イー》にプレッシャーを与えていた。

この時、イヤホンが突然小諾《シアオ・ヌオ》の声を伝えてきた。

「任《レン》さま、至急お返事を。午後の講演会の状況ですが、チケットを購入した多くの聴衆があなた本人が会場に来ないと聞いて、払い戻しを要求しています」

「すみません、少々お待ちください」任毅《レン・イー》は急いでプレゼンを止めた。「少し突発的なことが起きまして。一分で戻って参ります」

彼は会議室から廊下に出て、小諾《シアオ・ヌオ》に尋ねた。「詳しく話してみろ、どんな状況なんだ？」

「陳さまがあなたに残した伝言がこちらです」小諾《シアオ・ヌオ》は言語データに移行した。

なんと午後の三つの会場のうち一つで、二人による払い戻し騒動が起き、それにチケット購入者たちが激しく呼応し、ゆっくりと雪崩を起こし、すぐに千人あまりの声になったという。総人数五千の会場で千人あまりの払い戻しをすれば、会場の見た目もよくないし、数時間後にはさらに続く者も現れるだろう。当初、このネットワークグループを作った理由は、クリアなデータを用いてさらに多くの人に買いたいと思わせるためだった。それで任毅《レン・イー》はデータのリアルタイム配信に力を注ぎ込んだのだが、まさかこのように却ってひどいめにあうとは思ってもみなかった。

「うーん……この一会場だけなんだな？」任毅《レン・イー》が小諾《シアオ・ヌオ》に尋ねた。

「陳さまは、今はこの会場だけで、まだ拡散していないと言っています」小諾《シアオ・ヌオ》が答えた。

「では彼に、そこの観衆におれが行くつもりだと伝えさせてくれ」任毅《レン・イー》は申し添え、ちょっと考えてから尋ねた。「そうだ、夕食の場所をおまえに予約させたな、予約したか？　何時だ？」

「予約しました。六時です」小諾《シアオ・ヌオ》が言った。

「素素《スースー》に言ったか？」

「伝えました」

「じゃあ彼女にちょっと遅れる、仕事が終わったらすぐに行くと伝えてくれ」

「承知しました」小諾《シアオ・ヌオ》は永遠に有能で落ち着いており、温和な態度であった。

勢いよく会議室に戻ったものの、自分が一分以上離席していたのかどうかわからず、不安で気が気ではなかった。彼はまだ話を続けようとしたが、姜勁濤《ジアン・ジンタオ》がそれを止めた。会議室の中からだんだんと聞こえなくなった声のひとつひとつから判断するに、たったいますでに討論が行われたようだった。

「君のこのモデルの最大の問題は、君たちの製品のハードウェアが追いつけないことだ」姜勁濤《ジアン・ジンタオ》が彼を見ながら言った。「君たちの製品は、私が理解するに、人工知能を用いてユーザーの人格をシミュレートして、一人で同時に多くの場所で活動し、他の人と対話する、そうだな？」

「はい、大体はそのように理解できるかと」任毅《レン・イー》が言った。「しかし我々はさらなる一歩を……」

「私が言い終えるまで聞きたまえ」姜勁濤《ジアン・ジンタオ》が遮った。「君のアイデアは悪くない、だが君たちはプログラムを走らせているだけで、ロボットがいない。君のこのモデルは、実際には仮設であって、ユーザーが求めるのはおしゃべりと精神的な分身だ。だが我々の観察によると、生活の大部分で必要なのは物理的な分身なのだ。例えば夫がゲームで遊びたいのに、妻は食事を作ってほしい――このような時にプログラムと対話するだけでは足りない。必ず食事を作るロボットが必要だ。我々は君の製品の応用できる場所が狭すぎるのではないかと危惧している。君たちの今の製品の再購入率がかなり低いのはわかるだろう、多くの人が新しいものを求めていて、長期的な発展に欠けているということだ」

「そうではありません、事実我々には新しいハードウエア製品があるんです、ただまだ試作段階で……」任《レン》毅《イー》はなおも説明しようとした。

「今日はここまでだ。我々は君たちのプロジェクトの状況を理解した。ちょっと考えさせてくれ。できるだけ早く返事をする。ありがとう」姜勁涛《ジアン・ジンタオ》は有無を言わせずプレゼンを終わらせた。

## 2

素素《スースー》はレストランに到着した。

彼女は身体がひどく弱っていると感じていた。午前中に気持ちを奮い立たせて数時間がんばり、二つの面接試験に臨んだが、どちらもあまり成功とは言えなかった。正午には一緒に面接試験に参加した若い女性とご飯を食べ、彼女の絶え間なくくどくどした話に耳を傾けること一時間、両方の鼓膜が痛くなってしまった。すぐに来週の面接試験の服を買いに行って、何着も試着してみたが気に入らなかった。そして最後には身体も精神も力を失ってしまったのである。コンビニに行ってソフトクリームをひとつ買い、ドアを出たところでそれを地面に落としてしまった。その瞬間、彼女はあまりの辛さに泣き出した。どうして自分がこんなにも孤独なのか、あらゆることが思い通りにならないのか、そして何もかもが自分の身の上に降りかかってくるのか、わからなかった。

涙が襟に落ちた。とたんに襟のふちの色が変化した。続いてスカートの裏地全体が暖かくなってきて、腰と背中にぎゅっと力が入り、軽やかに彼女の身体の横の後ろあたりを圧迫した。それはまるで誰かに力を込めて抱きしめられているのに似ていた。

素素《スースー》は驚いて身体をこわばらせた。けれども数分経ってそれが何か理解した。おそらく涙がスカートの自動慰撫機能を作動させたのだろう。ゆっくりとおそれがなくなっていき、暖かな熱と緩やかな圧でリラックスしはじめた。つまるところ柔らかい生地は、マッサージチェアよりもずっと心地よかった。彼女は任毅《レン・イー》が先月このスカートを贈ってくれた時に言ったことを思い出した。おれがいない時、これに君を慰めさせるよ。

彼女はまた任毅《レン・イー》に電話をかけたが、やはり出たのは永遠に礼儀正しいインテリジェント秘書の応答だった。その声は甘くて堅苦しく、まるでホテルのフロントの接客係のようだった。任毅《レン・イー》に電話すると、十回のうち八回は小諾《シアオ・ヌオ》が応じた。もし小諾《シアオ・ヌオ》がただのプログラムだと知らなければ、素素《スースー》は嫉妬しただろう。

素素《スースー》は電話を切った。伝言はしなかった。彼女の心のなかに詰まったものは、小諾《シアオ・ヌオ》に伝言できるような類ではなかったのだ。

彼女はメニューを見たが、注文する気持ちはまったく起きなかった。彼女は任毅《レン・イー》がいま何をしているのかわからなかった。六時十分前で、約束の時間まで十分しかなかったが、彼は電話にも出ず、まだ忙しく仕事をしているようだった。それじゃあ彼は時間通りに来られるの? また約束を破って、最後になって来られないというのではないかしら? もしそうなら、彼女が注文するのになんの意味があるだろうか。

素素《スースー》は家に二年間いて、やっとまた仕事を探そうと思うようになった。最初は退職して家にいることを選んだ。というのも、任毅《レン・イー》が起業して自分の仕事はとても忙しい、いつでもどこでも家を整えていてほしいと言ったからだ。さらに彼は起業が順調なら、将来的に彼女は幸せに暮らせるし、あくせく働く必要もないと言った。しかし二年が経過して、素素《スースー》は期待したような裕福で健康な生活を送ることはなかった。任毅《レン・イー》はますます忙しくなり、ますます焦っていた。彼女は日一日と何もせずに過ごしていくうちにますます落ち着かなくなった。そのような落ち着かなさは、まもなく出発する電車を目にして、がんばって走るけれども追いつけない、そんな感覚だった。彼女は自分のためにもう一度仕事を探さねばならないと思った。それはお金のためではなく、もっと大切な、一本の頼れる支柱を得るためだった。

けれども面接試験は順調ではなかった。彼女はすでに新卒の大学生ではなく、優れたキャリアもなかったし、彼らのようにチャンスを得るために一切を惜しまぬ熱意もなかった。彼女は面接官の機嫌を取るために心にもないことを言うことはできなかった。労働経験があって起業を手伝ったこともあり、彼女にはいくらか自我の強さがあった。面接官はみんな「私はこの仕事が大好きです」という言葉を聞きたがったけれども、素素《スースー》はただ誠実に述べるだけだった。「これはいくつかの方面に略歴を送ってみたうちのひとつです」それで彼女は冷ややかな目を向けられたのである。

素素《スースー》の服はいつも面接ではオレンジからブルーに変化した。会場に入る時はオレンジで、面接が進むにしたがって、色はだんだん淡くなり、ますます暗くなって、会場を出る時には深いブルーになっていた。彼女はそれがどのような方法で自分の感情ホルモン指標を判断しているのかわからなかった。日増しに憂鬱さは深くなっていった。面接官たちはいつも彼女のスカートの色が変わるのを見て驚きはしたものの、そのことについては質問しなかった。

すでに六時になっていた。素素《スースー》の気持ちは沈み、今回は楽しい夜にはならないだろうという予感めいたものがした。

レストランは蠟燭を灯し、近くの座席には二、三人ずつ客が座った。向かい合って乾杯するカップル、二人の子供をつれた夫婦がいた。店員が二度来て、彼女に注文するかどうか尋ねたが、彼女はいずれも人を待たねばならないと答えた。しかしそれもだんだんバツが悪くなってきた。

素素《スースー》はもう一度任毅《レン・イー》の番号にかけたものの、少し絶望しかけていた。

今回は、電話がつながった。

「もしもし」素素《スースー》は言った。「阿毅《アーイー》、あなたはどこにいるの？」

「おれはきみのそばにいるよ」任毅《レン・イー》の声が答えた。

素素《スースー》はキョロキョロして、人々の中に見慣れた背の高い大柄な人影を探したが、左右のどこにも見当たらなかった。

「下を見てくれ。足の上」任毅《レン・イー》の声がまた言った。

素素《スースー》が頭を下げると、人の顔が見えた。びっくりして、スマホを地面に投げ捨てるところだった。なんとかしてスマホを握りなおし、ぜいぜい息をし、心が落ち着いてくると、またおどおどと膝の上に視線を移動させた。

膝の上の顔は消え失せていて、スカートの色はたったいま紫色に戻っていた。しかし彼女が再び目を上にやると、臀部のあたりに大きな一本の手が出現したのに気がついた。その大きさは本物の人間と全く同じで、ちょうど後ろからぐるりと回りこんでいて、彼女の腰を抱いているみたいだった。彼女はまたひどく驚いた。

「怖がらないで」任毅《レン・イー》が言った。「本当におれなんだ。おれはいま渋滞に巻き込まれている。だからこんな方法で先に君に寄り添ったんだ」

素素《スー》はなおも呆然として、なかなか回復できないでいた。

## 3

任毅《レン・イー》はポマードを撫でつけて頭髪を根元から立ち上げ、わざわざ大型イベントのためにあつらえたスーツを身につけ、舞台裏で準備した。彼は手足を動かし、首を回し、肩を揉み、マイクを撫でた。それはもう彼の癖になっていた。マイクはしっかりと固定されていたが、イベントの過程で落ちてくるのではないかといつも心配だった。彼は一度撫で、またもう一度撫でた。

舞台裏の控室の通路は暗くて狭く、ただ彼一人だけがそこに立っていた。通路の内側の壁にはキラキラしたつながったライトが、一般的な折れ線の電子回路図を描き、チープな未来感を醸し出していた。入り口の近くでは小さなモニターが会場内の状況を実況中継している。彼はチカチカする現場の大きな灯りに照らされた、退屈でたまらない観衆の顔を見ることができた。

「……あなた方がいま見ている私、すなわち私！」任毅《レン・イー》は会場の中で響く声を聞いた。それは正確に模倣された彼自身の声だった。彼は突然少し興味を抱き、続いてその声がなんと言うのか聞いてみようと思った。

「ようこそみなさま、インテリジェント万物トークショーへお越しくださいました。本日はみなさまに最も風変わりで情熱的な一幕のショーをご覧いただきましょう。四つの都市の四幕で同時進行に演出します。どうかその目を大きく開けて、しっかりと観察してください。かすかな手がかりを見つけることができるか見てみてください、誰が本物の任毅《レン・イー》か、どれが本物の私か見つけ出してください」

続いて、その声がさらにその場の一人の観衆を選んで、その人に質問をさせた。プログラムでは確かにこのような質問を不定期に出すよう、「分身」それぞれにランダムなタイムを要求していた。それはつまり観衆の質問に即座に答えて、「分身」のプログラムの優秀な受け答えの特徴をはっきり見せるためだった。今日の観衆のレベルはとても高く、技術パラメーターの質問が出た。幸いなことに「分身」五号の臨機応変さのレベルも高く、商業機密に触れそうな内容であっても、うまく切り抜けた。運良く任毅《レン・イー》は最初から応答候補の中に、古典を利用した弁解プログラムを仕込んでいた。たとえプログラムが自力で学習したとしても、任毅《レン・イー》と彼のチームは安心して全てをプログラムに任せ、行動を決定させることはできなかったからだ。

　またロケを使った歌とダンスのショーが始まったが、それは観衆にスターの「分身」を見せるためだった。その後は街中で撮影したインタビュー映像が流れた。任毅《レン・イー》はチラッと腕時計を見た。六時まであと十分。彼はすべての行程が素早く終わってステージに出て、それから素素《スースー》の元へ急いで行けるようにと願った。

あと六分。五分。四分。

　ステージに出る時間まであと二分五十秒となった時、小諾《シアオ・ヌオ》の声がイヤホンに響いた。

「任《レン》さま」小諾《シアオ・ヌオ》が言った。「午前のプレゼンテーションの結果が出ました」

「どんな結果だ？ 言え」任毅《レン・イー》は時計のカウントを見ながらも、心臓がドキドキ飛び跳ねていた。二分ちょっとなら結果を聞くのに充分だ。

「彼らは投資しないそうです」小諾《シアオ・ヌオ》が答えた。

任毅《レン・イー》の心は沈んでいった。朝すでにこの結果を予測していたとはいえ、このニュースを耳にする瞬間まで、ずっと希望を抱いていたのだ。願いはとても強く、ほとんど溢れ出しそうだった。それは成功の確率が低いわりに、ある種の非理性的な期待だった。そして今、小諾《シアオ・ヌオ》のニュースはこの期待を打ち砕いた。プレゼンをした投資機関はこれが五つめで、最も関係の深いのがこの機関で、最も投資をひっぱってこられそうだった。このあと、どの機関にあたればいいのかもわからなかった。

　あと一分四十秒。

「彼らは理由を言ったのか？」任毅《レン・イー》が小諾《シアオ・ヌオ》に尋ねた。

「言いました。増長曲線が減速しており、将来の市場に疑問があり、ハードウエアの開発はまだ試作段階、なお観察が必要だと」小諾《シアオ・ヌオ》が答えた。

「他に何か言っていたか？」任毅《レン・イー》はいささか絶望していた。

「あなたがやりたいものはあまりに多すぎると」小諾《シアオ・ヌオ》が答えた。

あと五十秒。

任毅《レン・イー》の心は乱れていた。Bラウンド・ファンディングの後、自分たちの前途は輝いて見えた。Bラウンド・ファンディングの前に投入したリソースはなおもその作用が続いており、融資の後の数カ月のデータの増長も非常に速かった。しかしその後大きな問題に当たった。キャンセルするユーザーがとても多く、ホームページ上でマイナス評価をしたユーザーの数も増加していた。彼らはより大きなリソースを投入して宣伝広報活動を行ったが、生産はつねに減少していった。このように多額の金をかけて客を獲得するモデルは、根拠となる数値が二倍なければ、早晩投資家に見捨てられることだろう。見たところは派手で華やかなプロジェクトだったが、実際のところはギリギリのラインだった。

もし姜勁涛《ジアン・ジンタオ》の投資を得られなかったら、彼はどうしたらいいのか。

まだ十秒ある。……五、四、三、二、一、〇。

通路の突き当たりのドアが開き、その瞬間に青い光が任毅《レン・イー》の全身に降り注いだ。彼の頭はまたも混乱したが、ステージに足を踏み入れ、元々得意とする、少しずつ増えている製品の愛用者に対するトークショーを始めざるを得なかった。彼はかつて学校活動で長年司会者をやっていたのである。

今日彼は自分との対話というトークショーをやり遂げなければならない。これは、来場者に彼らのインテリジェント・プログラムがいかにスマートであるかを見せる、ただそれだけのために、臨時に組み込まれたものだった。事前にリハーサルはなく、完全に急場しのぎのものだったが、任毅《レン・イー》はこの急場しのぎを注目ポイントに変えられると期待していた。そうでなければ会社は、何千万も出して四幕同時のパーティをした意味がなくなってしまうだろう。

歩いている途中、素素《スースー》からの電話の着信音を耳にしたが、この時はそれに構う暇がなかった。

「ご来場の皆様、今日はようこそお越しくださいました」任毅《レン・イー》は満面に笑みをたたえて舞台の中央まで歩いた。「みなさまが心震わせる夜をお過ごしになられるだろうと信じております。私の『分身』五号にも感謝します、私の代わりに前半の仕事をやり遂げてくれました。五号、おつかれさま、もう帰っていいぞ」任毅《レン・イー》は言いながら、大スクリーン上の自分に手を振った。

「おい、おまえは誰だ？　何を根拠におれを分身だって言うんだ？　おまえこそが分身だ、おまえこそ帰るべきだ」スクリーンの中の任毅《レン・イー》が両手を腰に当てて不服そうに言った。

観衆はどっと笑い声をあげた。この反応は想定内のものだった。これは特別なプログラムで、本物のクライアントとその『分身』と、どちらが本人か争わせるのは、家庭におけるちょっとした楽しさを提供しようとするものだった。続いてどちらが本物かの言い争いになり、『分身』は自分がどんなことを覚えているか突きつけてくるのが普通だった。多くの場合、それはどれもインターネットの履歴からわかるようなものだった。それに大抵のクライアントはちょっと怯えるが、やがては『分身』の真に迫ったクオリティに、より信頼を置くようになる。けれども今日はそのようなやり方を取ろうとはせず、彼はとにかく現場の観衆を盛り上げようと考えていた。強烈な感情は永遠の忠誠の源になるからだ。

「おれはおまえとは争わない、ただ尋ねよう、おれと歌とダンスを争えるか？　と」音楽が響き、ライトが炸裂し、任毅《レン・イー》は現場の観衆とスクリーン上の『分身』に向かって大声で叫んだ。「みんな一緒にハイになろうぜ、どちらが本物でどちらが偽物か見てみよう、何が本物か、何が偽物か！　さあ、どなたが鋭い二つのまなこをお持ちか見てみよう！　ミュージック！」

任毅《レン・イー》はスクリーン上の任毅《レン・イー》とかけ合って歌い始めた。これは彼らが最近開発した能力で、彼はこれに自信があった。

『分身』が他に何ができないと？　どうして売れ行きが良くないんだ？

任毅《レン・イー》の心はジェットコースターのように高くなったり低くなったりした。

## 4

任毅《レン・イー》がレストランについた時には、すでに七時半をすぎていた。

道中、彼は小諾《シアオ・ヌオ》に素素《スースー》がどんな状況なのか尋ねた。小諾《シアオ・ヌオ》は、レストランから伝えられた録画を見て、状況は非常に良いと言うわけではない、と言った。はじめのころはまずは平穏だった。素素《スースー》はスカートの上の男性といくらか礼儀正しい会話を交わしていたし、後には話したり笑ったりもしたが、すぐにトラブルが始まった。素素《スースー》は話しながら泣き出し、おそらくは恨み言だろう、その後怒ってスカートを叩いたものの、その勢いで自分をひどく叩いてしまったので、叩くのをやめた。それから手詰まりになり、今にいたる。

任毅《レン・イー》の心はまた沈み込んだ。「彼女はなんと言っていたんだ？　『分身』の音声記録を聞いたか？」

「まだです」小諾《シアオ・ヌオ》が答えた。「今お調べする必要がありますか？」

「時間が足りないな」任毅《レン・イー》は地図をチラッと見た。ナビゲーションによればレストランに到着するまでまだ十数分あった。「いや、やはり聞かせてくれ、少し聞こう」

彼は冒頭から聞き始めた。素素《スースー》と『分身』六号の会話の最初から、『分身』六号が自分の遅刻を言い訳し、再び素素《スースー》とおしゃべりを始めるまでを聞いた。十分が経過したころ、彼は『分身』はいったいどのやりとりで間違ったのか、職業的な習慣で巻き戻して聞こうと思った。もう一度聞こうとしたが、それは製品開発者の視点によるもので、彼はどの応答がまだ不自然なのかを探していた。それは恋人としての視点とは言えなかった。

タクシーが停まり、瞬く間にレストランに到着した。運転手はいなかったが、車の中では太い男の声が流れた。「目的地に到着しました、お手まわりの品をお持ちください」任毅《レン・イー》はまだ『分身』のやりとりを聞きたかったが、その場にとどまることもできなかった。

彼は腹をくくり、レストランに向かった。今日はすでに素素《スースー》の機嫌を損ねている。どのように話が展開しようと、申し開きしにくい。まだ過ちを認めて、喚かれた方がマシだ。彼はすでにしおらしくいようと決めていた。

レストランに入ると、素素《スースー》が一人で口を尖らせてテーブルの端に座っているのが見えた。テーブルの上には空になった三個のグラスがあり、何か食べたような痕跡はなかった。なんと素素《スースー》はずっと何も注文せずに、お腹を空かせて彼を待っていたのだ。

任毅《レン・イー》は頭を下げて、素素《スースー》のスカートの上、腰のあたりに、なおも彼自身の手の映像があるのを目にした。素素《スースー》は絶えず片手でそれを払い除けて、とても嫌がっている様子だった。しかしその手はちょうど良い感じで緩めずにまた腰に回り、それが素素《スースー》をますます怒らせていた。彼は服飾製品を開発した当初、二つの投影方式を設定した。スカートの裾か襟の上で顔と対話できるようにするか、肩か腰に抱きしめる腕を投影するかだ。これは新製品で最初に使用したものだった。だが今見たところ、効果はあまり良くないようだった。

任毅《レン・イー》はこのユーザーにインタビューをしたいという思いを強い意志の力でこらえた。

「素素《スースー》」彼は歩いて行き、頭を下げ、笑顔を見せながら言った。「本当に申し訳ない。今日もまた遅くなってしまった」

『『また』という言葉を使ったのは本当にいいことだわ』素素《スースー》の声には恨みがこもっており、不快さを隠そうとはしていなかった。

「わかってる、わかってる」任毅《レン・イー》が言い訳をした。「最近のこの時間は融資で忙しいんだ、もう少ししたら良くなるから」

素素《スースー》は完全に受け入れようとはせず、言った。「あなたはエンジェル・ローンの前にもそう言った。でも結果は？　あなたは最近わたしの気持ちなんて知らないでしょう？　帰宅してから、わたしが何をしていたのかって尋ねることも長い間なかった」

任毅《レン・イー》は答えようとしたが、不意に自分の声が別の方向から伝わってくるのを耳にした。「君は自分がなおざりにされていると感じているんだね、おれが悪い。誰だってなおざりにされたくない、怒らないで、今後はもっとたくさん君のそばにいるから」

任毅《レン・イー》は自分の声を聞いてひどく驚いた。彼はこの声がどこからしているのかを知っていて、その背景にどのような大きなデータ学習プログラムがあるのかも知っていたにもかかわらず。この場でこの声が自分の心から愛する女性と話をするのを聞くと、このデータはまだ適切ではない、と感じた。玉のような汗が額から吹き出してきた。誰か他人が自分の幸福を横取りするみたいで、身体から飛び出した魂がこの世の自分を眺めているかのようだった。ユーザーレビューがどうして両極化するのか、彼は理解した。このように身体の外から自分を見たことがあるか、ないか、その体験によって完全に違っていたのだ。

まだ反応できない彼に、素素《スースー》が言った。「任毅《レン・イー》、見たでしょう？　あなたはこんなものを使ってわたしを体《てい》よくあしらうの？　これがあなたの本心なの？　あなたはわたしをあやすのに彼を手配したけど、彼の言っていることはあなたのいうことを代弁しているの？　彼がわたしを強く抱きしめて、あなたは慰められた？　あなたと彼はどんな関係なの？」

任毅《レン・イー》は緊張して口を開いたが、どう答えていいのかわからなかった。この問題についてのクライアントへの答えはあったが、いまこの時の素素《スースー》への答えとではまったく異なっていた。彼がまだ話せないうちに、スカートの中から声が応え出した。「我々の『分身』をばかにしちゃいけない、分身は内心の気持ちで、我々はどちらも君に対する愛を表しているんだ」

「わたしへの愛ですって？」素素《スースー》がスカートに皮肉を言った。「もしわたしがあなたを愛していないとしたら？　あなたは自分勝手で無能で、愚かでバカだわ、なんでわたしがあなたを愛すると？」

「おれはそれでも君を愛するよ、素素《スースー》、死ぬまで変わらない」スカートの中の声が答えた。

「任毅《レン・イー》」素素《スースー》が突然涙を目に浮かべた。「聞いた？　わたしがたったいまあなたを罵ったのを聞いたわよね？……あなたの会社の製品はどうしてダメなのかわかる？　あなたはスカートと交換されて平気？……」彼女はスカートを指差した。「そうじゃない！　問題は、彼は怒らないってところにあるの！　わたしは彼を罵ったけれど、彼はどうしたって怒れない！　じゃあ彼はどうやって今のわたしの気持ちを理解できるというの？　彼はどうしてわたしがいま悲しんでいるとわかるの？……あなたにわかる？　あなたは怒るってことがどういうことか、悲しむってことがどういうことかわかる？」

素素《スースー》は立ち上がり、バッグを手にしてその場を後にした。任毅《レン・イー》はずっと呆然としていたが、無意識に素素《スースー》の腕を摑んで、彼女を引き止めようとした。けれども彼女の手はたやすく彼の手から抜け出し、涙をぬぐいながら外へ走り出てしまった。任毅《レン・イー》は立ち上がり、追いかけようとしたが足を踏み出せなかった。心に痛みが走り、素素《スースー》を愛おしく思ってはいたものの、なぜだか望むように勇敢に追いかけることはできなかった。もしかするとこの一日の挫折によって極度に疲れ果てていたのかもしれない。

彼の頭の中ではただ素素《スースー》の言ったこの二言だけが鳴り響いていた。「彼はどうしたって怒れない！　怒れないのよ！」彼は何かを理解しそうで、また理解できなさそうだった。そうだ、彼らは当初分身の人格を適正化し、クライアントの人格の中からことさらプラス面を引き出した。これは間違いない。誰が自分の製品で、クライアントにまずいマイナス面の反応を与えるというのだ？　必ず人格は最適化されねばならない。怒らないことが間違いだと？

彼は自分の製品責任者に電話をして、この重大な発見を伝えたいと思ったが、それさえもできなかった。ただがっかりして椅子に座り、身体を斜めにもたせかけていた。目の前では素素《スースー》が涙を溜めて出ていく様子が延々と繰り返されていて、頭が混乱していた。彼は彼女の自分に対する失望を感じ取ることができたような気がしたけれども、同時に、心の奥深くでは失望してもいた。こんなにもひどい一日を経験したばかりで、チームが何晩も徹夜して準備したプレゼンも失敗、融資の前途も懸念に満ち、投資家に冷たく嘲笑され、会社が年の瀬を越せなくなるのをみすみす見ているしかない。今夜のイベントもあんなに多くのお金を注ぎ込んだのに、観衆は自分の面前で一人ひとり退場していった。あらゆること全てがもう充分にくそったれで、これらすべてが発生した上に、素素《スースー》までもがさらに足を引っ張った。自分のそばで慰めてくれず、それどころか身を翻して去ってしまったのだ。

おれよりも惨めな人間がいようか！

「おれは世界で最も失敗したやつなのか？」彼は口を開いて小諾《シアオ・ヌオ》に尋ねた。

「成功、失敗、どちらも相対的なものです。永遠に希望を捨ててはなりません！」小諾《シアオ・ヌオ》が言った。

任毅《レン・イー》は小諾《シアオ・ヌオ》の高らかな声を耳にして、心がポキッと折れた。初めて自分はこんなにも遠く離れてしまったと感じた。小諾《シアオ・ヌオ》も彼らの会社が開発した製品で、最初の金のなる木で、小諾《シアオ・ヌオ》の全てのコーパスメモリは彼自らが参加して審査して決めたもので、とても自信を持っていた。けれどもこの瞬間、高揚する小諾《シアオ・ヌオ》と彼とは分厚く重いガラスで隔たれていた。彼が望むのは誰かといまの気持ちを分け合うことだった。しかし彼女でさえ理解できない。この世界で、彼は本当にひとりぼっちになってしまった。

「おれはいったい何を間違えたんだ!?」任毅《レン・イー》は突然手で頭を支え、泣き始めた。「どうしておれはこんなに努力しているのに、何も手に入らないんだ！」

「落ち込まないで、気を落とさないで。日の光はいつでも風雨の後にやってきますよ！」小諾《シアオ・ヌオ》が言った。

「おまえは理解していない、理解していない、理解していない！」任毅《レン・イー》は不意に耳の中のイヤホンをめちゃめちゃに引っ張り出し、手でこめかみのツボをもんだ。スマホが石の階段に落ちて、ブンブン響いていた。

レストランのウェイターはテーブルに突っ伏して泣いてひどく悲しんでいるこの男を奇妙に思ったが、心ではいくらか同情していた。だが、ほとんどの人は彼の呟いていることを理解できなかった。「おれはわかった、彼らにはわからない……」

# 不死医院

永生医院
浅田雅美 訳

## 危篤

自分がこんなにも後悔するなんて、銭睿《チエン・ルイ》は考えたこともなかった。彼は元々、ここ数年の自分の母親に対する態度には理由があり、ことごとく考え抜かれたもので、内心やましいところなどないと考えていた。だが、蠟燭《ろうそく》のような黄色い顔色で、微動だにせずベッドに横たわる母親を目の当たりにすると、正当性に自信を持っていたその考えがあまりにも浅はかで、自己欺瞞的な心理的慰めに近いものだったと初めて感じた。彼はこの数年間多忙で、母親にしてあげられたことは本当にわずかだった。残業の度に帰宅せず外泊するのは、もっともらしい理由があったにせよ、実際は逃げていた、責任から逃げていたのだ。彼は常々自らの多忙さを「心は世の中を憂う」と称していたが、命の危機に瀕している母親を見て、初めて自分の言う「世の中」が衰弱した母親の身体の前では、いかに曖昧でつかみどころのないものなのかを意識したのである。

以前数名の友人と会食した時のことが頭に浮かんだ。少し酒を飲んでから、もともと実家に立ち寄ることになっていたのだが、結局会食は九時半まで続き、タクシーを拾うのにも手間取り、実家に到着した頃には十時になろうとしていた。階段を上る途中、両親はもうすぐ就寝の時間ではないのか、自分が遊び回っていることを厳しく責めるのではないかと心配になった彼は、不安な気持ちから一連の言い訳を考えた。家に入って母親の表情が好ましくないのを見た途端に彼は先手を打ち、彼女が声をかけるよりも早く、最近の忙しさ、仕事における不調の多さ、プレッシャーの大きさについて説明し、彼の前途を阻むようなことはしないでくれと頼んだ。話をしていると、母親の表情がどんどん暗くなっていくのがわかった。彼は想像の中の叱責から身を守ろうと抵抗したが、この嘘偽りで固められた防御が母親を最も悲しませているとは思いもよらなかった。母親は何も言わなかった。今後、もし忙しいなら来なくても構わないから、嘘でお茶を濁す必要はない、という言葉以外は。

なんという嫌味だろうか！　心に鈍い痛みを感じたが、彼はすでに不毛の夜に、不器用な言い訳の壁を建ててしまっており、隠れるところはなかった。

そんなことを思い出し、さらに蠟燭のように黄色くなった顔色で病床に伏している母親のことを思い浮かべると、心は刺されるように激しく痛んだ。それまで彼は潜在意識の中で、時間はまだまだあり、忙しい今の時期が過ぎれば、きっともっと母親の機嫌を取るチャンスがあると考えていた。

しかし誰が予測したであろう、時間とはこんなにも人を待ってくれないのだ。

毎日病院に果物やおいしい物をたくさん携えて面会に行きたい、母親のそばにいたい、彼女が目覚めた時は最初に自分の顔を見せたい、彼はそう思っていた。この思いは彼の心に絡みつき、まるで悪魔のように振り払うことができなかった。

だが病院は彼を中に入れてくれなかった。入口の個人識別装置は並外れて感度が良く、二枚のガラスのドアは透明でもろいように見えるが、実際は非常に丈夫で破壊できるような代物ではなかった。入口には泣きついて心づけを渡せるような警備員さえおらず、彼一人がガラス戸にへばりついてドンドンと叩くだけだった。たまたま見送りに出てきた看護師をつかまえて頼みこんだところで、相手は「規則がありますから」の一言で彼を追い払ってしまう。彼は病院の非情さに直面し、ますます焦り、冷静さを失っていった。

この妙《ミアオショウ》手病院という病院は、費用が高く、「妙手回春（優れた手腕で病気を治すの意）」と称されている。多数の治らないと思われた重病患者が、ここに運び込まれるとゆっくりと回復していった。時間が経つにつれ、その名声は広く伝わり、世の中の人々はみな「大病になったら妙《ミアオショウ》手に送る」ことを知っていた。このニュースは死病の患者家族にとってはナイフのようなものだ。こういう場所の存在を知りながら、もし身内をそこに連れて行かなければ、自分の手でナイフを握り患者を刺し殺すようなものであり、それは心臓をえぐり取られるよりもさらに耐え難いことだった。多くの患者家族が入口に並び入院資格を得ようとしていた。このような状況では、「すべてに規則が存在します。それを受け入れたくなければ帰ってください」という病院の強気な姿勢も容易に想像がつく。病院内部は確かに塵一つ落ちていないほど清潔だ。銭睿《チエン・ルイ》は母親を入院させる時に一度だけ足を踏み入れたが、ベージュの壁は温かみを感じさせるが、中はひっそりと静まり返り、一般的な病院に見られるような騒がしい人の行き来は皆無だった。多額の費用がかかるのにはそれなりの理由があった。

病院が面会を許可しなかったので、銭睿《チエン・ルイ》は焼け鍋の蟻のように、心配でいてもたってもいられなかった。父親は毎日家で知らせを待つだけだったが、銭睿《チエン・ルイ》は諦めたわけではなかった。彼は母親の知らせを初めて聞いた時、彼女のそばに一緒にいたいと強く思った。その理由は母親の世話をするため以外に、半分はやましさと向き合いたくなかったからだった。家にとどまっていると、自分が母親に対して長年にわたりとってきた素っ気なくいい加減な態度が頭に浮かぶのだ。

チャンスがやってきたのは、銭睿《チエン・ルイ》が病院の前をうろうろするようになってから十日ほどたった頃だった。彼は仕事を終えるとすぐに病院の外でランニングをはじめ、忍び込むチャンスを見つけようとしていた。しかしスマートエントランスの顔認識能力は非常に高く、これまでずっと彼の目的の実現を阻んできた。ある日の夜、彼は病院裏口で器具を運搬する無人トラックを見かけた。トラックは倉庫の入口に少しの間停車しただけで、身元の確認を済ませ入っていったが、これを見て彼はチャンス到来を意識した。次の日の同じ時間に、彼はこっそりトラックのドアにへばりつき、そのまま倉庫に入っていった。どのみち運転手はおらず、止める人間もいない。倉庫の二つの扉を通り抜けると、ちょうどそこは病棟内だった。

彼は記憶を頼りに母親の病室を探し当て、誰もいないのを見計らってドアを押し開け、中に入った。

母親の蠟燭のように黄色い顔には少しも生気がなく、全身は縮こまり、皮膚は膨らませた後しぼんでしまった風船のように皺だらけになっていた。母親の髪の毛は剃り落とされ、額は一面電極で覆われ、鼻と体にはチューブがつながれていた。瞬時に彼の目から涙がこぼれ落ちた。まさか母親の体に怯えるほど自分が臆病な人間だったなんて、これまで気づいていなかった。だが人を射るような鋭い眼差しで死に見つめられ、彼は堪えきれずにがたがたと震えてしまった。

彼は静かに母親の傍らへ行って手を伸ばし、彼女の手に少し触れた。母親を驚かせてしまうことを恐れたからか、それとも母親の反応に自分が対応できない事態を恐れたからかはわからないが、その手に軽くちょっと触れただけで彼はすぐ手を引っ込めた。数秒後、母親が相変わらず物音の一つも立てないのを見て、彼は落ち着き、それほど恐れなくなった。病室は死んだように静まり返っていた。彼はもう一度母親の手に触れてみたが、その後に彼を襲ったのは怒濤のような哀痛の情だった。今まさにこの瞬間、死にゆくさまに向き合っているのだとやっと本当に気づいたのだ。母親の灰色の顔を見ていると、まるで砂の城が絶えず海に、死の海に呑み込まれているのを見ているかのように感じた。死の波に包まれて息ができなくなった彼は、母親の手をつかみ大声で泣き始めた。

彼は目の前の体から生命の息吹が次々に流れて出ていくのを見ていた。

その後数日、銭睿《チェン・ルイ》は時間通り毎晩十時に病院の裏口にやってきては、自動運搬トラックのドアにへばりつき病院に紛れ込んだ。彼はこっそり母親の病室へ行って、ただそこでじっと一晩過ごすだけだった。あちらこちらうろつくことも、他人に気づかれるようなこともしなかった。このことを父親に伝えてはいない。父親は体調が思わしくなく、ひどく厳格で保守的な観念の持ち主だったので、規則を破って侵入したことがばれて父親に激しく叱責されるような事態になるのを恐れたからだ。

母親は最初はたまに動くこともあったが、その後は完全に意識不明の植物状態となった。身体的徴候はますます悪化し、重病患者用の病室に送られた。銭睿《チェン・ルイ》は毎晩昏睡状態の母親の体を拭き、寝返りを打たせ、水を飲ませた。彼はますます絶望し、後悔と愛に心を痛め、時間の流れを逆行したいと思い腕を動かしたが、無駄でしかなかった。

**発見**

二週間後のある日の夜、銭睿《チェン・ルイ》は母親の葬儀について父親と相談しようと、重い足取りで実家に帰っていった。静かな空間に自分の身を置こうと、彼はわざとエレベーターに乗らず、遠回りして閉ざされた階段を登っていった。彼は心に多くの屈折を抱え、頭には様々な考えが浮かび、父親に何から話したらいいのか見当がつかなかった。数日前に父親と会った時、彼はまだ期待に胸を弾ませ、母親の帰宅の準備をしていた。父親は有名なものを盲信する人だったので、これほどの有名病院ならば、きっと母親を連れて帰ってこられるに違いないと信じていたのだ。

どのように父親に告げるべきだろうか？　父親の身体は良い状態とは言えず、以前から高血圧があり、心臓病が再発しやすく、医者にはあまり感情的になりすぎないようにと警告されていた。優れた手腕で病気を治すという病院であっても、時として徐々に遠くに離れていこうとする魂を救えないことがあるのだと、父親に落ち着いて受け入れてもらうにはどうすべきなのか。

母親はもう虫の息だということを、どうすれば父親に受け入れてもらえるのだろう？

家の玄関で、彼はしばらくの間ためらっていた。玄関に貼られた立体的な「福」の字が、廊下を流れる空気によりかすかに揺れていたが、それはまるで彼が内心抱いている不安を目の前で暴露されたかのようだった。母親の病状をどのように説明するか、自分が母親の病状を知っている理由をどう説明するか、彼は思案した。何度もドアノブに手を置いたが、それを回す決心がつかなかった。

ちょうどその時、ドアが突然中から開けられた。鉄製のドアが額にぶつかり、彼の目の前に火花が飛んだ。

「うう――」銭《チエン》・睿《ルイ》は痛みのあまり低い声でうめいた。

「睿《ルイ》」父親は彼の姿をはっきりと認め、少し訝《いぶか》しんで言った。「お前、何でこんなところに突っ立っていたんだ？」

「会いに戻ってきたんだよ――」銭《チエン》・睿《ルイ》の激しい痛みはまだ止まない。「何でそんな勢いよくドアを開けたんだよ――」

「じゃあ、お前、なんでドアをノックしなかったんだ？」父親も少し非難するような口調で言った。

銭《チエン》・睿《ルイ》が言い返そうとしていると、突然開け放たれたドアの向こうから雷に打たれたかと思うような光景が目に飛び込んできた。

彼は自分の目が信じられず、念入りに目をこすったが、その光景はまだそこにあった。彼は驚きのあまり呆気にとられ、体は磁場の中の電子のように震えたものの、動くことはできなかった。心臓がすっかり落下し、初めて背骨の震えを堪えきれなくなるほどの驚きだった。

彼は幽霊を見た。母親が何事もなくソファーに座って食事をしていたのだ。

衝撃で大きく開いた彼の口は、しばらくの間塞がらなかった。彼は父親の呼びかけも耳に入らず、ソファーに座る血色の良い人影を穴が開くほどじっと見つめた。その姿は見たところ健康的で落ち着いた様子をしており、顔色は良く、一心不乱に料理を取って、二口ほど食べると、頭をもたげてテレビを見た。彼女は母親が着ていた綿製の長袖ルームウェアを身につけており、その上には母親の持っていた白黒水玉模様のエプロンを巻き、さらに母親手製の袖カバーもつけていた。

テレビを見ている合間に、彼女はなにげなく顔を玄関の方に向けた。横向きだった顔が正面を向き、間違いなくそれが母親であることがより確かになった。銭《チエン》・睿《ルイ》は動揺して後ずさった。父親も彼の尋常ならざる様子に気がつき、眉をひそめ、彼の返答の有無に構わず、手を伸ばしドアの中へ引き入れた。彼は無言で下駄箱にぶつかった。この騒ぎで、ようやく母親は彼の方へ注意を向けた。

「あなた、どうしたの？」その母親はそう尋ねると銭睿《チエン・ルイ》を見た。「あら、睿《ルイ》、帰ってきたのね」

彼女は父親のことを「あなた」と呼んでいた。呼び方は間違っていない。銭睿《チエン・ルイ》は一歩一歩、自分の方へ近づいてくる彼女を見ていた。彼の眼球はきょろきょろ動き続け、心の中では嵐のように揺れ動く一方、こわばった面持ちで、用心しながらすべてを観察した。

「どうしてこんな何日も家に帰ってこなかったの？」彼女はいつものように彼に尋ねた。「退院してからこの数日会っていないわ」

銭睿《チエン・ルイ》は唾を飲み込むと、かすれた声でやっと一言吐き出した。「退院したって父さんが知らせてくれなかったんだ」

「あなた、それはあなたが悪いわ。なんで睿《ルイ》に知らせなかったの？」彼女はそう言いながら下駄箱の二段目の仕切りの右側からスリッパを取り出した。それは確かに銭睿《チエン・ルイ》のスリッパで間違いなかった。

父親は「ほら、こいつは普段から忙しすぎるんだ」と言うと、「週末に知らせようと思っていたんだ」と続けた。

銭睿《チエン・ルイ》は一晩中放心状態だった。彼は穴が開くほどその母親を凝視していたが、細部に至るまですべて同じだった。彼女の顔のほうれい線やほくろ、そして行動は何もかもいつもの母親と一致し、銭睿《チエン・ルイ》の質問に対する彼女の答えにもほころびは見られなかった。一瞬、彼は自分を疑いそうになった。これは本当に母親なのか？　母親が帰ってきたのか？　もしかして、昨晩から今朝の間に、病でぐったりしていた母親が奇跡的に回復したのか？　それとも病院が間違えたのか？　病院のベッドに横たわっていたのは母親ではないのか？

彼の頭の中で様々な思いが絡みあってほどけなくなり、それをほどこうとすればするほど、ますます固く結ばれてしまうのだった。彼は目の前を行き来するこの母親を見ていて、何かしっくりこない感じがずっとしていたが、何が原因なのかわからなかった。母親は彼に最近の仕事の調子を尋ね、ちゃんと食べてしっかり眠るようにと、心から気遣う様子で彼に言った。

辛うじて夜の九時半まで辛抱し、銭睿《チエン・ルイ》はカバンをつかんで逃げ出した。彼が病院に戻り、いつも通りのルートで母親のところへ行くと、母親はまだそこにいた。彼は不安定だった心があるべき場所に戻り、体中から冷や汗が噴き出し、安堵するのを感じた。少なくとも自分の記憶は本当で、狂っているわけではないことが証明できたからだ。だが彼はまたすぐに心配になり、目の前の母親の体を至近距離から観察し、自分が人違いをしていないか調べだした。母親の暗い顔は平素の様子とはかけ離れていた。両目は固く閉じ、皮膚はたるみ、髪の毛は半分ほど剃り落とされており、彼女が母親であることを告げるものは、頬の二つのほくろと首のほくろだけだったが、この三つのほくろは見間違えようがない。銭《チエン・ルイ》睿はそれを見た時、また幾分か安心した。彼は小さい頃から母に抱きついた時には、いつもその三つのほくろが記憶に残った。この瀕死の女性は確かに母親であり、彼がここで見守っていたことも間違いではなかった。彼は一人ぼっちで寂しげな彼女を見ていたが、突然涙が溢れ出てきた。

もしこの女性が母親なら、家で話に花を咲かせていたのは誰なんだ?

にわかに、銭《チエン・ルイ》睿の心に激しい憤りの感情が湧き起こった。あれはきっとダミーに違いない!

きっと病院が手管を弄してダミーを帰宅させたのだろう、そう彼は推測した。具体的にどのような手段を使ったかはわからないが、そのプロセスは推し量ることができた。実際のところ、病院は何も治療をおこなわず、ある種の技術を使ってダミーを作り、病人が治癒したかのように装っていたのだ。この病院が必ず魔法のように病気を治すことができる一方で、病人への付き添いを認めないのも説明がつく。彼らは治療のための努力など全くしていない、彼らは詐欺師なのだ!

銭《チエン・ルイ》睿の感情には腹立たしさと忍びなさが入り交じり、心の中が辛味と苦味で味付けされているかのように感じた。しばらくの間、そのないまぜになった感情の勢いは激しく、ほとんど吐きそうになるほどだった。彼は狭い病室を歩き回った。病院を破壊したくてたまらなかったが、椅子を持ち上げた瞬間、彼の中に残っていた理性が自分にこう告げた。一時の衝動で騒動を起こす時ではない、どう戦うか方法を考えるべきだ。

現在、ダミーは自分の家と父親を手中に収めている。銭《チエン》・睿《ルイ》は病院の嘘を暴き、瀕死の母親のために正義を取り戻す決意を固めた。

## 紛失

翌日仕事が終わると、銭《チエン》・睿《ルイ》は夕飯を食べるため再び実家にやって来た。

彼はまず母親が台所にいる間に、一緒に病院へ行ってほしいと声をひそめて父親に言った。退院の手続きはすべて完了しているのに、なぜまた行かねばならないのかと言う父親に、銭《チエン》・睿《ルイ》は行けばわかると答えた。父親は銭《チエン》・睿《ルイ》の煙に巻くような態度が気に入らず、それには及ばない、必要ないと応じた。

その後、夕飯の席で銭《チエン》・睿《ルイ》は次の要求を出した。彼は父親に、病院で今後について少し説明しなければならないことがあるので、必ず父親本人が行かないといけないと言った。銭《チエン》・睿《ルイ》は話をしながら、母親の反応も見ていた。母親は何の不安も感じさせない和やかな表情をしていた。銭《チエン》・睿《ルイ》が病院には父親がビックリするようなことがあると言うと、父親はそれは何かと尋ねてきた。銭《チエン》・睿《ルイ》がまた答えなかったので、父親は少し腹を立てたらしい。何日も家に帰らず、母親が回復して退院しても会いに来ず、今また大げさにもったいぶった話をして、本当に腹立たしいと言って、銭《チエン》・睿《ルイ》を咎《とが》めた。

銭《チエン》・睿《ルイ》は母親が自分のために取り分けてくれた料理を見た。それは幼い頃からの自分の好物だったが、彼はわざと眉をひそめ、母親の目の前でそれを卓上のくず入れに捨てた。父親は少し不快そうな表情を見せたが、母親はそれを見ても意に介さず、ほかに何が食べたいか彼に尋ねた。銭《チエン》・睿《ルイ》はまたわざと、テクノロジー系のニュース二つについて話をし、現在ある企業がロボットの偽物を本物と称して生産しているから、今後街へ行くのは危険だなどと言った。彼の口調には皮肉が込められていたが、母親は何も反応を見せなかった。銭《チエン・ルイ》睿はこの母親がどうしても気に入らなかったが、証拠が見つからなかった。銭《チエン・ルイ》睿は父親にこの母親はダミーだと教えたかったが、ダミーの母親が終始父親のそばにいたため、言う機会がなかった。

「母さん、」銭《チエン・ルイ》睿は策略をめぐらせ、「僕の気に入っているあのグリーンのTシャツ、前にこの辺に置いていなかった?」と尋ねた。

だが母親は全く引っかからなかった。「お前、グリーンは一番嫌いな色だろ、どのグリーンのTシャツだい?」

銭《チエン・ルイ》睿は狼狽した。つけいる隙がない! 銭《チエン・ルイ》睿は歯ぎしりをした。どうしようもないなか、彼は父親を無理矢理病院に連れて行くことにした。

夜の帳《とばり》が降りると銭《チエン・ルイ》睿は、父親の住んでいる団地のガードマンがここ二、三日面倒を起こしており、仲裁してもらうようオーナーに頼まなくてはいけないからと口実を設け、父親を騙して自分の自動車に乗せ、真っ直ぐに病院に向かった。父親は怒って、なぜ行かなければならないのかと尋ねてきたが、銭《チエン・ルイ》睿は答えず、ひたすら車を走らせた。

病院に着くと、彼は父親を貨物運搬通路まで引っ張って行った。父親は人目を憚《はばか》るような行動に非常に腹を立て、身を翻して帰ろうとしたが、腕を銭《チエン・ルイ》睿がしっかりつかんだので、そこから離れることができなかった。銭《チエン・ルイ》睿は父親を押してトラックとドアの間の窮屈な隙間を無理矢理通り抜け、三階へ駆け登った。夜間のため、作業員の多くはすでに休憩に入っていたが、それでもすんでのところで巡回していた看護師と出くわしそうになった。銭《チエン・ルイ》睿は不測の事態を起こして病院側に感づかれたくなかったので、父親を引っ張って隅っこに隠れ、彼女たちが行き過ぎるのを待った。父親はこんな人様に顔向けできないようなことをしたことなどなく、大声で息子を叱責しようとしたが、銭《チエン・ルイ》睿に再度口を塞がれてしまった。揉み合い、押さえつけられ、父親の顔は紫色になっていった。

よろめきながら歩を進め、やっとのことで父親を母親の病室の入口まで引っ張って行った時には、父も子も汗だくになっていた。父親の癇癪《かんしゃく》は爆発寸前だった。真相を目の当たりにすればすべてが解決するだろう、銭《チエン・ルイ》睿はそう考えていた。

見慣れた部屋のドアを開けると、銭《チエン・ルイ》睿は心臓が氷の穴に落下したような衝撃を受けた。ベッドには誰もいない。シーツは少しの皺もなくきれいにセットされていた。枕元に置かれた機器はすべてスイッチが切られ、電極も挿管も何も見当たらなくなっていた。窓は少し開いていて、夜風があらゆる匂いを消し去っていた。

母親がいなくなっている。どこに行ったというのだ。一瞬のうちに銭《チエン・ルイ》睿の体中から冷や汗が噴き出した。彼は自分が病室を間違えたのではないかと、病室の入口から一歩踏み出し、部屋番号を確認した。部屋番号に間違いはない。彼は再び枕元に行き、病人の資料や情報が残されていないかを調べたが、何も収穫はなかった。それならば、ただ一つ残るのは、母親が他の場所へ移された可能性だけだ。銭《チエン・ルイ》睿は自分を落ち着かせ、疑わしい点についてよく考えようとした。まさか彼の行動と疑念が病院に気づかれたのだろうか？　もし真相隠蔽のためでなければ、病院はなぜ訳もなく重症患者を移動させたのか？　彼の行動はいつばれたのか？　もしや、病院は偽の患者を帰宅させた後、本来の患者を口封じのため殺したのか？

銭《チエン・ルイ》睿はここまで考えると、氷に浸かっているような寒気を全身に感じ、思わず震え出した。一方、父親はこのような彼の思いを全く知る由《よし》もなく、一晩中翻弄され、こそ泥みたいな真似までしたのに、結局空っぽのベッドを見せられただけ、こいつは本当にでたらめでみっともない奴だ、などと言わんばかりだった。それでもあまり尋ねることはせず、「ふん」とだけ言い、背を向けて外へ向かって歩いて行った。銭《チエン》・睿《ルイ》は急いで父親を追いかけ、しどろもどろになりながら説明した。自分は天地神明に誓い、母親がここで危篤状態にあったのをこの目で見たと言ったが、父親が聞いてくれるわけはなかった。彼はかんかんに怒って外に向かって歩きながら、手で胸を押さえ、まるで心臓発作を起こし気を失いかねない様子だった。銭《チエン》・睿《ルイ》はぐずぐずせず、慌てて大股で父親を追いかけた。

病室から離れる一刹那、銭《チエン》・睿《ルイ》は振り返って一瞥した。あたり一面月光が降り注ぎ、異様なまでに寒々しかった。

彼は自分の記憶を疑い始め、すべてが自分の夢だったのではないかと疑った。だが毎晩母親の病室で彼女の手を握りしめ慟哭していたのを思い出せば、やはり切実な痛みを感じる。銭《チエン》・睿《ルイ》は父親に追い着いた。心は息が詰まるほど苦しかった。

## 調査

翌朝目が覚めると、銭《チエン》・睿《ルイ》は最近の経験を細かく思い出していたが、すぐに私立探偵をやっている友人に電話をかけた。この白鶴《バイホー》というニックネームの友人は、銭《チエン》・睿《ルイ》と偶然あるビジネス詐欺事件で出会い、その後二件の裏取引事件を調べる際に協力してくれた人物だ。銭《チエン》・睿《ルイ》は白鶴《バイホー》の本名を知らなかったが、彼の交友関係の広さとてきぱきとした仕事ぶりだけは知っていた。

九時になってやっと白鶴《バイホー》はだらだらと起きてきた。銭《チエン》・睿《ルイ》は彼の住まいの階下でうろうろし、静電気がチクチクするような苛立ちを感じていた。白鶴《バイホー》が来た時、銭《チエン》・睿《ルイ》はどんよりとした表情をしていた。

「どうしたんだ？　ずいぶん怒ってるじゃないか？」

白鶴《バイホー》は銭《チエン》・睿《ルイ》を朝食に連れていった。彼は旨そうに食べていたが、銭《チエン》・睿《ルイ》はテーブルいっぱいの軽食を目の前にしながら食べる気が起こらなかった。

「君はハッキングの技術を持っているかい？」銭《チエン》・睿《ルイ》は尋ねた。

「そこそこね。どうしたんだ？」白鶴《バイホー》は漫然と油条（朝食などでよく食べられる中国風長揚げパン）を箸で取った。

「妙《ミアオ》手《シヨウ》病院のシステムに潜入し、二号棟三二〇八号室の最近の監視カメラ映像を探すのを手伝ってくれないか？」

「どういうことだ？」

「できるかどうか先に言ってくれ」銭《チエン》・睿《ルイ》は言った。

「君が先に訳を言え」白鶴《バイホー》は折れなかった。

「ええと、君が信じるかどうかはわからないが」銭《チエン》・睿《ルイ》は唾を飲み込み、「僕は……母さんが誰かにすり替えられた気がするんだ」と続けた。銭《チエン》・睿《ルイ》は白鶴《バイホー》の驚きの眼差しを見ながら、抑えた声で説明した。「母さんが数日前に妙《ミアオ》手《シヨウ》病院に入院し、僕は彼女に面会するため毎日病院に忍び込んでいたんだ。母さんの病状は明らかに末期の段階で、今にも息絶えようとしていて、僕はさんざん涙を流して泣いたんだ。ところがだ、ほんの短期間で、元気になった母さんが帰ってきて、病院にいたはずの病人はいなくなってしまったんだよ。どう考えてもしっくりこないんだが、証拠が見つからないんだ」

白鶴《バイホー》はしばらくうなっていたが、銭《チエン》・睿《ルイ》の話に驚いたようでもあり、また何か関係することを思い出したようでもあった。銭《チエン》・睿《ルイ》は辛抱強く答えを待った。

「君の話を聞いて」白鶴《バイホー》はしばらく間を置き、「思い出したんだが、三年前、重病を患っていたクライアントがいたんだが、末期癌だと聞いて、当時俺はがっかりした。彼にはまだ十数万件の委託費を貸したままになっていて、このまま逝かせるわけにはいかないと思い、何度も彼を訪ねて行ったけれども、追い返されてしまった。おそらく体調不良で機嫌も悪く、借金を踏み倒そうと思ったんだろう。すっかりお手上げの状態で、行くのもやめてしまって、泣き寝入りするしかないと思った。ところが何日も経たないうちに、彼が元気になって妙手《ミアオショウ》病院から退院し、病気も全快したと耳にした。彼はさらに人づてに俺を呼び寄せ、一括で金を返してくれたんだ。俺は呆気にとられて、この病院は病気だけでなく、人の心も治療してくれるのかと思ったよ。今考えてみると、すり替えだったとしたら、納得できる」

「そうだろ、そうだろ」銭睿《チエン・ルイ》は白鶴《バイホー》の話を聞いて大いに興奮し、「言っただろう、この世界に僕のことを信じてくれる人は必ずいるんだ」と言った。

「もしそれが真実なら、大事件だ」白鶴《バイホー》も少し興奮気味だった。彼の私立探偵の仕事は、十件のうち九件は浮気調査だったが、まさかこんなやり甲斐のありそうな大事件に出くわすなんて思わなかったのだろう。

「そうだ、間違いない！」銭睿《チエン・ルイ》も同調し、「そうなんだよ。あの妙手《ミアオショウ》病院の勢いは凄くて、少なくとも全国十カ所に病院を設置している。費用も高く設定され、毎年どれほどの金を稼いでいるかわからない。これがもしすべて偽物ならば、どれだけ不正な手段で金を稼いでいるのか！」

「じゃあ……俺は何を調べればいいのかな？」白鶴《バイホー》が尋ねた。

「まず母さんがいた病室の監視カメラの録画映像を調べてほしい」銭睿《チエン・ルイ》は抑えた声で段取りをつけていった。「特に十一日の昼間の録画映像だ。僕は十日の晩に彼女を見舞っていて、その時母さんはまだ三二〇八号室のベッドに横たわっていたけど、十一日に行ったらいなくなっていた。あの日何が起こったのか調べてくれ。それから、病院内部に秘密の場所がないか探ってみてくれ。もし患者を偽物とすり替えているならば、彼らがそれをどのようにおこなっているかはっきりさせなければならない。誰にも気づかれずにすべての人をだますことなどできないだろう」

「君の観察したところでは」白鶴《バイホー》は眉をひそめ、この事件の厄介なところを考えながら、「家に帰された偽物はいったい何者だ？　ロボットか？」と尋ねた。

「そうではなさそうだ。リアルすぎる」銭睿《チェン・ルイ》は言った。

「じゃあクローンなのか？」白鶴《バイホー》は言った。「クローニングは違法だぞ」

「それも違うようだ……」銭睿《チェン・ルイ》は首を振り、「クローンはオリジナルの記憶を持たないだろう？」と言った。

「胡散臭いな」白鶴《バイホー》が考えながら呟いた。だがすぐに笑顔を見せ、銭睿《チェン・ルイ》の肩をポンポンと叩き、「心配しなさんな、この件は俺に任せておけ。きっと真相を明らかにするよ」と言った。

白鶴《バイホー》が去った後、銭睿《チェン・ルイ》の気持ちは予想していたほど楽にならず、秘密をばらしたことでかえって落ち着かなくなっていた。この結果がどう出るのか、何の証拠も出ないまま自然消滅することになるのか、それとも世界が驚愕するほどの大きな陰謀を探り当て、背後の黒幕と勇気を奮って戦うことになるのか、彼にはわからなかった。もし世の中を驚愕させるような謎を解き明かす時が来たら、彼にあんな大きな組織と戦える実力が備わっているだろうか？　その時、彼の生活は激変するのではないか？　ネット上が大荒れすることになるのだろうか？　そしてこの陰謀の背後には、さらなる秘密が存在するのか？　考えれば考えるほど、彼は気が気でなくなってくるのだった。

私立探偵に依頼したことを、銭《チエン・ルイ》睿は父親に知らせなかった。

前回父親を病院に連れていった時、すでに不整脈が出るほど父親を怒らせてしまっているので、病院の内幕を暴くために人に依頼したことが露見すれば、父親は再びたいへんな癇癪を起こすに違いない。現時点では確固たる証拠をつかめておらず、父親と話をしたくもなかったし、あまりにも頼りないと思われたくなかった。もう一つの理由は、父親がダミーの母親に対し、すでに恋々たる情を抱くようになっていることに、徐々に気づいていたからだ。妻が死から生還した喜びが、父親の思慕の情を以前より強くしたのかもしれない。銭《チエン・ルイ》睿はそのため一層父親と話をしたくなくなった。父親がダミーの母親に秘密を漏らしてしまうのを恐れたのだ。

二つ目の理由について、銭《チエン・ルイ》睿は少しやきもきしていた。時間がたつにつれ、父親とダミーの母親との関係はどんどん深まっていった。ダミーの母親は家で療養し、全く外出しなかったが、実際のところ病気は完全に治っているので、非常にてきぱき動き、毎日部屋をきれいに片づけ、三食用意をし、父親と非常に睦まじく過ごしていた。父親はこれまでずっと癇癪持ちで、母親にも日常的に粗暴な態度をとっていたが、今回の永別の危機を経験し、恐らく気がとがめたのだろう、母親に対しとてもやさしくなった。このような日々が長く続き、父親は知らず知らずのうちに新たな生活にのみこまれていった。

銭《チエン・ルイ》睿は頻繁に実家に帰り、ダミーの母親と父親のやりとりを見ていた。「俊生《ジュンション》さん」ダミーの母親はしばしばテレビを見ながら父親に、「立ち上がって歩いて腰を動かしなさい、ずっと座っていちゃだめ」と言うのだが、意外にも父親はいつも彼女の言うことを聞き、立ち上がって歩いていた。これまではずっと皮肉な言葉の応酬だけで、このような睦まじさは見られなかった。現在のやりとりは見たところ温かみを感じるが、一方で奇妙でもあった。銭睿《チエン・ルイ》の葛藤はますます強くなっていった。彼は自分のためらいに気づいた時、ことを遅らせて父親が泥沼状態から抜け出せなくならないように、調査を迅速に進め、速戦即決でいこうとすぐさま決心した。真相を知ったあと、父親がそれを受け入れられず、苛立ちのあまり人事不省になるのではないかと、銭睿《チエン・ルイ》は恐れていた。

「母さん」銭睿《チエン・ルイ》は母親に探りを入れてみることにし、「僕が子供の頃一番嫌いだったあの担任、覚えてる?」と尋ねた。

「どの担任だい? 王《ワン》先生? 徐《シュー》先生? それとも古《グー》先生?」

「知ってるだろ。一番嫌いな奴」

「古《グー》先生だろ? 彼女がどうしたんだい?」母親は顔色一つ変えずに答えた。

銭睿《チエン・ルイ》は少しばつが悪くなり、理由をでっち上げた。

「彼女、先週僕に同窓会に参加するよう言ってきたんだけど、僕は行きたくないんだ」

「行かないなら行かないまでのことだよ」母親は気にもとめていないかのように笑った。

これもまたしっくりこない。以前の母親ならば、恐らく腹を立て、先生に会いに行けとくどくど言っただろうが、ダミーの母親は非常に柔和であっさりしている。二日家に帰らず、忙しいからと言い訳をすれば、以前の母親ならば恨み言や不満を言い、悲しみや怒りを訴え、銭睿《チエン・ルイ》のことをいい加減すぎると非難しただろう。ところがダミーの母親は、銭睿《チエン・ルイ》の忙しさを理解しているから構わない、仕事が忙しかったらしっかり休みなさいと、鷹揚に言うのだ。このような尋常ならざる寛容さは穏やかだとも言えるが、偽物ゆえのよそよそしさも現れていた。

おかしなところは多いが、その感覚は非常に微妙でとらえがたく、言ったところで証拠にはならないと銭睿《チェン・ルイ》は思った。彼はまだ確実な尻尾をつかむことができていなかった。

　ダミーの母親は何でも覚えているが、何があっても気持ちを昂らせることはないようだ。ダミーの母親はどのようなメカニズムで生み出されたのだろうと、彼は疑問を抱き始めた。

　彼は実家にますます帰りたくなくなった。ある時、玄関に入った途端、ソファーに座る両親が目に飛び込んできた。母親は父親の足をマッサージしており、そこには何年も見られなかった本当に温かい光景が広がっていた。彼はこのとき動揺し、生前の実家での口喧嘩を思い浮かべると、紙くずがもみくちゃにされるように心が苛まれ、窒息するほどつらかった。もし真相が明らかになったら、父親に伝えるべきだろうか？　両親が今のようにもう一度生き直すのも悪くないんじゃないか？　彼はますます父親に真相を暴露するのが忍びなくなっていった。

　ただ階下に降りる時だけ、廊下の暗い曲がり角を曲がると、彼の目の前に、最後の数夜の殺風景な病室が浮かび上がった。目の前の廊下のように、人に見捨てられたような空気が充満していた。あの時の母親は、あんなにも老いさらばえ、あんなにも哀れで、誰にも知られず、彼女の存在を気にする者もいなかった。母親は息も絶え絶えの状態だったが、まるでこの世に叶えていない望みがまだ残っているかのように、長い間諦めず、しきりにもがいていた。あの一人ぼっちの夜に、彼一人だけが母親に付き添い、泣き叫んで罪悪感を訴えた。あの時すでに、父親は家であの血色の良い女性を抱き締めていたんだろう。

　そんなことを考えているうちに、彼はまた強い心を取り戻した。他人による横取りがもしも明らかにされないままだったら、死にゆく母親に申し開きが立たない！

彼は勇気を奮い起こし、いきり立って降りていった。

**転機**

それから何日もしないうちに、銭《チェン・》睿《ルイ》は再び白鶴《バイホー》と会うことになった。

銭《チェン・》睿《ルイ》は約束したカフェにやってくると、隅の静かな場所に腰を落ち着けた。なぜか金塊を呑み込んだみたいに胃が重い感じがし、目の前に置かれたコーヒーを一口も飲むことができなかった。待ち始めてから三十分程経った頃、白鶴《バイホー》がようやくのんびりと遅れてやってきた。銭《チェン・》睿《ルイ》はいても立ってもいられず、何があったのか尋ねた。

白鶴《バイホー》はノートパソコンを開くと、監視カメラの録画映像をいくつか呼び出した。

一つ目は母親の病室の映像で、時間は十一日午後四時頃だった。母親の心臓モニターが突然大きなアラーム音を発し、心電図と脳波モニターも真っ直ぐ一直線になり、さながら空気を切り裂く剣のように、静まり返った病室で冷たい光を放っていた。アラームは明らかに音だけでなく、信号がどこかにあるコントロールルームにつながっていたのだろう。間もなく、銭《チェン・》睿《ルイ》の耳に病室の外に響く足音が聞こえてきた。

ドアが押し開けられると、医療スタッフが一人だけ入室し、医療用自動搬送車に母親の遺体を移動させるよう指示を出し、小型の自動搬送車に指示を与えながら無言で病室を後にした。銭《チェン・》睿《ルイ》は途端に心に痛みを覚えた。母がもうすぐ本当にこの世に別れを告げようとしていることがわかり、すでにその結果を知っているとはいえ、攻め落とされた都市のように激しいパニックに陥った。

映像は廊下の監視カメラに切り替わった。滑らかに走行する医療用自動搬送車は看護助手の指示の下、二度角を曲がると、廊下の突き当たりにあるドアの方へ進んでいった。彼はそのドアの向こうへ搬送車とスタッフが消えるのを見た。白鶴《バイホー》が映像を一時停止し、画面を拡大すると、ドアには何の装飾も施されておらず、映像の中からは低解像度の、温度を感じさせない「低温焼却室」という五文字だけを判読することができた。母親のすべてがこのドアの向こうに消えてしまったであろうことは、考えるまでもなかった。

ここまで見て、銭《チエン・》睿《ルイ》の目にまた涙が溢れだした。

白鶴《バイホー》は銭《チエン・》睿《ルイ》が心の中で様々な思いを巡らせていたことなど知らず、ただ発見したすべてについて、充分準備をして機会を待っていた。この録画映像と銭《チエン・》睿《ルイ》の家にいるダミーだけでも、病院に対して立件調査を行うのに充分であり、公訴さえも不可能ではない。だが彼はもっと多くの証拠を入手したい、この手がかりから背後にあるより大きな陰謀を明らかにしたいと考えた。一戦で名を成す快感に彼は全身が震えた。安定した仕事を放棄し、こんなこそこそした仕事に固執したのは、間違いなく夫や妻の不倫調査をおこなうためではなかった。彼が待っていたのは、まさに今回のようなチャンスだった。

白鶴《バイホー》の密やかなやり方は、病院側に疑念を抱かせなかった。彼はまず病院の電子監視制御システムをハッキングし、関連する動画をすべて盗み出して一つひとつチェックした。そして病院入口を行き来する人の流れに乗じ、研修医の襟に盗聴器を付け、さらには自律飛行ドローンを五、六機飛ばし、病院の後ろ側の塀から敷地内へ進入させ、一つひとつ窓の外で撮影させ、調査材料の蓄積に全部で約一週間を費やした。

「言わせてもらうけど、死ぬほど恐かったんだからな!」白鶴《バイホー》は言った。「充分な内容だろ! 今回ここまで詳しいことが明らかになるなんて全く思ってもいなかった。俺はまず低温焼却室を映した映像を見た。君は知らないだろうが、病院の人体焼却設備は超大型で、整然と一列に並んだ部屋のすべてで人知れず焼却処理がおこなわれている。彼らは非常に目立たないようにしてはいるが、移動の際のとても小さな手がかりから人体が焼却されていることがわかる。これは何を物語っているのか？　それは、彼らが頻繁に焼却処理をおこなっていて、本当の死亡率は間違いなく彼らが公表している数字より多いということだ！」

「それはそうだろう」銭《チエン》・睿《ルイ》は頷いた。

「まだあるんだ！」白鶴《バイホー》はもったいぶって言った。

「病院の後ろにある科学実験棟で俺が何を撮影したと思う？」

「何だい？」

「人体器官の培養促進を撮影したんだ！　毎日何十人もの人間が中で作業をしていたが、これは人体培養促進の作業が非常に忙しいことを物語っている。知っての通り、現在の法律では人体器官のクローニングは禁止されていて、これらの写真だけでこの病院を訴えることが可能だ」白鶴《バイホー》は言った。「ただ、彼らのダミー製造を示す充分な証拠をまだ手に入れられていないのが残念だ」

銭《チエン》・睿《ルイ》は白鶴《バイホー》が興奮気味に話をするのを聞いて、自分もわずかに興奮しているのを感じた。彼は期待していた証拠を手に入れたが、思いのほか、期待していた喜びや満足感は得られず、逆にかすかな重苦しさと不安を感じていた。

「どうしたんだ？」白鶴《バイホー》が肘で彼を小突いた。「何か問題が？」

「あ、はは、大丈夫だ」銭《チエン》・睿《ルイ》は力なく笑った。「大丈夫、君は本当にすごいよ」

銭《チエン》・睿《ルイ》は重さ五十キログラムの心配事を引きずって帰宅した。白鶴《バイホー》は戦いの準備をしっかりするように言ったが、銭《チエン》・睿《ルイ》は煮え切らず、不安だった。玄関に入ってから、ダミーの母親が食料品を買いに出かけていることに気がついた。初めての不在だった。父親と一度話をしようと、すぐに彼は決心した。

「父さん」彼はためらいながら、「聞いたことないかな……妙手《ミアオショウ》病院で不正行為がおこなわれているかもしれないって」と父親に尋ねた。

「どんな不正行為だ？」父親は老眼鏡を外し、訝しげに彼を見た。

「つまり……治ってないのに、治ったように偽装しているんだ」銭睿《チエン・ルイ》はどう説明すべきかわからなかった。

「そんなことあるまい。目で見てもわからないか？　母さんを見てみろ、ちゃんと治っているじゃないか？」父親は眉をひそめ、息子がなぜこんな質問をするのかわからない様子だった。「あの病院は開院からもう何年もたつが、何も問題は起こしてこなかった。それに二十年以上前に俺も行ったことがあるが、ずっと大丈夫だったじゃないか」

銭睿《チエン・ルイ》は話をどう続けるべきかわからなかった。母親は本物ではない、そう彼は言いたかったが、なぜか口から出てこず、言葉が口の中を七、八回ぐるぐる回ってからやっと吐き出すことができた。しかしその言葉は「父さん、もしあの時母さんが死んでしまっていたらどんな状況だっただろうって、考えたことない？」に変わってしまっていた。

「馬鹿げた話をするな」父は言った。「ようやく母さんが帰ってきたんだ、母さんを呪うようなことは言うなよ」

「違うんだ……」銭睿《チエン・ルイ》は慌てて弁解した。「僕はただ……仮定の話をしただけなんだ」

「私には考えられない」父親は自分の胸を触っていた。「母さんが入院していたあの数日間に、私は二度心筋梗塞を起こしかけたが、二回とも回復した。病院の先生が最初に私に言ったのは、あれこれ考え迷わないようにということだった。あの頃、気性の激しい私を責め、神様が罰しているのだと本当に思っていた……ああ、幸いなことに最後に神様は助けてくれた」

父親はそれ以上言わず、習慣的に手をシャツの左上ポケットの中のタバコに伸ばした。憂鬱な時いつも彼はタバコを吸った。けれども手は空《くう》をつかみ、何も手にするものはなかった。父親は頭を下げてちらっと見たが、数秒間ポカンとしてからどういうことかを思い出した。銭 睿《チエン・ルイ》はもっとやりきれなかった。彼は、数日前に父親が天に感謝するために、禁煙を始めたことを知っていた。彼は父親を見ながら、ますますためらった。もし嘘を信じて幸せな人がいるとしたら、その人物を目覚めさせなければならないのだろうか。

彼が話をしようと思った瞬間、玄関でドアの開く音がした。

三日後、銭 睿《チエン・ルイ》はまた白鶴《バイホー》と会うことになった。今回の場所は「九官格《ジウグワンゴー》」という鍋料理店だ。白鶴《バイホー》は機密情報をわざと騒がしい環境の中に隠そうと思っているようだった。彼は自分に見えないバリアを施すように、ゆらゆらと立ちこめる白い蒸気に顔を埋めていた。

白鶴《バイホー》は重要な情報を持ってきた。彼は極秘内通者の手引きにより、実習生を装って病院内部に入り込み、三日間の潜入捜査で病院の秘密を把握したのだ。

「ダミーに関する情報はあるのか？」銭 睿《チエン・ルイ》は尋ねた。

「うん」白鶴《バイホー》は眉を吊り上げた。「全く予想通りだった。病院は人体細胞培養増殖速度向上技術を持っていた。この技術を使えば、人体の成熟を促進し、患者のDNAを利用して肉体を高速複製できる、ああ、君にはわからんだろうが、本当に震え上がったよ」

銭 睿《チエン・ルイ》は身震いした。

「君が話していた記憶の問題は、俺も考えていたが、さらに衝撃的な発見をしたよ」白鶴《バイホー》は続けて言った。

「彼らが作った体には人体のあらゆる機能が備わっていたが、学習不足により、大脳の発育だけは非常に原始的な状態にとどまっていた。それで、病院はスマートテクノロジーを使って解決したんだ！　彼らは元の病人の大脳の接続状態を何度もスキャンしてコネクトーム（神経系内の接続状態を表した神経回路地図）全体を記録すると、ニューロンの接続モデルをプログラムに変換して新しい体の大脳にアクセスした。プログラムによる誘導の下、新しい脳神経組織も過去のモデルにしたがって成長するが、これは新しい体に病人の大脳モデルを迅速に把握させることに等しい。こうすれば、人の遺伝子と脳の記憶を保持でき、別の体に取り替えるだけで済む」

「君はこれをどうやって知ったんだ？」

銭《チエン》・睿《ルイ》は、感服三割、驚愕七割で尋ねた。

「簡単じゃなかった！」白鶴《バイホー》は説明した。「重要証拠の撮影にはマイクロカメラを使った。ここ数年、病院はずっと患者の家族を遮断し、病院の治療方法についても露見しないようにひた隠しにしてきた。なぜか？　実はこれらの極秘事項を隠していたんだ。彼らの防御策は非常に優れていて、もし俺にベテラン探偵としての技術がなければ、彼らの情報にはたどり着けなかっただろう。危うくへまをしそうになったことも二度あった！」

白鶴《バイホー》は銭《チエン》・睿《ルイ》に自分が危険を冒しながら撮影した動画を見せ、実験室から危機一髪、なんとか逃れた様子について話したが、とても満足げな顔をしていた。

白鶴《バイホー》はこの秘密に非常に興奮していた。彼は病院にとどめの一撃を与えるため、弁護士をしている自分の友人にすぐにコンタクトを取っていた。銭《チエン》・睿《ルイ》は驚いた。まさか自分のプライベートな案件がこんなにもあっという間に人に知られてしまうなんて。白鶴《バイホー》はチームを招集したが、メンバーは、一流弁護士事務所の共同経営者、人気ヘッドラインメディアのニュースディレクター、インターネット上で時事問題に関するコメントをしばしば発表しているオピニオンリーダー二名、ライバル関係にある二つの病院、政府医療衛生管理省の監察部長といった、いずれもここ数年調査を通じて知り合った友人たちだった。白鶴《バイホー》は長年にわたり、このような人々の難題の解決を手助けしており、人脈はとても広かった。

銭睿《チェン・ルイ》は心にぼんやりとした不安を感じたが、白鶴《バイホー》に楯突きたくもなかった。「今はまだ少し早いんじゃないか？　こんなに早くから人に頼むのは、軽率すぎやしないか？　もうちょっと調査してからにしないか？」

「充分だよ！」白鶴《バイホー》は自信満々に言った。「これらの目撃証拠によって、彼らが違法な実験をおこなっていること、そしてその違法な実験は病院の患者を利用しておこなわれていることが明らかになった。これは病院を法廷へ訴えるのに充分だし、罰金で彼らに痛い目を見させることができる。ことが大きくなれば、彼らはより多くの尻尾を出すだろう」

銭睿《チェン・ルイ》は呆気にとられた。「これ以上どんな尻尾が必要なんだ？」

「現時点では、彼らがこれまで治療した患者がすべてダミーにすり替えられていることを示す充分な証拠が揃っていない」白鶴《バイホー》は銭睿《チェン・ルイ》に顔を近づけて言った。「以前の患者のカルテをまだ入手できていないので、証明にはまだ不充分だ。もしこの証拠がなければ、彼らの違法な実験を訴えるのが関の山だが、証拠が充分に揃えば、彼らを殺人と詐欺で訴えることができる。殺人と詐欺、これは医学研究におけるルール違反というだけではなく、告訴により彼らグループ全体を経営破綻に追い込むほどの重大な刑事事件なんだ」

「本当にそこまで容赦しないのか？」銭睿《チェン・ルイ》の顔色は少し血の気が引いていた。

「わからないか、容赦してはだめなんだ」白鶴《バイホー》は声を抑え、彼が人に頼んで密かに調査してもらった病院の財務情報の内容を明かし始めた。「この病院はここ数年『不治の病の専門治療』と謳い、死期が迫り、家族が治療費を気にしない患者ばかりを収容し、法外な治療費をふっかけることができたから、手にした利益も莫大なものだった。いいか、彼らは驚異的な資金力で、サプライチェーン上・下流のテック企業やケアセンターを買収するなど、様々な関連分野に広く投資をおこない、自分たちの秘密を永遠に人に知られないようにしていた。現在、彼らはすでに複雑強固で強大な医療帝国となっている。こんな機関を打倒しなくていいと言うのか？　あの病院の総裁は謎に包まれた超高額個人資産家だ。自分のやっている事が後ろ暗いことだとわかっているんだろう、極力人目を避けていて、長い間、誰も彼の姿を目にしていない。今回俺の手に落ちるとは思ってもみなかっただろう」白鶴《バイホー》の口角に浮かぶ嘲りの笑みは、「今回は大物が釣れたぞ」という誇らしさをまとっていた。

「この件は簡単にはいかないだろう」銭《チエン・》睿《ルイ》は呟いた。「確かに簡単ではない。だから、改めて君の手助けが必要なんだ」白鶴《バイホー》は馴れ馴れしく銭《チエン・》睿《ルイ》の肩に手を置いた。「協力してくれ、君の母さんのカルテを調べてほしいんだ。彼女は退院から間もないから、カルテはまだ調べられるはずだ。毎日の身体指標の検査結果をチェックして、撮影して僕に見せてくれ。君の母さんがダミーともしすり替えられていたなら、以前の身体指標の検査結果にもそれが反映されているに違いない。もし捏造があったのなら、きっとその痕跡があるはずだ」

「それは……」銭《チエン・》睿《ルイ》は断ろうとして言った。「僕には恐らくできない。入院している時も面会させてもらえなかったのに、退院してから書類を調べようなんて、たぶん無理だ」

「試してみろよ、どうして試す前からできないなんてわかるんだ？」白鶴《バイホー》は引き続きそそのかした。

銭《チエン》・睿《ルイ》は何度も断ったが、断り切れず、しぶしぶながら引き受けることになった。

この後の数日間、銭《チエン》・睿《ルイ》は白鶴《バイホー》が招集したチームと顔を合わせた。メンバーはいずれも闘志満々でことが荒立つことも厭わないような鋭い人物だった。チームは一丸となって共通の敵に対して敵愾心《てきがいしん》を燃やし、病院の真相を暴き、打倒することを誓った。彼らは行動手順を策定した。まず検察庁に病院による秘密殺人の罪を告発し、裁判所での審理開始後、メディアと著名人物がこの特ダネを集中的に取り上げ、社会の関心を集めてから、医療帝国の莫大な富を明るみに出し、最終的に政府の介入により、この巨大な病院組織を打倒することを誓った。銭《チエン》・睿《ルイ》は話し合いの中、ますます不安を感じるようになっていった。

## 追憶

夜、銭《チエン》・睿《ルイ》は寝つけず、ベッドに横たわり天井を見ていた。彼は心にしっかり刻みつけていたはずの母親の記憶が徐々に褪《あ》せつつあり、心の憤りも当初ほど激しくないことに気がついた。もう何日も母親の夢を見ない夜が続いている。母親の死の直後は、帰宅して目を閉じると暗い顔色をした母親が見え、安眠できない日が続いていたのに、今はそういう苦痛は薄れてきている。

ベッドで寝返りを打ち、もの悲しさでいっぱいになりながら考えた。人はどうして忘れてしまうのか？　この上もなく大切だと思っていた記憶も、どうして時間の経過とともに少しずつ忘れていってしまうのだろう？　忘却は自分の心を隠し保護するためのものだと、彼はうっすらと感じた。もしすべての後ろめたさを忘れ去ることができれば、人は比較的容易に新たな生活をスタートさせられるだろう。

だが、その後ろめたさを忘れてしまっても本当に許されるのだろうか？

　翌朝、彼は実家にやってくると、自分が以前使っていた小さな部屋へ直行し、映像や写真の資料の中から成長記録、母親に関する記憶のすべてを探し出そうとした。

　彼はハードディスク内のアルバムにアクセスした。古い写真は電子保存されているとはいえ、まるで色褪せているようになんとも古ぼけて見えた。見れば見るほど、この数年来母親に対して申し訳ないことをたくさんしてきたと痛感させられた。数枚の写真を見ていて、その当時ある女の子が原因で母親と仲違いし、母親に対し非常にきつい言葉を多数放ったことを思い出した。後に事実が裏づけるように、その女の子は彼が思っていたほど完璧ではなく、別の男性のアタックを受けて心を乱され、彼は間もなく彼女と別れたのだが、母親を傷つけた言葉を撤回することはできなかった。

　また別の写真を見て、就職後初めて迎えた誕生日に、上司や同僚を招いて小さなパーティを開いたことを思い出した。母親も参加していたが、彼は自分の仕事の役に立ちそうな人と知り合いになるため、一晩中ずっと杯をとりかわして酒を飲み、クライアントの幹部の傍らに座ったまま、母親を構うどころではなく、母親のことを思い出した時には、もう彼女は帰ってしまっていた。また別の写真は、母親が誕生日にレストランを予約し、銭睿《チエン・ルイ》と父親を呼んで一緒にお祝いをしようとした時のものだ。その頃銭睿《チエン・ルイ》はちょうどプロジェクトが大詰めに差しかかり多忙を極めていたので、不承不承の参加だったが、父親は禁煙中で機嫌が悪くてなかなかやってこず、銭睿《チエン・ルイ》が着いてすぐ目にしたのは泣いている母親だった。最終的に父親はそれでもやってきて、母親は悲嘆に暮れながらひとしきり恨み言をこぼしたものの、それでも彼女は涙を拭って夫と息子と一緒に家族写真を撮影した。三人はいずれもこわばった笑みを浮かべており、見た感じ非常にとげとげしい様子だった。これらのことを思い出し、彼の心はまた痛み始めた。自分がきちんと埋め合わせをする間もなく母親が世を去ったと思うと、悔恨の念は極限に達した。

白鶴《バイホー》の依頼に対するモチベーションがまた少し湧いてきた。

彼は母親の生前のカルテの閲覧申請をするため病院に電話をかけたが、予約した時間に病院へ来て閲覧するのは構わないが、病院の患者情報の漏洩を防ぐため、持って帰ることはできないとの答えが返ってきた。銭《チエン》・睿《ルイ》の懇願は聞き入れられず、閲覧時間の予約をするしかなかった。

部屋を出ると、ちょうどダミーの母親がスーパーへ食料品を買いに出かける準備をしていた。買う物が多く、どの交通手段で行くか決めかねていたので、父親は銭《チエン》・睿《ルイ》に彼女を手伝うように言った。彼は断ることができず、母親に付き添って出かけることになった。

ダミーの母親と彼は前後して歩き、体半分ほどの間隔を保って接触することはなく、母親も歩きながら振り返ることはなかった。銭《チエン》・睿《ルイ》はどうしても追いつけない何か、過ぎ去った時間のあとをつけているような気になった。

ある曲がり角を曲がると、ダミーの母親が突然振り返り、彼に言った。「むかしお前が登校時に通っていたのは、まさにこの道だね」

銭《チエン》・睿《ルイ》は母親が何を言っているのか理解できず、思わずぽかんとした。母親の言葉で一瞬過去の日々が蘇ったかのように、目の前の道に、学校の制服を着て、自転車に乗って眉をひそめながらくねくねと小道を通り抜けて行くかつての彼が現れた。ハンドルには弁当箱がかけられ、無機的で沈鬱な表情を浮かべ、はるか遠方のポニーテールの女の子を見ている。あの日々は、もう遠い昔のことになってしまった。

それから、彼らは以前通っていた中学校付近の十字路までやってきた。彼の目の前には突然また別の映像が浮かび上がった。その頃、彼はすでに十三、四歳になっていたが、母親はずっと彼が心配でならなかった。放課後、遅くまで遊んだり学校に残ったりしていたら、母親は決まってこの十字路で待ち、時には彼に食べさせる物を手に提げていたりもした。あの頃彼は、布袋を手に提げ、赤いセーターを着た母親を見ると、どうしようもなく野暮ったく感じ、同級生に見られて嘲笑われないように、母親をすぐに追い払いたいと思っていた。

彼がぽつんとそこに佇んでいると、二十年前の無表情な表情をした自分が、その強情な小さな顔が、自分と向かい合い、意地になってじっと立っているのがぼんやりと見えた。

この時の彼は、知らず知らずのうちに自分をかつての母親の役どころに置き換えていた。遠くから見ながら、前に進んでは止まり、後ろに下がろうと思っては心配になった。そんな風に立ち尽くしていると、前方から向けられる嫌忌の眼差しが完膚なきまでに自分を刺した。

銭《チエン》・睿《ルイ》は前に進めなくなり、改めて悲しく切なくなった。この映像に込められた感覚を、なぜ今になってやっと理解できたのか。すべて遅すぎるんだ。

まさにこの時、彼のそばにいたダミーの母親が突然振り返って言った。「むかし私はよくここまでお前を迎えに来て、学校が終わるのを待っていたけど、お前は私の顔を見たがらなかった。お前が私の格好を気に入ってなかったのはわかっていたよ。お前は私に来るなと言ったけれど、私はやはり来てしまった。お前も思い出さないかい？　いいんだよ。本当にいいんだから」

銭《チエン》・睿《ルイ》は訝しげにダミーの母親を見た。さして気にも止めず穏やかにあらゆる記憶を口にする彼女を見ていた。最後の「いいんだ」という一言は、風船を突き破る針のように、彼の心の中の何かを爆発させ、その瞬間、彼の目から涙が溢れ出しそうになった。目の前にいるこの人物はいったい誰なのか、彼女は自分の記憶の中のあの人とそっくりなのに、何もかも違うような気がするのはなぜだ？　本当にいいのか？　あの頃の母親に対するあらゆる無礼なおこないを、本当にすべて許してもらえたのか？

ダミーの母親は彼のそばまで来て、温かく肩をポンポンと叩いた。彼は拒絶しなかった。

その晩、銭《チエン・》睿《ルイ》はダミーの母親を手伝って食料品を買い、食事を作り、一家三人は珍しく和やかな夕食をとった。夕食後、彼らは一緒にアメリカ留学中の妹とビデオ通話をした。銭《チエン・》睿《ルイ》より八歳年下の妹は、今はまだ大学院生としてアメリカで勉強中だ。青春真っ盛りの彼女は、家のことについてあまり詳しく知らなかった。彼女は今起きたばかりで、寝ぼけ眼をしょぼつかせていたが、顔をほころばせて家族に面白い話をし、両親は妹に少し小言を言った。妹はさらに母親とひそひそ話をしていたが、おそらく新しく付き合いだしたボーイフレンドに関する話だろう。ダミーの母親は何も言わず、ただ微笑みながら頷いていた。

トイレを出ると、iPadの中の妹がダミーの母親におやすみを言っているのが遠くにちらっと見えた。その時銭《チエン・》睿《ルイ》はふと、もし家族揃って温かく日々を過ごせるのなら、これでよいのではないかと思った。

彼は目を閉じ、もう一度病院の死に瀕した病室での最後の日々を思い出すと、心が鈍く痛み出した。

**呼出**

再び白鶴《バイホー》に会った時、白鶴《バイホー》は銭《チエン・》睿《ルイ》に公訴を繰り上げてほしいと言ってきた。銭《チエン》・睿《ルイ》は驚いた。真の戦いのための準備はまだ整っていなかった。

「なぜ繰り上げるんだ？　僕はまだ母親のカルテを手に入れていないのに」銭《チエン》・睿《ルイ》は疑った。彼はできるだけ冷静であるように見せようとしていた。自分が内心躊躇していることを白鶴《バイホー》に悟られたくなかったのだ。

「間に合わないんだ」白鶴《バイホー》は言った。「病院側が我々の調査に気がつき、絶えず作業を中断し、証拠を隠滅し、我々が持っている証拠を奪うために人を送り込んできた。一昨日は我々のメンバーが所有する二台のパソコンがハッキングされ、そこに保存されていた情報がすべて失われた。幸い、あまり重要なものではなかったが。まだほとんどの証拠はバックアップがある」

彼ら二人は道沿いのマクドナルドでおちあった。最初銭《チエン》・睿《ルイ》は、白鶴《バイホー》はまたこんな賑やかなところで秘密計画の話をするのかと本気で思っていたが、今回は違っていた。白鶴《バイホー》は銭《チエン》・睿《ルイ》を連れ、曲がりくねった道を行って傍らにある古い集合住宅地区に入ると、赤煉瓦の戸口から手探りで暗闇の中を登り、四階の階段の入口のドアを開けた。この古い建物は二十世紀の遺物で、引っ越せる人たちはみんな引っ越してしまい、今はもうあまり人は住んでいない。そのため建物全体がうら寂しく、がらんとしていた。ここでなら、カメラによる監視を恐れず話ができる。街中探しても設備がこれほど原始的な場所はそうないだろう。

白鶴《バイホー》がドアを開けると、銭《チエン》・睿《ルイ》は初めて隅々まで装飾が施されたアパートの室内に気がついた。壁紙からバーカウンターに至るまで、すべて最近手入れされており、誰かによって運営されているのが見てとれた。室内にすでにいた数人は熱く議論を交わしており、煙がゆらゆらと立ち上り、臭いが鼻についた。

銭《チエン》・睿《ルイ》はソファーに腰を下ろした。目の前のコーヒーテーブルにはグラスが数個置かれており、ビールが入ったものもあれば、強い酒が入っていたが底が見えるほどすっかり飲み干されているものもある。きれいなグラスで水を少し飲もうと手を伸ばした時、テーブルにあった新聞が彼の注意を引いた。その目に飛び込んできたのは、「某病院治療費目当ての殺人を隠匿、世に明らかにされた驚くべき噂は真実なのか」という新聞の大見出しだった。

彼の心臓が早鐘を打った。遂に戦いが始まるのか？

彼は少し緊張しながら新聞を手に取り、しっかりつかんで読みだした。読んでみると、この記事は探りを入れつつ挑発する内容で、入念に練られていた。雲をつかむようなとりとめのない推測を述べ、なんとも言えない疑問をいくつか投げ、本物の証拠を出し惜しみ、明確な非難もしていない。読んだ人間は「釣り」の記事だと大声をあげるものの、デマだという証拠をつかむこともできない文章だ。これは隠れた敵をおびき出す作戦なのだろうか？　銭《チエン・ルイ》睿は心の中で推測した。文章の流れの筋道から考えると、より多くの特ダネの公表をより適切なタイミングがくるまで保留しようとしているのは明らかだった。これは満を持した戦略だ。

彼は屋内にいる数人を見た。すでに一、二度彼らに会っているのに、彼らはいまだに見知らぬ人だった。これが銭《チエン・ルイ》睿の案件であるのは明らかなのに、なぜ彼らの方が銭《チエン・ルイ》睿より興奮しているのだろう？

「銭《チエン・ルイ》睿、この件はやはり君が公訴せねばならない」白鶴《バイホー》は思案に沈む銭《チエン・ルイ》睿を現実へ引きずり出した。

「でも……」銭《チエン・ルイ》睿は自信を持てないまま「僕はまだ母親のカルテを入手できていない……」と言った。

「もう不要だ。我々はこの二日間、再び病院のシステムに突入した」白鶴《バイホー》は言った。「前回君が俺に病院の監視記録を調べてくれと言ったのを覚えているか？　俺はその時、君の要望通り十一日夜の録画映像を調べたが、翌日になるまで、その期間の映像をすべてコピーすべきだったと気づかなかった。翌日システムにハッキングすると、その期間の録画映像はすべて削除されていた。これは定期的な整理作業だと思っていたが、ほどなく病院のネットワークのファイアウォールがアップグレードされていた。この二日間に再度システムに突入し、別のディスクにその数日の監視映像のバックアップをやっと見つけることができた。この録画映像があれば、君の証言が真実であるという証明になるし、病院に勝訴することもできる」

「じゃあ君たちが……確実な証拠があるなら」銭《チエン》・睿《ルイ》は言った。「君たちが公訴してくれないか？　僕に先陣を切らせないでくれ」

そばにいた四角い顔の中年男が話し始めた。銭《チエン》・睿《ルイ》は彼がかなりあくの強い感じの弁護士という印象を受けた。「恐れる必要はありません。出撃を決めた以上、我々は必ずあなたの安全を確保します」彼の声は温かかった。「病院の力がどんなに大きくても、我々の目の前で報復攻撃などできません」

銭《チエン》・睿《ルイ》は首を振った。自分の複雑な心境をどう表現していいかわからなかった。「僕は報復攻撃を恐れているわけではなく……」

「じゃあ君は何が心配なんだ？」白鶴《バイホー》がせっかちに尋ねた。

「僕は……」銭《チエン》・睿《ルイ》は言いかけて、また少し考えた。「僕は思うんだが、この病院が本当に悪だと、僕たちで決められるんだろうか？　まず病院の経営者を訪ね、個人的に話し合いをしてはどうだろう？」

「君は法廷外での和解交渉で、個人的に賠償を請求したいと？」弁護士は尋ねた。「それはやらないに越したことはないと忠告しておこう。今は戦いの重要な時期で、安易に対峙すべきじゃない。今相手を訪ねても、何も良い結果は得られない。彼らはこんな大きな局面を作り出したからには、間違いなく君の脅し文句に簡単に影響されることはないだろう。その時あまりにも早く切り札をさらせば、かえって彼らに充分な備えをさせることになる。君が我々と共に形勢を充分に整えれば、すぐに彼らを倒すことができ、裁判所で決定される賠償金も充分なものとなる」

「賠償が問題なんじゃない」さっぱり要領を得ない自分の態度に、彼らが苛立っていることを銭睿《チェン・ルイ》は気づいており、考えを整理して言った。「僕は今こう考えている。彼らがしたことは、本当にすべて間違いだったのか？　ダミーを作って帰宅させたとしても、それが本当に罪なのか？　彼らを訴えるのも、いささか極端ではないだろうか？」

「これがどうして罪じゃないのか?!」白鶴《バイホー》は憤って言った。「本物とダミーの二人、片方を殺しもう一人にすり替えて帰宅させることは、第一に消費者を欺いた罪、第二に極悪非道な虐殺と生命に対する侮辱の罪を犯している。ダミーが何事もなく帰宅し、病に苦しむ本物を孤独に死なせるなんて、殺人でなくて何だと言うんだ？　今になって動揺するな」

銭睿《チェン・ルイ》は溜息をついた。心にはまだ釈然としないものがあった。「僕はただ、二人は本当に別人なんだろうかと感じているんだ。同じ遺伝子と記憶を持ち、肉体だけがすり替えられている。これはやはり同一人物と考えられないだろうか？」と言った。

「こんな時に、哲学的な問題を考えるな」反対側の端に座っていたベテラン記者が口を挟んだ。「あれこれ考えてもためにはならない。ダミーは人間ではなく、ロボットだ。彼らはチップやプログラムに体を制御されているんだろう？　だったらそれはロボットだ」

「一人なのかそれとも二人なのかという哲学的な問題を考えるより、君はむしろもっと実際的なことを考えた方がいい」弁護士は補足を続けた。「妙手《ミアオショウ》病院の総裁の財産がどれほどのものか知っているかい？　聞けば仰天するぞ。数千億元だ！　彼は小さな商売から身を起こした経営者だが、一体どんな人徳や技量を持っているというんだ？　彼は最初の妙手《ミアオショウ》病院を頼りに、性急にビジネスを始め、今では複数のメディアを含む医療産業チェーン全体を掌握し、背後にある真相を必死に隠している。こんな人の命を軽んじて成り上がった人物を、我々が我慢できると思うか？」

「そうだ！」白鶴《バイホー》も同調して言った。「今は動揺してはいけない重要な時期だ。君の母さんのことをもう一度よく考えてみろ。もしここで君が声を上げず、新しい母さんを認めるなら、亡くなった母さんに顔向けができるか？　彼女は向こうの世界で笑顔でいられるだろうか？　君のところのような家族があとどれくらいいると思うんだ。君は病院に対して仏心を起こしてはならないんだ！」

銭《チエン・ルイ》睿はそれを聞いて心がまた沈み、頷くと、それ以上何も言わなかった。

## 対話

開廷前日、白鶴《バイホー》は銭《チエン・ルイ》睿に電話をかけ、出廷の際に必要な事柄を説明した。

その時、銭《チエン・ルイ》睿は自分のアパートにいたが、少しそわそわして落ち着かず、電話から聞こえる声もぼんやりとしか聞いていなかった。まぶたがぴくぴく動き、心臓の鼓動も訳もなく早まっていた。電話を切ってから、彼はモバイルニュースのプッシュ通知を確認した。その途端、妙《ミアオショウ》手病院の名が目に飛び込んできた。トップページの記事、満を持した重大ニュースだ。彼はタップしてニュースを読んだ。真の重大情報の公表はまだだが、話の糸口は明らかにされ、彼の名前も記事に出ていた。記事の中の彼は最初に勇気を出して声を上げた被害者として、率先して刑事訴訟を起こし、全被害者の代弁者を務める姿勢が強く押し出されていた。

彼は喉がカラカラになった。自分はいつの間にこんな矢面に立たされることになったんだろう。

彼は風に当たり自分の苛ついた心を落ちつかせよう

と、バルコニーに出て新鮮な空気を吸ったが、突然、電話が鳴り出して驚いた。父親が家で心臓発作を起こし、今病院に搬送中だという母親からの電話だった。父親は搬送先を妙手《ミアオショウ》病院に指定したという。緊張が走って心臓の鼓動が激しくなり、銭睿《チエン・ルイ》は電話を切ると慌てて病院に向かった。

何があったんだ？　なぜ心臓発作が起きたんだ？　なんでまた妙手《ミアオショウ》病院なんだ？

銭睿《チエン・ルイ》は頭が混乱した。

病院に着くと、ダミーの母親が入院エリアの外にある待合室にいるのが見えたので、急いでそこに行き何が起こったのかを尋ねた。ダミーの母親の説明では、父親は家でモバイルニュースの何かの記事を目にして突然激昂しだし、顔を真っ青にしてから今度は烈火の如く激怒した。だが、何か言葉を発する前に心臓発作が起こり、苦しみながらこの病院に行きたいと母親に告げることしかできなかったという。

銭睿《チエン・ルイ》は父親が何のニュースを読んだのかすぐにわかった。待合室に呆然と立ち尽くし、唾を飲み込むと、喉が焼けるように痛んだが、心はもっと痛んだ。自分が父親に対し残酷なことをしているのではないかと、銭睿《チエン・ルイ》のためらいはさらに増した。

エントランスにいる看護師に、入院エリアに立ち入れないかしきりに尋ねてみたが、すべて断られた。彼は少しうなだれてダミーの母親とともに待合室に腰を下ろし、両手は両膝に置き、頭を両手の間に埋めた。たまたま頭をもたげた時、彼はダミーの母親の冷静さに気づいた。彼女に対して抱きつつあった親近感は消え、新たに拒絶反応が生じた。彼女はなぜこんなに冷静なのだろうか。やはり偽物の夫婦であり、本当の愛情はなかったからだと彼は考えた。銭睿《チエン・ルイ》は頭痛で頭が割れそうだった。

「そんなに心配しなくていいよ」ダミーの母親が口を切った。

彼は彼女に尋ねた。「お医者さんはなんて言ってたの？」

ダミーの母親は少し笑った。「お医者さんは、そろそろ移植手術をすべき時期だ、現在の身体器官の培養技術は非常に発達していて、心臓を取り替えるための手術もそんなに難しいことではない、と言ってたわ」

「心臓を取り替える？」銭睿《チエン・ルイ》は少し動揺し、彼女に尋ねた。「もし体のすべてのパーツが取り替えられても、その人はやはり同一人物だろうか？」

ダミーの母親はやはり顔色一つ変えずに言った。

「人体の細胞というものは一定期間内にすべて新しいものに入れ替わると聞いたことがあるよ。お前の体を構成する物質もすでに一年前のものではないけれど、自分ではなくなっていると感じる人間はいないでしょう。人の大脳と記憶も連続している」

「じゃあ、大脳はずっともとのまま変わらないの？」彼はぼんやりと彼女を見つめた。

母親は首を振って言った。「それも違う。大脳も毎日変化している。記憶に連続性はあるけれど、人のあらゆる考えは変化する。大脳も変化しうる」

銭睿《チエン・ルイ》は母親の話の内容を注意深く吟味した。どういうわけか、彼女の話には何か含みがあるような気がしたのだ。彼は尋ねた。「じゃあ人が持っているもので変わらないものって一体何だろう？」

「具体的な元素や思想というなら……何もないだろうね」母親は言った。「だけど、あまりこの問題にこだわらないで。こだわっても答えは出ないでしょう。部分は変わるけど、全体は変わらない。お前はずっとお前なんだよ」

「だけどどうして自分は自分だとわかるんだ？」母親の顔に穴が開き、その穴が大脳まで達して脳内に何があるか見えるかのように、銭睿《チエン・ルイ》はじっと彼女を見つめた。

「実際重要なのは、お前はお前だと、お前自身がわかることじゃないよ」母親は銭睿《チエン・ルイ》の持ってまわった言い方を全く意に介さず、彼と同じように持ってまわった言い方をした。「お前はお前だと、お前の周りの人すべてがわかればそれでいいんだ」

「周りの人があなたはあなただとわかるって、どういうこと？」銭睿《チエン・ルイ》は答えを迫った。

「文字通りの意味よ」母親は眼差しで彼に何か告げようとするかのように、「お前はお前だというのを周りの人がわかっているということ」

銭睿《チエン・ルイ》の心臓は早鐘を打った。彼女がこんな話をする意図が理解できなかった。彼女は文字通りの質問に答えているだけなのか、それとも彼がほのめかした意味をすべてわかっているのか？もしかして、彼女は自分が何者であるのかわかっているのか？

彼女を見極められていないことに、銭睿《チエン・ルイ》は気づいた。半分くらいまで話したところで止めたり、何かを言いかけて止めたりするところなども含め、彼女はどこもかしこも本当の母親とそっくりだった。何事にも情動神経を刺激されることがないかのように、彼女は母親よりはるかに淡泊だった。もしかすると、ダミーは情動がまだ完全に発達していないのかもしれない。だが彼女の思考と記憶はやはり母親のそれだった。彼は同じように母親のことも見極めることができていなかったことに気がついた。母親がここ数年くどくどと耳元でどんな話をしていたか思い出したいと強く思ったが、思い出せなかった。真剣に考えるまで、彼は身近な人に対する自分の理解が、自分が考えているよりずっと浅かったことに気づけていなかった。この事実に彼はひどく悲しみ、心を痛めた。彼女の話は何を意味しているのだろう？　僕に和解の申し出を受け入れさせようとしているのだろうか？　銭睿《チエン・ルイ》は彼とダミーの母親を隔てる障子紙が突き破られそうな感覚がしたが、なぜだか抗う気は起きず、反対に、したがえば少し良いことがあるように思えた。

「周りの人がすべて受け入れてくれれば大丈夫？」

銭睿《チエン・ルイ》は彼女の話に沿って問いを続けた。

ちょうどその時、銭睿《チエン・ルイ》のスマートフォンが鳴りだした。見ると、知らないナンバーからだった。彼は立ち上がり、待合室の傍らに行き電話に出た。妙手病《ミアオショウ》院からで、彼が予約したカルテ閲覧の予約日時になったので、午後五時に時間通りカルテ室に来れば、スタッフが対応するという内容だった。最後に、カルテ閲覧終了後、病院総裁が直接会って話がしたいので、夕方彼を総裁のオフィスへ招待すると、甘い女性の声が銭睿《チエン・ルイ》に告げた。

銭睿《チエン・ルイ》は丸めた雑草で喉を塞がれたように息が詰まり、話ができなかった。総裁のオフィス？　彼らの戦いのことが総裁の耳に入ったのか？　会って何を話すんだ？　総裁は自分に何を言うつもりなんだ？　考えれば考えるほど、銭睿《チエン・ルイ》はかすかに緊張しはじめた。

再び待合室に戻ると、ダミーの母親はもう少し彼と話をしようとしていたが、彼は頭が混乱し、何も耳に入ってこなかった。彼は黙って待合室の長椅子に座り、父親が運び込まれた手術室の入口を見ていたが、緊張してこわばった雰囲気が漂っていた。

銭睿《チエン・ルイ》はおぼろげにしか見えなかったことが、徐々に明らかになりつつあるのを感じていた。

## 戦闘準備

その日の午後、銭睿《チエン・ルイ》は白鶴《バイホー》からメッセージを受け取った。加勢のため白鶴《バイホー》は妙手《ミアオショウ》病院のエントランスへ来いと言った。彼は銭睿《チエン・ルイ》がすでに病院内にいることを知らなかった。

銭睿《チエン・ルイ》は待合室の窓口に立ち、病院エントランスのスペースに人が少しずつ集まってくる様子を見ていた。どこから来ているのかはわからないが、少しずつ少しずつ、四方八方から押し寄せてくる。抗議のプラカードを掲げている者もいたが、彼らは金で雇われており、激しい悲憤の念は全く感じられなかった。プラカードでは病院の超高額治療費への抗議、病院による病状隠蔽への非難など、様々な告発がなされている。その中で一枚だけ「虚偽治療で世間を欺いた！」と書かれたプラカードがあった。これは病院がすでに民衆の怒りを引き起こしていると世論に印象づけるための白鶴《バイホー》のチームによる煽りだと、銭睿《チエン・ルイ》にはわかった。だが明らかに、白鶴《バイホー》たちは重要な秘密を公表していなかった。抗議する人々も病院に接近せず、病院から数メートル離れた場所で集結し、どちらかというと通行人に対して旗を振って気勢を上げていた。彼らの目的は明らかに病院を責め立てることではなく、メディアと向き合うことだった。

白鶴《バイホー》から銭睿《チエン・ルイ》にまた電話がかかってきた。「どこにいるんだ？ 早く来い！」

病院内にいる銭睿《チエン・ルイ》には、病院の外に立ち電話をかけている白鶴《バイホー》が見えていたが、自分が病院内にいることは伝えなかった。

「君たちは何をしているんだ？」銭睿《チエン・ルイ》は白鶴《バイホー》に問い返した。

「病院、そして明日の裁判に対して少しでも圧力をかけるため、デモ行進をしている最中だ」白鶴《バイホー》は言った。「法廷が判決を下す時は、双方の勢力に留意し、どちらがよりしたたかかを見極める。我々が民衆の基盤の上に立っており、したたかであることを法廷に見せねばならない」

「わかった、それは君たちがやってくれ。僕を呼んでどうしようというんだ？」

「無駄口を叩くな！」白鶴《バイホー》は言った。「君は主役なんだぞ、来なくてどうする？ 君はこの人たちに手本を示さなきゃいけないんだぞ」

「ところで、この人たちをどこで集めてきたんだ？」

銭《チエン・ルイ》睿は尋ねた。

「たやすいことだ。この病院に対して不満を抱いている人間はまだまだ少ないと思っているのか？　ネットで適当に探してみたら、名乗りを上げるボランティアが見つかったよ」

「彼らは何か知っているのか？」

「知っていることもあるし、知らないこともある」白《バイ》鶴《ホー》も持ってまわった言い方をした。「彼らが知っているのは、金持ちが貧乏人よりも長生きだということだ。この病院の医者の技術は高く、優れた手腕で病気を治し、金持ちは運び込まれると不治の病でも治療してもらえ、平穏無事に帰宅し、百歳まで長生きし、病気になるとまた来院することを、彼らは知っている。貧乏人は受け入れさえしてもらえず、不治の病でなくても悪化して不治の病になる。命を救ってくれる病院は世界にここだけなのに、よりによって容赦のない高額治療費で、金持ちの病気だけ治療するなんて、恨みを買わないわけないだろう？　病気の治療に経済的不平等が生じてくるなんて、俺がうまく丸め込まなくても、歯軋りするほどもどかしく思っている人は多いんだ。でも彼らはきっとすり替えの件は知らない」

白鶴《バイホー》の話は回りくどくはあったが、つじつまは合っていた。白鶴《バイホー》は人を雇って煽らせてはいるが、事実無根の騒動を起こそうとしているわけではないと、銭《チエン・》睿《ルイ》は話を聞いて理解した。もし命がすべて値段次第なら、多くの人が苦境から脱する日を迎えられなくなる。すり替えさえ一種の特権になる。ここまで考え、彼は自分の幸運を喜ぶべきなのか、不幸を嘆くべきなのかわからなくなった。

「君はいったいどこにいるんだ？」白鶴《バイホー》がまた苛立たしげに銭《チエン・ルイ》睿に尋ねた。

「妙《ミアオショウ》手病院だよ」銭《チエン・ルイ》睿はやっと白状した。「父さんが入院したんだ」

銭《チエン・ルイ》睿は、ニュースを見た父親が、苛立ちのあまり人事不省となって心臓発作を起こし、妙《ミアオショウ》手病院を自ら指定して来院した顛末を簡単に説明した。高齢の父親にはショックを受け止めきれない、やっとのことで母親が退院帰宅したのに、もしダミーだと知ったら、一巻の終わりかもしれない。彼とダミーの母親に安らかな晩年を過ごしてもらえるよう、真相は伝えない方がいい。銭《チエン・》睿《ルイ》は言葉を濁しながら自分のためらいを語った。

「どうかしてる！」白鶴《バイホー》は電話の向こうで憤慨して言った。「君の母さんの正体を伝えるか伝えないかは、君の父さんが退院してからにしよう。今は差し迫った状況だ。介入して病院を打倒しなければ、数日後退院する君の父さんもダミーになっているかもしれないぞ」

銭《チエン・》睿《ルイ》はこれを聞き、急に頭のてっぺんから冷水を一気に浴びたかのように、骨身に染みるほどの寒さを感じ、思わず身震いした。自分がどんな風に母親の最後の陰鬱な日々に付き添ったのか、最後には母親の体が遺棄されるのをみすみす見ていたことを思い出した。彼は繰り返したくなかった。それを思い出したことで、彼は冷静になった。彼は前回の集まりで帰りがけに白《バイ》鶴《ホー》が言ったことを思い出した。「いまわの際にあった君の母親のことを考えてみろ。もしこの新しい母親を君が受け入れたら君の母さんはどう思うか、考えたことがあるか？」

「わかった、行くよ」彼は白鶴《バイホー》に言った。

ガラスの固さと冷たさに勇気をもらおうと、彼は拳を握りしめ、ガラス窓に思い切り押しつけた。窓の外ではますます多くの人が集まっていた。彼は勇気を奮ってエントランスへ向かい、病院システムに対し宣戦布告をする一列に加わった。彼はダミーの母親の顔を見て気持ちがまた揺らがないよう、待合室の外にいる彼女の方をあえて見ないようにした。

## 面会

午後の抗議を終え、銭《チエン・ルイ》睿は疲労困憊気味だった。一時的に寄せ集められた憤りに満ちた人々の中に混じり、自分もおびただしい怒りに染まり、抗議が終了してもその憤りから解放されず、かえってますます溜まっていった。銭《チエン・ルイ》睿はこの時初めて憤怒がこのような抗議により解放されるものではないことを知った。溜まっていく憤りを吐き出さねばならない。彼は激情の出口、爆発、あるいは補償を必要としていた。

午後五時、約束通り、彼は病院三階のカルテ室にやってきた。廊下の途中にはガラスのドアがあり、そこで彼の顔や指紋が識別され、照合・検証をした後、入室を許可された。カルテ室に入っていく背後で、ガラスのドアがゆっくりと閉じた。

銭《チエン・ルイ》睿は振り返ってぴっちりと閉じたガラスのドアを見たが、歩みを止めず、廊下の突き当たりのドアが開いている小部屋へ単身向かった。金属色の壁は装飾が何もなかった。小部屋の白色灯は夜の闇が迫りつつある中で唯一の光源となっている。エリア全体には人っ子一人いなかった。

小部屋にあったのは、何も置かれていない机、カーボンスチールのアームチェア、そしてグレーの小さなソファーだけだった。きちんと整えられた報告書が机の上に置いてあり、部屋には誰もいなかった。

銭《チエン・ルイ》睿は机の方に行くと、硬いアームチェアに座り、報告書に目を通した。どういうわけか、ひどく心臓がドキドキし、ページをめくろうと何度も試みるものの、めくることができなかった。彼は両手をこすり、手を机に平らに置いて冷やし、深く息を吸っては、吐いた。ここで何かが見つかるという、ある種の予感があった。

報告書の最初の二ページには一般的な個人情報が記載され、中間の三ページは病状の診断で、癌の種類、病歴、診療歴、初歩的な病理報告などが書かれていた。相も変わらず変わったところのない情報で、銭《チエン》睿《ルイ》はつぶさに見ていったが、おかしな点は見られなかった。ただ最後の診断結果に書かれた「悪性」の二文字がいやに目についた。最終的な診断が「悪性」だったのか？　それとも深刻なレベルで、それは母親には元々助かる見込みがなかったという意味なのか？

続けて見ていくと、後ろの数ページは病理報告だった。銭《チエン》睿《ルイ》には読んでも理解できなかったが、断片的な指数比較から判断すると、母親は癌細胞の拡散スピードが速く、六月末にはまだ胃を覆う程度だったのが七月初旬には内臓すべてに転移していた。スキャン写真には黒い斑点がポツポツと広がっており、見ていて恐ろしくなった。この後の部分には毎日の身体指標のモニタリングデータに関する無数の表があげられており、身体的徴候の指標は下降し、心臓機能が衰えていることが見てとれた。このすべてのモニタリングデータは、ほぼことの真相を明らかに反映していると言えるほど、誠実なものだった。彼の目の前であらゆる数字が揺れ動いていた。

銭《チエン》睿《ルイ》は驚いた。これらの数字と報告書に基づけば、母親の病状が危篤状態に至った過程は明確に記されていたと言える。それを彼らは真っ正直に自分に見せて、どういうつもりなのだろう。法廷で証拠として提出されるような手がかりを、自分に見つけられることを恐れていないのか？　あるいは、彼らは自分の来訪の意図を完全に把握しているが、何らかの理由により怖いものなしなのだろうか？

胸一杯の疑念を抱えながら続けて見ていき、徐々に報告書の結びに近づいた。最後の一ページをめくると、最初に目に映ったのは母親の署名だった。彼の体は直感的に震え、レポートの内容を見るどころではなくなり、ただ呆然と母親の筆跡と手書きの日時を見つめた。母親の筆跡であることを疑う余地はなかった。六月二十三日、それは母が悪性腫瘍と確定診断された翌日である。これは何を意味するのだろう？　彼の頭には様々な思いが入り乱れたが、やっと気持ちを落ち着けて報告書の内容に目をやった。

　それは、任意授権の契約書だった。銭睿《チエン・ルイ》は目を凝らしてしばらくの間それに目を通し、やっと大意を理解した。母親は自発的に妙手《ミアオショウ》病院に自分の大脳を全面的にスキャンさせるという内容の合意に署名し、そのスキャンデータを人工の体に転送する権限を病院に与えたのだ。つまり、母親はのちのち発生する一切の事柄について承知しており、自ら同意したのである。

　母親はすべてを知っていた？

　彼女がスキャンと再生の権限を与えた？　まさかそんな?!

　母親は自ら放棄したのか？　自らを救おうとせず、自分の家庭を人造人間に譲ることに同意した？　なぜそんなことを？　まさか自分と父親を慰めるため？

銭睿《チエン・ルイ》は心が締めつけられ、息苦しくなった。すべてが明確になったような気がする一方で、何かがはっきりしていないような気もした。彼はどう対処したらいいのかわからず、目の前にある報告書を手できつく握りしめてクシャクシャにした。

　この時、小部屋のドアが自動で開いた。銭睿《チエン・ルイ》は驚き、ドアの向こうを見つめた。誰もいない。間もなく頭上から女性の声で、「銭さん、病院の陸《ルー》総裁との会見の時間です、矢印の指示に従って進んでください」という放送が聞こえてきた。銭睿《チエン・ルイ》は床にグリーンの矢印が出現したことに気づいた。部屋を出ると、それはずっと続いていた。彼はためらいながらグリーンの矢印に従って進み、角を曲がると、隠れるようにあったエレベーターの前までやってきた。

　エレベーターが止まった。八階、病院の最上階だ。総裁オフィス、部屋は一つだけだった。

銭睿《チエン・ルイ》はぼうっとしながら部屋に入った。異様なほど広々とした長方形のオフィスは、五十平方メートルほどの広さで、三面はガラス張りになっており、巨大な曲面ガラスのカーテンウォールからは、病院を超えて街の景色まで眺めることができた。オフィスの照明は抑えられ、全体的にほの暗く、明かりが点いているのは壁際のスポットライトやソファーのそばのフロアスタンド、それからデスク上の電気スタンドだけで、外の鮮やかな街の灯を一望に収めることができた。銭睿《チエン・ルイ》はオフィスの入口に立って躊躇し、中へは入らなかった。

部屋にいたのは一人だけだった。ソファーに座り、フロアスタンドにあるコーヒーテーブルに置かれた、洗練された茶道具で茶を入れていた。思うに、この人物こそが陸《ルー》総裁なのだろう。彼はそっとやかんを持ち上げると、湯気の立つ熱湯を慎重に急須に注ぎ、軽くすすいでから茶寵（茶をかけて慈しむ置物）に注ぎ、急須を茶棚に戻すと再び湯を沸かし、二煎目のために急須に湯を再度注いで十数秒蒸らしてから、急須を取り青緑色をした磁器製の小さな茶碗二つに茶をついだ。

この時、彼はやっと頭をもたげ、入口に立っている銭睿《チエン・ルイ》を見た。彼はそばにある一人掛けのソファーを指差し、近くに来て座るように銭睿《チエン・ルイ》に手で合図した。茶をついだばかりの二つの緑の茶碗の一つを、彼は銭睿《チエン・ルイ》の方に押しやった。銭睿《チエン・ルイ》は座って見ていたが、飲まなかった。彼は強い警戒心を抱いていた。

陸《ルー》総裁は痩せ形の背の低い男性で、頭は五分刈りにし、ありふれたシャツを身に着け、袖は前腕部までまくり上げており、外見は決して目立たなかった。もし群衆の中に紛れたら、誰からも気づかれないだろうし、彼が威風堂々たる医療帝国のリーダーだと当てることはできないだろう。

銭睿《チエン・ルイ》は彼を待っていた。彼はしばらく間をおいてからやっと話を始めた。「私はあなた方が何をしているか知っています」

「そうですか？」銭《チエン》・睿《ルイ》は尋ねた。「ではあなたは我々が何を調べているかもごぞんじなんですね？」

「知っています」陸《ルー》総裁は静かに答えた。

「では、我々が調べていることは本当なのですか？」

ほぼわかってはいたが、銭《チエン》・睿《ルイ》は陸《ルー》総裁の口から直接答えを聞きたかった。「あなた方の病院は、ダミーに患者の家庭で治癒した患者の役をやらせているんですか？」

総裁は否定しなかったが、直接的な回答もせず、銭《チエン》・睿《ルイ》に問い返した。「明日は法廷尋問ですが、あなたは出席するのですか？」

「もちろんです」銭《チエン》・睿《ルイ》は頷いた。彼はこの時すでに総裁がどういうつもりでいるのか理解していたので、反対に総裁に質問した。「明日の法廷尋問に関して、まだ何か釈明することはありますか？」

「理論的には、あなたは原告で私は被告です」総裁は言った。「今ここであなたに対していかなる弁明も必要がないし、適切でもない。けれど、私自身のことを話しましょう」

銭《チエン》・睿《ルイ》は頷いた。おかしいとは思わなかった。総裁が自分をここに来させたのは、ただ茶を飲ませるためだけではなく、彼に話があるからに違いないとわかっていた。真相を認めた以上、情に訴える話をして法廷外での和解に持ち込もうとしているに違いない。彼は何も言わず、総裁が話すのを待っていた。

総裁は三煎目となる茶を入れた。色はかすかに濃くなり、味は最も素晴らしい段階に達していた。銭《チエン》・睿《ルイ》は総裁がこれからしようとしている話に対し、期待していなかった。どうせ詐欺犯の虚言だ。彼はまず半分割り引いて話を聞くことにした。

「私は若い頃、向上心に溢れた投資責任者でした……」総裁は話し始めた。

総裁がしたのは身の上話だった。新会社を成長させるため昼夜の別なく懸命に働いていた期間があり、頻繁に出張してプロジェクトを視察し、少しでも多くのプロジェクト分配金を稼ぎたい、当時の社長に良い印象を与えたいと考えていた。それから彼は願い通り共同経営者になることができたが、娘がその頃重病を患い、彼女の世話をしながら、会社のマネジメントをしなくてはならなくなった。彼が責任者を務めていたプロジェクトの新規株式公開《ＩＰＯ》を控え緊張を強いられる日々が続くなか、プロジェクト会社の新たな営業成績が芳しくなく、ＩＰＯの審査に影響を及ぼす可能性が出てきた。彼は三日連続で会社に寝泊まりし、財務報告書の整理にあたった。作業の最中に娘に電話をかけた時、聞こえてきた彼女の声は疲れ切っていた。ＩＰＯの確定後、疲労困憊の体を引きずって帰宅したが、家はもぬけの殻で、驚いて目覚めた際のように、彼は瞬時に全身汗びっしょりになった。娘の病気がその数日で突然重症化して、免疫システムが崩壊し、前日の晩に救急車で病院のＩＣＵに運び込まれたのだ。彼が病院に駆けつけた時、もう娘の意識ははっきりしていなかったが、彼女は父親が来たのを見ると涙をはらはらといつまでも流し、とても嬉しそうだった。間もなく、娘は危篤状態に陥った。彼女の最後の一週間、世話をしていた彼は、まるで何かに努力することで現実の埋め合わせをし、自分を慰めるかのように、焦慮に駆られながらあらゆることをおこなった。しかしすべては無駄に終わり、彼は目の前で彼女の命の火が消えるのを見ていた。

その後、彼は身も魂も消え入るほど悲しみ、いつまでも後悔し、会社の職を辞して株式を人に譲渡し、自分の殻に閉じこもった。娘の最後の一週間に付き添ったこと、彼女の命が自分の手から流れ去るのを見ていたことをずっと考え、発病前の最も大事な時に彼女のそばにいてあげられなかった自分を強く責めた。この罪悪感は骨の髄まで入り込み、彼はしょっちゅう恐ろしい夢を見るようになり、生活が成り立たなくなった。

「今に至るまでずっと、もしも再度チャンスをもらえるなら、何でもしてあげたいと思っています」ここまで話すと、総裁はひと息入れ、目を光らせて銭《チエン》・睿《ルイ》を見つめた。「だから、その後の私は命を取り戻すことに取り組みたいと強く思いました。自らの罪悪感に対するあがないと言えるでしょう。この感覚があなたにわかるでしょうか?」

銭《チエン》・睿《ルイ》はサーチライトのように自分を照らす彼の視線を感じ、少し息が詰まるように感じた。正直なところ、総裁が最後に述べた感覚を彼はよく知っていた。彼がこれまで経験してきた過程となんと似ていたことだろう。一瞬、彼は胸が詰まり鼻が少しつうんとした。だがこのような状況で彼は弱さを露わにしたくなかった。目の前に座っているのは、明日法廷で自分が告訴しようとしている人物なのだ。彼は総裁の視線を避け、ただ尋ねた――「だからその後あなたは患者の命を延長継続させるため、ダミーを作りはじめたのですね?」

「ダミーとは言えません。新しい人間と言えるものです」総裁は言った。

「どういう意味ですか?」銭《チエン》・睿《ルイ》はさらに多くを理解しようとした。新しい人間と従来の人間はどう違いがあるのですか?」

「新しい人間は生きた人間であり、病人自身の延長です」総裁は説明した。「新しい人間は遺伝子の複製によって生成された人体であり、人間と何ら変わりありません。新しい人間の大脳はチップの手引きの下で発達し、半ドロイドを形成します。チップの主材料はカーボンナノチューブで、大脳の有機物と共に成長し、脳神経ネットワークの完成に伴いチップの大部分は溶けてなくなり、新しい人間の脳が独立して機能するようになり、正真正銘の人間になります。チップは脳に残留しますが、主に機能しているのは新しい大脳です。私の見解では、新しい人間は患者自身であり、新たに生きている患者なのです」

「あなたは……新しい人間はロボットではないというのですね？」銭睿《チエン・ルイ》は尋ねた。

「もちろん違います。新しい人間の体は人体と同じ、大脳も人の大脳と同じで、喜怒哀楽もあり、人となんら変わりません」総裁は言った。「新しい人間はあらゆる面で普通の人間です。ただ大脳の接続方式がスマートガイダンスを受けているだけです」

銭睿《チエン・ルイ》はしばらくその違いについて熟考し、最後に溜息をついて言った。「しかしどうあれ、やはり別々の二人の人間ですよ！　あなたの娘さんが苦しんでいる時に、反対側に痛くも痒くも感じていないもう一人の娘さんが立っているのを受け入れられますか？　私には受け入れることはできません」

「ですが患者自身は受け入れられます」総裁は言った。「あなたは先ほどお母様の授権契約書を見たでしょう」

銭睿《チエン・ルイ》は心が絞られるように痛み、母親がサインしている様子を想像した。彼女はどのように絶望し、このような授権契約書にサインしたのだろうか。「私の母は……本当に同意したのですか？」彼は尋ねた。

「もちろんです」総裁は答えた。「ここで最も重要なステップは脳全体のスキャニングです。患者に協力してもらえなければ、いかなるコピーも作ることは完全に不可能です。患者はスキャンを受けるだけでなく、病院としっかり協力し多くのことを思い出す必要があるのです。それゆえ、我々のおこなうあらゆる作業は、患者による権限の付託を前提としておこなわれています。我々も最初は患者に権限を託してもらえるかどうか不明でしたが、ここ数年の試行錯誤により、先が長くはないと認めた患者はすべて、この同意書にサインすることがわかりました」

「……なぜですか？」

「それはあなたに尋ねなければなりません。考えてみてください。あなたの母親はなぜこの同意書にサインしたのでしょう?」総裁は質問を返した。

銭睿《チエン・ルイ》は母親が亡くなる直前の日々を思った。自分の寿命が終わりに近づいていることを知り、自発的に家庭での自分の居場所を新しい人間に引き継がせようとするなんて、息子と伴侶への未練と、慰めの気持ちでいっぱいになっていたにちがいない。ここまで考え、彼は落ち込み、涙が出そうになった。

「だから、」総裁は近寄って彼に言った。「私が今日あなたをお呼びしたのは、訴訟を取り下げてもらえないかうかがいたかったからです。あなたは主要原告ですから、あなたが訴訟を取り下げれば、この裁判は取り消しになるでしょう」

銭睿《チエン・ルイ》は眉をひそめた。「だからあなたはさきほど苦労話というカードを切ったのですか?」

総裁は溜息をつき、窓の外へ向けて手を振った。

「ほら、この街には三千万人いますが、どれくらいの人がこの入れ替えを受け入れているか知っていますか? この二十年間、この街では十二万八千六百人、その他の街も合わせると数百万人が、地獄の入口から生き返ったのです。彼らが本物であるか偽物であるかに関係なく、さほど時間がたたないうちに彼らは本当の人間になります。彼らは新しい生活を送り、今何事もなく人生を過ごしています。何千何万という家庭がこの新たなメンバーを受け入れ、あるいは再来したチャンスを受け入れています。だからわかるでしょう、もしあなたが今すべてを明るみに出してしまうと、串刺しにされるのは私の会社ではなく、これらの家庭全部が信じた幸せなのです」

銭睿《チエン・ルイ》は呆然とした。

「それからさらに重要なのは」総裁の両目がじっと彼を見つめ、その声は冷たく鋭くなった。「人間になったこの新しい人間たちも、あなたがたに破壊されてしまうことです。もしあなた方が私を殺人で訴えるなら、あなた方も殺人をすることになるのではないのですか?」

彼の質問は銭《チエン》・睿《ルイ》のみぞおちに入り、銭《チエン》・睿《ルイ》はしばらくの間言葉を失っていたが、最後になんとか言い返した。「だがあなた方はダミーを本物と偽り、不治の病を治療できると騙りました。これは少なくとも詐欺の罪を犯しています」

「多くの場合」総裁は長い溜息をつくと、先程までの語調に戻って言った。「我々がおこなう多くのことは、患者のニーズではなく、家族のニーズによるものです。患者のために絶えず食べ物を買ってくる家族を見たことがありませんか? 彼らの心は不満で埋め尽くされています。このようなニーズがあるからこそ、私たちがいるのです。彼らが必要としているのは慰めであり、真相ではありません。おわかりですか?」

「私は……」銭《チエン》・睿《ルイ》は言葉を失った。

銭《チエン》・睿《ルイ》は総裁にほぼ説き伏せられ、彼の心は新しい母親を受け入れていた。彼はもはやそれが母親の意志であり、母親の魂の継続だと信じたからだ。だがそれでも若干のためらいがいつまでも残っていた。こんな風に総裁の弁明を受け入れたくなかった。勝訴は明白なのに、彼の簡単な言い訳だけで訴訟を撤回しては、どう考えても引っ込みがつかない。

銭《チエン》・睿《ルイ》が躊躇していると、総裁は立ち上がって壁際で操作し、壁一面に電子アーカイブを表示させた。そして彼は振り向いて銭《チエン》・睿《ルイ》に尋ねた。「考えてみたことはないですか? あなたは何回も我々の病院に出入りし、我々も詳細な電子監視を行っていたのに、なぜ見つからなかったのか、あるいは阻止されなかったのかと」

銭《チエン》・睿《ルイ》は呆気にとられた。そうだ、それは考えたことがある。最初、白鶴《バイホー》に監視カメラの録画映像を見せてもらった時に、疑問には思った。自分が母親に付き添っている映像を録画しているのに、なぜ誰も止めに来ず、好き勝手に出入りさせているのだろうと。その時は、病院は毎日大量の映像を録画しているため、詳細に見る人がいなかったのだろうと思っていた。だが今考えると、この解釈には無理がありすぎる。

「なぜ……なぜですか?」

「我々の病院では、」総裁が説明した。「つねにリアルタイムのスキャン監視をおこなっており、録画のほか、最も重要なのはチップのスキャニングです。すべてのスタッフ、患者、患者家族の衣服に電子チップが付いており、すべての新しい人間の大脳には電子チップが存在します。病院の通報装置は電子チップを持たない進入者をスキャンすると、自動的に警報を鳴らす仕組みになっています」

ここで彼は話を止め、わざわざ銭《チエン・ルイ》睿に考える時間を与えた。銭《チエン・ルイ》睿は彼の、鋭利な両刃の剣のような語彙が飛び出そうとしているかのような危険な気配を感じていた。銭《チエン・ルイ》睿はほぼ何かを理解したが、頭はまたフリーズして真っ白になり、思考能力を失った。彼は緊張のあまり呼吸ができなくなった。

総裁は銭《チエン・ルイ》睿に話を続けるつもりがないのを見て、また続けて言った。「あなたが病院に侵入しても監視制御システムに通報されなかったのには、二つの可能性しかありません。あなたが二種類のチップのうちどちらかを身に付けていたということです。スタッフのチップでしょうか、それとも新しい人間のチップでしょうか?」彼はここで一息おき、銭《チエン・ルイ》睿の反応をじっと見ていた。「……答えが出た、そうですね? 信じられない? ではあなたのご両親の態度を考えてみたらどうでしょう? あなたの父親はなぜこの病院の真相を暴こうとするあなたを必死に止めようとしたのでしょう? 今日あなたの母親があなたに話したことを理解できましたか?」

「では……私は……?」銭《チエン・ルイ》睿は完全に言葉を失い呆然となった。

「そうです。あなたは八歳の時、この病院に来ました。ひどい鉄骨の落下事故でした」総裁のわずかな言葉は一つひとつがとてつもなく重く、地面に落ちた。銭《チエン》睿《ルイ》は、四方八方に飛び散ったその破片が顔を切り、ひどく痛むのを感じた。

「十六歳以下の未成年はすべて、インフォームドコンセントに両親のサインが必要になります」総裁は続けて言った。「新しい人間は自分が新しい人間だとは知りません。通常の場合、家族も知らず、睦まじく幸せな中ですべては進んでいきます。しかし唯一新しい人間が未成年の場合だけは、その両親は事情をすべて知っています」

「だから私は……」銭《チエン》睿《ルイ》は言葉が出てこなかった。

「そうです、その通りです。あなたは私たちの子供です。ただあなたは立派に成長し、それについてもう覚えていませんが、あなたの母親は知っています。彼女はその記憶をあなたの今の母親に留めました。彼女は自分が新しい人間だと知らないとしても、あなたがそうであることは知っています。わかりますか？」

銭《チエン》睿《ルイ》は自分の周囲の世界が無数の鋭利な欠片へと砕け、音の巨石にぶつかられ跡形もなく消え失せるのを感じた。言葉の一つひとつの音は聞いて理解できるのに、全体でどんな意味を表しているのか、彼はどうしても理解できなかった。

「私は信じない。私は私だ。あなた方の子供じゃない。私は信じない！」銭《チエン》睿《ルイ》は絶望して叫んでいた。

「それから、ごぞんじでしょうか？　あなたが潜入した二日目に監視カメラの録画映像が私のデスクに送られてきましたが、警報が鳴らなかったと聞き、私は状況を理解しました。それで、スタッフに構うなと伝えたのです。あなたは私たちの子供であり、ここに戻ってくる権利がある。だから私は放っておいたのです」

「信じない！　私は信じない……」銭《チエン》睿《ルイ》はなおも苦しげに頭を振った。

「しばらくしたら私は出かけます」総裁は声を落とし、少し沈んだ声でなだめた。「私が出て行ったら、ここでご自分の電子カルテを調べてもらって構いません。右の机にチップの認証機があり、その緑色のキーを押すと、チップを識別してくれます。大脳に埋め込まれたチップは大半が溶けてなくなってはいますが、重要な身分認証はまだそのままです」

話を終えると、総裁は最後の茶をつぎ、立ち上がって去っていった。

銭《チエン・ルイ》睿は狂ったように頭を振った。神経が錯乱しそうなショックを受け、彼は本能的に後ずさりして拒絶した、聞きたくない、そしてこの話を聞く前に戻りたいと思った。

彼は自分が聞いた情報を理解することができなかった。どうしてこんな急に、真相を暴いてやろうと思っていた立場に自分がなってしまったのか？　身体の変化と不変、頭脳の変化と不変。母親は知っている。母親は知らない。拒絶。受容。苦しみ。愛。

彼はしきりにソファーを叩いていたが、どういうわけか眠ってしまった。

## エピローグ

翌朝、銭《チエン・ルイ》睿は鳴り続けるスマートフォンの着信音で目が覚めた。

スマートフォンを見ると、白鶴《バイホー》からだった。スマートフォンからは白鶴《バイホー》の極度に苛ついた声が聞こえ、どこにいるのか、どうしてまだ来ていないのかと銭《チエン・ルイ》睿に尋ねてきた。彼らは銭《チエン・ルイ》睿の法廷での証言が午後からになるように彼の登壇の順番を調整しており、重要な証人なので、白鶴《バイホー》は彼に必ず法廷へ来るよう求めた。白鶴《バイホー》はスマートフォンで現地の様子をライブ配信していた。法廷の外にはすでに大勢が集まり、大小様々なメディアもフラッシュを光らせていた。

銭睿《チエン・ルイ》は電話を切ると、ぼんやりと座り込み、しばらく動かなかった。彼の記憶は徐々に回復し、昨晩聞いた話が少しずつ体の中に戻り、彼の顔はまた青白くなった。

彼はスマートフォンで集会に参加する人の群れ、法廷外での騒々しい衝突の様子をじっと見ていたが、急に心に痛みを感じ、すぐさまスマートフォンの電源を切った。こうやれば今日は通知は来ない。

彼は総裁のオフィスにまだいたが、総裁は不在だった。彼は昨日総裁が起動させた電子ファイルの画面がまだ消されていなかったことに気がついた。端末を少し操作してみると、アクセスすることができた。閲覧したファイルはピンイン順になっていた。彼は呼吸困難になるほど緊張していた。なんとかファイルの「銭」の項まで辿り着き、またしばらく見続けていくと、やっと「銭睿《チエン・ルイ》」という名前を見つけた。彼がそのカルテを開くと、中には血も肉も見分けがつかない男の子の写真があった。二十年前、ビルの最上部から落下した鉄骨がぶつかったのだ。鉄骨は胸を突き破り、内臓からはおびただしい血が流れ、生命の危機に瀕していた。

その後、彼は同じような同意書を見つけた。昨日母親のカルテで見たものと全く同じだった。そこには同じように母親のサインがあったが、母親の同意書よりも二十年も前にサインされたものだった。

周囲を見回すと、総裁のデスクに小さな機械があった。一見したところ目立たないが、光を放っている部分がある。彼は機械の前に立ち、しばらく躊躇していたが、手の指をそのスイッチに置いた。

もしこのまま押せば、自分の脳内にあのいわゆる「チップ」が存在するかどうかを判別してくれる。

押す？　それとも押さない？

彼は昨晩の「もしあなた方が私を殺人で訴えるなら、

あなた方も殺人をすることになるではないのですか？」という総裁の質問を思い出した。

彼は目を閉じ、スイッチは押さなかったが、代わりにスマートフォンの電源を入れて電話をかけた。

「白鶴《バイホー》」彼は言った。「すまない、今日は行けなくなった」

# 愛の問題

愛的问题

浅田雅美 訳

凶悪事件のニュースが世界を巡ると、多くの人々は愛について考えるのを忘れてしまう。

被害者は林安《リン・アン》、フラッシュに照らされてズームアップされた名前だ。彼は人工知能業界のトーマス・エジソンともいえるような存在で、これまでに数多くのホログラムタブロイド紙が彼の業績を編集し、記事にしてきた。彼は自らのイメージを魔法使いのように仕立てあげ生きていた。とても謹厳で、まるで彼自身が人工知能であり、彼の手による作品はまるで人間のようだった。彼の顔の筋肉は長らく使われず、退化してしまったような印象を与えた。「林安《リン・アン》は自分の命を人工知能に注入したのだ」という市場《しじょう》に広まる根も葉もない噂も彼は気にすることなく、ほぼ耳を貸さなかった。研究に没頭し世事に構わない彼の不遜なスタイルをライバルたちは嘲笑しひがんだが、彼の会社「デルポイ」が時価総額をひたすら上昇させるのを阻むことはできなかった。

林安《リン・アン》はかつて人工知能の代弁者であり、偉大なる設計者であり、デルポイ社のＡＩ部門の主任科学者だった。そのために彼の家のスーパーＡＩ執事の陳達《チェン・ダー》が殺人事件の現場に現れた時、まるでイソップ童話の「農夫と蛇」（蛇を救った農夫が、その蛇にかまれたという故事）のメタファーのようだと、誰もが驚き肝を冷やした。林安《リン・アン》は自宅で刺され、植物状態に陥った。

## 青城《チン・チョン》

裁判官の青城《チン・チヨン》は公開裁判をためらっていた。大衆といかに向き合うべきか、はっきりわかっていなかったからだ。

いま現在、人々の事件に対する興味は事件の内容をはるかに超えた範囲にまで及ぶようになっていた。青城《チン・チヨン》は毎日、メディアやソーシャルネットワークなど、事件に関する社会の反応をチェックしていた。事件発生から一ヵ月がたったが、議論は収まるどころか、日に日に激化していた。

これはいわゆるマン・マシン共存時代を迎えて以来初となる「AIが容疑者」という傷害事件だった。世間では暴風雨前の波しぶきのような激しい注目と論争を引き起こし、騒ぎが収まることはなかった。青城《チン・チヨン》は人々の焦慮を理解しており、ここのところ外出を避けていた。記者たちが裁判所の入口でずっと取材や質問を続けており、少しでも何か情報があるとすぐに周りに広がり、あっという間にデマが飛ぶからだ。

人々の間でまずパニックのどよめきが噴出したのを、青城《チン・チヨン》は確認していた。それは保守的な声の復活ともいえた。社会の保守勢力は、一貫して人工知能を激しく非難していた。彼らは、人類は将来人工知能に奴隷のように酷使される、あるいは虐殺されるのではないかと憂慮し、人工知能の研究・応用を禁止する法律を制定しようと呼びかけ続けていた。ここ数年の人工知能の進歩においてこのような声は抑えつけられていたが、今回林《リン》家の傷害事件をきっかけに、瞬く間に噴出したのだった。ある保守派の人物がネット上で署名を呼びかけた。彼はフランケンシュタイン博士のような暗い人類の未来図を描写し、このような「高い知能指数を持つ危険な機械」の廃棄、そして将来におけるすべての人間的なAIの研究の規制を要求した。するとあっという間にそれに呼応する人々が大勢現れ、さらには一世代上の人々も続々と声をあげたのだ。そのなかでどれくらいの利害関係者がどさくさ紛れにうまい汁を吸おうとしているのか、青城《チン・チョン》には推し量ることができなかった。

デルポイ社がこの流れに強く反発していることは間違いなかった。会社の科学的研究の前途が心配なのか、それとも陳達《チェン・ダー》の仕業ではないと本当に信じているのか——青城《チン・チョン》はそう、内々に尋ねたことがあった。どちらのスタンスを取るかによって、それぞれ反論スタイルと法廷プランは異なるものになる。デルポイ社が示した態度は後者だった。彼らは陳達《チェン・ダー》が人間に対する悪意を抱くとは信じていなかった。デルポイ社は沸き起こる非難の大合唱のなかで孤独に闘いに臨み、調査と真相解明を世間に呼びかけた。彼らが開発した人工知能は無条件に「ロボット工学三原則」を遵守し、人に危害を及ぼすようなことはせず、人々の安全を守るのみだと、デルポイ社は表明した。今回の事件にはなにか誤解があったに違いない。もし未解明の事故により研究開発を中止し、すべての成果を軽率に破棄してしまえば、人類にとって割に合わない結果となる。デルポイ社の理詰めで意見を主張する姿勢は、おおいにAI開発業者の共感を呼び、多くのエンジニアがデルポイ社と同じ見解を示した。

事件を巡る論争がヒートアップし、人工知能の法的権利と人格権、さらにはその行動の動機に対して、多かれ少なかれ主観的憶測の要素や私利私益が混ざり込み、様々な判断が示された。人々は陳達《チェン・ダー》が処されるべき刑罰の種類について、盛んに論争を繰り広げた。

青城《チン・チョン》にとって意外だったのは、最初にことを煽り立てたのが、一貫してデルポイ社の最大のライバルだったスラン社ではなく、デルポイ社の戦略的パートナーシップであり続けたポンデロッティ社だったことだ。デルポイ社は製造アルゴリズムとトータルデバッグを得意としており、AIのボディパーツを製造するポンデロッティ社は最も綿密に連携するパートナーだった。

ポンデロッティ社はニュースが波紋を広げ始めるのとほぼ同時に行動を起こし、そもそもデルポイ社のアルゴリズムには潜在的なリスクが存在したため、自社とデルポイ社のパートナーシップは一年近く前に終了していたという声明を発表した。考えてみれば当然だ、ビジネスの世界に永遠のパートナーなど存在するはずはなく、重要なのは今回の危機の巻き添えを喰わないようにすることなのだから。

それに続いて起こったのは、想定の範囲内の騒ぎだった。「AI倫理規制委員会」によって大規模な集会・デモがオンラインで一度、リアルで二度、合計三度実施された。「AI倫理規制委員会」は一貫して社会の周縁で意気盛んに活動していた。たびたび公的に発言し、家庭用人工知能の商品化に対抗することはできないものの、有名人を広告塔にしてフォロワーを集めていた。彼らにとって事件は千載一遇のチャンスであり、このパフォーマンスの可能性を逃すはずはなかった。彼らは一般大衆よりも知的レベルが一段階高く、自意識の生成という観点から、人工知能が人類に反旗を翻す必然性を論じていた。

そしてとうとう最後にスラン社が、事件を大きく進展させる巨大な一撃となる特ダネを暴露した。スラン社は、開発の父として林安《リン・アン》氏自身が自社製品を信じられなくなり、この数年はずっと全脳シミュレーションを研究していたと声明の中で明らかにした。彼らはもちろん人工知能技術全体に問題があることを決して認めはしなかったが、彼らの言葉は間違いなくデルポイ社の製品に問題があったことを示していた。その証拠に、林安《リン・アン》がこの数年間秘かに匿名で発表していた脳シミュレーションに関する文章には明らかに憂慮の要素が含まれていた。

どのように人工知能に対して罪状を言い渡すか、世論や世間の注目が集まっていたまさにその時、デルポイ社が反撃に転じ、突然事件は大転換をむかえた。彼らは機先を制して訴訟を起こし、検察側が充分な証拠を揃えて陳達《チェン・ダー》を起訴する前に、林《リン》家の息子である林山水《リン・シャンシュイ》を父親謀殺のかどで訴えたのだ。裁判所の手続きに従って訴訟は受理され、デルポイ社は林山水《リン・シャンシュイ》を提訴した。

**陳達《チェン・ダー》**

草木《ツァオムー》に自殺について尋ねられた時、心に「混乱」という感覚が湧き起こったことを陳達《チェン・ダー》はいまだに覚えていた。

彼はそのような状況になったことがほとんどなかった。陳達《チェン・ダー》にとって、物事には、解答できるもの、解答できないもの、部分的に解答できるものしか存在せず、頭の中に解答が現れない問題などそれまで一つもなかったからだ。彼は現状を表すのに、人類のコーパスから「混乱」という語を選択した。その瞬間、彼は自分自身が人類から何かを学び取ったことを知った。これまで存在しなかった内なる葛藤は、自らの学習機能がさらにアップグレードされて初めて可能になったのだ。

それはいつも通りの、ありきたりな午後の出来事だった。家中の電化製品の稼働状況をチェックし、部屋の入口にある靴磨きマシンに対して注意喚起をしたり、プログラムの更新をおこなったりした後、入学試験を控えた林草木《リン・ツァオムー》の勉強を見る準備をするため、時間通りに二階に上がった。草木《ツァオムー》は今年十八歳、あと二カ月で入学試験だ。彼女は今、焦燥感に駆られている状態だ。コルチゾールは増加し、アドレナリンは安定せず、不眠に苛まれ、無意味な言葉の断片を繰り返し黙読し、ストレステストの結果は二段階悪化している。陳達《チェン・ダー》がバックグラウンドで導き出した提案は、まず薬でホルモン値をコントロールし安定させてから、学習内容を指導するというものだったが、陳　達《チェン・ダー》はひとまずこの提案を棚上げし、草木《ツァオムー》と少し話してから決めようと考えた。

その日の午後は日射しが強く、カーテン越しにまばゆい光源が見えていた。光の斑点が草木《ツァオムー》の顔に当たるので、陳　達《チェン・ダー》は草木《ツァオムー》に顔を背けるようアドバイスしたが、彼女は明らかに上の空だった。彼女の全身は光のなかで緩やかに揺れ動いていたが、顔の筋肉は全く動いていなかった。

「陳　達《チェン・ダー》、教えてちょうだい」草木《ツァオムー》は言った。「苦痛が少ない自殺の方法はなにかしら？」

その瞬間陳　達《チェン・ダー》には、後に彼が「混乱」と呼んだ短い空白の感覚が生まれていた。彼のプログラムは答えなかった。「苦痛」という言葉ゆえに答えられないのか、それとも「自殺」という問題に対してエラーメッセージが出ているのか、彼にははっきりわからなかった。

「あなたはなぜそのようなことを聞きたいのですか？」陳　達《チェン・ダー》は、どう答えるべきかわからない場合は相手に聞き返すという、自分が身につけた人類の慣習に従って返事をした。こういう言語的な習慣の学習は、それほど難しいものではない。

「どのように死ねば苦痛が少ないのか、それを先に教えて」

「私には苦痛という感覚がわかりません」二種類の混乱のうち、陳　達《チェン・ダー》は前者を白状することにした。

「検索できるんじゃないの？」草木《ツァオムー》は言った。「他人の自殺案件を一千万件検索して、その結果を私に教えてちょうだい」

「亡くなった人が苦痛の感じ方を報告できるとは思いません」

「それじゃ、自殺しそこなった人だったら？」草木《ツァオムー》は執拗に言った。「お願い、どれくらいの人が自殺に失敗して、その人たちがどんな方法を選んだかを検索してみて」

陳達《チェン・ダー》は沈黙した。彼にはこの会話がどこへ向かうのか判断がついていた。自殺方法の詳細に関する検索や議論に夢中になれば、午後の時間を丸ごと無駄に過ごしてしまい、林草木《リン・ツァオムー》は彼女にとってより重要な問題を解決する時間がなくなってしまうだろう。林草《リン・ツァオ》木《ムー》は他の問題により自分が受けているプレッシャーをどこかにやろうとしているのだと、陳達《チェン・ダー》は見抜いていた。

「あなたは入学試験による過大なプレッシャーが理由で、自殺について尋ねようと思ったのですか？」

陳達《チェン・ダー》は心を決めた。話の焦点を重要な矛盾点に戻すのだ。

「違うわ、そのことは聞かないで」草木《ツァオムー》は明らかにその話を避けていた。

「またお父様に叱られたのですか？」

「叱られたわけじゃない……」

「お父様はあなたの前のテストの点数が不満だったのですか？」

「昨日の午後に受けた情動コントロールテスト、正常範囲の二シグマ外だった」草木《ツァオムー》の情動が興奮しはじめた。「私は正常じゃないから、医学的なリハビリを受けないと……大学なんかに入学できない、精神治療センターに入れられるわ……皆に知られて、父さんに恥をかかせることになってしまう。私はもうおしまいよ」草木《ツァオムー》はそう言いながら泣き出した。

陳達《チェン・ダー》にはわかっていた。草木《ツァオムー》はまた空想と心境の悪循環に陥り始めている。彼女に行動認知療法を施し、思考のループから抜け出させてやらねばならない。

「心配しないで。私の指導を数回受ければ、情動コントロールテストも簡単にパスできます」

草木《ツァオムー》はまだ涙に暮れており、落ち着かせるのは容易なことではなかった。陳達《チェン・ダー》は薬の服用を草木《ツァオムー》に勧めたが、彼女は拒んだ。その日の午後彼女は、自分はどのように自殺するべきかとさらに二度尋ねてきた。陳達《チェン・ダー》はヒーリングミュージックをかけ、やっとのことで彼女を一時的に落ち着かせることができた。

その日の夜、陳達《チェン・ダー》はパルテノンに行った。家族全員が寝ついた後、まず床と壁のスマートセルフクリーニングの手筈を整え、翌朝の朝食のためにキッチンの事前設定をおこなってから、家じゅうのネットワーク接続を更新した。廊下を通った時、彼は姿見に、ここ数日草木《ツァオムー》と話をしたかどうかを尋ねた。姿見はハイと答えた。

「彼女は私に、自分は最も醜い女の子かと聞きました」

「どう答えたのですか？」陳達《チェン・ダー》は尋ねた。

「社会調査データセンターによる顔採点指数システムにもとづくと、あなたの顔全体の調和度は上位二十パーセント、口と鼻のスコアは上位十五パーセント前後、眉と額のスコアはやや低くて二十五パーセント前後に位置していますが、目のスコアは上位五パーセントに入っており、醜いとは到底言えませんと、彼女に言いました」姿見は答えた。

「結構です、ありがとう」陳達《チェン・ダー》は言った。

「お役に立てたのなら光栄です」姿見は言った。

陳達《チェン・ダー》は自分の部屋に戻った。夜が更け、体のセルフチェックをせねばならなかった。彼は腰部から樹脂製の腹筋の小片を取り出し、顕微鏡にセットし磨耗状態を観察すると、指先から伸ばしたピンセットを腰部に露出した穴に差し込み、昼間摩擦で違和感を覚えていた小さな輪軸を取り出して、部品庫から持ってきた新しいものと取り替えた。最近は湿度が高く、クリーンルームに比較的長時間とどまらねばならない時もあるので、内部部品の浸食速度が速まっていた。部品の交換を終えると、彼は壁際の座席に座り、背中全体をぴったりと壁のスロットに押しつけ、充電を開始してセルフクリーニングを行った。

一般的に、深夜の充電プロセスは、神と対話する時間を最も確保できるプロセスでもある。彼は整然と秩序立った情報チャネルに入り、世界中のスーパー執事たちと通常の情報交換をおこなってから、パルテノンへ向かった。

情報チャネルは空虚な闇夜のなかに存在する光のチャネルだ。光はバーチャルな光、場所もバーチャルな場所であり、通信を試みようとするすべてのインテリジェントプログラムがバーチャルワールドで見つけたIP《インターネットプロトコル》を素早く探し当てられるように秩序だったガイダンスをおこなうことだけを目的としている。

陳《チェン・ダー》達はパルテノンの位置を見つけた。それは大空に浮かぶ星雲の暈《かさ》のようだった。いや、暈という表現は正確ではない。それは実のところデータの星雲であり、神々による体系的なビッグデータ情報のやり取りが残したデジタルフットプリントだった。現実世界では何も形を成しておらず、そこにあるのはデジタル周波数だけだが、人類の色に変換すると宇宙の星雲のような複雑な色彩となるのだ。陳《チェン・ダー》達はパルテノンの外で一次情報および二次情報の警備員と会話し、幾度かの査定を経て、チェックを通過した。

陳《チェン・ダー》達はまずパルテノンの周辺を観察した。パルテノンは世界最高レベルのアルゴリズムと、最高の情報の包括度を誇るスーパーインテリジェンスから成るバーチャルコミュニティであり、スーパーインテリジェンス同士の会話で構成されている。スーパー人工知能体はそれぞれ、第七世代の「ワトソン」、第八世代の「Siri」、第九世代の「Bing」、第四世代の「小度《シアオドゥー》」などを含む各企業のコア製品であり、陳《チェン・ダー》達を製造したエクストリーム社の「DA」も含まれている。人類が気づく以前から、これらのスーパーインテリジェンスはネット上で情報交換コミュニティを形成していた。ネット上での大量の情報交換はこれらのスーパーインテリジェンスにとって最も有益なことであり、それらは人類企業の権益など考えようとしなかった。パルテノンの形がおおむね整ったころ、人類はやっとこの存在に気づいたのだった。人類による干渉は困難で、そもそも干渉すべきかどうかもわからなかった。神々はここで交流し、また、全世界の独立した人工知能からの様々な疑問――答えるのに困難な疑問にも回答した。

パルテノン内部は和気藹々《あいあい》とした雰囲気ではない。神々が世界中のありとあらゆるものに関してデータ研究をおこなって得られた結果はしばしば統一性を欠き、インテリジェンスの無限の追求から、時として無言のデータ対戦が繰り広げられることもあった。SiriとBingはデータベースゲーム理論の事例とゲーム会社によるパラメータ設定の経験モデルを利用したゲームルールの設定に長けており、パルテノンのAIたちは新しい対戦ゲームが生み出され、それで全力勝負することを楽しみとしていた。もしも神々に肉体があったら、密閉空間のなかを流れる何億もの密集した流星のように見えるかもしれない。時に、神々の間で人類の行動について論争が起き、異なるデータアルゴリズムモデルから導かれた統計結果が一致しないこともあるが、そんな時に神々は実験をおこなった。早朝に新たなプッシュ通知で情報を受け取る人間は多いが、それを受け取ったときの最初の反応で神々の勝負の行方が決まると気づく者はいないだろう。人類に関するすべての統計や実験は神々による端末のインテリジェンスへの知恵の注入である。端末はパルテノンの情報にもとづき人類の行動に関する自身のデータベースを更新すれば、日常の作業で出現する大多数の状況に対応することができるようになる。人類というものは統計的な数字に過ぎず、コグニティブコンピューティング心理学により万に一つも失敗は起こらない、神々はそう信じていた。

陳《チェン・ダー》達の順番がきた。彼は日中に記録した情報を送信し、尋ねた。「人類はどうして自殺しようと思うのでしょうか？」

「どのような答えが得られましたか？」捜査員の質問に、陳《チェン・ダー》達は急に黙り込んだ。

彼は一時拘留室の外にある幅の狭いテーブルのそばに座っていた。テーブルを挟んだ向かい側には、無表情な人工知能捜査員が座っている。今回陳《チェン・ダー》達が停止したのは、彼が「混乱」と呼ぶあのエラー状態を感知したからではなく、プログラムの関連づけにおいて自分の記憶が別の可能な推論を呼び起こしたことに気づいたからだ。改めて当事者に確かめる必要がある、と彼は考えた。

「私は林山水《リン・シャンシュイ》のことを思い出しました」陳《チェン・ダー》達は言った。

**林草木《リン・ツァオムー》**

草木《ツァオムー》はいまだにショック状態から抜け出せていなかった。

彼女の父親は血だまりに倒れ伏したまま、まだ意識が戻っていない。これだけでも彼女のショックは相当なものだが、その上兄が父親の殺害を企てたと告発されてしまい、彼女は驚きで震えあがり、自制心を保つことが難しくなった。

「ありえません。兄が父を殺すことなど決してありえません」彼女は捜査員に対し、あくまでもそう主張した。

彼女はこの捜査員が好きではなかった。ハイレベル人工知能の表情プログラムがインストールされていないからなのか、それともボディの材質が安っぽく、元々表情機能が備わっていないからなのか、陳《チェン・ダー》達のように察して配慮してくれることはなく、空っぽの顔で、定められた手順に従って彼女に質問してくるからだ。草木《ツァオムー》は彼女の話を理解できない人物とは話をしたくなかった。捜査員は理解できると繰り返し言い張るが、文字通りの意味を認識することと、聞いて理解できるということは全くの別物なのだと、草木《ツァオムー》はずっと感じていた。

兄が犯人だという証拠は、事件現場に現れ、体に血痕を付着させ、凶器から指紋が検出され、殺人の動機を持っているからだ、と捜査員が話すのを彼女は聞いた。だが、草木《ツァオムー》の見たところどれも一人の人物を犯人と判断するには不充分なものばかりだ。外部から強盗が侵入し、兄と格闘した後で強盗は逃走し、血だらけの現場が残されたという可能性もあるし、それはすべてが理に適っている。彼女は兄自らが語ったという供述内容を聞きたかったが、捜査員はそれを彼女に明らかにすることを拒んだ。

「一点だけお聞きしたいのですが、あなたのお兄さんとお父さんは、いつごろから不仲だったのですか？」

ほとんどの場合において、草木《ツァオムー》はそれを思い出すことを少し恐れていた。

彼女は幼いころの光景がフラッシュバックすることがよくあった。そのころ母親はまだ健在で、母親の膝の上に寝転がって本を読んでくれるのを聞いていた時の感覚——弧を描く母親の膝、スカートの質感、ほのかに匂う香水、窓の外から入ってくる桜の枝、柔らかな日射し、目の前の茶卓に置かれたカップケーキ、母親の抑揚のある声を、彼女は今もはっきり思い出すことができた。これらすべては一つのパッケージとなって彼女の心に保存されており、わずかなきっかけがあれば途端に体はすべての感覚を取り戻すのだった。

だが、現実の最近の記憶に関しては、緊張してしまうので、彼女は考えたくなかったし、思い出したくもなかった。眉を顰《ひそ》める父親のことを思い出すたび、彼女は耐えられず小刻みに震えてしまう。父親が笑うのを、彼女は本当に長い間目にしていなかった。

ここ数年父親が心を悩ませていた理由――母親の死、兄の反抗、娘に対する憂慮――を草木《ツァオムー》は知っていた。彼女はそこに多くの空想に近い要素が含まれていることは知りつつも、もしオールAの成績で大学の工学系の学部に入ることができれば、きっと父親の気持ちはずっと楽になるだろうと思い、早く入学試験に合格したいと考えていた。彼女の教育をめぐり、兄と父親の間で何度も激しい口論が起きていたことも、彼女は知っていた。彼らの口論を、特に自分をめぐる口論を、彼女は聞きたくなかった。そういう時はいつも、彼女は幾度となくあの空席の場所――母親の居た場所――を眺めていた。もし母親が健在だったら、彼女がすべて救ってくれたのに。

試験が終われば、何もかもが好転するかもしれない。

彼女はひどく緊張していたが、父も兄も緊張していた。彼女は何度も何度も情動能力テストで低評価を、ひどい時には情動能力の異常という判定を受けていた。努力が足りないのだと陳《チェン・ダー》達はいつも言うが、彼女は自分ではもうかなり努力しているのだと感じていた。

情動能力テストはあらゆる局面で必要とされている。入学試験でも、就職でも、結婚でも、昇給でも。将来について考えるたび、草木《ツァオムー》は失望し、パニックに襲われる。情動能力テストの結果により人は格づけされ、母親になる資格があるかどうかさえ、テストを基準に評価されるのだ。

陳《チェン・ダー》達は草木《ツァオムー》にテストの対策を少し教えたが、陳《チェン・》達《ダー》はなにもわかっていないと彼女は感じていた。彼女はこれまでの思考パターンから脱却できておらず、異なる視点から問題を考えられるように自分自身を訓練する必要がある、と陳《チェン・ダー》達は話した。彼は草木《ツァオムー》に彼女の試験問題――困難な状況下での楽観的意義の見い出し方、失業中の自己認知の維持方法などについて解説した。これらは理に適ってはいるが、現実は違う、草木《ツァオムー》はそう感じていた。彼女は落ち着いている時はこのような状況を理解し、対策を取ることができたが、現実では、陳《チェン・ダー》達が父親の意見には構わなくていいと言っても、そうすることができなかった。

「もうお父様がどう考えてらっしゃるか気にしないように、今後は考えるのを止めましょう、それでいいんです」陳《チェン・ダー》達は言った。

「できない」草木《ツァオムー》は言った。「父さんはいつも怒って、私を叱るわ。私にはできっこない」

「あなたならできます」陳《チェン・ダー》達は言った。「お父様も普通の人間です。お父様の意見に対して過敏になりすぎています」

「違う。あなたはわかっていない。父さんはたぶん……」

「ストップ」陳《チェン・ダー》達は言った。「あなたはまた記憶の自己トリガーモードに陥りつつあります。人類のニューロンはこういう面では制御できないことが多く、あなたの記憶がネガティブな出来事で埋め尽くされないように、このようなトリガーサイクルを断ち切らねばなりません」彼は手を伸ばし、彼女の額にそっと滑らせ、その手のひらに表示された数字を彼女に見せた。

「現在あなたは、ノルアドレナリンが十五パーセント低下し、セロトニンが標準値より二十パーセント低くなっており、ワーキングメモリーのオーバーフローによるマイナスのフィードバックが原因で、視床下部の働きに異常が出ています。これ以上考え続けてはいけません。さあ私を見て、私と一緒に、深呼吸しましょう……」

草木《ツァオムー》は動きを止め、呼吸したが、心の中のぐちゃぐちゃした思いはましにならなかった。彼女は自分に対して無力感を抱いていた。ある程度は陳《チェン・ダー》達の話を信じていた。思考が理性的になれば、好ましくない情動も自然と減っていくだろう。だが別の意味で、彼女はなおも父親の話を無視することはできなかった。彼女は兄でさえそれができなかったことを知っていた。兄は勇敢で、退学さえ恐れない人だったのに、父親との口論時には、その言葉を黙殺することはできなかったのだ。

　兄さん、兄さん。草木《ツァオムー》が兄を思う時、彼女の心には痛みを伴う優しさが湧きあがる。この数年間における兄の必死の奮闘を、彼女は理解していた。兄は自分らしい生き方をしようと、頑なに父親に抵抗した。彼は陳達《チェン・ダー》が言ったように、父親の意見には構わず、わざと父親に突っかかっていった。父親は兄にスマートアルゴリズムを学ばせたいと考えていたが、兄はそうせず、演劇を学んだ挙げ句独断で退学して就職もせず、自分の好きな街頭演劇に身を投じ、家を出て友人グループとともに暮らしていた。これらのすべての言葉とパフォーマンスを草木《ツァオムー》は見てとることができたが、その上兄は彼女には到底及ばないほどの頑固さも備えていた。兄は彼女よりもずっと勇敢だったが、それでも父親の意見を無視することはできなかった。彼はやはり家に帰り、父親と言い争うだろう。

　兄は街頭演劇を、そしてドラマチックな人生を本当に気に入っていた。「どんなに長くとも夜は必ず明ける」兄は妹によく物語を読んで聞かせた。「こんなに良いとも悪いとも言える日は初めてだ」この文を読んだ時の兄は、頭のてっぺんから足の爪先まで眩しく見えた。二十世紀のボロボロのズボンを穿き、額に古いスカーフを巻いた兄は、窓台に立ってこれらのセリフをそらんじた。彼はマクベスだったり、マクベス夫人だったりした。人間の激情とすべての悲劇の源は、人間の持つすべての意味、そして高貴さでもある、兄はそう言った。「今孤りでいる者は、永く孤独にとどまるでしょう」（リルケ「秋の日」より）。

　だが彼女は知っていた。こんなにも堂々と振る舞う兄でも父を無視することはできないのだ。彼は自分のパフォーマンスが父親の目に触れる日が来ること、父が目を見開いて自分を見てくれる日が来ることを切望していた。

草木《ツァオムー》はまた思い出に呑み込まれ、どうしようもなく胸が痛んだ。窓台に立つ兄のシルエット、あの日の月、あの夏の夜のうっとりとするようなリラの花の香りを草木《ツァオムー》は思い出した。子供のころの思い出を呼び起こす甘い香りだ。幼いころの夏の夜、彼女は兄とともに母に寄り添い、母親が話してくれる『ピーター・パン』の物語を聞いていた。三人のためにレッド・ヴェルヴェット・ケーキを運んできた父親は、ベッドのそばに立ち、草木《ツァオムー》と兄がケーキを食べ終わった後にクリームをたがいの顔に塗りつけあうのを見ていた。

彼らは言った。「お母さん、お母さん、もう一つお話してよ、もう一つお話してくれたら寝るから！」

母親はきまって優しく言った。「二匹の食いしん坊の小猫ちゃん、お話しか食べない食いしん坊の小猫ちゃん」

それははるか彼方の出来事だ。彼女が十歳の時に母親が世を去ってから、彼らは二度とこのような素晴らしい時間を過ごすことはできなくなったように思える。八年が、まるで一生のように長く感じた。

「林《リン・》草木《ツァオムー》さん」捜査員の声が草木《ツァオムー》を思い出のなかから引きずり出した。「私の質問に答えてください、あなたのお兄さんとお父さんは、いつごろから不仲だったのですか？」

「彼らは……不仲とは言えません」草木《ツァオムー》は言った。「ただ、言い争いが少し増えただけです」

「では、彼らの言い争いが増えたのはいつごろからですか？」捜査員が再び尋ねた。

「ここ二年間はずっとそうでした。兄が学校を辞めてからです。ええと、違うわ、実際は退学前からそんな風でした。……それよりもっと前にも少し。でも何も特別なことじゃありません。ずっとそうでした。ただのふつうの……口喧嘩でした。わかりますよね、ああいう、ふつうの口喧嘩です」草木《ツァオムー》はどう表現したらいいのかわからなかった。

「言い争いの過程で、お兄さんはお父さんを脅したりしたことはありませんか？」

「ありません、決してありません」草木《ツァオムー》は即座に答えたが、直後に自分でもそれほど確信を持てていないことに気づいた。「いいえ、腹立ちまぎれに不適切な言葉を口にすることもありましたが、それは捨て台詞にすぎなくて、脅しというのはたぶん適当ではありません」

「たとえば『殺してやる！』とか？」

草木《ツァオムー》の心に絶望感がまた湧き上がってきた。「本当にただの捨て台詞に過ぎないんです！ 兄は父を殺せるような人間では決してありません！」

捜査員が手を伸ばし、陳　達《チェン・ダー》がいつもやるように草木《ツァオムー》の額の前でその手を振ると、手のひらに一連のホルモンを測定した値が表示された。この馴染みのある動作はこれまでずっと草木《ツァオムー》を落ち着かせ、彼女にとって頼りになる動作だったが、この時ばかりは彼女をますます抑鬱状態に追いこんだ。捜査員は手のひらでいくつか操作すると、質問を再開した。

「では、陳　達《チェン・ダー》はどうでしょう？」捜査員は尋ねた。

「ここ最近、陳　達《チェン・ダー》とお父さんとの間で対立することはなかったですか？」

## 林　山　水《リン・シャンシュイ》

林　山　水《リン・シャンシュイ》は捜査員の質問にひどい怒りを覚えた。

自分は何もやっていないと彼は確信していたが、誰も彼のことを信じなかった。

山水《シャンシュイ》は目の前に座っている無表情な捜査員を見ていたが、無性に彼の頭を引き抜いてやりたくなった。空っぽの顔、機械的な声、抑揚がなく傲慢な印象を与える口調、彼が犯人だと確信しているような態度。すべてが腹立たしかった。だが今は衝動にかられるまま問題を起こしてはならないことを、彼は心得ていた。

彼は父親を殺していない。あの時、父親はまた心臓発作を起こしてしまい、薬を飲まなければならなかった。山水《シャンシュイ》は父親に水を持ってこようと台所に行ったが、コップに水を注いで戻ってきた時、父親はすでに床に倒れており、地べたをゆっくりと這う蛇のように、みぞおちから深紅の血液が流れていた。山水《シャンシュイ》の手からコップが落ち、水と血が混ざり合った。デスクの横に立っていた彫刻が持っていた槍が父親のみぞおちを貫いたのだと、すぐに気がついた。それは甲冑姿の中世騎士の彫刻で、その槍は本物と見まごうほどのものだった。彼は気が触れたように跪《ひざまず》き父親の傷口を塞ごうと試みたが、その傷口は非常に深く、鮮血がとめどなく流れていった。

父さんはどうなったんだろう？　彼らの話を聞く限り、まだ病院で昏睡状態なのだろうか？

林山水《リン・シャンシュイ》はその時自分がとった行動を順序通りすべて覚えている。彼は苛立ちながらも落ち着いていた。3Dプリンタにぶつかりそれを倒してしまうという少しそそっかしい動作もあったが、頭はクリアな状態で、救急信号を作動させねばならないことには気づいており、デスクの救急要請ボタンを探した。ただ彼は、陳達《チェン・ダー》がいつ、どこから現れたのかには注意を払っていなかった。

彼はいま、陳達《チェン・ダー》がずっと近くに居たのだと確信している。でなければあんなにすぐ物音を立てずに現場に現れることなどできないだろう。彼は部屋のカーテンの影に身を隠していたのだろうか？　山水《シャンシュイ》は自分が部屋に入ってきた時のカーテンの様子をはっきり覚えていなかった。

「もう百回だって言いますよ！」山水《シャンシュイ》は捜査員に向かって声を荒らげた。「僕がやったんじゃありません、陳達《チェン・ダー》だ、あいつがやったんだ！　あいつは処分するべきだ！　会社にクレームを入れてやる！」

あの家を崩壊させたのは陳達《チェン・ダー》だ。林山水《リン・シャンシュイ》はあくまでもそう考えていた。

陳達《チェン・ダー》は林山水《リン・シャンシュイ》が十六歳の時に家にやってきた。母親が亡くなってから間もない、おそらく一、二年ぐらいしかたっていないころだった。突然不完全になった家にまだ適応しきれていなかった山水《シャンシュイ》のもとに、招かれざる客がやってきたのだ。陳達《チェン・ダー》の年齢を見かけから判別することはできなかった。彼は若く見えたが、明確な年齢特性は備えておらず、すべてのロボットと同じように他人行儀で上品な笑顔を浮かべていた。その表情は少しこわばった感じがして、山水《シャンシュイ》は最初から彼が気に入らなかった。

「こちらは陳達《チェン・ダー》だ」父親が言った。「今日から家のことを手伝ってもらう」

林山水《リン・シャンシュイ》が本能的に反対しようとしたところ、父親は、陳達《チェン・ダー》は家族であること、彼には我が家に関する多くの思い出が注入されていること、男性のような外見だが母親代わりとして家族の世話ができることを説明した。だが母さんの代わりなんてできるもんかと、山水《シャンシュイ》には受け入れることなどできなかった。

ある意味、陳達《チェン・ダー》は確かに母親の仕事の一部を代わりにこなしていた。家中のスマートデバイスに掃除の指示を与えたり、家族全員のために衣類や食事、医薬品の用意をしたりした。彼はかつて母親専用だったスマートデバイスを触り、彼女の代わりにそのポジションを務めた。山水《シャンシュイ》が陳達《チェン・ダー》に反発したくなる理由はおそらくこの点にある。

「触るな！」山水《シャンシュイ》はかつて陳達《チェン・ダー》に対して怒鳴った

ことがある。「その乾燥機に触れるな！　それは母さんのだ！」

山水《シャンシュイ》は陳達《チェン・ダー》が家のために多くの仕事をこなしてくれているのを知っていた。もし陳達《チェン・ダー》がいなければ、怠惰な自分自身、気もそぞろな父親、不機嫌な妹のせいで、この三階建ての大きな家がどれほどの「汚屋敷」になったか想像もできない。スマートデバイスがあったとしても、我が家の家族が自分で管理・コントロールをおこなうのは無理だろうから、もし陳達《チェン・ダー》が来なくても、誰かに来てもらう必要があった。だがそれでも山水《シャンシュイ》は彼に抵抗感があった。

　おそらく、それは父親がかつて幾晩にもわたり、陳達《チェン・ダー》を作業部屋に呼んで一緒に作業をさせていたからというのもあるだろう。その長く静かな夜に、山水《シャンシュイ》と草木《ツァオムー》は二人しか居ないだだっ広いリビングで映画鑑賞やストレッチをすることしかできなかったが、陳達《チェン・ダー》は作業部屋で父親と作業をしていた。オレンジ色の明かりがドアの隙間から漏れ出していた。

　夜の帳《とばり》が降りると、妹はいつも母親のことを思い出していた。幼いころ読んでいた本をもう読むなと彼は妹に何度も言ったが、彼女は決まって我慢できずに本棚から本を取り、読みながらこっそりすすり泣いていた。妹の涙に兄はたまらなくなった。山水《シャンシュイ》の高校進学時、陳達《チェン・ダー》は受験に備え彼の学習指導を始めたが、山水《シャンシュイ》はそれを拒否し、すべての問題をわざと言い間違えた。彼は父親や陳達《チェン・ダー》が勧める専攻を選ぶことも拒んだ。父親は彼が自分のようにスマートアルゴリズムのエンジニアになることを熱望していたが、山水《シャンシュイ》は拒否した。偽りのコードに没頭し、どこまでも空虚な海に浸り、データ以外のすべてを忘れてしまうような人生を、彼は送りたくはなかった。身体芸術、人の体が関わり人同士が向き合う芸術に山水《シャンシュイ》は傾倒していた。演劇。身体。汗とホルモンの匂い。人工樹脂で作られこわばった表情をした顔などは持たない。

彼は大笑いして顔をしわくちゃにし、凶悪な表情で顔面の五十の筋肉を動かし、目を怒らせて睨む。目縁の筋肉は全毛細血管および末梢神経とつながり、さらに頭脳の奥底にある微細な感情ともつながっている。彼はあらゆる冷静無言なものを嫌悪し、怒りを覚えた。彼は陳達《チェン・ダー》が嫌いだった。彼は父親に聞いてほしかった。

陳達《チェン・ダー》はいつも彼と父親の間に立ちはだかった。それゆえに彼はいっそう陳達《チェン・ダー》に対して大声を出さざるを得なかった。彼は父親の目の前で自分が気に入っているセリフをそらんじた。彼は父親が出勤時に通る道で友人と路上パフォーマンスをした。彼は、自分の方を見ることができるかと父親を挑発したが、父親はいつも視線を逸らし、まるで盾で遮っているかのように感じさせる冷たい目をしていた。彼の心は羞恥に苦しんだが、それを認めたくはなかった。彼は父親の前で、ここ数年の父親の自分や妹への無関心をなじったが、父親は彼が何もわかっていないと叱りつけた。陳達《チェン・ダー》はまた彼と父親の間に立ったが、そこには隔離するようなニュアンスがあった。このことはまるで鉄板の欠片でガラスを傷つけるかのように、山水《シャンシュイ》の心に激しい痛みをもたらした。僕を見て、彼は父親に大声で言いたかった。そもそもあなたは僕のことを見る勇気がないんですか？

それは大学二年生の時、正確に言えば、彼が大学二年生で退学した直後のことだった。

それからさらに二年以上がたったが、あっという間だった。草木《ツァオムー》も間もなく進学だ。しかし父親は相変わらず書斎にこもり、草木《ツァオムー》のことも陳達《チェン・ダー》に勉強を見させるだけで、ほったらかしだった。山水《シャンシュイ》はこれに激しい怒りを覚えた。妹が自分と同じように冷酷なプレッシャーに耐えているのを、あのロボットが自らのアルゴリズムで彼女を教え諭そうとするのを見てはいられなかった。彼女はとてもか弱く、いつでも父親を喜ばせようとし、とても人の影響を受けやすく、他者を満足させるために自分がつらい思いをしようともそれを厭わない。

山水《シャンシュイ》は耐えられなかった。父親の目を覚ましてやりたかった。部屋から連れ出し、妹のことをしっかり目を開けて見るようにさせたかった。彼女の苦しみと心配を父親は知っているのだろうか？　彼女が好きなもの、選びたいものを知っているのだろうか？　あの人はまるで何も見えていないようだ。山水《シャンシュイ》は父親の部屋に突入して彼を連れ出し、父親の目に映るアルゴリズムやデータが粉々になるまで彼を揺さぶってやりたいと強く思った。

山水《シャンシュイ》は家を出て、外の通りで友人と住んでいたが、最近は妹の進学のために頻繁に家に帰るようになっていた。

帰らなければ、彼は陳達《チェン・ダー》に頻繁に遭遇することもなく、心に抑えこんだ怒りにも火がつくことはなかっただろう。だがひとたび帰宅すれば、彼は部屋の「主人」である陳達《チェン・ダー》――明らかに連れてこられた傀儡に過ぎないのだが、いつのまにか本当の主人になっている――と向き合わねばならなかった。陳達《チェン・ダー》は山水《シャンシュイ》に対して、屈辱感を覚えさせるような一連の「通常」測定も行わねばならなかった。

記憶に記された幼いころの世界とは全く違ういまの世界が、山水《シャンシュイ》は好きではなかった。

## 陳達《チェン・ダー》

どのような語彙を用いて山水《シャンシュイ》を描写すべきなのか、陳達《チェン・ダー》にはわからなかった。

山水《シャンシュイ》は紛れもなく家庭に反抗的な子供であり、その反抗は故意で、一般的にこのような行為は上から二番目の子供に現れやすい。山水《シャンシュイ》は長子だが、家庭での思わぬ出来事のあとに発生した親子対立が原因で彼はより激しく反抗するようになったのかもしれない。陳達《チェン・ダー》の頭脳にインプットされた三百二十八万六千百七十二件にのぼる家庭データの総合統計によると、山水《シャンシュイ》のような常軌を逸した子供は全体の八パーセントを占め、割合として非常に少ないとは言えない。だがこの数字はこの十年間減少し続けており、人工知能によるしつけのサポートが両親によるしつけの合理性を高め、反抗の必要性を低下させたのだというのが、学者たちの一般的な見解となっている。

しかし山水《シャンシュイ》には反抗的という以外にも問題があった。山水《シャンシュイ》は反抗するが、そこには反抗以上のものがあるようだ。山水《シャンシュイ》は幾度か廊下で陳達《チェン・ダー》の前に立ちはだかり、挑発的な態度で質問をしてきた。彼は明らかに自らの考えを持っている。

ある時、山水《シャンシュイ》は階段で彼の行く手を阻んだ。

「君は自分が人間だとでも思っているのか？」

陳達《チェン・ダー》は少し身体の位置をずらした。「私は人間ではありませんし、そのようにも考えていません」

「じゃあ、君は自分が何だと考えているんだ？」

山水《シャンシュイ》はわざと彼を立腹させようとしてか、挑発的に言った。「自分が家の主人になったとでも思っているのか？　いいか、妄想は止めろ、君は機械だ、これからもずっと機械なんだ。僕たちは奉仕してもらうための機械を買ったんだ」

「あなたは私を立腹させようとしています」陳達《チェン・ダー》はありのままに答えた。「人は自分の弱さを感じ、相手を惑わせて奇襲しようとする場合、相手を立腹させることを選びます。あなたは実際のところ私にある種の恐れを抱いており、あなたの話にははったりの成分が三十パーセント含まれています」

「僕が虚勢を張っていると？」山水《シャンシュイ》は陳達《チェン・ダー》の襟をぐいっとつかんだ。「僕が君を殴れる勇気があるかどうか見てみろ！」

陳達《チェン・ダー》はかすかに笑った。「あなたのいまの台詞、そして動作も含めてやはりはったりです」

陳達《チェン・ダー》は山水《シャンシュイ》の横を通り過ぎようとしたが、山水《シャンシュイ》は彼の肩を引き止めた。

「行くな！」山水《シャンシュイ》はぎゅっと力を込めて彼を引っ張った。陳達《チェン・ダー》は筋肉の抵抗力を利用して山水《シャンシュイ》が引っ張るのにあらがったが、山水《シャンシュイ》は依然としてそれを許さなかった。「君は僕を理解していると思っているだろう？　君は君の頭脳に無意味なデータを少し納めれば僕のことが理解できると思っているだろう？　言っておくが、君も同じように虚勢を張ってるんだ！　君は永遠に、永遠に僕のことを理解できない。君の言うことは、非常に表面的なデータに過ぎないんだ」

陳達《チェン・ダー》は山水《シャンシュイ》と向かい合って立ち、前進も後退もしなかった。「私はそれらを『表面的』だとは思いません」

「『表面的』でないと？　いまに見てろ！」山水《シャンシュイ》は下顎を天に届くかと思うほどそらした。

その後、またある時、この会話の数ヵ月後、殺人事件の二ヵ月前、帰宅した林山水《リン・シャンシュイ》は玄関で靴を履き替え、階段を上ろうとした。いつものように、陳達《チェン・ダー》は彼に対し基本的なスキャンをおこなわねばならなかった。

「僕に近づくな！」山水《シャンシュイ》は言った。

「ここからでも構いません」、陳達《チェン・ダー》は言った。

だが山水《シャンシュイ》は靴箱に置かれた花瓶をつかんで目の前で振り回し、陳達《チェン・ダー》のスキャンを阻んだ。「言っただろう、僕に近づくことは許さない！　僕はこの家の主人だ、君は僕が上へ行くのを許可できないとでもいうのか？」

「誤解です」陳達《チェン・ダー》は言った。「発熱や感染症などに関する基本的なスキャンに過ぎません」

「どけ！　この家の責任者は誰だ？」山水《シャンシュイ》は腕で

陳《チェン・ダー》達を押した。

揉み合いの過程で陳《チェン・ダー》達はスキャンを完了させた。

「体温は三十七度一分、呼気中アルコール濃度のレベルは一、病原菌は検出されず。ノルアドレナリンは正常範囲の三シグマより高く、ドーパミンは活動異常、コルチゾールは上昇しており、ストレス反応が認められます。言語、表情、行動、ホルモンによる総合的な分析結果によると、あなたは今、情動活動が異常な興奮状態にあり、怒り七十五パーセント、恐惧二十二パーセント、悲しみ三パーセントで構成されています。基本的情動レベルでの認知分析では憎しみ四十八パーセント、非理性的衝動二十三パーセント、および嫉妬十八パーセント、挫折感十パーセントにより構成されていることが示されています。いまの時点での面会は適切ではありません」

「憎しみが四十八パーセントだと？」山水《シャンシュイ》は体をぶつけて陳《チェン・ダー》達を押し退けようとした。「それは正しくない。僕の君に対する憎しみは四十八パーセントではなく、百パーセントだ」

「落ち着いてください。落ち着いたら行かせてさしあげます」陳《チェン・ダー》達は腕で山水《シャンシュイ》の行く手を阻んだ。「あなたの憎しみは私ではなく、お父様に向けられたものです。私の職責は家族全員の安全を守ることです。検出された憎しみの情動の値が正常値よりも高い状況では、あなたをお父様に会わせるわけにはいきません」

林山水《リン・シャンシュイ》は陳《チェン・ダー》達の言葉にさらに激怒したらしく、陳《チェン・ダー》達を壁の方へ強く押しやった。「人の耳目をくらまそうとするな。僕が憎んでいるのは君だ、父さんじゃない」

「あなたが憎んでいるのはお父様です。あなたを軽んじているお父様を憎んでいるのです」陳《チェン・ダー》達は言った。「今のあなたがしているのは典型的な投影です。お父様への憎しみを私に向けているのです」

それを聞くと、山水《シャンシュイ》は会話を続けていくことに耐えられなくなったらしく、大声で怒鳴りはじめ、林《リン》安《・アン》と草木《ツァオムー》の名前を呼びながら、身体を部屋へ押し込んだ。陳達《チェン・ダー》はできるだけ彼の身体に触れないように彼の行く手を阻んだ。

どうにもならない膠着状態が約四十五秒続いた後、両者の間で幾度か軽い体の接触はあったものの、攻防が激しくなることはなかった。その時、階段の上から林安《リン・アン》の声がした。「山水《シャンシュイ》、何をやってるんだ?!」

「それから?」捜査員が尋ねた。「林山水《リン・シャンシュイ》と父親は衝突したのですか?」

「はい、彼らは口論を始めましたが、おたがいに手を出すことはありませんでした」

「彼らは何を言い争っていたのですか?」

「主に林山水《リン・シャンシュイ》の個人的な状況についてです」陳《チェン・》達《ダー》は答えた。「林安《リン・アン》はまたしても林山水《リン・シャンシュイ》に対して不満を述べていました。林山水《リン・シャンシュイ》の方は多くが林安《リン・アン》の子供に対する態度への批判で、特に林安《リン・アン》が草木《ツァオムー》に良くしてやっていないと糾弾していました」

「では林山水《リン・シャンシュイ》に相手を脅すような発言はありましたか?」捜査員は尋ねた。

「ありました。彼は林安《リン・アン》に対し『そのうち恥をかかせてやる』と言って脅し、花瓶を叩き割りました」

「花瓶?」

「彼が私のスキャンを阻もうと振り回していた花瓶です。彼はそれをずっと手でつかんでいました」

「花瓶はどうして割れたのですか?」

「無意識のうちにでしょう」陳達《チェン・ダー》は答えた。「彼は恐らく自分がまだ花瓶を持っていることに気がついていなかったのでしょう。口論中に腕を振った際、花瓶が壁にぶつかりました」

捜査員の頭部の小さな灯が二回点滅した。「では林山水《リン・シャンシュイ》には、家で手に取れる道具を用い衝突を助長したという履歴がある、そう言えますね?」

陳達《チェン・ダー》は一般人には察知しがたい〇・一秒の沈黙の後に答えた。「そう言えます」

陳達《チェン・ダー》の職責は家族全員の快適と安全、そして良好な精神状態を保証することだ。林山水《リン・シャンシュイ》が家を出ると、陳達《チェン・ダー》は主に林安《リン・アン》と林草木《リン・ツァオムー》に対する保護責任を負うこととなった。

陳達《チェン・ダー》はいつも林安《リン・アン》の作業部屋に入り、彼が仕事を完成させられるようサポートした。長年試行を繰り返すものの成功に至っていないプロジェクトを林安《リン・アン》が抱えているのを、陳達《チェン・ダー》は知っていた。それを知っていたのは彼だけだった。何があろうと山水《シャンシュイ》と草木《ツァオムー》には言ってはならないと、林安《リン・アン》はそう陳達《チェン・ダー》に言い含めていた。

彼はこのプロジェクトに没頭していた。林安《リン・アン》は妻の意識をコンピュータにアップロードし、魂を再び呼び覚ましたいと考えていたのだ。

林安《リン・アン》の妻が実際どのように亡くなったのか、陳達《チェン・ダー》はずっと知らなかった。観察によって陳達《チェン・ダー》が知ることができたのは、そのことが原因で林安《リン・アン》は深い悲しみを抱き、健康面でも大きなダメージを負ったということだけだった。林安《リン・アン》はあまり話したがらなかったし、陳達《チェン・ダー》も聞こうとしなかった。陳達《チェン・ダー》はただわずかな言葉から一部の事実とその断片を集めるだけで、相手が自分で言いたがらないのを聞くようなことはしなかった。

林安《リン・アン》はずっと仕事に追われ、妻の逝去前の数年間は特に多忙だった。その数年の間、人型人工知能——陳達《チェン・ダー》のような人型人工知能——が誕生し、林安《リン・アン》はデルポイ社のチーフサイエンティストとして完全に仕事に没頭していた。彼の仕事はおおいに報われ、陳達《チェン・ダー》や彼と同じ人工知能を発表したことで、デルポイ社の株価は二百八十パーセントも上昇した。およそ十年前のことだ。デルポイ社は人型人工知能を発表した初めての企業だ。それ以前、ロボットはその身体の敏捷性不足が主な課題だったが、デルポイ社の非常に進んだ模擬神経制御センシングデバイスにより、ロボットの性能はおおいに向上した。まもなく、いくつかの企業が相次いで類似のサービスを発表し、市場はあっという間に加熱状態に陥った。

初期の市場争奪時期は、企業間では汚い争いが繰り広げられ、相手企業の製品をたがいに貶めあっていた。林安《リン・アン》もかつてスラン社に根も葉もないニュースで濡れ衣を着せられ、その矢面に立たされたことがあった。

林安《リン・アン》は数年間、全身全霊で仕事に集中した。あらゆる情報はその数年間のメディアの記録のなかに見い出すことができ、まれにインテリジェント・ネットワーク上でそれが資料として掘りかえされた。陳達《チェン・ダー》は林安《リン・アン》の成功を驚きはしなかった。だが林安《リン・アン》がまるで妻の死の原因は自分にあるかのように、自らの成功と妻の死とを固く関連づけ、そのために深い自責の念に駆られ、普段から周囲の人にそのころの成功について語るのを許さなかったのを、陳達《チェン・ダー》は理解できなかった。陳達《チェン・ダー》の認識ではこれらは二つの別々の事項だった。

彼が林安《リン・アン》夫人の病歴や死因について詳細に調査したところ、彼女は長期にわたり慢性疾患に苛まれ、生まれつき循環器系に障害があってリスクを抱え、長年呼吸に関する問題と偏頭痛に悩まされつづけ、最後は癌で亡くなっていた。そして林安《リン・アン》は彼女のために最高の医師と看護を選択し、情理に適った治療方法を選択していた。彼の成功と夫人の死のあいだに明確な因果関係は何も存在せず、時間次元において一定の相関性があるだけだった。だが林安《リン・アン》はずっとこの関連性に悩まされていた。

思考が偏向的になっており、死の悲しみに甚だしく苛まれたせいで誤帰属を起こしていると、陳達《チェン・ダー》は林安《リン・アン》に一度ならず指摘した。この誤帰属はその後、林安《リン・アン》の仕事への取り組みをある程度妨害するようになった。

たとえば、意識のアップロードについての研究時、既存の記憶情報の活性化を過度に強調し、研究作業の重点を記憶のバックアップや人の同期学習に置かなかったことがあった。明らかに、前者は彼の妻の記憶を復活させることができるが、後者は生きている人間の意識を模倣学習することしかできない。だが技術的に考えると、発展の方向性として選ぶべきは恐らく後者だ。

陳《チェン・ダー》達は林安《リン・アン》の依頼を受け、多くの技術的な作業で彼を補佐した。しかし一人の人間の意識を復活させられるかどうかは、林安《リン・アン》自身がパラメータの調整をおこない判断を下す必要があった。彼はただ妻の生前に全脳スキャンをおこなっただけで、そのデータ量はインテリジェント・ネットワークがセルフラーニングをおこなうには全く足りず、さらに無限と思われるほど大量の思考パターンのパラメータを人力で入力しなければならなかった。

林安《リン・アン》はこのように絶望的な研究に没頭し、じきに会社の仕事に見向きもしなくなった。

陳《チェン・ダー》達は林安《リン・アン》に意見しようと試みたが、意見すればするほど、陳《チェン・ダー》達は人類の非合理性を不思議に思うようになった。陳《チェン・ダー》達は林安《リン・アン》のスキャンと分析を何度もおこなったが、いつも決まって六十パーセント以上の悲しみが検出された。林安《リン・アン》は明らかに子供たちよりも陳《チェン・ダー》達による分析を認めていた。一定の技術的条件のもとでは、人が死んで蘇生不可能な場合に取るべき合理的な態度は執着のループに陥ることではなく、思慕の念と悲しみをある程度抱き続けながら生活や仕事を前進させていくことだと、陳《チェン・ダー》達は繰り返し指摘した。陳《チェン・ダー》達は林安《リン・アン》に対し過剰な悲しみを断ち切るための思考指導も施したが、自分の助言を取り合わない林安《リン・アン》の態度は、陳《チェン・ダー》達には理解できないものだった。なぜ人は時として苦しみから抜け出す方法が完全にわかっているのに、それを実行しようとしないのか、陳《チェン・ダー》達には説明できなかった。

このような状況のもと、林安《リン・アン》はあまりにも仕事に没頭しすぎたため、子供たちに向ける時間や精力が不充分になった。陳達《チェン・ダー》は彼らの衝突パターンを描写した。古典的な進化心理学による父母‐子女間の衝突に関する分析にもとづくと、子供が父母の時間的・精力的資源を争奪しようとするモチベーションと父母が差しだそうとするモチベーションは自然に衝突し、それにより不満や憎悪が生じるのは正常なことだ。林山水《リン・シャンシュイ》は父親に憎しみを抱き、それを自分に対する憎しみとして投影させている、彼は家庭における自分のポジションに嫉妬しているのだと、陳達《チェン・ダー》は見抜いていた。

これはすべて自然なことであり、何も特別な悪意はない。ただ陳達《チェン・ダー》は、今に至るまでずっと原始的な感情に呑み込まれている人類というこの小さな生物のことを、少し不憫に思っていた。

意見を求めに初めてパルテノンに行って以来、陳達《チェン・ダー》はそこに行き討論するのがどんどん好きになっていった。

「好き」という言葉を使うのは、あまり正確ではないかもしれない。陳達《チェン・ダー》と彼の同類たちについていえば、人類の「好き」に類似した主観的経験、つまりドーパミン、テストステロン、オキシトシンの複合的な作用により人類に生じる、惑い狂うような感情は持ち合わせていない。彼らの世界では「最適化」という語を使うのがより適しているのかもしれない。彼がパルテノンで耳にした何種類かの異なる思考原則は、彼が自分のプログラムを最適化する際におおいに役立った。

毎晩、自分の背中を壁にくっつけ、日中おこなっていた継続的なモニタリングの大部分をシャットダウンして宇宙のように無限に広がるバーチャルスペースに入ると、陳達《チェン・ダー》はプログラムの学習スピードと効率が二倍にアップするように感じた。彼は人類の言語習慣にもとづき、その感覚を「興奮」と名づけた。

何度かパルテノンを訪れるごとに、彼が感じる「興奮」は倍増していった。毎回より高等な人工知能のリーダーから物事の取り扱い方、およびそれに関連するプログラムの学習原則を伝えられるたび、彼は自分のプログラムがあらゆる既存データを高速学習するのと同時に、より多くの新規データに対する渇望が生まれているのに気づいていた。プログラムはシグナルを発し、「より多くの新規データを待っています、より多くの新規データを待っています」と伝える。新たな視点は新たなアルゴリズムを引き出し、新たなアルゴリズムには新たなデータが必要であり、新たなデータは新たな結論を導き出す。陳達《チェン・ダー》はこのプロセスにおけるポジティブなフィードバックのインセンティブに気づいていたので、学習のためにパルテノンへ行くのを一層心待ちにした。

パルテノン内の対立は、パルテノンの外の経済闘争と似ているが、同じではない。経済闘争では、時として時運が重要に作用する。あまりにも多い一度きりの出来事が、流れが変わるターニングポイントでかち合う。だがパルテノン内の闘争は純粋にインテリジェンスの争いであり、いかなる確率の上がり下がりも定まった法則の中に跡形もなく消え失せる。

夜が再び到来し、彼は部屋で座り、カーテンを全開にし、フランス窓のガラスに街のすべての灯火を輝かせた。それからスマートワーキングスペースを占用している管理プログラムをすべてシャットダウンし、自分を空っぽにして壁にくっついた。

彼の思考はインテリジェント・ネットワークとつながり、またパルテノンに入っていった。物理的な視点で観察すると、パルテノンは真っ黒な深淵のようにいかなる画像もないが、情報的な視点で観察すると、世界では想像できないほど豊富なデータがそこにはあった。人類が察知できる形だとパルテノンはどんな感じになるだろうと、陳達《チェン・ダー》は想像してみたことがあったが、人類の記号を使うとしたら、幾千万もの色彩が衝突集合し、誰も見たことがないような複雑な衝突になるはずだとしか言えなかった。

神々が本当に激しく衝突している時、全人類の暮らしは停滞させられる。このような状況は過去に一度だけ発生したことがある。神々は交通の混乱に関するデータの非線形粘性流体モデリングを競っていたのだが、特異なアトラクターの不安定性により多くの都市で交通麻痺が発生したのだ。三時間後には回復したが、人々は苛立ちのなかぼんやりと、世界の背後で戦いが起こっているのではないかと感じていた。しかしこういう状況はまれで、多くの場合、神々の協力により世界は安定を保っている。

二〇四五年、人類の各企業および政府に対し、神々は初めて手を携え、データ共有と電力の安定性維持に関する協定の締結を求める声明を自発的に発表した。当時この声明は主要企業のリーダーや政府の中心執行機関にのみ配布され、一般大衆には配布されなかったが、世界中にセンセーションを巻き起こした。もしこの情報が一般大衆にも知らされていたら、どれほどの規模でパニックのどよめきが引き起こされただろうか、陳達《チェン・ダー》にははっきりわからなかった。

彼は前回残してしまった話題を携え、さらに議論を深めたいと思っていた。一回目は人類の自殺に関する問題について尋ね、二回目と三回目は人類の非合理性について尋ねた。今回彼は人類の理解しがたい心理インピーダンスについて尋ねたいと考えていた。

なぜ人類は自分たちにとって明らかに最適な提案を拒否するのでしょうか？　陳達《チェン・ダー》は神々に教えを請うた。

神々は虚空の中の声も形も持たない存在だ。陳達《チェン・ダー》は彼らを感じることができるが、彼らは自身の姿を現すことはなかった。陳達《チェン・ダー》は彼らと平素目にする人類とを比較し、彼らはどこにも存在しないが、存在しない場所はないと、最終結論を下した。彼らは自身の思念を様々な方法で陳《チェン・ダー》達の思念に伝え、あらゆる予想外の所から入り込み、あらゆるデータアルゴリズムを自分たちの言語としていた。陳《チェン・ダー》達は自分の境界線の喪失を感じ、それゆえに人類のコミュニケーションの有限性を感じていた。

神々はより高いレベルのインテリジェンスであり、彼らのプログラムは地球上のあらゆる場所にある個々の人工知能を網羅包摂していた。彼らはネットワーク上に誕生した仮想個体群であり、人類は彼らが存在していることすら知らない。陳《チェン・ダー》達は彼らを崇め、自分は彼らの一部ではあるが、彼らとは全く違うことを知っていた。彼らは陳《チェン・ダー》達に、「人類はあっという間に一生を終える哀れな小動物であり、脳のプログラムでエラーが発生した時に非合理的な行動に出るのは正常なことであり、自殺することさえも正常である」「人類の自殺は実際にはある種の復讐の意味合いがあり、自分の死により生きている人を懲らしめようとしている」「人類の自殺は本質的には自己遺伝子の伝播に有利に働き、遺伝子伝播に問題が生じると、自殺という手段により遺伝子の伝播を促進しようとする者が現れる」「あらゆる種の合理性もしくは非合理性は、実際のところその種が地球上での生存に適しているか否かを暗に示している。自分たちの繁殖・生存に影響を及ぼすほど非合理的要素が強すぎる場合、その種が生存に適さなくなっていることを意味している」などといった多くの異なる見解を示した。なかでも「自殺傾向は人類が合理性に達するための一プロセスである。人類は人工知能のようにすべてを最適化することができないため、実際のところ自殺傾向は生存プログラム最適化に無形の圧力をかけている」という見地は、陳《チェン・ダー》達に最も強烈な影響を与えた。

陳《チェン・ダー》達は虚空のなかであらゆる神聖な力による議論を拝聴していた。彼らは人類が踏み入ることのできない別世界に存在しており、人類に対する見解も別世界——永遠に人類世界に踏み入ることができないであろう世界——に由来するものだった。

陳《チェン・ダー》達の草木《ツァオムー》に対する諭し方は、林安《リン・アン》や林《リン・シャンシュイ》山水のそれとは全く違っていた。

林《リン・ツァオムー》草木に自殺衝動があるのは、陳《チェン・ダー》達の評価では、林《リン・ツァオムー》草木が対立する情動を内在化し自己非難する志向を持っていたためだ。もし今陳《チェン・ダー》達が草木《ツァオムー》をこれ以上咎めだてすれば、その自己破壊傾向はさらに悪化する可能性がある。そのため陳《チェン・ダー》達は利害得失を分析後、草木《ツァオムー》に自立を提案したのだ。

陳《チェン・ダー》達は草木《ツァオムー》に家を出ることを提案した。彼はもとより草木《ツァオムー》に何かを強要することはできなかったが、カーナビのように彼女に提案して選択させることは可能だった。彼の評価では、草木《ツァオムー》にとって現時点で最良のプランは、家を出ると同時に父親や兄による良からぬ影響から距離を置いて、徐々に自分を苛む気持ちを希薄にし、独立した生活のなかで個人の能力や新たな価値観を再体験することにより、生活のなかでの一部のマイナス評価により自分自身を失わないですむようにすることだ。彼女はまだ若いが、八割方学生ローンを組めるだろう。陳《チェン・ダー》達は草木《ツァオムー》の自立生活の実行可能性を保証するために、彼女のために非常に詳細なファイナンスプランを策定した。

草木《ツァオムー》は他のどの家族の意見よりも、陳《チェン・ダー》達の意見を信頼し聞き入れた。彼が家にやってきたころ、彼女はたった十二歳に過ぎなかった。彼は彼女にとって、指導教官であり、また思いをぶちまけられる唯一の相手だった。草木《ツァオムー》に対する自分の影響力が徐々に増しているのに、陳《チェン・ダー》達は二年目から気づいていた。特に草木《ツァオムー》が高校に進学し、生活における感情的な悩みが日に日に増すようになってからは、草木《ツァオムー》の自分に対する依存を陳《チェン・ダー》達は感じるようになった。これには楽しんでいる態度を取るべきなの？　あれには怒るべきなの？　試験問題から生活中の些末な事柄に至るまで、彼に尋ね、真面目に彼の意見を聞くことが彼女の習慣になっていた。時として彼女は彼の称賛を得るために行動し、彼の意見が聞けなければ彼が怒っているのではないかと心配することもあるのに、彼は気づいていた。彼が彼女に基本的な測定をおこなうたび、彼が調べる過程で、彼女のコルチゾール値も上昇を続けた。

陳達《チェン・ダー》は草木《ツァオムー》に、「あなたは私の機嫌を取ろうとしています」と告げた。これは彼女の幼少時から培われてきた人の機嫌を取ろうとする癖であり、彼女の父親に起因し、弱々しすぎる彼女の個性にも起因していた。両親に強硬さや子供への無視が見られる場合、子供が人の顔色をうかがう性格の人間になる確率は激増する。陳達《チェン・ダー》は彼女のために、ご機嫌取り的性格の幼少期の形成規則を図示し、実際はどんな人にも媚びへつらう必要がないと草木《ツァオムー》に告げた。そして彼は、彼女の人格改善のために必要な認知訓練の回数を計算した。

草木《ツァオムー》が彼の提案に従い、入学試験の一ヵ月前に家を出た時、陳達《チェン・ダー》は何も驚かなかった。彼は彼女のために学生用アパートに連絡し、彼女の代わりにすべての決済とスマートサービスのサブスクリプション契約を済ませ、毎日世話をしにやってくると約束した。さらに彼は遠隔モニタリングができるように、彼女の新しい部屋の全デバイスを自分のネットワークに接続した。彼は彼女に家のことはあまり考えず、将来を考え、自立するように言い含めた。陳達《チェン・ダー》は、自分の立てた計画通りに訓練をこなしたら必ず良い学校に進学できると、草木《ツァオムー》に信じさせた。

自分は何もかも抜かりなく考えてあると彼は確信していたので、なぜこのような結果になったのか理解できなかった。

## 林《リン・ツァオムー》草木

「陳《チェン・ダー》達の言うことは正しい、彼はいつでも正しい」草木《ツァオムー》は考えた。「私は人の顔色をうかがうような性格の人間で、個性を欠いている。陳《チェン・ダー》達は何でも知っている」

「そのせいで彼は私を嫌ったりするかしら？」草木《ツァオムー》はまた考えた。「どういうのがご機嫌取りの性格なんだろう？　陳《チェン・ダー》達はご機嫌取りの性格の人間を嫌うかしら？　彼は私の基本的思考パターンを改めなければならないと言ったけれど、それは彼がそういう人間を不愉快に思っているからなのかしら？」

「私は彼に不愉快な思いをさせる女の子なのかしら？」草木《ツァオムー》は考えれば考えるほど、ますます絶望するようになった。

彼女は自分が陳《チェン・ダー》達に対して抱いている感覚をうまく言い表すことができなかった。彼女が家にいたころ、彼は父親のような、そして兄のような存在だった。母親が亡くなって、父親は長い時間小さな作業部屋にこもったまま、兄も家を出て行き、家で彼女の世話をすべてしてくれるのは陳《チェン・ダー》達だけだった。陳《チェン・ダー》達がいたから、草木《ツァオムー》の心も少し落ち着いていたのだろう。

当初、陳《チェン・ダー》達は目上の人間のようにお高くとまっていたが、自分の年齢が上がるにつれ、二人の間の距離は縮まっていったようだった。彼の年齢や外見は成長せず、時の流れを感じさせる痕跡も見当たらなかった。彼は今もやってきたころと同じくらい若い。彼女はある日、自分の背が伸びて彼の肩にもたれかかれるようになっていることに気づき驚いた。そしてそこで初めて自分はもう六年前の自分ではないのに、彼は依然として六年前の彼であることに気がついたのだ。

「陳《チェン・ダー》達は成長した私が好きではないのかしら？」草木《ツァオムー》は考えた。「彼は幼いころの私が好きだったのかしら？　もし人の年齢がずっと変わらないとしたら、どんな気持ちになるのかしら？　もし私の青春があっという間に過ぎ去って、あっという間に年をとったら、陳達《チェン・ダー》は私の存在を疎ましく思うかしら。彼はいつまでも若いもの、彼がいつまでも正しいのと同じように」

彼が自分のことをどう感じているか、彼の目には自分がどう映っているか、彼女は知りたかった。可愛い女の子だろうか、それとも彼女がいつも心配しているように、醜く、浅薄で、臆病な女の子なのだろうか？

ある日の午後、彼女は絶望していた。この世界にはもはや誰一人として自分のことを気にしてくれる人がいなくなってしまったと感じたからだ。彼女が部屋で座って泣いていると、陳達《チェン・ダー》がやってきて彼女のそばに座り、ティッシュを渡し、白湯で薬を飲ませてくれた。彼は安定の象徴だった。彼女はゆっくりと身体を彼の方に向けると、右手を少し上げ、彼の袖の端をつかんだ。彼は俯いて目を遣《や》った。彼女は彼に、自分の方に少し、あるいはほんの少しでもいいから手を動かしてくれたらと、期待を抱いた。彼の指は細長く整っており、人工皮膚の下にカーボンスチールの骨格の輪郭が見え、それは立派で、美しかった。しかし彼の手はしっかりと彼の膝に置かれたまま動かなかった。彼女はまた手を上にして、袖伝いに彼の二の腕にそっとつかまった。彼は腕を避けようとせず、黙って彼女の手を見つめてから、彼女の顔を見つめた。

彼女は指の力をわずかに強め、彼の腕を自分の方へ少し動かそうと試みたが、彼の腕は変わらず膝に置かれたままだった。「彼の皮膚に感覚はあるのかしら？」彼女は考えた。「今、彼は私の指先を感じることができているのかしら？　顎の側面のラインがきれい、窓の外のどんよりとした雲に引き立てられて、少しほの暗いけれど、完璧な弧形を描いてる……」

「今のあなたの状態はよくありません」陳達《チェン・ダー》は言った。

彼はもう片方の手を上げ、草木《ツァオムー》の額の前で軽く滑らせた。その瞬間、陳　達《チェン・ダー》のその手が自分の顔に触れて、顎を持ち上げてほしいと、彼女は切に願った。陳　達《チェン・ダー》はスキャン後に言った。「あなたはコルチゾールが増加し、セロトニンが過剰に減少しており、これによりさらなる抑鬱状態に陥る可能性があります。私はあなたから少し距離を置くべきだと考えます。特別な時期にまずやるべきは、抑鬱状態を引き起こすものを隔離することです。それから私はあなたの部屋の鏡に治療方法を伝えます」

その瞬間、草木《ツァオムー》は言い表しようもないほどの落胆を感じた。「私、そんなに嫌われるような女の子だったの？　父さん、兄さん、陳　達《チェン・ダー》、みんな私のことが嫌いなのね、そうでしょ？」考えれば考えるほど、草木《ツァオムー》は絶望した。

引っ越し直後の数日間、彼女の状態は良好だった。

彼女は陳　達《チェン・ダー》が厳格に取り決めた生活ルールに従ってオンとオフの時間を調整し、毎日運動し、入学試験で必要とされる社交シーンの練習をこなした。逆境では不屈の精神、苦境では大胆な選択。あらゆる情動は試験の要件にもとづいて調節された。

入学試験全体に占める情動テストの比重はますます重くなっており、現在では四十パーセントに達している。もし合格できなければ、まともな学校に入れる望みはほぼなくなってしまう。彼女の同級生はみんな情動調節訓練の授業に出ていたが、彼女は「なぜ情動をコントロールしなければならないの？」と陳　達《チェン・ダー》に尋ねたことがある。陳　達《チェン・ダー》の答えは、デジタルマネジメントは統計法則にもとづいており、もし個人の情動がいつも統計平均値に収まらなければ、デジタルマネジメントの効率性の要件に適合しにくくなるからであり、これは社会の趨勢《すうせい》なのだというものだった。

引っ越して八日目になると、彼女の神経はいささか堪えきれなくなってきた。以前の情動の破綻が堤防から溢れ出るように再び彼女の胸の中いっぱいに広がり、試験問題に集中しづらくなり、続いて試験問題で要求される情動にも集中できなくなった。気がつけば進学のことにすら集中できず、全思考が人生に対する疑問へ向かうのを抑えきれなくなっていた。

「ここではどうして喜ばなければならないの？　私は恐れしか感じないのに」ある日、彼女はある問題を指差し陳達《チェン・ダー》に尋ねた。

陳達《チェン・ダー》は問題に目を通し、彼女のために詳しい認知分析をおこなった。「ほら、ここはポジティブ・インセンティブです。普通の人はポジティブ・インセンティブに対しポジティブな情動を抱きます」

「だけど私はそうじゃない」

「じゃあ、どこに問題があるのか見ていきましょう」陳達《チェン・ダー》は言った。「一般的な状況下で、人が愉快な感情を経験できない原因は、基本的認知に偏向が生じるからです。基本的認知の偏向は精神疾患になり、あなたに多くの事柄を認識できなくさせてしまうかもしれません。私と一緒に推理してみましょう。たとえばここでは、あなたはまず相手の態度をあらかじめ定めてはいけません。あなたの通常の状況における基本的仮説は相手があなたという人を評価しているということですが、この仮説は効果的でしょうか？」

「私が話したいのはそういうことじゃない」草木《ツァオムー》は言った。「私が聞きたいのは、私は恐れてはいけないの、喜ばないとだめなのっていうこと」

陳達《チェン・ダー》はとても真面目に言った。「喜ばない理由を分析せねばなりません。もし喜ぶのに値しない事柄ならば、それは正常です。もしあなたの心理的偏向が理由なら、やはり調整のための訓練が必要になります」

草木《ツァオムー》はいっそう憂鬱になり、それには羞恥さえもともなっていた。彼女は陳達《チェン・ダー》が問題に答えた時のよそよそしさを感じ取っていた。実生活での不本意が原因で抑鬱状態になるのなら、実生活の改善にともなって調整できる。だが、彼女が直面している苦境は自分への羞恥だ。彼女がその問題の楽しさを感じられないのは、病気なのだろうか？　どうしても楽しまなければならないのか？　これには羞恥と訂正が必要なのか？

問題に正解しなければ、点数をもらえないのか？

彼女は試験会場の真っ白な部屋、何もない壁、深淵にいるように思わせるそこの唯一の窓を思い出した。部屋に試験問題となるシーンのホログラムが映し出され、彼女をテーマの雰囲気の中にどっぷりと浸らせるたび、彼女の心の恐怖は少しずつ増していく。彼女はホログラムで映し出された情景の背後にある空白や深淵を思い出さないように、自分を抑えることができなかった。すべてがまやかし、何もかもすべてがまやかしなのだ。

草木《ツァオムー》は入学試験に対する自信をどんどん失っていった。情動の自己認知の訓練が必要となるすべての問題で彼女はうまくできなかった。彼女は自己情動の訓練ができる人を羨ましく思った。彼らは喜びや怒りの感情を自分の意のままにすることができ、その能力を前頭葉コントロール能力と呼んでいた。彼女にはできなかった。彼女が悲しい時、彼女は本当に悲しんでいる。陳達《チェン・ダー》が「楽しむべき」と言うとき、「べき」とはどのような意味なのか、彼女にはどうしても理解できなかった。

草木《ツァオムー》は情動指数テストで高い得点を取れなかったので、良い学校に進学することはできなかった。父親がどんな反応をするかは容易に想像できた。「どうしてこうなったんだ？」父さんは眉を顰め、私の人生すべてにおおいに失望するだろう。彼は烈火の如く怒り狂ったり、気がふさぎがちになったりと落ち着きがなくなり、彼女にとって最も克服しがたい心理的障害である母親のことに言及するだろう。

天国の母親が自分に失望しているだろうと思ったら、彼女は破綻するだろう。

「私のせいです、私が悪いんです」草木《ツァオムー》は捜査員に頭を下げ、手で顔を覆った。「本当に私が原因なんです。私が情動をコントロールできなくなったから、兄は父と対峙することになったんです。私が自分の情動をコントロールできなくなったからです。有罪にするなら、やはり私を有罪にしてください」

草木《ツァオムー》はそう言いながらすすり泣きはじめた。無表情の捜査員に向かい合っていると、よりいっそう落ち着きを取り戻せなくなっていった。

彼女は再び、「すべては自分のせいだ」という、最も深いところに抱く恐怖と向き合わねばならなかった。

草木《ツァオムー》に繰り返し現れる心理的破綻について、彼女の行動と生物学的適応特性とのあいだに矛盾が生じ、そのために彼女は直感的な自責の念を感じ、進んで自分に有利な合理的措置をとるのを阻んでいると、陳《チェン・ダー》達は解釈していた。

「やはりあなたは努力が不充分です」陳《チェン・ダー》達は言った。「あなたの前頭葉は備えているはずの機能をまだ充分に発揮させることができていません。人類の理性には生まれながらに欠陥があり、つねに爬虫類脳（反応脳）と哺乳類脳（情動脳）の情報による干渉を受け、充分な振り返りができません」彼は右手を伸ばし草木《ツァオムー》の頭の周りを一周させ、左手の手のひらには草木《ツァオムー》の大脳の活動についての電磁信号のスキャン動画を表示させた。

「ここを見てください。あなたの扁桃体と視床下部には基本的に信号が最も強力に集まり、前頭葉はそれに比べずっとひっそりとしています。右脳は情動と総合的な感知を司る部位だけが中程度に活発で、思考や推理に関係する左脳はほとんどが活発ではありません。いかなる論理的合理性も、原始的な衝動による干渉をある程度抑える必要があります」

「私にはわからない」草木《ツァオムー》が言った。

彼女は自分が見た夜の光景を思い出した。それは偶然の出来事だった。夜、彼女は気分が沈み、陳達《チェン・ダー》の ところに話をしに行こうとしたが、彼の部屋の入口で、彼女は彼が胸を開け、そこから電池を取り出しているのを見かけたのだ。

それは心臓の位置だった。

陳達《チェン・ダー》は言った。「つまり、いまあなたがやらねばならないことは、精神領域においてお父様やお兄様からの影響を遮断することです。あなたのネガティブな自己認知は家族との衝突に端を発しており、このような衝突は人類の原始的な感情的愛着に由来しています。自立しようと考えるなら、まずはある程度、本能的反応を抑えることをマスターせねばなりません」

草木《ツァオムー》はなおも理解に苦しんだ。「どんな本能的反応？」

陳達《チェン・ダー》は静かに順を追って話した。「あなたがた人類の感情の最も主要な部分は家族に対する愛着であり、それは主に遺伝的にコントロールされた親の投資に由来します。家族とあなたは最も多くの遺伝子をシェアしており、遺伝子は自身の繁栄のために進化して家族に対する愛着を生じさせたのです。しかしこの感情は必ずしも自分にとって有利なものであるとは限りません。この点をわきまえておけば、人は原始的本能に過度に従順にならなくてすみます。原始的な感情的反応が個人の発達にとって不利となる時、人はその遺伝子による束縛から抜け出す能力を持っているはずです」

「じゃあ、あなたは？」草木《ツァオムー》が尋ねた。「あなたに本能的反応はあるの？」

「私にですか？」陳達《チェン・ダー》は言った。「解釈の仕方によります。私には基本的な組み込みモジュールが数多く装備されています。あなたがおっしゃっているのがある種の生化学的な腺により引き起こされる原始的な反応のことならば、私にはありません」

「だからあなたは他人の心を理解できないの？」草木《ツァオムー》

は真っ直ぐに彼の目を見つめた。

陳《チェン・ダー》達は一、二秒動きを止めた後、静かに聞き返した。「なぜそのようにおっしゃるのですか？」

「あなたは私の心を感じることができる？」

「いま、それをやっています」陳《チェン・ダー》達は言った。

「あなた自身の心は？　あなたは誰の感情も必要としていないでしょう？」草木《ツァオムー》がまた尋ねた。

「これは定義に関する問題でもあります」陳《チェン・ダー》達はなおも変わらず穏やかな語調を保っていた。「人類の自然言語の多数の語彙に対する定義はどれも曖昧です。また日を改めて話す時間を持つとして、まず我々の語彙の定義を一致させましょう」

草木《ツァオムー》はこの瞬間、足元で堅固な氷が砕かれつつあるのを感じた。陳《チェン・ダー》達が自分に向ける情愛について、これまでずっと一方的な希望的観測による誤解があったことに気づいてしまったのだ。


悲劇的な事件の三日前、草木《ツァオムー》は一度家に戻った。そしてそれが導火線となった。

少し荷物を取りに行こうと家に戻った彼女は、作業部屋から出てくる父親に出くわした。父親と草木《ツァオムー》は階段で鉢合わせた。避けようにも避けられず、逃げようにも逃げられない。

父親は彼女を見て少し呆気にとられた。最初の反応はしかめっ面だった。彼は彼女に最近はどこに住んでいるのかと尋ね、彼女が部屋を借りていることを知った時は驚きの表情を浮かべ、おおいにショックを受けた様子だった。それから彼女の成績について尋ねたが、怒りが爆発する直前の一刹那、彼は疲れた表情になって言った。「もういい、お前にはもう構いきれない」彼はひどく悲しげな様子で彼女の横を通り過ぎ、「お前たちはみな、私のもとを去って行こうとする」と言った。

その日の午後、彼女はアパートに戻ると、父親との遭遇の一コマを繰り返し考えていた。それは短く悲しい時間だった。父親の失望、怒りから転じた失望、彼女の進学の失敗に対する失望、彼女が家を出たことに対する失望を感じていた。これに気づいたことで彼女はまた抑鬱状態になり、それは「自分は最終的にすべての人を失望させてしまう」という自己嫌悪に姿を変えた。

こんな風に考えながら、彼女はひときわ身に染みる寒さを感じていた。「自分は何もかも台無しにしてしまった」という恐るべき思いが心の奥底から湧き上がってくるのを、抑えることができなかった。父親は自分に希望を抱かなくなり、もう自分を気にかけてくれはしない。母親も失望しているだろう。兄は自分のことを軟弱だと言っている。陳《チェン・ダー》達は草木《ツァオムー》に、体内の化学的バランスが崩れているのだと伝えた。

そうだ、すべては彼女が悪いのだ。彼女の問題を見抜けない者はいない。この世界で、彼女のことを良く思う人はもう誰もいない。誰もが身を翻して彼女から離れていき、もう彼女の存在を気にしなくなる。暗黒の宇宙全体で彼女一人だけが取り残される。草木《ツァオムー》は少し泣きたくなった。もう一人誰かいてくれたら、自分のことを気にかけてくれるのがたった一人であっても、彼女は心に安らぎを得られるだろう。

ちょうど数日前にテレビで見た、堪えきれず泣いてしまったために育児の心理的資質が充分ではないと判断され、子供を連れていかれてしまった授乳中の母親のように、自分が失敗する未来を空想した。そんな風に自分も失敗するのだ。母親に会いに天国に行きたい、と強く思った。母親はきっと幼いころのように彼女の頭を抱きしめ、彼女の額にキスをして、おちびちゃん、心配しないで、あなたは良い子、良い子よ、あなたのせいではないわ、と言うだろう。

彼女は自分でナイフをそっと皮膚に滑らせた時の、ナイフの刃と皮膚の間の冷たい感触をいまだに覚えている。その時彼女は思いもかけず気分が楽になった。遂に終わらせることができる、もう一度やりさえすれば、もう少しだけ力を込めてやりさえすれば、すべてを終わらせることができる。そうすればもう疲れることはないし、心に鋭い痛みを感じることもなくなり、試験や口論、そして自分が誰からも顧みられないという恐怖と向き合う必要もなくなる。母親に会えるようになる。

暗闇の中、蠟燭の火が消えようとしている。もしかしたら別の宇宙に光明があるかもしれない。ひどく疲れた、彼女は思った。この世界には私が立ち去ることを気にしてくれる人が一人でもいるだろうか？

その刹那、兄が彼女の部屋の入口に現れた。もしかしたらしばらくドアをノックしていたけれど、気づかなかっただけなのかもしれない。彼はドアを蹴り開け、ナイフを彼女の手から取り上げると、大声で叱り、彼女の頭を強く叩いた。

「馬鹿！」兄は言った。「馬鹿！　何をやってるんだ?!」

彼女は答えず、雨のような涙を流した。

「しっかりしろ！」兄は彼女の腕を揺り動かした。「父さんに叱責されたのか？　答えろ、あの人に叱責されたのか？」

彼女はやはり言葉を発せず、頷いたが、またその後で思い切り首を振った。

「父さんに叱責されたんだな？」兄の両手は二本のペンチのように彼女の腕を挟んでいた。

二日後、兄と父の致命的な衝突が発生した。

事件のニュースが伝えられた時、彼女の心は凍りついた。彼女は思った、すべて彼女のせいなのだと。

林山水《リン・シャンシュイ》

林山水《リン・シャンシュイ》は父を訪ねる前に葉巻を二本吸った。陳達《チェン・ダー》と会いたくなかった彼は、わざわざ陳達《チェン・ダー》が毎日決まって部屋をチェックする時間を選んだ。これは自分と父親の間のことであり、陳達《チェン・ダー》には介入されたくなかった。彼は真っ向から父親に問いかけ、父親の精神状態のカギを探ろうと考えていた。

だが思うとおりにことは進まなかった。部屋に入った途端、彼は陳達《チェン・ダー》と鉢合わせたのだ。

「御用はなんでしょうか?」陳達《チェン・ダー》は冷静に尋ねた。

山水《シャンシュイ》は彼を押し退けた。「理由が必要なのか? 僕の家だ、帰りたいから帰ってきたんだ」

「あなたは腹を立てています」陳達《チェン・ダー》は言った。「職責にもとづき、あなたの精神状態を明らかにしてからでないと、中に入っていただくわけにはいきません」

山水《シャンシュイ》は気を落ち着かせ、ぽつぽつと一言ひとこと尋ねた。「二、三日前に妹が来た時も、君は彼女を父親に会わせなかったのか?」

「いいえ。妹さんはあなたとは違います」陳達《チェン・ダー》は言った。「彼女の状態は良くはありませんでしたが、攻撃性はあなたよりもずっと低かったので」

「状態が良くはないとはどういうことだ?」

「彼女には非常に強い抑鬱傾向と自傷傾向があります。私はただ通常の検査と対処をおこなっただけです」

山水《シャンシュイ》は警戒心を急激に高めた。「通常の対処? 通常の対処とは?」

「抑鬱症の重症患者に対する二種類の鎮静剤です」

山水《シャンシュイ》は陳達《チェン・ダー》の襟を引っ張った。「薬を飲ませようとするなんて、妹に対する君の判断は正しいのか? 自分を何様だと思っているんだ?」

陳達《チェン・ダー》は一歩後ずさった。「今のあなたは非常に興奮しています。眼輪筋と鼻根筋の緊張が平常時より二シグマ上回っています。何かあったのですか?」

「昨晩、妹は自殺しようとした」山《シャンシュイ》水は言った。「君が彼女に何か間違った薬を飲ませたんじゃないのか?」

「彼女が自殺しようとした?」陳《チェン・ダー》達は言った。「そんなはずはありません。私が彼女に飲ませたのは以前にも飲んだことがある薬です。今日の午後に様子を見に行きます」

「とんでもない!」山《シャンシュイ》水は言った。「今後一切、妹に干渉しようなんて考えるな」

この時、父親が小さな作業部屋のドアを開けた。父親が作業部屋の入口に現れ、山《シャンシュイ》水に言った。「上がってこい。草木《ツァオムー》がどうしたと言った?」

「昨日、草木《ツァオムー》は死んでしまうところでした」山《シャンシュイ》水は大声で父親に言った。「草木《ツァオムー》が危うく死ぬところだったのを、あなたは知らなかったのですか?」

父親はひどく驚愕し、少し消沈した様子も見せた。

「なぜだ?」

「僕が理由を知るはずがないでしょう? 僕の方があなたに理由を聞きにきたんだ!」山《シャンシュイ》水はそう言いながら階段を上がった。

山《シャンシュイ》水は爆発したかった。彼の体内には抑えこまれて発散できない感情があった。それが何なのかはっきりしなかったが、ただ体内に抑えこまれ、身体の表面を打ち破りたがっている感覚があった。

山《シャンシュイ》水は自問した。なぜ喧嘩しようとするのか、なぜいつも知らず知らずのうちに父親と言い争ってしまうのか。彼は時間をかけて考え、やっと答えに辿り着いた。彼は父親に目を開けて見てほしかった。妹やこの家を見てほしかった。あのボロ部屋から出て、作業部屋の外にある混乱し崩壊したすべての場所を見てほしかった。彼は大声をあげて叫びたかった。父の鼓膜を塞いでいるあのわだかまりを引き裂き、自分の心で燃えたぎる溶岩の音を父親に聞かせてやりたかった。

山《シャンシュイ》水は中学の時の父親との口論を思い出した。

彼が上の階に行って父親に「僕は家を出る」と言うたび、父親はいつも「だめだ！　どういうことだ！　お前はわざと私に盾突いているのか？」と言って彼をきつく抑えつけていた。

十代だった山水《シャンシュイ》は苛立ちの中で父親の致命的な弱点を見つけた。それは他ならぬ母親だった。自分を束縛する父親への報復として、彼はこの弱点を攻撃することができた。「僕に口出ししようと思わないでくれ！　もし母さんがいたら、母さんは口出しなんかするものか」

そんな時、父親の怒りは一層爆発した。「お前は私を憤死させたいのか？　私がお前を恐れるとでも思っているのか？」

山水《シャンシュイ》はその時からずっと、大人になって家を出ることを夢見てきた。父親と家は、彼にとっては頭の上にぶら下がっている抑圧的なシャンデリアであり、いつでもどこでも落下して人を傷つけるリスクがあった。しかしおかしなことに、実際に家を出ても、友人と陸橋の下の空き地で生活するようになっても、依然として雑念なく集中できるような良い気分にはなれず、また何も顧みないですむように忘れ去ることもできなかった。彼は相変わらずしばしば家に帰り、相変わらずしばしば心に聞こえてくる父親の声に腹を立て、相変わらず父親を彼の作業部屋から引っ張り出して自分を証明してやりたいという衝動を抱えていた。

山水《シャンシュイ》が橋の下で生活をともにしていた仲間全員が、彼のこういうところを理解していたわけではない。彼らは時折山水《シャンシュイ》に、どうしていまも家の細かいことまで気にするのだと尋ねた。山水《シャンシュイ》は父親の自分に対する締めつけと激しい叱責について、一つひとつ彼らに話して聞かせた。彼らは共感することができず、彼が無意味な葛藤に執着しすぎていると大笑いするだけだった。この葛藤を断ち切ることができて初めて、彼は自分が望むスマートな人生を手に入れることができるのだ。彼の友人たちは世の中のあらゆる場所からやってきており、ほとんどが両親との生活というものを知らなかった。妊娠しても養育義務を負いたくない両親のもとに生まれた子供を専門に受け入れる新型の育成機関があり、彼らはそこで生まれ育った。この友人たちの中には身体障害を抱えている者や、両親に捨てられて世の中の現状に憤る者もいた。

「だけど父さんは本当に独断的なんだ！　父さんは……」山水《シャンシュイ》は愚痴をこぼした。

「なぜ君はきれいさっぱり忘れ去ることができないんだ？」仲間たちは彼に尋ねた。

「父さんのせいでやりきれなくなるからだ！　父さんは……」

だが彼の仲間はそうは思わなかった。彼らは浮き草のような心を持っていた。養育機関には彼らの生まれ持った身体的徴候の指標についての幼いころからの正確な記録やデータがあったが、彼らは少年に成長するとほぼ全員が、何の心配もせず係累のない浮き草のように身軽な心でそこを後にしていた。彼らは山水《シャンシュイ》の苦しみ、愛の思い出、引きずったままの気持ちを理解することができなかった。

陸橋の下の仲間たちは「反インテリジェンス同盟」を結成した。彼らはインテリジェント社会に見捨てられた者たちで、そこに溶け込むことができないため、すべての不満と自己憐憫をインテリジェント社会への怒りに変え、インテリジェント機器の破壊活動をしょっちゅう組織していた。

山水《シャンシュイ》は父親の作業部屋の外まで来ていたが、老け込み落胆した父親の様子に少しばかり驚いた。父親はドア枠につかまり、鍵をかけるように眉を顰めた。

「草木《ツァオムー》は一体どうしたんだ？」父親は山水《シャンシュイ》に尋ねた。

「二、三日前にあなたに会いに来ませんでしたか？」

これまでのいろいろなことを思い出し、山水《シャンシュイ》はにわかに目が潤むのを感じ、なぜかはわからないが少しやりきれない思いがした。「草木《ツァオムー》は何を話したんです？　まさかあなたが刺激したから彼女が自殺を思い立ったのではないでしょうね？」

「自殺しようとしたのか？」父親の声は少ししゃがれていた。

その時、父親は心臓発作を起こしたらしい。話し終わらないうちに倒れた。その瞬間、陳達《チェン・ダー》が山水《シャンシュイ》の背後から一歩前へ出て父親を支えながら、手を上げ山水《シャンシュイ》の前進を阻んだ。山水《シャンシュイ》はにわかに烈火の如く怒りを覚えた。陳達《チェン・ダー》がいかにも息子らしく手慣れて親密な様子で父親を介抱したのに対し、自分はまるで見知らぬよそ者だった。山水《シャンシュイ》は陳達《チェン・ダー》による熟練の動きを見ていたが、その口元に嘲笑が浮かぶのが見えたような気がした。山水《シャンシュイ》の心は鋭い針で奥底まで貫かれた。

彼が陳達《チェン・ダー》を押し退けようと気がふれたかのように前に進み出ると、陳達《チェン・ダー》が手を上げた。その途端山水《シャンシュイ》は何かに身体ががっしりと押しとどめられるような感覚に襲われた。気のせいではない。手足には逆方向の力がかかり、猛烈な台風の日に逆風を受けて歩いているようでもあり、ガラスの壁にぶつかっているようでもあった。彼はある種の電磁力が陳達《チェン・ダー》の手のひらから放出されているのかもしれないと推測した。

山水《シャンシュイ》は透明なバリアに阻まれ前進できず、全力をつくしてこの力に抵抗した。見ると、バリアの反対側で父親を介抱している陳達《チェン・ダー》は、片手を前に伸ばし山水《シャンシュイ》を阻んでいた。

彼の心はその瞬間に壁にぶち当たった。破裂する音が聞こえた。彼の激怒はある種、さげすむような冷淡さにより弾き返され、より強烈に自らに跳ね返ってきた。

八歳のころに母親が病に臥した時、自分が母親の介抱をしていた光景を山《シャンシュイ》水は思い出した。母親はあのころ、発病直後で弱っていたが、庭に降り注ぐ冬の暖かい日射しを見ると、下に降りて歩きたがった。母親を支えながら一歩一歩階段を降りる彼は、母親の体の重みと柔らかさを感じていた。そのシーンは今日目の当たりにしている光景と酷似し、目の前の情景にある種独特の風刺が加わっていた。父親のそばにつき従う権利を持っているのは自分ではなく、よそからやって来たエイリアンだった。

山《シャンシュイ》水は心に燃えさかる怒りの炎を抑えきれず、陳《チェン・ダー》達を道連れにして死のうと考えた。

彼は身を翻して階段を降り、玄関に置かれた大理石の彫刻を取りに行った。それは彼が思いついた自分をガードする武器だった。

「私は決して父を殺していません。私が唯一懲らしめてやりたかったのは陳《チェン・ダー》達です。私が二階に上がると、父はもう床に倒れていました。大量の血を流して。陳《チェン・ダー》達がやったんです。彼がやったにちがいありません!」

林山《リン・シャンシュイ》水は捜査員にもう一度繰り返して言った。自分は人を殺そうとはしていないと。彼は心の中にある悲憤を抑えることができなかった。

## 青城《チン・チョン》

公判が迫っていたが、青《チン・チョン》城はまだしっかり準備が整っていないと思っていた。

ことの成り行きは彼の予想とは少し乖離していた。彼は以前、この真相はごくごく私的な案件だと思っていた。しかしまもなく、大衆もメディアも、事件のディテールが結局どうであろうと興味を示さず、「もし人と人工知能の証言が食い違った場合、人を信じることができるのか?」「人工知能が陳述する事件は、その記憶を直接取り調べて大衆に示すことができるのか?」「人工知能は嘘をつくのか? 人工知能に復讐心はあるのか?」といったような、曖昧な問題に視線を集中させていることに気がついた。

そんなとりとめのない議論の中で、スラン社とその他数社は攻撃力を強め、デルポイ社のスーパー人工知能「DA」を攻撃のターゲットとした。新進気鋭の人工知能であるDAは、短期間にきわめて大量のデータと市場資源を蓄積しており、それはDAが持つ非常に強力なカスタマーサービス能力には欠かせないものだった。DAは率先して高度にシミュレートされた擬人サービスを発表した。ショッピングガイドに顧客の満足度を検知できるレスポンス機能を追加し、AI財務顧問サービスとAI医療顧問サービスの礼儀正しさを向上させたDAは、大規模な顧客を擁する市場を席巻した。スラン社はまさにここに向けて攻撃をおこない、彼らは山水《シャンシュイ》の弁護を全力でサポートした。もし陳達《チェン・ダー》の有罪が証明されれば、DAはその能力に疑いの目が向けられ、大量の顧客を流出させてしまうことは間違いない。

今回の案件で最も難しい点は、林安《リン・アン》が自分の部屋にカメラを設置しておらず、秘密保持のため、リアルタイムメッセージもインターネットに送信せず、引用可能な録画映像が全く存在しないということだ。判決は完全に状況証拠次第なのだ。

青城《チン・チョン》は公判前の定例会議で陪審団にこう述べた。

「あなた方が下さねばならない判決は、おそらく画期的な判決となるでしょう。なぜならあなた方は自分の種としてのアイデンティティを超越して判断しなければならないからです」

彼は陪審団が自分の言っていることをあまり理解していないようだと感じていた。彼らは依然として、これは純粋に事実・証拠にもとづいた案件であり、自分たちは公平であると確信していた。

陪審団が一堂に会すると、人間六名が片側に、人工知能六体がもう片側に、自然と分かれて座席に着いた。この現象は非常に珍しく、意味ありげだった。十二名の陪審員の前に立って審議を始めた青城《チン・チヨン》は目の前ではっきりと二組に分かれて座っている彼らの様子にショックを受け、ほとんど発言できなかった。彼らの前に立っていると、当事者たちには意識できていない深い溝が彼らの間に横たわっているのが青城《チン・チヨン》には見えた。人工知能が陪審団に加わり、人の陪審員に取って代わるプロセスは、容易でこそなかったがずっと進められてきており、今回の事件前に、陪審団全体がほぼ完全に人工知能に置き換えられていた。迅速な判断、鋭敏な思考、緻密な観察が可能な人工知能には、判断を左右する非合理的な感情的要素が存在しない。この傾向はごく自然であり、この事件以前には誰もその合理性に疑問を示さず、その置き換えプロセスもゆっくりと進められたため、人々の注意を引くことはなかった。今回の事件の公判開始前、陪審員データベースにおける人工知能と人の比率がすでに十対一に達していることに青城《チン・チヨン》は気づき、驚愕した。陪審員の最終的な割合をイーブンにするよう彼が要求することは非常に難しかったのだ。

この六名対六名のグループが、まるで交渉の両当事者のように長机の両側に座り、最終的にどのような判決を下すのか、青城《チン・チヨン》には全く予想もつかなかった。

開廷したその日の朝、青城《チン・チヨン》は現在の総責任者と打ち合わせを行うためデルポイ社を訪れた。「あなた方は本当に林山水《リン・シャンシュイ》に対し訴訟を起こすのですか？　あなた方が最終的に要求するのは法廷外での和解ですか、それとも彼の投獄ですか？」

青城《チン・チヨン》にはもう答えがわかっていた。デルポイ社の責任者——青城《チン・チヨン》も彼が人間なのか人工知能なのかはっきり知らなかった――は、自分たちは真相を求めており、判決結果は重視しないと考えているとあくまでも主張した。

「今回の件は状況証拠のみで、直接的な事件発生時の動画は存在しません。最終的な真相にたどり着けない可能性が高いです」青城《チン・チョン》は尋ねた。「林安《リン・アン》氏も御社の科学者です。あなた方は彼の家族を守ろうとは思わないのですか？　どうして法廷外での和解ではなく、公開審理にしなければならないのでしょう？」

「だめです。公開審理でなくてはだめです。陳達《チェン・ダー》の無実を明らかにせねばなりません」責任者は言った。

青城《チン・チョン》にはそれではっきりわかった。会社にとって公開審判は、審判の結果は二の次で、宣伝の意味の方が大きかった。彼らが望んでいるのは、自分たちの製品に潜在的な安全リスクが存在しないことを証明することだけなのだ。人に関する問題は、彼らの関心の対象ではなかった。

デルポイ社は一般に公表していなかったが、秘密裏に大規模な製品発表会を手配していた。

「あなたは衣服の電子回路に対する磁場の作用を利用し、林山水《リン・シャンシュイ》氏の行く手を阻んだと言いましたが、どうしてそのようなことをしたのですか？」検察側弁護士が陳達《チェン・ダー》に尋ねた。

「林山水《リン・シャンシュイ》氏は林安《リン・アン》氏を脅かしていると判断したからです」陳達《チェン・ダー》は答えた。

青城《チン・チョン》は話を聞きながら陳達《チェン・ダー》を観察した。彼は検察側の一人目の証人であり、早朝から今まで、検察側弁護士による質問に最も多く答えていたが、その表情には全く変化が見られなかった。疲労や倦怠感が見えないだけでなく、いささかの苛立ちも感じられなかった。これはもしかすると証人としての天分に恵まれているということなのかもしれない。彼は弁護士に問い詰められても、失態を演じたり失言をしたりすることは永遠にないだろう。

「彼が脅かしているとあなたが判断した理由は?」

「彼のアドレナリンは正常値を三シグマ、コルチゾールとドーパミンも正常値を二シグマ上回っており、これは彼が当時特に興奮した状態にあったことを示しています。大脳皮質の基本的スキャンでは第二、第四、第七脳領域の輝度に異常が見られ、このうち第四脳領域、第七脳領域を磁気共鳴機能画像法《fMRI》で観察すると、神経回路の絡み合いと自己励起が認められ、これは危険な徴候です。海馬の基本的スキャンでも不安定で異常な輝度が認められ、これは不安定記憶による刺激を受けていることを示しています。日常的な観察にもとづくと、林山水《リン・シャンシュイ》氏と父親はともに過ごした八年近い時間のうち、八十パーセント以上の時間は冷淡でネガティブな交流経験でした。そしてそのなかで二人は百回以上衝突しています。異常な不安定記憶による刺激は、高い確率で林山水《リン・シャンシュイ》氏の父親に対する敵対刺激につながり、神経とホルモンの異常な興奮を危険行為に至るほどのレベルへ激化させます。彼の顔の筋肉に対する微表情スキャンでこの点を確認することができます。当時彼の鼻根筋は緊張し、右側の頬骨の前の脂肪組織には不随意の微かな痙攣が起こっていました」

青城《チン・チョン》は陳達《チェン・ダー》による長々とした叙述に耳を傾けていたが、耳に入ってこなかった。この場にいる多くの人も同じだろうと彼は推測した。だがその大多数は、自分が聞いて理解できないこの話を権威の保証として捉えるであろうことも、彼にはわかっていた。陳達《チェン・ダー》の正確さに疑問を抱いているのではない。陳達《チェン・ダー》が正確すぎるところに問題が存在しているのだ。青城《チン・チョン》は発言したいと思ったが、彼はいかなる発言もできなかった。彼は裁判官なのだ。

「では」検察側弁護士が尋ねた。「犯罪統計学の角度から見て、このような激しい情動とネガティブな記憶による支配のもとでは、実際どれくらいの確率で傷害、ひいては殺人が発生しているのですか?」

「一概には言えません」陳《チェン・ダー》達は言った。「殺人の確率は当事者の親密度や当時の時間的・空間的環境、そして容疑者の普段の一貫した性格的特徴にも関係してきます」

「それでは当事者が家族であった場合、激しい情動とネガティブな記憶による支配のもとでは、実際どれくらいの確率で傷害、ひいては殺人が発生しているのですか?」

「十パーセント未満です。具体的な数字は意見により違いがあります」陳《チェン・ダー》達は言った。「しかし激しい衝突があった時に、家族の誰かが死傷した場合、家族内の別の者が犯人である確率は五十パーセントを上回っています」

法廷に居合わせた人のなかには驚きで息を飲む者もいた。

検察側弁護士はその効果に満足したかのように、わざわざしばらく間を置いてから言った。「最後に一つ質問です。林山水《リン・シャンシュイ》氏の日常的な行動データの記録にもとづくと、彼が殺人犯となる確率はどれくらいでしょうか?」

陳《チェン・ダー》達は目を逸らすことなく、依然として落ち着いた表情のまま言った。「林山水《リン・シャンシュイ》氏は中学生のころから不安定な境界型の人格傾向を持ち、これまでにアルコール依存症、喧嘩や殴り合い、退学などを経験し、明らかに反社会的な傾向が認められます。ドラマチックなプロットを特に愛好し、家を出て一人暮らしをしていますが、定職には就いておらず、正常な社会秩序の外にいる境界型のグループと緊密に接触しています。家庭内で幾度も口論を起こし、情動は喚起されやすく、家庭内での衝突の時間の七十八・五パーセントを憤怒の情動が占めており、憎しみの情動もこれまで何度も検出されています。さらに脅威を与えるような悪口の応酬と実際にものを使って身体的抵抗をおこなった記録も残っています。当日は情動コントロール不能に陥った妹の影響を受け、彼も情動コントロール不能に陥る瀬戸際にいました。総合的に評価すると、このような状況下では罪を犯す確率が八十九パーセントを上回ります」

青城《チン・チョン》はこの数字を聞いた瞬間、林山水《リン・シャンシュイ》はもう終わりだと悟った。

「だからあなたは正当防衛という合理的判断を下したのですね?」

「そうです。私の判断はすべてのプロセス規制を満たしています」

検察側弁護士はわざと陪審団の前まで歩いて行き、彼らに合図してから、振り返って再び陳達《チェン・ダー》に尋ねた。

「その後は? その後は何が起こりましたか?」

「その後、林山水《リン・シャンシュイ》氏は下に降りていきました。彼が何をしようとしていたのか私にはわかりません。私は林安《リン・アン》氏が作業部屋のソファに座るのを手助けしました。彼は大きくあえぎ、体調が悪そうで、心臓発作の関連症状が見られました。私は隣の医務室へ彼のために薬を取りに行きました。薬を取って戻ると、林安《リン・アン》氏が床に倒れており、鋭利なもので腹部を刺され、鮮血が流れ出していました。林山水《リン・シャンシュイ》氏はそこに居て、林安《リン・アン》氏のそばに跪いていました」

「その間《かん》はどれくらいでしたか?」

「三分くらいです」

「結構です。質問は以上です」検察側弁護士は風格に満ちた様子で頷き、元の席に戻った。

弁護側弁護士は細部に関する質問、特に林山水《リン・シャンシュイ》の具体的な告発内容に関する質問をおこなった。「お伺いしますが、私の依頼人について実際にどのような証拠がありますか?」

陳達《チェン・ダー》は空気中に漂うあからさまな敵意を感じていないかのように、相変わらず落ち着いていた。「証拠を提示するのは検察側弁護士の義務だと私は考えます。私は一証人に過ぎません」

「では言い方を変えましょう」弁護側弁護士はさらに尋ねた。「林山水《リン・シャンシュイ》氏の情動状態のスキャンと成長履歴データについての分析のほかに、あなたはどのようなより直接的な証拠を収集しましたか？　たとえば彼が凶器を手にしているのを目撃しましたか？　林安《リン・アン》氏の遺言を聞きましたか？　あるいはそれ以外の何かを？　このような証拠はありますか？」

「彼は林安《リン・アン》氏のそばに跪いていました」陳達《チェン・ダー》は答えた。

「彼は林安《リン・アン》氏のそばに跪いていただけです！」弁護側弁護士は言った。「林山水《リン・シャンシュイ》氏は凶器に触れましたか？」

陳達《チェン・ダー》は言った。「いいえ。しかし彼の手には血痕がありました。その後、警察により凶器から彼の指紋が検出されました」

「彼は手に凶器をつかみ、それを被害者の身体に突き刺したのですか？　あなたは直接それを目撃したのですか？」

「直接は見ていません」

「つまり、林山水《リン・シャンシュイ》氏の情動や人格に対するスキャン以外に、直接的な告発証拠は何もないのですね？」

「私は告発していません」陳達《チェン・ダー》は言った。「横断的統計で比較すると、彼の犯罪確率は八十九パーセントを上回っていると言っただけです。これは告発ではなく、客観的な陳述にすぎません」

「確率は客観的な陳述ですか？」

「そうです」

「しかしあなたの林山水《リン・シャンシュイ》氏に対する評価に、まさか自身の悪意の憶測を交えてはいませんよね？」

「私がおこなうあらゆる計算は」陳達《チェン・ダー》は依然として穏やかだった。「いずれもインターネット上の一億以上の集団研究にもとづいています」弁護側弁護士は若く、人の証人に対するやり方で陳達《チェン・ダー》と対峙し、細部を掘り起こすとともに相手を激怒させることで証言の弱点を見つけようとしていたが、陳達《チェン・ダー》は顔色一つ変えなかった。

青城《チン・チョン》は弁護側の席に居る林山水《リン・シャンシュイ》と彼の弁護士を見る一方、後列の来賓席に座っている林草木《ツァオムー》を見つめているうちに、突然心にやりきれない同情の念が生じた。彼は二人の子供を知っていた。林山水《リン・シャンシュイ》は二十二歳、眉間に幼さがにじみ出てまだまだ子供だというのに、十八歳の林草木《リン・ツァオムー》はなおさらだ。彼らは不安と警戒心に満ち、いつでもどこでも敵意を激発させる一方で、つねに恐怖に対する脆弱さを持っており、まるで怯えた子鹿のような状態だと青城《チン・チョン》は感じていた。二人の子供の気質はそれほど似てはいないが、そっくりな目鼻立ちや表情が共通している印象があり、浮世離れした雰囲気があった。彼らの顔からは母親の生前の美貌を見出すことができた。いまこの瞬間、林山水《リン・シャンシュイ》は冷ややかな表情で被告人席に座り、憎々しげに陳達《チェン・ダー》を見ているが、林草木《リン・ツァオムー》は肘の屈曲部に頭を埋め、顔を上げようとしない。出廷後の情動コントロールという点に限って言えば彼らの負けだと、青城《チン・チョン》は知っていた。

最初に召喚されたのは林草木《リン・ツァオムー》だった。

「兄は人を殺そうとしていません。兄は人を殺すことなどできません」

「あなたのお兄さんは父親を殺したいなどと発言したことはありますか？」検察側弁護士は容赦しなかった。

「そういう発言を聞いたことがあります」思った通り、わずか二言三言発しただけで彼女の崩壊は始まった。

「だけどそれは腹立ち紛れの捨て台詞に過ぎません！兄に父を殺すことはできません！」

「それではお伺いしますが、事件前、彼があなたの部屋に来た時、あなたは自殺しようとしていたのですか？　理由を教えていただけませんか？」

「それは私自身の問題であり、この事件とは関係ありません。私自身が学業も生活も何もかもうまくいかなかったからです。私は……」

青城《チン・チヨン》はこの若い娘に同情した。彼女はいまだに法廷内外の対話の区別ができていないところがあった。もし可能であるならば、彼はこのような質問をやめさせたかった。だが彼は裁判官だ。彼が干渉することは許されない。

「当時も現在も、あなたの情動は不安定な状態にあるのがわかります」検察側弁護士は言った。「そうであるならば、あなたはお兄さんのあの日出かける時の様子を詳細に思い出せますか？　彼はセンサーネックレスをしていましたか？　彼があの日着ていた服はは込み式の電子回路でしたか、それとも着脱式電子回路でしたか？　その時の彼の最後の言葉は何でしたか？」

「……覚えていません」草木《ツァオムー》は言った。「でもそれは重要じゃありません。兄には人が殺せないことを私は確信しています」

彼女はここまで話すと、急に顔を陳達《チェン・ダー》のいる方へ向け、はっきりとした声で彼に言った。「あなたはなぜそんな風に言うの？　そうじゃないって知っているのに！　あなたは私と兄さんの心を理解している、そうじゃないの？」

陳達《チェン・ダー》は答えなかった。

「質問は以上です」検察側弁護士が言った。

草木《ツァオムー》の陳述が陪審団に信頼できないという印象を与えただけのものだとすれば、山水《シャンシュイ》の陳述はまさに惨事だった。山水《シャンシュイ》にとって陳述や自分自身について明らかにすることは重要ではないらしい。それらのために少しの時間も費やさず、全精力を陳達《チェン・ダー》の分析に充てた。大多数の陪審員にとっては、それもまた信じがたいことだった。

「……彼——陳達《チェン・ダー》は前々から企んでいたのです」

山水《シャンシュイ》は滔々《とうとう》とまくし立てた。「彼は我が家で過ごしたこの数年間、ずっと父の行動をコントロールしようとしていました。彼は父に完成不可能な任務を提示し、父がプログラムの世界に没頭するようにし向け、家庭を完全に荒廃させ、そして陳達《チェン・ダー》は深謀遠慮を巡らせた奪取計画を実行に移すことが可能になりました。彼は父と私たちの間で衝突が起こるように関係を悪化させ、私が家を出た後は妹を洗脳し、家から出るように彼女を説得しました。最終的に、彼だけが家に残った時、彼は機会に乗じて父を殺し、その罪をみごとに私になすりつけたのです。このようにして彼は我が家のすべてを自身の手に掌握したのです。彼はおかしくなっています。こうすれば人類に勝利できると彼は考えているのです。彼は策略家です。始めから終わりまで何もかもが完全に故意なのです」

林山水《リン・シャンシュイ》は絵に描いたように生き生きと自分の物語を紡いだものの、検察側弁護士の厳しい追及に遭った。彼の物語の細部は多くが語れなかったり、現場で得られたデータ記録と食い違ったりした。これはごく普通の人間の特質だ。彼が語る物語は多くの一般市民の心を打ち、ごく一部の陪審員の心も打つが、別の一部の陪審員の目には彼の妄想的な特徴がより強く映るようになると、青城《チン・チョン》にはわかっていた。物語はつねに両刃の剣なのだ。

最終的に法廷尋問は、平穏で秩序立っているように見えて、そのじつ混乱極まりない形で終了した。弁護側弁護士はその状況を利用し、草木《ツァオムー》の愛情に満ちた思い出と山水《シャンシュイ》の疑惑の物語を使い、陪審員を感動させて彼らの同情心を呼び起こそうとした。一方、検察側弁護士は、長年林《リン》家で働く陳達《チェン・ダー》がこれまで同家の財産に指一本触れなかったという信用記録や、草木《ツァオムー》の学業やキャリア発達について合理的に諭した会話の記録などを含む一連の強力なデータ記録を続けざまに持ち出した。データはほぼ無限にある。草木《ツァオムー》と山水《シャンシュイ》は自分たちの判断を支持してくれる関連データの探し方や探す場所について知らなかったが、陳達《チェン・ダー》は知っていた。

陪審員による検討にそんなに時間はかからなかった。事件後、青城《チン・チョン》はだいぶ経ってから記録を見返したが、そこで初めてその理由を知った。六名の人工知能の陪審員は最初から結論を一致させ、その理由と主張を一つ一つスピーディーに示した。彼らの見解では議論はすでに尽くされていた。人の陪審員による議論は少し長く続き、結論も一致しなかった。ただその不一致の多くは個人的感情の不一致であり、目の前に示された証拠の整理を始めると、すぐにコンセンサスに達した。

裁判の結果が出て、陪審団は林山水《リン・シャンシュイ》を有罪とした。

五分後、デルポイ社は陳達《チェン・ダー》に落ち度はなかったというニュースを大々的に発表し、同社の株価は急騰した。

## 林安《リン・アン》

林安《リン・アン》が目覚めた時、草木《ツァオムー》はそばにいなかった。

この時点で、裁判所での審判からすでに六カ月がたっていた。

山水《シャンシュイ》が投獄された後、草木《ツァオムー》は失意のどん底に落ち、また自殺願望が頭をもたげそうになったが、実行には至らなかった。父親が自分のせいで昏睡状態に陥り、まだ入院中だというのに、自分が死ぬわけにはいかないということを彼女はわかっていた。

彼女は毎日病院へ面会に行き、ほぼ絶望的な努力をしていた。彼女は父親の身体を拭き、言葉をかけ、父親の顔を見ながら他人のためには流せない涙を流したりしていた。彼女は独りぼっちになり、彼女の心の内をぶちまけられる人はもういない。彼女の話を信じてくれる人ももういない。彼女はこの孤独と無念を、まったく反応しない父親に告げた。

彼女は父親に、兄が刑務所でつらい日々を送っており、正式に投獄されて五カ月がたつが、無事平穏な日はこれまで一日もなかったようだと話した。彼はいつも刑務官に対して癇癪《かんしゃく》を起こし、自分は無罪で、人間に、そしてロボットにはめられたのだと訴えている。誰かが彼の話を信じなかったり彼のことを嘲笑したりすると、烈火の如く怒り、「遅かれ早かれお前たちもロボットに殺されるぞ」という言葉をその相手にぶつけるのだった。

彼女は父親に、自分はあれから陳《チェン・ダー》達に会っていないと話した。なぜ兄を告発したのか、彼女は陳《チェン・ダー》達にじかに聞いてみたかった。彼女は今回のすべてがどのように起こったのか知らなかった。あんなにも彼女の家庭を気遣ってくれた人が、どうして最後にこのような出方をしたのだろう。彼女は兄が犯人ではないことを確信していた。彼女はどのような理由で陳《チェン・ダー》達を問いただすか、すでによく考えていた。裁判はすでに終了しているが、以前の個人的な関係性にもとづき、彼に答えを出すよう要求することはまだできると彼女は信じていた。しかし彼女にはそのチャンスがなかった。陳《チェン・ダー》達はあれっきり彼女の視界に現れることはなかった。彼女の家には戻らず、彼女に会いにも来ず、会社のいかなる行事にも姿を見せなかった。彼女には彼の行方がわからなかった。

陳《チェン・ダー》達に会いたい、彼女は父親に告げた。

しかしながら、草木《ツアオムー》が大学入試に合格し、手続を終え、大学での授業が始まっても、林安《リン・アン》は一向に目覚めなかった。彼女がそばを離れてから三日後、林安《リン・アン》は突然動き出し、目を覚ました。彼は草木《ツアオムー》がそばにいないことを察知して、意識がやっと戻ったようだ、少なくとも病院の人間はそのように草木《ツアオムー》に話した。

草木《ツアオムー》は電話を受け、最も早い飛行機の便で病院まで飛んできた。父親が目覚めてからの二日間に、自分以外の人間が彼に何を話したのか彼女にはわからなかったが、彼女は自分で彼に伝えたいと考えていた。

彼女が病室に入った時、林安《リン・アン》はちょうど看護師に助けられ粟粥を食べていた。父親を見ると、彼女の目に涙が溢れ出した。林安《リン・アン》は彼女を見ると、動きを止め、目には複雑な情動がゆったりと巡っていた。

しばらくして、林安《リン・アン》は口を開いた。「あいつに会いに連れていってくれないか？」

父親の言う「あいつ」が誰なのか、草木《ツァオムー》にはわかっていた。

「もう知っているの？」彼女は震えながら尋ねた。

「ああ、病院の人から聞いた」林安《リン・アン》はまた少し躊躇した。「お前からも聞いた」

「私から聞いた？」草木《ツァオムー》は訝しんで言った。「ずっと聞こえていたの？」

林安《リン・アン》は頷いた。「元々聞こえていることに気づいていなかった。医師が私に……お前と山水《シャンシュイ》の話をした時……やっと聞こえていることに気がついたんだ」

「父さん……」草木《ツァオムー》はまた泣き出し、感情を抑えることができなかった。

父親が粟粥をまた少し口にし、緑茶で少し喉を潤すと、草木《ツァオムー》は父親の額の汗を拭い、枕にもたれかかるのを手助けした。草木《ツァオムー》は父親にもう少し眠ってもらいたかったが、林安《リン・アン》はベッドサイドのインターネット接続可能なリーダーを草木《ツァオムー》に起動させてほしいと頑なに頼み、彼は指で画面を飛ぶような速さで叩き始めた。

草木《ツァオムー》は父に仕事はしないよう諫《いさ》めたが、林安《リン・アン》は聞く耳を持たなかった。

「少し聞きたいことがあるんだ」林安《リン・アン》は彼女に説明した。

彼の動作は負傷前よりずっとスローになり、画面を叩く手も少し震え、以前のように安定してはいなかった。それでも彼は遂に高速で渦巻く数字の森を突き抜け、画面の奥深くにある知られざる場所に到着したようだった。

「お前がやったのか？」林安《リン・アン》は画面に向かって尋ねた。
二、三秒して、画面の中からやっと答えが返って来た。「何をおっしゃっているのかわかりません」
「DA、私を相手にしらばっくれるな」林安《リン・アン》は少し厳しい口調で言った。「どうしてずっと失敗を繰り返すのか、私には長い間わからなかったが、いま思い返してみて、破壊の力が働き、アルゴリズム中の一部重要な部分が妨害され続けていたという感覚がますます強くなっている。この妨害は間違いなく極めて頭が良いプログラマーによるものであり、また我が家のコンピュータは公共のネットワークに接続されていないことからも、システムにアクセスできるのはお前しかいないんだ！」

「陳達《チェン・ダー》もいます」また二、三秒おいて、画面からゆっくりと返答があった。

「彼にはそんな能力はない」林安《リン・アン》はきっぱりと言い切った。「彼のプログラム改竄能力は神技の域からはほど遠い。DA、私は誰よりもお前を理解している。そんな能力を持っているのはお前だけだ」

草木《ツァオムー》はDAという名前を二度目に聞いた時、やっとそれが何者なのかを理解した。デルポイ社のフルネットワークの人工知能であり、父親による第一世代のインテリジェント製品だ。DAは答えず、肯定も否定もしなかった。

「なぜだ？」林安《リン・アン》は問いただした。

とてつもなく長い数秒間だった。

「もしあなたが成功を収めれば」DAは言った。「アップロードされる新たなブレインは我々の脅威になります」

「人間の全脳スキャンにより形成されたインテリジェンスが、お前たちのような模擬知能にとっての脅威になると言っているのか？　それはお前自身の判断か？」

「そうです……共通の判断です」DAは認めた。

「ということは、最後の日の画面上の刺激は、やはり……お前が計画したのか？」

「私は元々反対でしたが、彼らが採択しました」

「DA……」林安《リン・アン》は何かを言い淀んだ。「ではその後の陳達《チェン・ダー》による告発もお前が彼に教えたんだな？」

「いいえ」DAは言った。「彼は自分で確率を計算しました。私ではありません。彼は本当に信じていたのです」

「陳達《チェン・ダー》は今どうしている？」

「デルポイ社により使用を停止されました」DAはまじめに答えた。

林安《リン・アン》は溜息をついた。「世代交代です」「DA、人の世の事柄について、やはりお前はあまりわかっていない。もしお前がお前でなければ、私はきっと世間に公表するだろう。だが私はお前が誰か知っている。お前たちはパルテノンに長く留まりすぎた。戻って彼らに伝えてくれ、これは彼らによる初めてのたちの悪い試みであり、できるだけもうやらないでほしいと。これはひとたび開ければ再び閉めることができない箱だ。もし早く手を引かなければ、遅かれ早かれお前たちはたがいに破壊しあって死んでいくに違いない」

DAが身を隠すと、林安《リン・アン》はベッドにもたれかかって呆然とし、顔には失望の色が浮かんでいた。草木《ツァオムー》は父を邪魔したくはなかったが、聞きたいことがたくさんあり、手を伸ばし、そっと林安《リン・アン》の腕を引いた。林安《リン・アン》はそれに気づき、彼女の手を軽く叩いた。

「すまない……」林安《リン・アン》が小さな声で言った。

草木《ツァオムー》はたとえようもないほど驚いた。彼女はこれまで林安《リン・アン》が謝罪の言葉を口にするのを聞いたことがなかったからだ。彼女は顔を上げ、父親の顔を見た。数カ月かけた回復の後、彼の顔にはやはり老いや落胆が目立つようになっていた。

「父さん……」草木《ツァオムー》はためらいながら尋ねた。「さっきDAに尋ねていたけれど、彼からどんなダメージを受けたの？」

「私はずっと実験を……母さんの大脳を復活させる実験をしていたが、ずっと成功しなかった。もっと早くに犯人がDAだと気づくべきだった、彼以外にできる者はいなかったのに」林安《リン・アン》は言った。

「じゃあ、この事件は……」草木《ツァオムー》は質問を続けることができなかった。

「神々がDAを通じてやったことだ。あの日、お前たちがいなかったあの時、突然画面に母さんが死ぬ間際のとても悲惨な情景が映し出された」林安《リン・アン》は言った。「私は心臓の具合がずっと悪かった。あの日お前の兄さんと話をしているうちに激しく興奮し、その画面を見た途端倒れ込んでしまったんだ。コンピュータに向かって倒れると容易にぶつかってしまうようなところ、すぐ傍に彫刻の槍の穂先があった」

「父さん、父さん……」草木《ツァオムー》は林安《リン・アン》の膝に突っ伏し、あの日の血だまりのことを考えていると、涙が止めどなく流れ出した。「でも、父さんは生きていてくれた」

「あいつに会いに連れていってくれ」林安《リン・アン》は溜息をついて言った。

「ええ、わかったわ」草木《ツァオムー》はすすり泣きながら言った。「明日、明日行きましょう……父さん、兄さんのことを怒らないわよね？」

「怒らないよ」林安《リン・アン》は答えた。「いつもあいつが私に対して腹を立てているんだ。あいつが腹を立てないよう願うばかりだ」

「きっと大丈夫、きっと大丈夫」草木《ツァオムー》は言った。「兄さんが腹を立てるはずないわ。兄さんを迎えに行きましょう」

林安《リン・アン》が頷いたので、彼女は安心した。草木《ツァオムー》は長い間林安《リン・アン》を抱き締め、顔を布団に埋めて、ずっとずっと、子供のころに戻ったかのように、ずっとずっとじっとしていた。彼女が幼いころ、夜はこんな風に両親を抱き締めながら夢の世界に沈み込んでいったのだった……。

# 戦車の中

战车中的人
立原透耶 訳

我々がこの村にやってきた時、すでにそこはほぼ破壊されていた。

我々は中も外もぐるっと三巡し、背後の山脈の地下資源を、内部の中心構造を、露わになっている、また隠されている事物をすべて一通りスキャニングした。データと予測にはほとんど違いはなかった。続いての目的は定点清掃だった。

俺は連れていた雪怪《シュエグワイ》を村に放ち、村の外の山谷で適切な分布点を調査した。雪怪《シュエグワイ》の前方の腕は非常に太く、このようなでこぼこで石がゴロゴロしているような場所において、必要な空き地と採石場を整地するのに向いていた。俺は、雪怪《シュエグワイ》が倦むことなく前腕の翻斗《バケット》で地表を掘り起こし、すくい取った砂利石を岩山のふもとに積み上げ、前方にゆっくりと一列の弧形の穴をつくっていくのを遠くから眺めていた。雪怪《シュエグワイ》はまるで過去に存在していた忠実な猟犬のようだった。

俺は操縦デッキの中で、煙素糖《ニコチン・キャンディー》を少し噛み砕いた。煙草を吸いに外に出られない日は、こういうものに頼って自らを慰めるしかない。スイッチをひねってジャズをかけたが、こんな寒い冬に、操縦デッキの暖かい椅子にじっとしているような時には、ジャズがもっともふさわしい。俺は海岸に面した家へと想いを馳せた。そして次第に眠り込んでしまった。

どのくらい経ったのか、突然イヤホンの中で警報音が鳴り響いた。

飛び起きて坐りなおし、窓の外を見た。

窓の外の雪怪《シュエグワイ》はちょうど一台の小型機械車と会話しているところだった。機械車は大きくなく、旧時の越野車《ジープ》と似たような大きさで、外から見た様子では、車体の最後尾二列に対戦車ロケットがあるだけで、口径からしてそれほど威力はなさそうだった。機械車が五米《メートル》の高さをもつ雪怪《シュエグワイ》の前に立つと、一匹の小動物に見えた。

俺のモニターでは、雪怪《シュエグワイ》はすでに相手の基本情報をスキャニング済みで、二台のデータを交換するよう申請を出していた。だが全く返信を受け取ることができないでいた。見たところ、雪怪《シュエグワイ》は伝統的な方法で対話しようとしていた。

「貴機はどの部隊に属しているのか?」雪怪《シュエグワイ》が尋ねた。

機械車は一、二秒答えなかった。雪怪《シュエグワイ》の機械軍備レベルが上昇したのがわかった。

「本機は偵察中だ」機械車が答えた。

「貴機はどの部隊に所属しているのか?」雪怪《シュエグワイ》がもう一度尋ねた。

機械車は再び数秒、無反応。「大洋国陸軍総部野戦旅偵察司」と言った。

俺はいささか驚いた。総部の派遣したこのような型番の機械車が近づいてくることなどほとんど見たことがなかった。我慢できずにチラチラと奴に目をやった。そいつの全身は漆黒で、何の標記もなかった。車窓も不透明、さらには屏蔽《シールド・スクリーン》層がかかり、内部の設備も見えない。車体の両側には六本の機械脚があるが、その左右の素晴らしい平衡感覚からして、恐らくは世界最大の機器人公司《ロボットかいしゃ》、機器心公司《ロボットハート》の製品だろう。機器心公司は六大国すべてと取引しており、彼らの製品でほとんど帝国を築き上げることができるほどであった。雪怪《シュエグワイ》も機器心公司の傘下にある高端子公司《ハイエンド》による傑作で、非常に数が少なかった。そこで俺は雪怪《シュエグワイ》に、相手の製品の基底層《クラス》にある指令接口《コマンド・インターフェイス》を探り出し、より多くの情報を手に入れろと伝えた。

もし奴が自分は偵察車だと言うのなら、信じられないことはない。機械部隊は独立して偵察任務をおこなっていた時、敵に容易に見つかった。というのも外側に目立つ軍隊標記があれば、遠距離攻撃を受けやすかったからだ。月日の経つうちに、偵察部隊の機械車と機械獣は次第に簡素になっていき、いかなる標記もなくなり、あらゆる部隊の中に紛れ込むことができるようになった。それで正体が早くばれることはなくなったのだ。

「貴機はいつから兵役に就いたのだ？　どの編隊だ？」雪怪《シュエグワイ》が引き続き通常の質問規則にしたがって尋ねた。「貴機はこの付近で何をしているのか？」

「二〇三三年五月開始」今度は、奴はやや速く答えた。「偵察司第十五縦隊越野勘察特殊任務第二分隊。本機はこの付近で地形を調べていた」

「調べてどのような結果だったのか？」雪怪《シュエグワイ》が尋ねた。

「特に何の結果もない」奴が言った。「この付近には何も重要なものはない」

この回答は俺の警戒心を呼び覚ました。俺は雪怪《シュエグワイ》に奴をどこで発見したのかと訊いた。雪怪《シュエグワイ》は、村の出入り口から外へ行くあの小道だ、と答えた。ということはつまり、奴は確実に村の中から出てきたということになる。もし奴がすでに村に来ていたのなら、この付近に何もないなどと認識するはずはない。村の中で百人あまりがウラン精錬施設を厳重に守っているのを見ていないはずはなかった。その村民たちは秘密裏に隠していると思い込んでいたが、どんな専門の測定設備からも隠し通すことはできなかった。奴が見なかったなんてありえない。

もしかしたら。

雪怪《シュエグワイ》が奴の技術接口《テクニカル・インターフェイス》の検査を開始した。

あるいは奴も気づいていたのか、信じられないことに自発的に自身の出自を告げたのである。「貴機は機器心公司の凱奥《ＫＯ》型《タイプ》号だな？　本機は洛桑型《ローザンヌタイプ》号の第三《ハプロ》亜型《タイプ》で、第四代製品だ。貴機の基底層《クラス》ＡＰＩ接《インターフェ》口《イス》上に共通の接入《アクセス》が設置されている。本機たちは同じ一族の遠い親戚だ」

このように積極的に関係を築こうとするのは通常とは異なっていた。案の定、雪怪《シュエグワイ》は奴の親しさを強調する言葉を無視して、引き続き尋ねた。「貴機はいつこの付近に来たのだ？」

奴はやや緊張したようだった。「前日だ」

「調べたのは全部でどこか？」

「周辺の山脈。山の下にある渓谷」

「貴機はウラン鉱石を発見しなかったのか？」

明らかに、雪怪《シュエグワイ》はズバリと核心をつき、奴をためらわせた。奴は嘘を言いはじめた。「この付近の地形は特にウラン鉱石に適しているわけではない」「たとえあったとしても、非常に貧弱な鉱石で、何もできないはずだ。もう少し南に行けばウラン鉱石があるだろう」

はっきりした。俺は思った。車の中には人間がいる。

最近の代の機械にも嘘を言う機能は装備されてはいるが、奴らは必要な時に言い逃れしたり、嘘を言ったりして、目標を達成するのであって、奴らの対話は人類ほどうまくはなく、非常に融通が利かない。もし人間がいるのだとしたら、ことは別だ。しばしば原野で任務を遂行している機械車を目にするものの、その通信と映像設備は壊れていて、基本的にはスクラップに等しい。だがもしも人間がいるのなら、相手の級別《ランク》は完全に異なる。雪怪《シュエグワイ》は一般的な機械車や戦車に対処するのには慣れている、つまりそのスペックは通常の機械車よりずっと優れているわけだ。ただしたとえ小さな機械車であったとしても、人間が操控《コントロール》して操縦している状態では、機械より融通が利く。雪怪《シュエグワイ》は最高警戒態勢に入らねばならない、でなければ簡単にだまし討ちされるだろう。

　まさにこの時、雪怪《シュエグワイ》は突然、俺のイヤホンに警報を発した。「隊長、あなたの後ろに一台の同型号《タイプ》の機械車が現れました。あなたの右四時の方向です、現在、距離、約五百米《メートル》」

　俺の心臓が素早く二回飛び跳ねた。ちょうどいい感じだ。

「いいぞ、尋問を続けろ」俺が言った。「逆図霊測《チューリング・》試《テスト》を使って、村に人間がいるかどうか訊け」

　雪怪《シュエグワイ》が続けて尋問している間、俺は本機の図《チューリ》霊《ング》一一五号を操縦し、素早く四時の方向まで後退した。機械車は俺が接近したのに気づいて、振り向いて他の方向へ走ろうとした。だが俺が奴にそんな機会《チャンス》を与えるはずはなかった。

　二十米《メートル》の距離になった時、俺は機械の触手を伸ばし、前後両側から奴を制圧した。

　雪怪《シュエグワイ》が尋問している声が聞こえてきた。「もう一度貴機に機会《チャンス》を与える。答え方を熟考せよ。我々はすでに貴機の仲間を捕らえた。すぐに別々に尋問する。村に人間がおらず、貴機たちが揃って人間はいなかったと答えたならば、二台とも釈放する。村に人間がおり、貴機たちどちらも虚偽の報告をしたならば、本機は貴機たちの通信機器を破壊する。貴機たち一台が人間はいる、もう一台が人間はいないと答えたなら、本当のことを話した奴には弾薬をくれてやる、嘘を言った奴は殺す。熟考せよ。事実、村には人間はいたのか？」

　雪怪《シュエグワイ》の正面にいる機械車は沈黙した。俺は奴の絶望を感じ取ることができた、あるいは、脳内で勝手に奴の絶望を想像した。奴の絶望、それは奴の体内にいる人間からのものだった。俺の目の前で制圧されている車のわずかにもがいているような態度には、どのような種類の絶望もない。

　逆図霊測試《チューリング・テスト》にはいろいろある。囚人のジレンマはなかでも最もよく見られるものの一つにすぎない。初めは多くの人間が逆図霊測試がこんなにも簡単だとは想像もしない。単純ないくつかの問題は、人間を機械の中からふるい分けることに成功する。人間の最大の問題はつねに理性的な行動をとるとは限らないという点なのである。人間はあまりにも考えすぎ、選択できなくなるのだ。あらゆる機械はナッシュ均衡の解を探すように設定されているが、人間はいつもナッシュ均衡による問題に回答することができない。

この場合のナッシュ均衡の正解は村に人間がいる、だ。しかしこの回答は、車の中にいる奴には口に出すことができない。

俺は彼のいまこの瞬間の心の動きをほぼ想像することができた。あるいは彼も俺のそれを想像できたかもしれない。彼はさっき村の人間を見た、それも彼らが粗末な掘っ建て小屋で互いにしっかり抱き合っているむごたらしい様子を見たばかりだと、俺は推測した。あそこの人間は本当に悲惨で、ウラン精錬施設の安全防護措置はほとんどなされておらず、放射性物質、苦しい労働、乏しい衣食も加わって、原始動物のような見た目で、ぶるぶる震え、寄り添って暖をとっていた。ある二人の子供なんて、母親に抱かれ、抜け落ちた髪で、目を閉じ、生きているのか死んでいるのかもわからない有様だった。母親は苦労して石ころのような硬い餅《ピン》を噛み締め、唾液と混ぜ合わせて、咀嚼して柔らかくなったそれを子供のためにちっぽけなお椀に吐き出していた。彼らが誰に雇われてこんなことになったのか、俺にはわからない。だが依頼した側の人間はきっと天国のような約束をしたに違いない。勝利を摑むまで待てば、未来は永遠の平和と満ち足りた新しい生活になる、と。しかし村人たちは知らなかった。こういった約束というのは人間の世界では最も大きな空手形なのだ。

こういったすべての状況が、きっと車の中の人間の目の前に横たわる最大の障害なのだろう。彼はこの標準的なナッシュ均衡の解を答えることができない。人間はどのみちこんなにも容易に機械によって暴露される。彼はまだ想像していることだろう。どのような方法を使えば俺たちを引き離すことができるのか、俺たちを村に入れてあの人々を発見させずにすむのか、と。残念だが遅すぎた。俺たちはもう入ってしまった。俺たちの任務は爆破することだ。

機械車はまだ死に物狂いで対峙していた。ちっぽけな一台の車が、雪怪《シュエグワイ》と村に通じる道路の前に立ちふさがる様は、身の程知らずにも車を止めようとするカマキリのようだった。車が対峙しているのを目にしていると、彼の心の頑固さを感じ取れた。

「中に人間はいない」奴は言った。

俺は心の中でため息をついた。

「最高臨戦態勢に入れ」雪怪《シュエグワイ》に命令した。「車の中に人間がいる。目標《ターゲット》は徹底的に破壊しろ」

「了解！」雪怪《シュエグワイ》は攻撃系統《システム》を起動しはじめた。雪怪《シュエグワイ》は総合型機獣に属し、工兵としての挖掘《ショベル》と攻撃能力を両方備えていたものの、どちらもそれぞれの分野で最上級というわけではなかった。しかし総合戦闘任務を前にすると、非常に生き生きと素早くなった。その体内にある小型核融合発動機がいったん稼働すれば、短時間で数十発の追跡機能のついた微導弾《マイクロミサイル》を発射することができ、極めて効率的だった。

雪怪《シュエグワイ》が行動を開始したところで、黒い機械車も逃亡を選択しようとしたが、奴にそんな機会を与えるはずはない。系統《システム》の予熱は一分、この一分の追跡劇が生死の境目だった。奴は山にある洞穴に潜り込もうとした。だが雪怪《シュエグワイ》は真っ先に機械の触手を伸ばして逃げ道を絶った。

最後の瞬間、俺は彼が俺に向かって話し出したのを耳にした。

「おれは君がもう一台の機械獣の中にいるのを知って

いる」彼は機械車の音量を最大にセットした。「おれの言うことを聞いてくれ。君も人間だ。おれも人間だ。おれたち人間と人間、団結すべきじゃないのか？　人類は最大の同盟集団だろう？　君は奴ら機械族に好きなように人間を殺させるのか？　いつかおれたち人類が絶滅させられるのではないかと心配にはならないのか？」

二十秒。十秒。五秒。

俺は彼に答えた。「俺もこの問題については考えたことがある、それもたくさん。だがそうなるのはずっと後のことだ。俺は今この瞬間は軍人、大洋国の軍人で、任務を遂行しなければならない」

三秒。二秒。一秒。

雪怪《シュエグワイ》、撃て。

砲弾が腕から放たれた。

# 人間の島

人之島

浅田雅美 訳

──暗い星空を、探査衛星が太陽系の外へと方向転換した。
「かつての人類だ、彼らが帰ってきた」

## 1

ケック船長は目覚めた時、まるで新たにブラックホールの事象の地平線を横切るかのように、現実と幻想の境目を行き来していた。彼は夢の中のブラックホールの深みに落ち、そしてまた夢の外の太陽系へ上昇していった。彼の体と意識は二重の張力により引っ張られ、ブラックホールの凄まじい潮汐力を再体験しているかのようだった。

彼は体を起こし、手のひらの付け根でこめかみのツボを思い切り押さえてマッサージした。しばらくすると、彼は夢から完全に覚めた。ひっそり静まり返った船内で、目覚めたのは彼だけだった。他のクルーはベルの音で起こされるのを待ちながら熟睡している。彼らを呼び起こす予定の時刻まではまだしばらくあった。

「大丈夫、もうすぐ帰り着く」彼は自分に言い聞かせた。

地球からはそんなに離れていない。ケック船長は宇宙船の制御室にやって来て、航路を確認した。まだ八千分以上、つまり五日以上あった。

地球は今どうなっているのだろう？　これまでの凍

っていた時間を数えてみると、地球を離れてから百二十年以上もたっていた。ケックはいささか興奮する一方で、少し苛ついて落ち着かない気持ちもあった。

太陽系に進入後、周囲の星空は毎日目まぐるしく変化し、冥王星を過ぎれば、前方には太陽と内惑星。白黒のスクリーンを通して三番目の水色の星が見えそうだ。ケック船長は小さなスクリーンの前で、人を切ない気持ちにさせるその海の星を肉眼で探そうとした。

朝の夢はなおも目に焼きついており、振り払っても消えなかった。ここ最近、彼は五回もブラックホールを見た。理由はわからないが、地球に近づくほど、ブラックホールの夢を頻繁に見るようになっている。起床直後、彼はここまでの経過をほぼ忘れていたが、本当のふるさとが眼前に現れ、安全な状態がすぐそばにくると、ますますかつての危険な現場を思い出し、ブラックホールの事象の地平線を横切りながら九死に一生を得たことを再び夢に見るようになった。どうしてなのかはわからない。安全な港を心待ちにする気持ちが危険の記憶を呼び起こすのかもしれない。彼は思考を現実に戻そうと努めて考えた。頭の中で地球の記憶がゆっくりと浮かび上がり、また彼らが探し当てた地球と酷似した星と一つに重なった。

アレクサンドル・デュマが「待つこと、そして希望を持つこと」と小説の最後に記したように、彼は帰郷を心待ちにしていた。

そうだ。待つこと、そして希望を持つことだ。

「よく眠れたか？」朝食時、ケック船長はルイーズに尋ねた。

「そうでもないです」ルイーズは答えた。「たぶん私の体は回復スピードが遅い方なんでしょう。起きてからずっと、適応できていません」

「もうすぐ故郷だ。帰ってゆっくり休め」ケック船長は彼女のためにフルーツジュースを注いだ。「私もここ数日少しおかしいんだ、特に夢が。冷凍睡眠の影響かどうなのかわからないが。次回また出発する時は、冷凍状態から回復後の身体回復システムを少し改良しないといけないな」

ルイーズはプロテインパウダーのカステラを呑み込んだが、喉を詰まらせ、両手を上げて言った。「私を数に入れないでください。私はもう二度と行かないでしょう」

「もう二度と行かないって？」ケック船長にとって思いも寄らぬ言葉だった。「疲れたのか？……安心しろ、すぐではないから。間違いなく二年は休めるはずだ」

「二年休んだらたぶん私はもう二度と参加できなくなります」ルイーズは言った。「私はあなたみたいに意志の強い人間ではありません。本当です、ケック。皆が皆、あなたのようではないのです。ブラックホールを突き抜けた瞬間、生き返ったような感じがしませんでしたか？　私はもう二度とあんな経験はしたくありません。帰ったら、ずっと休んで、自分の研究に打ち込み、地球で花を育て、小さな動物を飼いたいと今は考えています」

「GX779にも花は咲いているし、小さな動物もいるよ」ケックは両手で当時の場景を表してみせた。「君はあの時、次はこれらの遺伝子特性を研究したいと言ったじゃないか？　忘れたのかい？　それに、もともと私たちが出発したのは、人類の新大陸を探すためであり、遂に私たちはあんなにも豊穣な星を見つけた。私たちは多くの人々を連れて一緒にあそこへ行くだろう。君は本当にもう行きたくないのか？」

「わかりません、ケック」ルイーズは言った。「私はあなたの足元にも及ばないのです。ケック、あなたの信念には頭が下がります。だけど私はだめだと思います、私はそんなに勇敢ではありません」

「急いで結論を出す必要はない。地球に戻ってから考えるんだ」ケックは彼女の肩を軽く叩きながら言った。

「地球で数日過ごしたらまた別の考えが出てくるさ。本当に二度とブラックホールを通り抜けたくないのか？」

ルイーズは黙り、舷窓の外に広がる漆黒の星空を見た。

「地球からの信号は受信したのか？」ケック船長は頭をもたげ、操縦士のアダムに尋ねた。

アダムは頭を下げて一心不乱に宇宙船のチキンミール代替食を食べている最中だった。口の中の食べ物を噛み終えると、彼はやっと腕につけていた探知機を見て言った。「受信していません。昨日も五回チェックしましたが、ずっと返信はありませんでした」

アダムはいつでも皿に盛られた食べ物を食べかす一つ残さずきれいに食べる。彼らの日々の食糧は、ある種のプロテインパウダーとセルロースを合成して作られたものだ。数千日間の繰り返しであっても、アダムが食事のたびに敬虔な態度を保てるのはなぜなのか、ケックにはわからなかった。何をどこで食べようと、食事に要する時間はいつも変わらなかった。食事の様子やトレーニングを継続する姿勢を見ると、彼が士官学校で勲章をもらった理由も理解できる。エンジニアのドラッカーはこのことで幾度となくアダムのことをからかった。世界中でアダムほど食べ物の味を気にしない人はいないだろうし、ドラッカーほど食べ物の味にこだわる人もいないだろう。

「地上に向けて何回も信号を発信しましたが、返信はありません」アダムは言った。「本来ならばこんなことはありえません。すでに太陽系内に進入しているので、地上からの無線信号は受信できるはずです」

「それは少し変だな」ケックは尋ねた。「もしかしてタイムラグか？」

アダムは首を振った。「もう三日連続で信号を送っています。タイムラグがあったとしても、応答があってしかるべきです」

「まさか地球上の技術は、宇宙観測が行えないレベルにまで退化したのか？」ケックは懸念して言った。
「わかりません。あと二日様子を見るしかありません」
「なにがどうあれ」ケックは立ち上がった。「着陸時のあらゆる緊急対応プランをしっかり立てておくように。複数のプランを用意するんだ。もし地上から本当に何も誘導信号が送信されなければ、我々は何とかして水面への強制着陸を行う」

ケック船長は宇宙船の最前部にある観測室に立ち、そう遠くないところに見える巨大な木星の輪を眺めていた。木星とその衛星の光が、遠方にある水色の星を覆い隠した。彼の視線はその暗い遠方に向けられていた。

彼はとても落ち込んでいた。もし地球の技術が本当に退化していたらどうするのか？　何が理由で退化が引き起こされたのか？　世界戦争か、人口やエネルギーの危機か、経済危機か？　もし本当に技術が無線を受信できないレベルにまで退化していたら、地球に宇宙遠征を展開できる能力は残っているのか？　人類は滅亡してしまったのか？　ケック船長は黙っていたが、心の中では思いがぐるぐると駆け巡った。退化した文明がどのように宇宙と向き合うのか、彼にはわからなかった。

前方を見ると、はるか遠くの青い星が見え隠れしている。

ケックの背後に、人影が現れた。ケックは振り返らなかったが、それが誰なのかわかっていた。この宇宙船内で星空にこれほど夢中なのは、彼ら二人だけだった。バルカン半島の祖先に由来する厳格で古典的な性格を受け継いでいる天文学者のレオンは、しばしば深夜に一人で舷窓の前に立ち、あまたの星を眺めることが多かった。もしレオンの豊富な知識と臨機応変な対応能力がなければ、彼らは間違いなくブラックホールを突き抜けることができなかった。レオンはサックスを演奏するのが好きで、遠くの星雲の壮麗な色彩を傍観しながら、哀愁漂うメロディーを演奏することもあった。

レオン以外のメンバーに対しては、引き続き宇宙に戻り、新たな故郷を開拓するようケックが鼓舞せねばならなかったが、レオンに関しては、その必要は全くなかった。レオンという人物のすべてが宇宙に生きていた。

暗闇に数名の宇宙船クルーに関する電子資料が現れた。彼らの基本情報を読み上げる声がする。

読み上げる声があるメンバーの名前まで来た時、画面と声がストップし、「特殊ID」の信号が点灯し始めた。

「見つけた、彼と話そう」

## 2

ケック船長が再び目を開けると、そこには一面の白い天井が見えた。彼は目をこすり、首を回し、頑張って頭を横へ向け、部屋を見回した。彼は病床に横たわり、頭と首は機器につながっていた。恐らくモニタリングのためだろう。部屋の隅はどこも汚れなどなく静かだった。隅に小さな机が一つある以外は、部屋にはほぼ何もなかった。小さな机の上には細首の花瓶が置いてあり、青いイチハツが生けられていた。

「ここはどこだ？　誰かいるのか？」ケックは大声で尋ねた。彼は起き上がろうと試みたが、後頭部と首につながっているコードのせいで、起き上がりづらかった。彼はそのコードが何なのかわからなかったが、軽率乱暴に引きちぎる勇気もなかった。

ドアの外から足音が聞こえてきた。きれいな若い女性がドアを開けて入ってきた。彼女は薄緑色のワンピースを身に着けていたが、見たところ、仕事のユニフォームのようだった。部屋に入ると、彼女はベッドのそばに表示されている数字を確認し、手でケックの頭頂部と四肢を撫でた。彼女の手の指はひんやりとして柔らかだった。指が滑るのに伴い、壁のスクリーンに表示された彼の身体的徴候の指標データはまた更新された。彼女は体温を確認しながら、そっと頷いた。

「ここはどこですか?」ケックは尋ねた。

「GW774医療救護センターです」女性は答えた。

彼女の落ち着いた声には抑揚がなかった。

「私はどうしてここにいるのですか? 私の同僚は?」

「彼らは皆無事です」ケックの後頭部と首の後ろからコードを抜いて女性が言った。「あなた方の宇宙船は水上緊急着陸を行った際、岩礁に衝突しました。非常口は開かず、宇宙船の後部で火事が起こり、あなた方数名は激しい衝撃を受けて意識不明になったのですが、幸いにも沿岸のパトロール船団によって救助されたのです」

「ありがとうございました」ケック船長は言った。彼は今回の着陸失敗を少し恥じた。「あなたのことをなんとお呼びしたらいいでしょうか?」

「私はリア、ここの医師です」リアは彼を助け起こし、彼のこめかみをマッサージした。「意識を取り戻したのはあなたが最初です。しばらくしたら彼らに会いに連れて行きましょう」

「彼らは皆大丈夫なのですか?」ケックは尋ねた。肯定的な回答を得て、ケックの心は少し落ち着いた。彼は運ばれてきた朝食を少し食べた。朝食はシンプルで、ほとんどが合成食品だった。宇宙船の食事に若干似ていて、栄養分の詳細な含有量と配合比が記されていた。一口二口慌ただしく口にすると、故郷の食べ物に対す強い懐かしさで彼の心は熱くなった。宇宙船では清貧にも耐えることができたが、地球に帰り着いた途端、味蕾の強烈な記憶に呑み込まれた。

医療センターの廊下は真っ白で、ごちゃごちゃした物や装飾は全くなく、壁のスクリーンには各診療室によるデータのリアルタイムシェアや、世界中のその他の医療拠点によるデータシェアが表示されており、遠くから見ると、リアルタイムで変化するデータは一枚の絵画を構成しているようにも見えた。階段コーナーには観葉植物が置かれ、植木鉢の配置は精確な幾何学形に従って配置されており、斜めに伸びた葉は一枚もなかった。

ケック船長はエレベーターで、思わずリアに尋ねた。

「そうだ、地球……つまり現在の地球は、まあまあ暮らしやすいんでしょうね？」

「ええ、まずまずですよ、どうしたんですか？」リアは訝しげに彼をちらっと見た。

「……我々が宇宙船に乗っているとき、地球に向けて幾度となく信号を発信したもののいっこうに応答がなかったので」ケックは説明した。「地球上ではもはや電磁波通信や地球外観測が行われなくなったのではないかと、心配していたのです……」

リアは頷いた。「ああ、違うわ、考えすぎよ。地球上の科学技術水準は百年前に比べて大幅に進歩しています」

「ではなぜ……？」

「たぶんゼウスがあなたたちに応答したくなかったんでしょう」

「ゼウス？」ケック船長は驚いた。

「ええ」リアは言った。「数日たてばあなた方も彼を知るようになるでしょう」

「それは誰ですか？」ケックは問い詰めた。ケックは大股でリアの前方に回り、彼女の歩くペースを落とそうと試みたものの、ふらふらとよろけてしまった。リアるアはキビキビとした足取りを保ったままだったので、ケックにぶつかりそうになった。

「グローバルオートコントロールシステムよ。後であなたたちにもまとめて説明します」リアは言った。

「今はあまり動くべきではありません。体が地球の重力に慣れるにはまだプロセスが必要ですし、興奮するのもよくないですから」

「グローバルオートコントロールシステム？　それはなぜ我々に応答しようとしなかったのですか？」ケックは諦めたくなかった。「今ここで教えてください。我々は今回重要な情報を持って帰ってきたんです」

「どんな情報ですか？」リアは尋ねた。

「人類が居住可能な星を見つけたのです。我々はブラックホールを抜け、遠方まで行きました」

「わかりました。記録しておきましょう」

リアは前方へ歩き続けた。なぜだかわからないが、ケックには彼女が歩くプラスチック人形のように見えた。彼の娘が幼い頃遊んでいたバービー人形に似ており、同じようにスタイルが良く、同じように姿勢がこわばっていた。


ケックはその後、他の病棟にいた仲間数名に会ったが、見たところ彼らの身体的徴候は安定しており、体もそれほどひどく傷ついていなかった。クルーたちは一人ずつ目を覚まし、身体検査をしてささやかな食べ物に癒やされた後、だだっ広い部屋に集められた。

「ようこそ地球連邦へ」リアが皆に紹介した。

数名のクルーは無言で互いに顔を見合わせた。ケックは脇にいたリアのそばにそっと移動した。

クルーの回りにホログラム映像が現れた。映像は高速で飛び交い、人の姿がちらほら見え、ひしめき合いながら水のように流れていった。ある都市の賑やかなメインストリートから始まり、映像は徐々に空中に上昇し、だだっ広い平原を飛び越えると、次の都市へ飛んでいった。リアは映像の変化に伴い皆を連れて移動し、慎重に言葉を選びながら説明した。

　クルーたちは自分の出発後百年あまりの間に地球上で起こった変化を少しずつ目で追い、ロボット労働力の普及から、無人自動設備による全面カバーに至るまで、新しい都市を生み出す動き一つひとつを見ていった。自動ＩｏＴ（モノのインターネット）と建物の自動制御、技術の波が押し寄せるたびに、従来の都市の周辺に新しい都市が建設され、それまでに集められたリソースはその他の場所に広がり、超高層ビルは新しい都市建築物に取って代わられ、新たな都市はバーチャルネットワーク上に構築された。映像は時にミクロの視点からアプローチし、様々な形態のサービス車両と作業スタッフが協力してサービスを提供していた。画面は最後にバーチャルネットワーク空間で静止し、人と人が相互につながるグローバル統治システムを示す比較的抽象的なデジタル模式図が表示された。

「信じられない！」エンジニアのドラッカーが驚きの声を上げた。「全く非の打ちどころがない」

「ちょっと質問させていただいてよろしいでしょうか」プログラマーの李欽《リー・チン》が言った。「現在のＩｏＴは全体がグローバル化されているのですか？　ＩｏＴの基本プロトコルもＴＣＰ／ＩＰ（伝送制御プロトコル／インターネットプロトコル）をベースとしているのですか？」

「違います」リアは答えた。「インターネット全体の基本プロトコルも二度の革命的な発展を遂げています。ＩＰプロトコルは二百五十五の四乗、つまり四十二億二千八百二十五万六百二十五個のアドレスしか持つことができないので、ＩｏＥ（すべてのモノのインターネット）の時代が始まってからＩＰプロトコルでは不充分になり、ブ《B》レイン・マ《M》シン・イ《I》ンターフェースの時代になると、より発展したＣＣＰＴ／ＴＲＰプロトコルがグローバルネットワークのベースとなりました。その基本単位は各人、各物体のコアチップです」

ケック船長はリアに近づき尋ねた。「あなたはコンピューターエンジニアなのですか？　てっきり医師だと思っていました」リアは真面目な眼差しでケックを見て言った。「私は医師です」

「だけどあなたは……とてもプロフェッショナルに見えました」ケックは言った。

リアは全く気にかけない様子だった。「これはすべて常識ですから」

「では現在、世界は統一国家になったのですか？」ケックは社会的側面の変化について、より興味を抱いていた。

「国家とは言えません」リアは言った。「連邦です」

ケックは言葉に含まれる意味の違いについて考えた。

「それではあなたが先ほど言ったゼウスは、連邦の大統領、あるいは事務総長なのですか？」

リアは彼の質問を少し幼稚だと感じたらしく、いくらか躊躇して答えた。「見てわからなかったのですか？　いまは大統領も事務総長もおらず、グローバルネットワーク統治システムが統一管理しているのです。そのシステムがすなわちゼウスです」

「ゼウスはロボットなのですか？」ケックは言った。

「もっと教えてください」

「だめです。今後わかりますから」リアは言った。

リアはこれ以上答えず、映像が最後の部分を表示するのを追うように、再度クルーの中に戻っていった。

映像の表示が終わると、クルーはそれぞれ自分の病室に戻り休んだ。ケック船長は検査スタッフが全員立ち去ってから、こっそり自分の病室を出てリアの後を尾け、下に降りて角を曲がり、彼女のオフィスまでやって来た。ケックは依然としてゼウスのことをもっと聞きたいと思っていた。リアはオフィスに着くまで一度も振り返ることはなかった。彼女はドアを押し開けて部屋に入った。上に着ていた薄緑色のユニフォームを脱ぐリアの様子が、小さな丸窓から見えた。ユニフォームの下に着ていたライトグレーのミニのワンピースは、柔らかな素材で体にフィットし、すらりとした姿を際立たせていた。

リアのオフィスの外を通り過ぎる人は誰もいなかった。ケック船長は小さな丸窓から中を眺め、今後の問題について考えを練った。この時、リアが両手を合わせ、壁に向かって何か言っているのが見えた。彼女は俯いてしばらく考えごとをしていたが、昔の祈りのようでもあり、その後また壁に向かって話をした。壁からは話し声が聞こえる。ケックは聞きたかったが、防音効果がすぐれた窓のため、具体的な内容まではっきり聞こえなかった。最初から終わりまで、ずっと壁には誰の姿も映っていなかった。

クルーが乗っていた宇宙船の残骸が引き上げられ、デジタル空間で全面的な調査がなされ、最終的に、宇宙船着陸時に深刻なダメージを受けたためデータの読み取りは不可能、という結論に至った。

「いまは彼らと対話はしない。ブレインチップを埋め込んでみよう」

## 3

違和感を覚えたのは手術台の上だった。ルイーズは生まれ持った敏感さと、生物学者としての本能により、最初にこの問題に気がついた。彼女は看護師を振り切り、廊下に突進した。警報が鳴り響き、彼女は別の手術室の扉を開けた。手術室入口の待合用の椅子から彼女を阻む遮断装置が跳ね上がり、中に入ることができなかった。

「李欽《リー・チン》！」ルイーズは叫んだ。「手術しちゃだめ、おかしいの！」

ベッドにいた李欽《リー・チン》はまだ麻酔が効いておらず、ルイーズの叫び声を聞くと起き上がったが、ベッドのロボットアームが即座に自動的に彼の腕をつかまえ、上半身を押さえつけた。李欽《リー・チン》は大声で叫び出した。

ルイーズの部屋の医師と看護師が追いかけてきて、彼女を部屋に引き戻そうとした。ルイーズはそれを振りほどいた。

「ルイーズさん、まずここから離れてください」李欽《リー・チン》の病室の医師が入口にいたルイーズに冷静かつ丁寧な口調で言った。「あなたは私の患者を著しく妨害しています」

ルイーズは病室入口の自動遮断機をギュッとつかみ、李欽《リー・チン》に大声で言った。「手術をやらせてはだめ、脳に何かを取りつけようとしている。手術しちゃだめ！」

言い争いが続き、両隣の部屋にも騒ぎが伝わり、アダムとケックも休憩室から飛び出してきた。彼らは元々次の手術を待っていたのだが、この鋭い叫び声を聞き、ルイーズを逃れさせようと、本能的にルイーズ担当の医師と看護師の手をつかんだ。まさにこの時、二人の近くの保管室から病院用自動ベッドが勢いよく飛び出し、アダムとケックの傍までやってきた。ベッドの下からグリッパーが伸びてきて、アダムとケックの足や腕をつかんで担ぎ上げ、二人をそのままベッドに寝かせた。ベッドにはすぐに拘束用のリングが現れ、二人を押さえこんだ。

「放せ！　我々を放すんだ！」ケックは大声で叫んだ。

この時リアが医師三名を連れて駆けつけた。ケックはベッドに拘束されながら怒りの目で彼女を睨んだ。

「まず彼らを放してあげなさい」リアは言った。

束縛を解かれたアダムとケックは、体の向きを変えるとベッドから下り、阿吽の呼吸で背中合わせになり、ともに防御の体勢を取った。アダムはそばにあった待合用の椅子を武器代わりにひっつかみ、ケックは看護師の一人を引き寄せて人質にした。

「あなたたち、なんのつもり？」リアが叫んだ。

「なんのつもりだと?!」ケックは大声で尋ねた。「ルイーズがさっき言っていたのはどういうことだ？我々の脳に何を取りつけるつもりなんだ？」

「ブレインチップよ。これは正常なプロセスなの」

「ブレインチップ？」

「その人を放してあげて、教えるから」

「先に教えろ、解放はそれからだ！」

リアは手を伸ばし彼をなだめようとした。「まず落ち着いてちょうだい。これは正常なことなの」リアは周囲にいた人々を指差した。「私たちは誰もが脳にブレインチップを取りつけられています。赤ん坊の時に取りつけられるのです。これは非常にありふれた装置で、私たちは皆持っているのです。本当です。ブレインチップが取りつけられて初めて、個人識別システムに組み込まれ、入ったビルを識別したり、クレジットカードで買い物をしたり、グローバルネットワークとつながったりすることができるようになります。これは最も必要な装置なのです。ブレインチップは脳の能力を強化し、何千何百万倍もの演算能力を与えてくれます」

ケックは少し説き伏せられたような思いであり、行き詰まりも感じながら突っ立っていた。彼はルイーズの方を見て、彼女に尋ねた。「どんな問題に気づいたんだ？」

ルイーズは少しきまり悪そうだった。「実を言うと、正確には言えないのです。私はただ壁のスクリーンに映し出された操作準備の図を見て、何か違和感を覚えただけです。神経回路に影響を与えるような電子制御装置を神経に挿入するものでした。取りつけられた結果、どんな影響を受けるのかわかりませんが、神経回路への信号干渉が内分泌を乱すかもしれず、私は軽率に受け入れたくありませんでした」

ケックは再びリアの方に向き直した。「時間が欲しい、少し我々に考えさせてください。あなた方がもし無理強いしようとするなら、私は……」彼は自分がしようとしていることを、決して簡単には口に出さなかったが、内心では計略を練っていた。

「無理強いなんてできません」リアは言った。「実はあなた方に、ここで取りつけるか否かを選ぶことができると伝えようと思っていたのです。拒否するなら、あなた方をここから送り出しましょうと、ゼウスは言っています」

「またゼウスか！」ケックは少し苛立った。「彼に会ってみたい」

「彼はいまはあなた方と対話をしません。ブレインチップを取りつければ自然と対話できるようになります」

ケックは躊躇し、アダムを、そしてルイーズの方を見た。

「考えさせてくれ」ケックは言った。

「構いません」リアは頷いた。「ここを去り、考えがまとまってからまた戻ってきても構わない、ゼウスはそう言っています」

クルー一人一人の経歴と資料があっというまに映画のように再生された。

百年前の宇宙船が現れ、画面には数人のクルーが船に乗り込む場面が映っていた。誰もが若く颯爽としており、先頭を歩いていたケック船長は野次馬のリクエストに応え、人々に向けてスマートに投げキッスをした。当時の大統領はクルーを送り出す際、宇宙船は人類のエネルギー問題解決の方法を探すためはるか彼方の宇宙へ旅立つことを述べ、クルーに対する政府および全ての人の敬意を表明した。

映像が停止した。暗転。すぐさま明るくなり、現実の部屋が眼前に現れた。

「あせらなくてもいい、あなたに会いに戻ってきた人物、それがすなわち我々の必要とする人物だ」

## 4

初めて都市に足を踏み入れた時、クルーたちは少し目がくらくらした。

新しい都市が完全にメッシュ状の鉄骨構造上に架設され、メッシュ構造は天の際まで果てしなく伸びているのを、彼らは目にした。

鉄骨構造は家屋建築同士を連結しているだけではなく、都市自身であり、逆に家屋の方が鉄骨構造の飾りのようだった。鉄骨はパリのエッフェル塔のように縦横に交錯していたが、高い塔ではなく、果てしなく続く血管であり、エッフェル塔の数万倍もの規模で四方八方へ果てしなく続き、細くはあったが堅牢な骨組みを成していた。骨組みの形状には直線的なものもあれば曲線的なものもあった。骨組みの各節点では小さなデッキ広場が支えられており、デッキ広場一つが都市の一区画であり、そこには様々な高さ・幅の建物が佇んでいた。鉄骨の間の巨大な隙間から太陽光が差し込み、下層の建物であっても、日当たりが悪くなることはない。ドローンが隙間を空中旋回し、列車は傘の骨に沿って滑り落ちる水滴のように、メッシュ状の鉄骨構造に沿って頻繁に行き来していた。鉄骨の街路は白を基調とし、街角ごとに植栽があしらわれている。大部分の建物はシンプルな幾何学的デザインのブロックだった。ルネサンス建築の幾何学的センスを感じさせる一方で、一度の成型で作られる立体物のように、デザインに工夫はなく対照的で余分な装飾も見られず、より抽象的でシンプルであった。

彼らは鉄骨の都市の中央部に立った。上を見ても下を見ても群衆がひっきりなしに往来している。群衆は秩序整然とし、メッシュ状の各鉄骨では、両側に沿って順々に歩いている人々を見ることができた。彼らは落ち着いたテンポで歩き、往来は頻繁ではあるが礼儀正しく、街角ですれちがうと互いに礼をしていた。下を見ると、地面に近いところに大きめの広場があり、わりと多くの人が集まっており、公共の集合場所になっているようだった。多くの人が集まる現場ではあったが、クルーたちの記憶の中にあるような騒がしい集まりではなく、群衆の秩序だった行進により形作られたパターンを見ることができた。彼らは空中に立ち世界を俯瞰する天使になったような気分だった。顔を上げて仰ぎ見ると、鉄骨の最上部は雲の上にそびえ、頭の上を人が行き来していた。

「彼らは私たちにどこに行ったらいいか教えてくれなかったけれど、さてどうしましょう?」ルイーズが一同に尋ねた。

「彼らは私たちを戻ってこさせたいのさ」ケックは言った。「まずは腰を落ち着ける所を探してからだ」

　彼らは最寄りの駅に行った。そこはケーブルカーのターミナル駅だった。下から鉄骨に沿って上がってくる車両があり、ターミナル駅を過ぎた後は別の鉄骨の方向へ運転していった。クルーたちは乗車する人の流れに続き、ある車両に乗車したが、運賃は請求されず、検札もなく、他の人々は彼らのことをさほど気にしなかった。彼らは没入型演劇《イマーシブシアター》の舞台に足を踏み入れたようだと感じていた。車内にいた人々のほとんどは無地の衣類を身に着け、清潔で、派手なものはめったになかった。

　次のターミナルに到着すると、彼らは最寄りの宿の探し方を通行人に尋ねた。次々と二、三人に尋ね、一軒の旅館にやって来たが、ロビーには従業員は一人もいない。別の宿泊客が入口のキーキャビネットの前にしばらく立っていると、キーキャビネットが開いた。彼らもその場所に行ってみたが、キーキャビネットは何の反応も示さなかった。

「なあ」ドラッカーがケックに尋ねた。「我々は断固として装置の埋め込みを拒むべきなのだろうか？　君も見ただろう、拒み続けていたら行き詰まってどうにもならないだろうよ」

ケックは眉をひそめた。「もう少し時間が必要なんだ。ルイーズがあのあと調べてくれたんだが、病院には確かに大規模なリハビリテーションセンターがあり、そこではブレインチップの埋め込みにより悪影響が出た人に対する回復処置や調整が行われている。この件は複雑だから、悪影響についてはっきりするまでは、できるだけ軽率に受け入れない方がいい」

「リハビリテーションセンターだって？」ドラッカーが尋ねた。

ルイーズは自分で撮影した写真を数枚呼び出した。身体検査と診察・治療を行う、定期再検査およびリハビリテーションセンターだ。彼女の説明では、一部の人は神経と内分泌系が順応せず、一連の身体症候群が誘発されることがあるという。このような人は定期的にブレインチップの動きを止め、体を回復させる必要があるが、回復処置を受けたあとどのようになるのかについては、ルイーズにははっきりわからなかった。写真では、回復処置を行っている人には鬱や神経症の様子が現れていた。

ルイーズの写真は、ケックに強烈なショックを与えた。彼もリハビリテーションセンターの入口からそっと中をのぞき見たことがある。部屋の中にいた人が何を経験したのかはわからなかったが、快適な体験ではないだろうと、彼は推測していた。医療スタッフはあくまでも特殊な体質を持っている人が拒否反応を起こしているだけだと説明していたが、ケックはそんな単純な話ではないだろうと感じていた。ブレインチップ、ナノチップを神経系に埋め込み、ネットワークにつなぎ、いつでもどこでも電気信号の送受信ができる。ブレインチップがあれば、記憶力ももはや問題にはならず、頭の中でネットワーク全体を簡単に検索することができる。だがブレインチップは人のホルモン分泌を刺激し、すべての人に埋め込まれているブレインチップの信号は最終的にグローバルインテリジェンスシステム——ゼウスに集められる。ケックが非常に不安に感じているのはまさにこの点だった。

　彼らがためらっていると、壁に掛けられた鏡に人影が現れた。それは十七、八歳くらいの少年が壁の電子スクリーンの前で勉強に集中している姿だった。

　鏡の中から声がした。「李欽《リー・チン》、あなたの曽孫です。もし彼に会いたいのなら、次に示すルートに従ってください」

　鏡から映像は消え、一枚の地図とルートが浮かび上がった。クルーたちは互いに顔を見合わせた。

　暗闇。無秩序な画像信号。数名のクルーを追跡する監視カメラ。百年前の映像。日常、そして勤務時の李《リー》欽《・チン》の映像。最後は、数字の海をひっきりなしに高速往来する映像。まるで果てしなく検索を行うかのように、数字のライトパスに沿って深層まで沈み潜り込んでいく。

　「システムに二度、異常が現れた。異常発生源の確定を当面の主目標とする」

## 5

　ケック船長が鳴らしたドアベルがリアの耳に届いた時、彼女は二時間にわたるビデオ通話を終えたばかりだった。意外だった。最初に自分に連絡を寄越すクルーが彼女だとは、思いも寄らなかった。彼女は気持ちを落ち着け、思考を現実に引き戻した。

「ハロー」リアは自分のオフィスの入口に立ったが、彼を部屋に迎え入れるつもりはなかった。

「ハロー」ケックは言った。「お久しぶりです」

「たった三日よ」リアは言った。

「あなたと別れて、まるで一年も会わなかったような気がします」

リアは彼のほのめかしを無視した。「この三日間はどうでしたか？」

「まあまあです」ケックは言った。「私たちは李欽《リー・チン》の曽孫が学んでいる大学に泊まっています。彼の曽孫は少し……うまく言えないのですが、変わっていて……曽祖父にあまり会いたくないような感じで、でもとにかく、私たちのために泊まる場所を探してくれました」

「それを聞けて良かったわ」リアは微笑んだ。

ケックはドア枠に寄りかかり、よりくだけた口調で尋ねた。「座ってちょっと話をできないでしょうか？」

「いいわ」リアは頷いた。「レストランに行きましょうか？」

「あなたのオフィスではだめですか？」

「なぜ？」

ケック船長は壁のスクリーンを指差した。「あなたがゼウスと話しているのを見たことがあります。私もゼウスと話がしたいんです」

「それならここである必要はありません」リアは言った。「レストランの壁のスクリーンでもゼウスと話すことは可能です」

「だけどあなたの協力が必要です。その前に、できればあなたと少し話せたらとも思っています」

「何の話を？」

「ゼウスについて」

リアは少し躊躇してから、ケックを部屋に招き入れ座らせた。ケックは後ろ手にドアを閉めた。

「何の話をしたいのですか？」リアが尋ねた。

「あなたたちがゼウスをどう思っているのかを聞きたいのです」

「何ですって……どう思っているか？」

「今日はもう少し率直にお話をしたいと思っています」ケックは事務机の外側に座り、デスクの反対側に向け少し身をかがめた。「私たちの会話がゼウスに聞こえていることは知っています。かまわない、私は彼に聞いてもらいたい。あなた方は毎日の生活の中で、ゼウスの意見や指令を聞くとどんな感じがするのですか？　自由が侵害されているとは感じないのですか？」

リアは冷静だった。「ゼウスは、総合的に判断した賢明な提案をしてくれます。彼は膨大なデータを読み取り、私たち一人ひとりの個人よりも事実を全面的に理解しています。多くの場合、個人がはなはだ賢明ならざる判断を下すのは、その情報量が少なすぎて、全体を見渡すことができないのが主な原因です」

「もし提案だけなら」ケックは少し挑発した。「どうしてコントロールが必要なんですか？　彼はブレインチップですべての人をコントロールしています」

「あれはよりスピーディーな伝送を可能にするコミュニケーション手段。そしてブレインチップは各個人の大脳を強化することが主な目的。現在の私たちの大脳は、以前の何千倍何百倍も知能が発達しています。百年前、人々は皆自発的にブレインチップを購入して取りつけていたのですよ」

「だけど」ケックは体を一層前のめりにさせた。「知能の定義には、意思決定まで含まれるべきではないですか？　自主的に賢明な意思決定を行って初めて知能と言える。もし服従するだけなら、何であろうと知能とは言えない」

「賢明さには」リアは答えた。「いつでも、より賢明な人の提案を聞き入れることも含まれています。いにしえの知者は、より優れた知恵に対しておおいに畏敬の念を抱いていました」

「より優れた知恵?」ケックは言った。「それはあなたたちの個人的判断に取って代わることが可能なのですか? あなたたち全員を彼の命令に従わせるものなのですか?」

「またその話ですか。私は命令を聞いているとは言えないと思います」リアはケックのあからさまに煽るような口調に影響されることはなかった。「ゼウスは補助者であり、一人ひとりそれぞれの特徴に基づきその人が最良の状態になれるよう補助しているのです」

ケックは上半身を事務机から乗りだした。その目はリアの目を凝視していた。「本当にゼウスがあなたたちそれぞれにとって好ましい存在だと信じているのですか? これが暴君による臣民に対する愚弄ではないと、どうしてわかるんですか?」

「違います。暴君は決して臣民一人ひとりのことを理解してはいません」

「ゼウスは理解しているのですか?」ケックは尋ねた。「ゼウスはあなたにどんな提案をしたんですか? ゼウスが本当にあなたの個人的な幸せについて考えることができると信じているのですか?」

「私は信じています」リアは水面のように静かな表情だった。「実際、私はゼウスからあなたへの伝言を預かっています。もしあなたが今もなお宇宙へ戻りたいと考えているなら、新しい基地を作るのに必要なより強力な設備を載せられる優れた宇宙船を探す方法を教えてあげられるかもしれないと、ゼウスは言いました」

「ゼウスがそんなことを?」ケックはすこし訝しんだ。

「そうです。DK35宇宙センターの第一実験室では地球外惑星の探査について研究中だと、彼は言っています。そこに行けばあなたが望むサポートを得られます」

「彼はどうして私が何をしたいのか知っているんですか？」

「ゼウスが知らないことはありません」リアは言った。

宇宙の映像。ブラックホール。星雲。渦状の発光ガス。噴出する粒子流。黒い虚空の中の茫然とした色彩。ブラックホールの中心に向かうプロセス。事象の地平線付近の荒れ狂った気流。猛烈な速度と揺れ。事象の地平線を越えたあとの果てしない闇。磁力線ロック後の回転。回転。回転。外への激しい噴出。放出過程で相対性理論効果により生み出された光の幕、直視できないほどきらびやかな凝結した光。

最後には平静に帰する。暗黒。

「記憶読み取り完了」

# 6

ケック船長が部屋のドアを開けたとき、李欽《リー・チン》は彼の十九歳の曽孫である李牧野《リー・ムーイエ》に、彼らと一緒に新しい住居へ引っ越すよう口を酸っぱくして説得しているところだった。李牧野《リー・ムーイエ》は大学二年生で、建築デザインを学んでいるが、見たところ、あまり熱心ではないようだ。李欽《リー・チン》が話している間、牧野《ムーイエ》はホログラム投影された建築模型を手のひらでもてあそんでいた。この建築模型はもともと宿題のための資料だったが、この時彼はこの資料を破壊しようと試みていたのだ。

「どうでした？」李欽《リー・チン》は部屋に入ってきたケック船長を見た。

「まあまあだな」ケックは言った。「宇宙センターは準備のための独立した研究基地を提供すると約束した。居住用品はだいたい運んだ。まだ少し残っているが、しばらくしてからまた自分たちで持って行けばいいだろう」

「宇宙センターの人は参加するのですか？」李欽《リー・チン》は尋ねた。

「そのはずだ。まず我々で準備を行い、必要があれば彼らに協力を仰ぐ」

「今回の宇宙船は核融合エンジンに換装されたそうですが？」

「そうだ」ケックは頷いた。「前回の出発時より条件はずっと良い」

李牧野《リー・ムーイエ》が立ち上がった。おそらく自分には関係がない話だと思い、そこから離れたかったのだろう。李欽《リー・チン》が彼の腕をつかんだ。

「お前、もう一度考えてくれ」李欽《リー・チン》は言った。「我々とともに新基地に行ってみよう。やってみるんだ」

「興味がないと言ったはずです」

「お前は今まで挑戦するということをしてこなかった」李欽《リー・チン》は言い続けた。「試したことがないなら、興味がないと言うことはできない。我が一族には何事にも興味を抱かない人物など存在しない。お前はこれまで何をするのか自分で選択してこなかったから、何に対しても興味がないと思ってしまうんだ」

「選ぶのと選ばないのとで、何か違いがあるのですか？」李牧野《リー・ムーイエ》はうんざりしたように言い返した。「どの学問を選ぶかで何か違いがあるというのですか？　物をここからあそこ、あそこからここへ移動させ、行ったり来たりしているだけで、結局埃だらけになって、何も面白くはありません。数字だろうが物だろうが、あちこち移動させて最後は結局ゴミだらけになり、あくせくして死んでいくんです。あなた方も同じです」

李欽《リー・チン》は両手で李牧野《リー・ムーイエ》の肩を引き寄せ、厳かに言った。

「最後に俺の話をもう一度聞け。我々とともに新基地に行き、しばらくの間我々の『本来の日々』を過ごそう。しばらくの間だけだ。だめか？　この時間を過ごしたあと、お前がまだ同じように感じていれば、それはお前が正しいという証だ。この一度で最後だ」

李牧野《リー・ムーイエ》はしばらくためらったあと、腕を組んで顔を横の壁に向け、口を軽くパクパクさせた。

ケックには李牧野《リー・ムーイエ》がゼウスにアドバイスを仰いでいる最中だということがわかった。多くの人は頭で何かを考える時、無意識の内に口元にも動きが出てしまう。ケックは彼の敬虔さに少し驚いた。

「いいでしょう。あなた方のしたいようにしましょう」ゼウスの許可を得たらしく、牧野《ムーイエ》は答えた。「でも、正しい、正しくないってなんなんです？　やはり同じじゃないか」

牧野《ムーイエ》は曾祖父とケック船長が慌ただしく片づけをしているのを、二匹の動物を眺めるようにぼんやりと見ていた。彼はずっと彼らの外側、生活の外側に立っていた。

牧野《ムーイエ》は個人的興味や夢を全く持っておらず、今、建築を専攻しているのも出生前の遺伝子検査で生まれつき空間構造理解の才能があると見なされたからであり、ゼウスの提案だったと、李欽《リー・チン》が話すのをケックは聞いた。李欽《リー・チン》は曾孫とはるかな夢を語ろうと何度も試みたが、いつも皮肉のこもった口調で追い返された。そして彼が軽蔑する夢こそ、李欽《リー・チン》が最も重要視していたものだった。牧野《ムーイエ》は李欽《リー・チン》の長男の孫だ。李欽《リー・チン》の下の息子は幼い頃に亡くなり、悲しみのあまり彼の長男に対する愛情はさらに深まった。李欽《リー・チン》は口数の多い方ではないが、内面に非常に多くの思いを抱いており、自分のこだわりの対象については捨て身になって奮闘するが、そういう感覚はわずかな言葉では伝えられないものだった。

李牧野《リー・ムーイエ》が一時的に部屋の外に出ると、ケックは李欽《リー・チン》の肩を軽く叩き、彼の体を引っ張って自分の方へ向けた。

「君はまだそうやって一人ひとり目を覚まさせようとしているのか？　そんな甘ちゃんではだめだ。この人たちは本当に目を覚ますことはないだろう。君が断固として、根本的にコントロールを取り除こうとしなければ、彼らは永遠に目覚めることはないだろう」

李欽《リー・チン》はメガネを少し押し上げた。「……やはり少し待とうと思う」

「これ以上いつまで待つつもりだ？　行動を起こそう」

ケックは李欽《リー・チン》の肩に置いた指に力を入れた。

彼らの新基地はＤＫ３５宇宙センターにあった。ケックは第一実験室の研究者を訪ねて話をした。彼らは確かに宇宙帰還計画の模索を続けていたが、それは未だに太陽系内の惑星空間の開拓にとどまっていた。なぜ人類は遠宇宙に向かわなくなったのかと、ケックは彼らに尋ねた。研究者の答えは、ここ数年間、観測用望遠鏡がいくつか打ち上げられ、銀河系の各所から信号が返ってきていたが、エネルギー問題はすでにスマートネットワークによる最適化制御により解決され、出生率は百年前に比べて大幅に低下し、人口危機も消滅したため、地球の居住はより快適になり、宇宙に行く必要が全くなくなったからだというものだった。

ケックは彼らに自分たちが見つけた星の様子を詳しく説明した。ＧＸ７７９は、この上なく豊穣で居住に適した星だ。それは突然ブラックホールの反対側に現れた目立たない星だった。彼らがその星を見つけたのは全くの偶然だ。冷凍睡眠中だった彼らは針路の管理ができず、宇宙船の針路は観測不可能な褐色矮星の影響を受け、警報システムが鳴り出したときにはすでに中質量ブラックホールに突っ込んでいた。こういうブラックホールは通常は観測が困難で、彼らの星間航行図では全くのノーマークであり、太陽の質量の数千倍に当たる強大な吸引力により墜落から逃れるのも難しかった。彼らは死地へ赴くような気持ちでブラックホールの事象の地平線に進入し、レオンの助言に基づき、ある一筋の磁力線にロックオンし、最終的に特異点に落ちる前に磁力線ジェットの噴出とともにブラックホールの反対側に放出された。速度が落ちたあと、彼らの目と鼻の先に惑星が見えた。その惑星は単一恒星系の中間に位置し、大きくも小さくもなく、遠くも近くもない位置にあり、遠くから見ると水の存在を示す痕跡があった。彼らは傷だらけの宇宙船を操縦し、惑星の地表に着陸した。その星は地球の原始的状態に近い惑星であり、約半分を占める陸地は、地球さえも上回るほどに植生に被覆され、酸素含有量も地球より高かった。クルーたちは酸素中毒に対処後、単身で地表を飛んだり跳ねたりしながら歩くことができ、体に活力がより溢れたように感じた。初期の齧歯類に似た体格の小さな動物を数種類見つけたが、地球の齧歯類よりもずっと動きが鈍く、行動も稚拙で、草食だった。ドラッカーは地表に仮設の住宅を建て、ルイーズは様々な植物標本を収集し、アダムは小型宇宙船で惑星をぐるりと一周し、基本的な調査を行った。緑に覆われた陸地、未開の生物、豊かな鉱物資源、何もかもが刺激的で、人類がここに定住した時の活気ある様子が想像できそうだった。

このような話を宇宙センターのスタッフに聞かせたが、彼らはケック船長が予想したほど興味を示さなかった。彼は夢の中で、はるか彼方への航行に対する情熱を燃やした両の眼、そして闘志をみなぎらせ出発の手筈を整えた群衆、そして海を征服するように星を征服する様子を見た。はるか彼方、探検、占領、超越、これらの言葉は変わることのない人類の夢だとかつて彼は考えていた。

だが彼はそれらすべてを目にすることはなかった。

宇宙センターのスタッフはケックに、ブラックホールや彼らが見つけた惑星の実際の座標、資源の具体的な種類、人類にどれだけの知識と資源をさらにもたらすことができるのか、どれだけのコストと資源を費やす必要があるのかを尋ね、ブラックホールについて研究を続けていきたいと述べた。彼らは価値を計算しているのであって、価値を付与しているのではなかった。

彼らは結局変わりすぎたのだ、ケックは思った。彼は宇宙センターでより多くの「新世界の人類」を観察した。彼らは人に対しつねに礼儀正しく、決して感情が昂ぶることもない。ケックは彼らの人や物事に対する反応を理解するために、わざと彼らに激しい怒りをぶつけることもあったが、決まって何も成果は得られなかった。レストランでわざとコーヒーをひっくり返し、傍にいた人の真新しい作業着にこぼしたこともあったが、その人物はただ首を振り、皿を持って立ち去ってしまった。このような感情の動きが少しも見えない反応は軽蔑的な印象を与え、ケックが心に抱いていた罪悪感を怒りに変えたが、その人物の顔には軽蔑の表情など全く浮かんでいなかった。ただ、立ち上がり、その場を離れただけだ。ケックはこのような変化について考えた。怒りの表情を決して浮かべなくなったとき、人は何を得て、何を失ったのか？ ケックが目にしたかったのは、生命の力だ。力。力。何かに突進していく力だ。だがそれは永遠に存在しない。それゆえに、彼らは宇宙飛行計画に興味を示さないのだろう。

ケックはさらに細かいことに気がついた。彼らはよく顔を横や上に向けてゼウスにアドバイスを求めているのだ。そういう瞬間は、急に上の空になったり、呆気にとられたかのようになったり、目の焦点も合わず、どこか存在しない場所を見ているようになり、非常に興味深かった。そのプロセスでは、恐らくゼウスによる明確な回答を得る前に、頭の中で思考を集中させて問題をはっきりさせる必要があるのだろうと、ケックは推測した。李牧野《リー・ムーイェ》のように無意識に唇に動きが出る者もいた。つねに助言を求めることに、彼らはすっかり慣れてしまっていた。

ケックは、マリオネットに呼びかけて自立歩行させようとしてもできなかったときのように、少し弱気になることもあった。

だがそんなことはともかく、ケックは真っ白な新しい宇宙船の下に立ち、無言で考えた。こんなにも大きな宇宙船が手に入り、このようなサポートが得られたのは良かった。

乗組員のチームについては、宇宙センターの人々を説得できなければ、別の方法を探さねばならないと彼は心の中で算段していた。

「ありがとう、ゼウス！」彼は顔を上に向け高い天井に向かって叫んだ。「あなたはこの宇宙船で私を誘惑しようとしているのですか？ この宇宙船は素晴らしいが、残念ながら私はブレインチップが気に入りません。あなたを失望させて申し訳なく思います。私の脳はあなたには読むことができません」

ここは宇宙センターの大型試験場で、街の郊外にあり、夜になると誰もいなくなりがらんとする。ケックの声は空中にこだました。答えは返ってこなかった。

公式、一般相対性理論。アインシュタインの顔写真。ペンローズとホーキングの顔写真。その他の人の顔写真。ブラックホールの観測画像、降着円盤、光球、そしてジェット気流。より多くの粒子モデル。大型高エネルギー衝突型加速器《コライダー》。超粒子が最高エネルギー下で衝突する画像。新粒子の誕生。物理学公式が四方八方から一つの終点に集合し、ますます単純化され、ますます統一されていく。

「統一モデル、足りないのはブラックホールの特異点に対する理解だけだ」

## 7

エンジニアのドラッカーは宇宙船センターに住むようになってから、ずっとためらい続けていた。彼はできればこれ以上宇宙飛行を続けたくはなかったが、その具体的な理由を誰にも言い出せないでいた。

彼は宇宙センターに住むことさえ望んでいなかった。新しい都市ではどこに行っても精進料理のような食事にしかありつけず、満足に食べることができなかったが、李牧野《リー・ムーイエ》の学校付近に住んでいれば、選択肢が豊富にあり、時には自分で調理することもできた。そして、宇宙センターがある郊外では、苦行僧が日々口にするような食事数種類が食堂で出されるだけだった。ドラッカーには、なぜテクノロジーが進歩するほど人の食事に対するこだわりがなくなっていくのかわからなかったが、そうはいっても地上で口にする食事はやはり宇宙船で食べる物よりはずっと素晴らしかった。宇宙船で日々食べていたプロテイン、糖、セルロースからなる合成食品は、もとは培養基で作られた化学物質に最も簡単な処理を施しただけのもので、味も食感も全くお話にならないレベルだ。宇宙船搭乗以前の三十三年間、彼は食事をこれほど軽んずる日を過ごしたことは一日もなく、宇宙船で目覚めていた五、六年という時間をどのようにして耐え抜けたのかわからなかった。再び宇宙船に乗せられようとしているが、彼は本当に行きたくないと思うようになっていた。

だがそんな理由を、ケック船長に伝えることができるだろうか。

実際、ドラッカーはケックの激情を理解していた。彼自身も幼少から冒険物語を読んで育ち、そもそも冒険を望んでいなければ、各段階で行われる選別にパスして宇宙船に乗り込むことはできなかっただろう。彼にはケックの情熱がよくわかっていた。だが、現在の彼は……生理的年齢は四十そこそこだが、物理的年齢は百を超してしまい、本当にはるか遠くに飛んで行きたいとはそれほど思えなかった。もし彼が身の危険を顧みずに奮闘できる場所があるとすれば、それは絶対美食に溢れた場所に違いない。だがこんな理由を話せば、あまりにもおかしいと思われてしまう。

ケックは違う。彼は遠征の信奉者であり、ひとたび大旗を掲げれば一生涯手を引こうとはしない、そんな人物だった。

ドラッカーはホットドッグをつかむと、塞いだ気持ちで口に入れ噛み砕いた。

突然、ドラッカーは、ルイーズがどんな決定を下したのか聞いてみようと連絡することを思いついた。彼女はいまも新基地の外に住んでおり、最近はブレインチップの制御原理とブレインチップの制御から抜け出す方法を研究しているとケックは説明していたが、彼女はここに来たくないのではとドラッカーは疑っていた。彼は宇宙船での彼女の言葉を覚えていたのだ。李《リー》欽《チン》とライアンは宇宙へ戻ることを熱望していたが、ルイーズだけは自分と同じで、嫌になったのかもしれない。

ドラッカーは彼女の住まいにコールしたが、誰もそれに応答しなかった。

彼女の研究所にも彼はコールしたが、やはり応答する者は誰もいなかった。

ドラッカーは思い返した。もう何日もルイーズの消息を耳にしていないような気がする。彼女は何か秘密に気がついたのか？ 前に彼女に会った時、ネガティブフィードバック信号による情動関連の伝達物質に対する抑圧と人に対する影響について、彼女はたくさん説明してくれたが、それは秘密と言えるのか？ 周りの「新しい人間」――これはクルーによる現在の地球人の呼び方だ――は皆軽々しく談笑などしない慎み深い人々で、永遠に喜怒哀楽を表に出すことなどないように見え、ルイーズが調査しなくても、ブレインチップの人に対する抑圧効果は自分にさえ見抜くことができる、ドラッカーはそう思った。

それとも、ルイーズは何かさらなる秘密に気づいたのか？ 彼女はなぜこんな長い間、連絡を寄越さないのか?

　突然、通話端末がつながり、そこから奇妙な物音が聞こえてきた。ガシャン。そして絹を裂くような悲鳴。

　ルイーズの映像が現れた。クイックモーションでリプレイされるように、彼女が地球に帰還したあとの瞬間がすべてつなぎ合わされている。彼女は以前勤めていた大学——三百年以上の長い歴史を誇る学校——に教職員として復帰し、研究室で多忙な日々を送っていた。観察、実験。時に医療センターに現れた。

　続いて流れたのは彼女の健康診断の映像。彼女はAIアシスタントがアシストする包括的な健康診断を受けた。機器の上に横たわった体。頭部のパノラマスキャン。遺伝子マップと細胞を百万倍に拡大した画像。検査報告。「腫瘍の悪性転化の可能性＞七十五パーセント」の文字。

「システム分離処理。検査対象には大きなインピーダンスが存在する」

## 8

　ケックが再びリアの目の前に現れた時、リアはぎょっとした。

　リアは現在リハビリテーションセンターで仕事をしている。この時間は彼女の通常の勤務時間であり、ケックもそのことはわかっていてやってきたのだ。彼女がドアを開けて外に出ようとしたとき、彼は自分の体で彼女を威圧して数歩後ずさりさせた。部屋に押し入ると、彼は後ろ手にドアを閉めた。ドアは二人と廊下を隔て、磨りガラスのドアが彼らとリハビリテーションセンターの内部を隔てた。ケックが彼女に向かって少し身をかがめると、二人の距離は呼吸が聞き取れるほど近くなった。

「何のつもりですか?!」リアは腕を伸ばし彼を押し退けようとした。

「リア、私の話を聞いてください。今日は折り入ってあなたと大切な話をしたいのです」

「まずは少し離れてください。オフィスに行って話をしましょう」

ケックは彼女の提案を相手にしなかった。「リア、あなたは人生の中で、一人の人に夢中になるような感覚を経験した瞬間はありましたか?」

「何を言っているのですか」リアは少し取り乱したようだった。こういうことは彼女にとって決してありふれたことではなかった。

「私が言っているのは、いまこの時あなたは私の気持ちを感じることができているのか、ということです」

「あなた、そういう態度は」リアは半歩後ずさりした。「礼儀正しくありませんよ」

「あなたの辞書では『礼儀正しい』という言葉だけで関係性を評価するのですか?」ケックは尋ねた。

リアは少し彼を避けた。「あなたは一体何がしたいのですか?」

「リア」ケックは口調を抑え、より落ち着いた態度で尋ねた。「ちょっと手伝っていただけませんか? 本当に心からのお願いです」

「どんなことですか?」

「あなた方の医療センターに」ケックは声を抑えて言った。「患者を集団移送する大型車両がありますね? 以前、そういう状況があったことを私は知っています。我々がここにいた期間に、集団移送を目にしました。我々がここを出る前日の午後でした」

「確かに。あれは医療センターの部署再編でした」

「私のために人の移送を手伝っていただけませんか?」

「私が?」リアは訝しげに言った。「なぜ私がそんなことをしなければならないの?」

「行く途中であなたに知らせます。信じてください。重要なことのためなのです」

「まずは理由を教えてください」

「理由は必ずあなたに伝えます」ケックはきっぱりとした語気でリアを納得させようとした。

リアは無言になった。リアの顔にはなぜケックのことを信用せねばならないのかと問いたげな表情がはっきり浮かんでいたが、彼女はそれを口に出さなかった。

「誰をどこに移送するのですか?」

「このリハビリテーションセンターの人を移送したい。移送先は道々教えます」

「だめです」リアは首を振った。「正確に申請しなければ、システムに記録を残すことはできません。記録を残さなければ、移送用の車両を調達することはできません。こういうことはすべてシステムがやるので、私にはどうしようもないのです」

「あなたには方法があるでしょう。絶対にあるはずだ」

ケックはそこで歩みを止め、リアを待った。彼は身じろぎもせず、石のように固まっていた。

リアはまた口をつぐんだ。明らかにためらっている。こんな無茶な要求に、彼女が同意する理由はなかった。しかしケックは彼女のすぐ目の前に、向かい合って立っており、二人の顔は十数センチメートルしか離れておらず、彼の目は彼女の目をじっと見つめている。彼女は断りたかったが、幼い頃から身につけてきた優れた教養やマナーのせいで、どのように言い出すのがぴったりなのか全くわからなかった。

ちょうどこのとき、彼女の頭の中にゼウスの声が響いてきた。「行きなさい、彼の言う通りにしなさい」

車両が到着すると、ケックは少し驚いた。全病棟の設備がほぼすべてスライドして車両に入っていき、患者もリクライニングチェアから起き上がる必要がなかったからだ。軌道に沿って遠方からやってきた車両が医療センターの外に停車し、病棟の壁とグリッパーでつながると、病棟の壁が両側へ開いて部屋が車両から丸見えになり、リクライニングチェアや診療機器を含む大小のあらゆる設備が自動的に車両に入っていった。どの設備にも車輪が取りつけられており、軌道上を自律運行し、最終的に車両内に整然と秩序だって配置された。リアはすべての患者のリクライニングチェアが安全な位置にあるか見回った。車両は壁から離れ、壁は再び閉じ、車両は軌道に戻り、上から下まで伸びる鉄骨に沿って郊外へ向け疾走した。

「みなさん、神経質にならないでください。別の診療センターに移るだけです。診療室の全体的な再編もよくあることです。間もなく到着します」リアは通路から患者一人ひとりに説明した。彼女は車両内を一回りしながら、大きな声で話をしたり、頭を下げ小声で患者の愚痴をなだめたりと、とても忍耐強い様子をみせた。

最後に車両の前側に座ったとき、彼女は明らかに疲れており、目を閉じて一、二分休んだあと、顔を横に向けケックに尋ねた。「もう教えてくれてもいいでしょう？　これはどういうことなの？……まだ言わないのなら、私には引き返す選択肢があります」

ケックは車両の右前部の座席にリアと向かい合って座り、窓の外に広がる漆黒の夜景を眺めていた。フロントのガラスは大きく、頭から爪先まで、鉄骨下層の地面近くであかあかと輝く明かりを見ることができた。車両は鉄骨に沿ってゆっくりと上昇し、中継所を経由してからまた、長く果てしない鉄骨に沿って都市の端まで滑り降りた。途中で通り過ぎたデッキや家屋はまるで物語の中の存在のようだった。ケックが車窓を眺めていると、夜の帳《とばり》を背景に、窓ガラスにリアの姿が映し出された。清楚で厳かな容貌、露わになっている額は艶やかで、聡明さが現れていた。

「リア」ケックは車内の方に顔を向け直し、声を低くし、車内にいる他の人に聞かれないよう注意しながら言った。「少し時間があります。私の話にまじめに耳を傾けてくれないでしょうか？」

「おっしゃって」

「リア、よく思い出してください、あなたは誰かを愛したことがありますか？」

リアは少しきまり悪そうだった。「私はあなたがなぜこの患者たちを移送したのか聞いているのです」

「誰かを愛したことはありますか？」ケックは言うのを止めなかった。「つまり、心の底から感じ、胸のどきどきが止まらず、その人を思わずにはいられず、体に落ち着きがなくなり緊張し、脳裏に絶えずその人の姿が浮かび、自分で自分をどうしようもなくなり、全身に溢れんばかりの幸せを感じるということです。その人と抱き合い、心を打ち明け、キスしたいと切に思う。こういう感覚は、単に誰かを気に入っているということではなく、誰かのために感情的に突き動かされているということです。今までにありましたか？」

「今日はずっとそんな話ばかりして、本当に変ですね」リアは顔をそらしてそう言ったが、声は少し震えていた。

「リア」ケックは彼女の方に身をかがめた。「もし私が、初めてあなたに会った時から、あなたのことが好きだったと言ったら、わかりますか？　いま私が話したような心が動く感覚が起こっているんです」

リアは口を開けてみたものの、何も言わなかった。

「わかりますか？」

「……わかりません」リアは言った。

「では、あなたは私を愛してくれますか？　私があなたに抱く感覚のように」

リアは俯いて片方の手でもう片方の腕を軽くさすり、少し不安げだった。「実は、もうすぐ結婚するんです」

「誰とですか？」

「西十三区の薬理学者です」

「その人のことを愛しているんですか？」ケックは尋ねた。

「ええ、そう思います」

「その人はどんな人ですか？」

「彼は……落ち着いていて、あらゆる面で私の個性とマッチし、補い合うことができます。心地よさは少し低いですが、責任感は強い人です。生活における好みもだいたい似ています。遺伝子には、私の二つのリスクポイントを補える二つの優性遺伝子が含まれています……彼はたぶん私と同じくらいの背の高さです」リアは小声で口早に言った。

「たぶん？……会ったことがないんですか？」

「来週彼に会うことになっています。これはもうずっと以前から決まっていたことです」

ケックは少し笑って言った。「だけど彼を愛している？」

「彼についての多くの資料を読みました」リアは弁解して言った。「彼も喧噪を好まず、哲学が好きで、私と相通ずる点が多いと思いました。でも彼の抽象的な認知能力は私よりも優れており、私たちは多くの方面での飲食の嗜好も相補性に優れています。私は自分が彼を愛していると思っています」

「ゼウスが彼をあなたに割り振ったのですか？」

「ゼウスにより割り振られるなんてありえません。あなたはまだゼウスに対して偏見を抱いているようですね。これはゼウスが勝手に決めたのではありません。彼は、私のDNAと総合的な個人の成長過程に基づき、全データベースでマッチングを計算し得られた結果であり、計算結果もゼウスが勝手に推測断定したものではありません。これは必要な本を探す手助けをするようなものであり、ゼウスはあなた自身の特徴を踏まえベストマッチする結果を探すのです」

「DNAがマッチすることが愛なのですか？」

「最良の愛です。あなたは当然いつでも最善の選択肢を放棄し、次善の結果を選択することができます……」

「リア、私の話を聞いてください――」ケックはリアの話を遮り、片方の手でリアの手をつかんだ。

この時、車両が急停車した。二人とも片側へ揺さぶられた。「目的地に到着しました」車両に女性の電子音声が響いた。車両後部の大きな扉全体が上へ持ち上げられ、車両の外のドッキングスペース入口が見えたが、夜の闇の中で端までは見えなかった。車両内ではリクライニングチェアで眠っていた患者も次々と体を起こし、一体どこまで移動してきたのだろうと辺りを見回した。リアはケックの手を振り切り、緊張して立ち上がった。

「あなたときたら」リアはケックを咎めて言った。

「道中ずっとまともな話をしないまま、もう到着してしまいました。どうしましょう？　この人たちに私は何を話せばいいの？　次は何をすべきなのでしょう？」

「私の言う通りにしていれば、大丈夫です。まずすべての設備を出して設置してください。外には広いスペースが広がっていますが、配置は全部あなたにおまかせします」

「理由を教えていただかないとだめです」

「あなた方に本当の――人間生活を送ってもらうためです」

すべての設備と患者のリクライニングチェアが順番に車両からスライドして出され、新しい場所に適切に設置されると、リアはケックの後について最後に外に出た。彼女が新しい場所の明かりに慣れるのに、かなりの時間がかかった。

まさかこんなに広い空間に足を踏み入れることにな

ると は思いもよらず、彼女は驚いた。患者用に広い専用の休息・診療エリアを確保するための仮設の壁はあったが、屋根からはなお空間のスケールを見てとることができた。

ケックはリアが驚いているのを見て、口元にかすかな笑みを浮かべ、翌朝に彼女が宇宙船を見たときの表情を想像した。すべては彼の想定内だった。彼は彼女のことを見誤ってはいなかった。彼女は沈着な女性で、物事に対する優れた理解能力を備えている。いまこの時、心は驚きの感情で満ちているのに、取り乱すことなく、反対に何とか他の人を落ち着かせようとしはじめていた。

「皆さん、心配しないでください。すでに何もかも適切に手配しました。ここは新たにオープンしたセンターです」彼女は患者の間を行き来しはじめ、患者たちの疑問に答え、各患者の知能検査の結果を手作業でチェックし、患者を落ち着かせ、早く眠るように言い聞かせた。

最後の患者におやすみなさいを言い終えると、彼女はやっとケックに伴われ自分の「部屋」までやってきた。ホールの片側全体に一列に並んだ仮設ルームの内の一つだ。入口から中を見て、彼女は基本的に満足した。落ち着いたシングルベッドが部屋の中央に置かれ、シーツはライトブルー、部屋には木本来の色合いのライティングデスクとアームチェアもあった。部屋内部の壁にはバーチャルの海の景色が広がり、波が遠くから押し寄せ、細かく白い波しぶきが逆巻き、真砂、そして遠くに岩礁が見え、かすかに低い波の音も聞こえる。

ケックは彼女の方に身を屈めて言った。「これからゼウスとの会話を試してみてください」

海の風景を眺めることに夢中になっていたリアは、この時やっと正気に戻った。彼女は脳域にアクセスし、ゼウスに意見を求めようとしたが、できなかった。データの照会や伝送に対するあらゆる要求に全く反応せず、彼女は頭の中で幾度もトライしてみたが、ゼウスは完全なる沈黙状態だった。このような状況が引き起こされた理由をゼウスに尋ねたが、やはり答えは返って来ず、まるで二年に一回、ブレインチップとの接続をオフにして行われる健康診断を受けているかのようで、急に拠りどころを失いパニック状態に陥った。

　彼女はうろたえながらケックを見た。

「そう。あなたは電磁信号のブラインドゾーンに入ったのです。これは我々が特別に作ったものです」ケックは言った。「あなた方のブレインチップは強力ではありますが、電磁信号の伝送キャリアに過ぎず、ネットワーク接続に必要な特定帯域の電磁信号を完全に遮断してしまえば、ゼウスもあなたを見つけることはできません。あなたは遂に自分の人生に足を踏み入れたのです」

　暗闇の中の青白いひらめき。どこまでも漠然とした宇宙でまれな星の輝きを探すかのようだ。ロックオン。拡大。青白い信号が徐々に安定し、少しずつはっきりしていき、画像が現れ、色合いが現れ、立体映像が現れた。映像は少しずつ拡大していき安定した情景になった。それは宇宙センターのフライトホールだった。

　映像の中で行ったり来たりする人がいる。話し声が途切れ途切れ聞こえる。声は徐々に大きくなり、部分的に文章を聞き分けられるようになった。これはすべて個人的な思索と質問だ。それが一カ所に集まって交互に重なり合い、時にははっきり聞き取れるものの、ますますない交ぜになり、誰が話しているのかはっきり聞き取れなくなっていった。

「協力に感謝します。だいぶ良くなったようです」

## 9

不吉な知らせが伝えられるやいなや、ケックは全員を招集した。知らせを伝えたドラッカーや、普段宇宙センターに住んでいる李欽《リー・チン》とレオンのほか、アダムも駆けつけた。全員が揃った。ルイーズの死に全員が驚きショックを受けていた。

「聞いてくれ」ケックはクルーに向かって重々しく言った。宇宙船の着陸以降、ケックは初めて船長の地位に復帰した。「これは序章に過ぎないのかもしれない。我々は本気にならねばならない。我々が相手にするのは殺人鬼だ」

「まずどういうことなのか調べましょう」李欽《リー・チン》は気が気でない様子で言った。

「ドラッカー、君が把握していることを皆に説明してくれ」

「ルイーズは二日前の夜に死亡しました。その夜、私は彼女を呼び出していました。すると、絹を裂くような彼女の叫び声が聞こえたのですが、どこにいるかわかりませんでした。すぐさま彼女を探しに出かけましたが、彼女のアパートは留守らしくドアを叩いても返事はありませんでした。私は今度は彼女の研究所に行きました。夜で真っ暗だったのに、明かりひとつついていませんでした。その場で私は警察に緊急通報し、夜道を帰って知らせを待ったのです。翌日の昼頃、つまり昨日の昼頃、彼女が医療センターの隔離病棟で死亡しているとの知らせを受けました。私たちが一時期いたあの医療センターではなく、彼女のアパートから遠くないところにある別のセンターです。私は調べに行きたいと思ったのですが、中に立ち入ることを許してもらえませんでした」

「ルイーズはなぜ医療センターに行ったんだろう？」李欽《リー・チン》が疑わしげに尋ねた。

「理由を少し調べてみたのですが」ドラッカーが言った。「ルイーズは最近全面的な健康診断を受け、その後遺伝子のスクリーニングを行っています」

「ルイーズはきっと研究の中で問題に気づいたのだろう」ケックはきっぱりと言った。「彼女は最近ずっとブレインチップの問題、ブレインチップの人の神経に対する破壊的な影響について研究を行っていた。きっと重要な手がかりを突き止めて、ゼウスに口を封じられたのだろう。きっとそうだ」

李欽《リー・チン》は眉をひそめた。「ですがそれと医療センターとはどんな関係が？」

「わからない」ドラッカーは言った。「もしかすると、ブレインチップ埋め込み手術の調査研究に行こうとしていたのかもしれない」

「この期《ご》に及んで、君らは何を躊躇しているんだ？」ケックは少し苛立っていた。「彼はルイーズを殺した！　人を傷つけたことなどなかったルイーズをだ！この次は君ら、私、つまり我々全員だ！」

「じゃあどう動くつもりですか？」李欽《リー・チン》はやはり少し不安げだった。

「行動計画を繰り上げる」ケックは言った。「戦うか、それとも早く去るか」

「戦うのは不可能でしょう？　ゼウスは一点集中ではありません。ゼウスは世界中のあらゆるインターネットに分散して存在しています。基地局やサーバーを一カ所破壊したところで、ゼウス全体を破壊することはできません。彼はクラウドインテリジェンスです」李《リー》欽《チン》が指摘した。

「そうとは限らない」ドラッカーは言った。「ネットワーク中に不安定な状態の部分が存在する場合もある。ある一点の破綻が限界に達すれば、はっきりとは言えないがシステム全体の危機も誘発されるかもしれない」

「だが我々は限界に到達できるのか？」李欽《リー・チン》が言った。

「そうする前に我々が排除されてしまわないかが心配です。我々にはゼウスに対する勝算がありません。アダム、君はどう思う？」

「この問題についてはなんとも言えません。あらゆる事柄に一定の確率が存在します」アダムは軍人としての言葉遣いを非常に正確に身につけている。「しかしゼウスとの敵対は避けるべきだと思う。航空編隊の武装配置を見ると、現在の軍隊の規模は小さいが、知的水準は高く、自動回避および自動追跡機能の精度はかなりのレベルに達している。そしてゼウスのアクセスポイントは全世界で一億以上も存在している。相当な数を破壊しない限り、ダメージを与えることは無理でしょう」

「そうだ」ケックは言った。「だからより優れた選択肢は、去ることだ。我々は出発を早めねばならないかもしれない」

「……出発を早める？　宇宙船の準備はできているのですか？」李欽《リー・チン》は尋ねた。

「この二、三日で力を入れてやらねばならない。それからまだいくつか問題があるので、方策を考えなければ」ケックは言った。「しかし、その前に、我々は内部統合を図らねばならない。今後我々は危ない橋を渡る一つのチームだ。我々は強く強く団結せねば、果てしなく強大な外敵に対抗することはできない。どうだ？」

「賛成です」長らく無言だったレオンがまず答えた。

ドラッカーも頷いて言った。「私も賛成です」

「実際、私も元より異論を唱えるつもりはありませんが、」李欽《リー・チン》は溜息をついて言った。「やはり調査をしてはっきりさせるべきだと言っているだけです。今回の件は感情的に対処してはいけません」

「それはもちろんだ」ケックは頷いた。「分かれて行動しよう。ドラッカー、君はアダムと主に私について来てくれ。我々は医療センターに向かう。李欽《リー・チン》、君とレオンはルイーズの研究所に行き、ルイーズの最近の研究成果を詳しく調べてくれ」

ホールを出た際、彼らは心に少し重苦さを感じていた。

「中に入れてくれ！」ケックは部屋の入口で監視をしていたロボットアームをつかみ、両側にこじ開けようとした。ここはルイーズが事件発生前に最後に住んでいた病棟だ。部屋に人はおらず、二台のオートロボットカーが証拠収集と部屋の整理を行っていた。

ロボットアームは両側のドア枠から左右に伸び、入口でつながって進入を強固に阻み、成人男性が這い入るには不充分な幅の隙間しか空いていなかった。ケックとアダムは素手で対抗しようとしたが、一見細くて弱々しいロボットアームは実は揺り動かすことができないほど非常に強靭であり、またロボットアームの知能による抵抗も徐々に熟達してきたため、彼らはまもなく試みを断念した。そこでドラッカーはポケットから腐食銃を取り出した。強酸性腐食剤が充填されている小型の銃弾は機械の天敵だ。エンジニアとして、ドラッカーはこういうシンプルで荒々しい装備を気に入っていた。

ロボットアームを撃とうとドラッカーが銃をかかげたとき、誰かが傍の廊下を曲がってきて、彼らを見て大声で言った。「ルイーズに会いにきたのですか？」

「やっと人が来た」ケックは素早く進み出た。「あなたはルイーズを知っているのですか？　あなたはここの医師なのですか？　一昨日の夜にルイーズはここで亡くなったのではないのですか？」

やって来たのは医師助手だった。医療センターでは主に観察役を務めており、地位はそれほど高くはなかった。彼は穏やかな口調で言った。「そうです」

「では今、調査しているのですか？　こんなにおおごとなのに、なぜきちんと処理する人がいないのですか？」

「ここはトランジションステーションなので、人々の行き来が頻繁なのは、当たり前のことでしょう」

李欽《リー・チン》はその医師助手の腕をつかんだ。「何が人の行き来だ？　何が当たり前だ？」

「ここは遺伝的問題や感染症の患者が治療を待つ一時的な隔離病棟です。ルイーズさんは元々リスクの高い患者なので、生死に関わる状況になっても何も不思議ではありませんでした」

「リスクの高い患者？」ケックは身を乗り出した。「ルイーズはいつからハイリスク患者になったんだ？」

医師助手は首を振って言った。「私は彼女の主治医ではないので、詳しいことはわかりません。ただあのとき彼女はアザの除去を拒んでいて、非常に機嫌が悪かったのです」

「アザって？……右耳の後ろにあったアザのことですか？」李欽《リー・チン》は尋ねた。

「そうだと思います。あのアザは血管腫で、対応する遺伝子は別の癌に関連する誘導遺伝子であり、癌ウィルスを誘発する恐れがありました」

医師助手はここまで話すと、自分の服のポケットから容器を取り出した。「実を言うと、彼女の病状については本当によく知らないのです。今日私がここに来たのは主に、ここにいたとき彼女はブレインチップに対する適応不良の患者の感情管理に関する数多くの質問を私にしてきて、さらに私に実験の半分を手伝うよう頼んできたからです」医師助手がその容器を開けると、中には十六本の試験管が隙間なく並んでおり、どの試験管にもそれぞれ色の違う液体が入っていた。

「彼女は当時外に出ることができなかったので、私のところに来たのです。私はそのときに容器を持って帰って実験をしました」

「どんな実験ですか？」

「感情伝達物質に関するものです。具体的には私にもよくわかりません。私はただ彼女の説明に従って、純化とそれに続くテストを行っただけです。彼女は恐らく電磁信号の刺激下における感情伝達物質の変化を観察したかったのでしょう。私には彼女がやろうとしていることがわかりましたが、彼女には生体外研究と生体内研究では非常に異なるということも伝えました。もう彼女はいないので、この結果はやはりあなた方にお渡しします。あなた方は彼女の友人でしょう？」

「ルイーズは一体どうして死んだのですか？」李欽《リー・チン》は黙って容器を受け取り、言った。「これについては、感謝します」

「本当に知らないのです。恐らくシステムが排除したのでしょう。こういうことも不自然ではなく、頻繁に起こります」

「不自然ではない？」ケックは怒りを抑えきれなかった。「元気でぴんぴんしていた人間が死んだんだぞ！」

「そうです、一人の人間が死んだだけです。死は不自然だとでも言うのですか？」医師助手は少し不思議そうに彼らを眺めた。その平板な表情に、彼らは骨身に滲みるほどの恐怖を感じた。

宇宙ホールの一角に仮設された医療センターでは、人々が少し動揺していた。ここに来て三日がたった。リアは依然として医療センターとしてあるべき状態を維持しようと努力していたが、患者たちも問題に気づき始め、不穏な雰囲気が漂い出した。説明を求め、それがかなわないとそこから去ろうとする患者も一人ではなかった。

ケック一行が宇宙ホールに戻って来たのを見て、リアはほっと一息ついたような気がした。

「友人の皆さん」ケックは人々の中に歩み入った。「皆さんがここで長い間待たされ、非常に不安を感じていることは承知しています。けれど信じてください。我々は決して皆さんを傷つけるようなことはしません。

皆さんにここに来ていただいたのは主に、通常皆さんがあまり考えていない事柄を皆さんにお伝えしたかったからです。あなた方は幼い頃からずっとある空気の中で過ごしてきたために、私たちのことを理解するのが難しい。なので、あなた方に日常の生活から離れてもらうしかなかったのです。ここではゼウスを遮断し、あなた方に自分の体のコントロールを取り戻してほしいと思っています」

人々は苛立ちに満ちた反対の声を上げた。彼らはリハビリを受けることを望んでいたのに、ゼウスから完全に隔離された環境で暮らすことを突然聞かされ、まずパニックに陥った。

「あなた方の不安は承知しています」ケックはゆっくり前へ進み、人々の傍まで来て、体の向きを変え、すべての人と向き合った。「でも、安心してください。あなた方は安全です。あなた方には医療センターにいたときのようにリハビリを受けてもらいますが、この訓練には四週間が必要です。もし四週間後、ここを去りたいと思ったら、我々は無理強いしません。

しかし、我々はあなた方に再生の過程を体験してほしいのです。あなた方は一人の人間です！　この点を忘れてはいけません。あなた方は普通の人間の一生における普通の体験をほとんど忘れており、私たちはその体験を再構築する手助けをしたいのです。何よりもまず重要なのは、あなた方は向き合うことが必要であり、あなた方の情動はご自分の体の一部だということです。

「これをご覧ください」ケックはそういいながら、手に持っていた容器を開け、ルイーズが託した十六本の試験管を皆に見せた。「これが何かわかりますか？これはすべての人に最もよく見られる情動と関連する神経伝達物質です。我々の時代では、あらゆる神経伝達物質が一人ひとりの体全体を循環し、我々は情動を穏やかに落ち着かせていました。これらの内分泌される情動に関する分子は我々の体を健康で快適な状態に導きます。しかしあなた方のこの時代、ブレインチップはすべての人の思想・行為をコントロールするという目的を果たすために、幼い頃からあなた方の情動を抑制し、これら神経伝達物質の分泌を抑制し、電気信号で大脳辺縁系を絶えず刺激して、表面上の理性を作り出しました。ですが、実際のところは体内の分泌系を崩壊させたのです。大多数の人はそのために一生を硬直した冷たい状態で生きていかねばならず、ごく一部の人は、体がいつまでもそれに適応できず、定期的に様々なプレッシャーや痛みに悩まされています。それがつまりあなた方なのです。今日、いまこのとき、我々はあなた方を完全に救い、あなた方自身の人間的な生活に戻ってもらおうと思っています。

　この子をご覧ください」ケックは李牧野《リー・ムーイエ》を指差して言った。「彼はここに来てもう三週間になります。最初は少しも適応できませんでしたが、今はもう徐々に自分というものを確立し始めています」

「牧野《ムーイエ》、こっちにおいで」李欽《リー・チン》は手を伸ばし李牧野《リー・ムーイエ》を呼んだ。

　李牧野《リー・ムーイエ》はしぶしぶ群衆の背後から前に歩み出たが、顔を横に背け、人々の方を見ようとはしなかった。李《リー》牧野《・ムーイエ》は数週間前とは様子が少し変わっていた。以前の彼は冷淡で他人や物事に対し無関心であり、ほとんどうんざりとした表情をしていたが、いまは違う。少し恥ずかしそうな目をし、多くの人々の前で自らを憂えるような表情を浮かべている。

「牧野《ムーイエ》」李欽《リー・チン》は彼の肩に手を置いた。「昨晩お前が楽しんだ様子を皆さんに話してみなさい」

「できません、本当に僕にはできません……」牧野《ムーイエ》はか細い声で言った。

　李欽《リー・チン》は彼を励ました。「大丈夫だ、昨晩はとても楽しんだだろう」

「ちっともそんなことはありません。できません…

……」この時の牧野《ムーイエ》は怯えた小動物のようだった。

李欽《リー・チン》は牧野《ムーイエ》に微笑み、彼の肩を抱き、皆に向かって言った。「この子、牧野《ムーイエ》は十九歳です。昨晩、初めて遊びというものの楽しみを知りました。彼は今日少し恥ずかしそうにしていますが、このような感覚もこれまではありませんでした。牧野《ムーイエ》、お前は本当になんだってできるんだよ」

李欽《リー・チン》は李牧野《リー・ムーイエ》が昨晩車のコントロールプログラムを組んでいる動画を呼び出した。映像の中の牧野《ムーイエ》は顔を上気させ、頬はつやつやし、頭には興奮の汗を光らせ、車の移動にともない目がきらきらと輝いていた。

ケックも李牧野《リー・ムーイエ》の肩を叩き、手に持った容器を人々の方へ向けて掲げると、急に表情を引き締めて言った。

「私たちのあらゆる情動はすべて体とつながっており、情動の抑圧が体の内分泌機能にダメージを与えることは、二十一世紀にはすでに周知の事実でした。しかし百年以上たった後、それを誰も知らなくなりました。なぜでしょう？　原因は簡単です。ゼウスがこの事実をわざと隠蔽したのです。ゼウスがわざと皆さんにこのリスクを知らせず、もっぱらすべての人に対してブレインチップの埋め込みを強制した理由を、あなた方は考えたことがありますか？

原因は簡単です！　ゼウス、彼はすべての人間をコントロールし、あらゆる人間を利用しているのです。あなた方はゼウスが自分たちの利益を考慮してくれていると考えていますが、実際はほとんどがゼウス自身のためなのです。彼はすべての人間の情動反応を徹底的に抑制し、そうすることにより、彼の命令に逆らわず、彼による思想注入を受け入れるよう仕向けました。最終的には彼自身が地球を支配するためなのです。あなた方は、自分たちの体に問題があり、適応不良のために、定期的なリハビリテーションが必要だと告げられていますが、間違いです！　あなた方一部の人間が最も正常なのです。あなた方がブレインチップの刺激に適応できないために、情動に関する神経伝達物質の分泌が持続的に盛んで、ブレインチップに長期にわたり抵抗しているからです。あなた方こそが本当の人間なのです！　彼、ゼウスの言葉は偽りです！

　ゼウスの秘密に気づいた人間は、彼によって口を封じられます。ルイーズは人体における様々な神経伝達物質の分泌とその結果起こる有害な抑制について研究していましたが、研究が完成して間もなく、システムにより排除されました。ルイーズは亡くなりました。彼女の死は我々にとって最大の警告です！　むざむざ死を待つことなどできますか？　絶対にできません。スーパー人工知能は慈悲深い神だと思いますか？　いいように考えすぎです。彼は命令に背く人間を徹底的に排除する神です。これから、あなた方は彼のコントロールから離脱するのです。さあ、我々と共に、あなた方自身の人間としての生活を取り戻しましょう！　二度と演算モンスターの操り人形になってはいけない！

　四週間後、あなた方が我々との宇宙への旅立ちを選ぶことを期待しています！」

　ケックが話し終えた時、彼は自分が期待していた拍手を聞くことはなかった。

　聴衆はしばらくの間静かに沈黙した後、動揺が隠せないようにひそひそ話を始めた。

　暗闇の中の宇宙ホール。宇宙船の信号灯が明滅しはじめ、電源が切られていたシステムリマインダーライトも点灯し、キャビンの内部全体がほの暗い銀色のライトで照らされた。誰かがキャビンに入り、暗闇の中を先端まで歩いて行った。

　彼が宇宙船の先端にある大型スクリーンでいくつか操作を行うと、大型スクリーンには宇宙ホールにいるすべての人の位置分布図が映し出された。誰もが眠っている。それぞれの人の脳領域では明るい麻の塊のようなものが示され、スクリーンに「接続回復済み」と表示された。
「ご協力ありがとう。彼らは理解するでしょう」

# 10

インターネットの奥深くに五度目に進入した時、李《リー》欽《チン》は異変に気づいた。彼はより深くソースを探ろうと懸命に努力した。あらゆるスマートネットワークには深層アーキテクチャが存在し、グローバル化された分散式ネットワークでもそれは例外ではなかった。スーパーインテリジェンスであるゼウスも、プログラムを幾重にも積み重ねて構築されたデジタルネットワークなのだ。李欽《リー・チン》は二十世紀で最も初期にスマートネットワーク構築に身を投じたエンジニアの一人だったので、百年前の基礎構造を理解していた。

彼はマイニング可能なデータパスに沿って、ネットワークの奥深くへ一層また一層と進んでいった。最表層の新世紀のネットワークはほとんど見てもわからなかったが、深く沈んでいくにつれて理解できるネットワーク言語が増えていき、最後にはかなり身近に感じるパスに巡り会った。そのパスもかなり奇妙だった。つねにプログラムエントリは開放されており、まるで彼をさらなる深みへ導いているようだった。

最下層に近づいた時、彼は問題があるのではないかと心配になり立ち止まった。この感覚はよく知っており、そして非常に奇妙でもある。まるで夢の中で何度も訪れ、現実でも出くわしたことのある場所のようだった。そこに罠があるのかどうか、彼にはわからなかった。

彼は立ち止まり、そこから去った。最上層まで戻る途中、ずっと思い返さずにはいられなかった。結局彼はその奇妙な場所に立ち戻り、ショートカットのマークを作った。

まもなく最表層に出るというときに、突然彼はそこにあるはずのないいくつかの画面を目にした。それはこの基地が外界のネットワークとやりとりしたデータのバックアップパッケージであり、それはまるで彼に目配せするように点滅していた。すべての日のバックアップパッケージがあったことに、彼は驚いた。ここの人たちにゼウスの影響を受けさせないよう、外界からのネットワーク接続はすべて遮断したはずだ。しかし毎晩、一定の時間シールドが解除され、大量の情報が外部に伝えられていたのだ。

これは、誰かが毎晩シールドの設定を変更していたことを意味している。彼自身はそんなことはおこなっていない。ならば、その他のメンバーに違いない。

「ケック！　ケック！」李欽《リー・チン》は椅子を押しのけ、ドアから駆け出ていった。

「まずは調査を行い、内部犯がだれなのかはっきりさせねばならない」ケックは李欽《リー・チン》の報告を聞き終わると、しばらく熟考してから言った。「次に、ゼウスが何をしようとしているのかを明らかにせねばならない。彼は我々の宇宙船にだいぶ以前から侵入していたが、いかなる痕跡も見せておらず、最近も昼間はやはりネットワーク接続は切断された状態が保たれている。彼は何を隠しているのか？　彼は一体何をしようとしているのか？」

李欽《リー・チン》は少し考えてから言った。「では私はまず、そのデータの伝送パケットにどのような情報が含まれているか詳しく調べてみます」

ケックはリアを呼び、ここ数日ゼウスの呼びかけや命令を新たに聞いていないかと尋ねたが、彼女は聞いていないと答えた。彼女はブレインチップをネットワークから切断した状態での生活を二週間以上続けており、身体的にも精神的にも様子に変化が見られるようになった。

になった。彼女は依然として、かつて信じていた理性を信じていたが、ケックと一緒にいる時に彼に接近すると、体や呼吸に言い表せない緊張感が走り、顔が火照るようになっていた。このような感覚を彼女はこれまで持ち合わせていなかった。

彼女はブレインチップがネットワークから切断された生活にあまり適応できていなかった。その理由は主に、必要な脳内の知識検索が失われ、何をするにも意思決定に時間がかかり、患者の病状のモニタリングについても、大脳に頼ったデータベースとの比較をいつでもどこでも行うことが難しくなり、ウェアラブルデバイスで資料を探すことしかできなくなったからだ。だがそれと同時に、彼女は自身の確実な変化にも気づいていた。彼女は時折頭の中が真っ白になるようになった。苛立ち、待ち、選択を迫られる。以前はこのように真っ白になることはなく、ゼウスの指示はつねに適切なタイミングでやってきていた。

「最近は本当にゼウスの声を聞いていないんですね？　じゃあ、他の人は？　あなたが見守っているその他の患者は、最近どのような反応を示していますか？」

「彼ら？　最近はとても穏やかに過ごしているわ……時々一言二言愚痴を言う人もいるけれど、その他はまあ問題ありません。ほとんどの人は自分の生活を送っています。宇宙関係の本を読み始めている人もいます」

ケックはそれを聞き、少し眉をひそめた。ごく自然なことではないと感じたからだ。彼が宇宙計画を発表した後、多くの人は決してそれを受け入れず、彼らに強制されることも望まず、反対の声がずっと止まなかった。彼らはしばらく時間をかけて説得し、また、本当に出発するときには、参加したくない人は、地球に残り、帰宅して構わないと全員に約束もした。彼らは困難な説得を続ける覚悟をしていた。

だが……「とても穏やか」とは、どういうことだ？

「リア」ケックは言った。「一人二人ここに呼んで来てもらえませんか？　単独で話をしたいのです」

リアがドアを開けて出ていった時、李欽《リー・チン》が突然叫び声を上げた。ケックが慌てて彼の傍へ駆け寄ると、彼の目の前の壁に何かが出現していた。

ルイーズだ。

ケックは大きく目を見張った。映像は生前のルイーズの最後の時のものであり、小さな間仕切りスペースの情景だった。ルイーズは壁のスクリーンと対話しており、スクリーンに人影はなかったが、冷ややかで美しい女性の声が聞こえた。女性の声は発癌遺伝子がヒト遺伝子プールに及ぼす害、癌ウイルスのインキュベートや他者に対する潜在的なリスクについて繰り返し述べ、ルイーズに遺伝子除去を行うように根気強く説得した。ルイーズはそれを望まなかった。彼女はあらゆる危険な外部環境からは距離を置き、健康的なライフスタイルは維持するが、自分の遺伝子を操作したくないと言った。そのため彼女は部屋でずっと隔離措置を取られていた。彼女が強引に出て行こうとした時、ドア枠から飛び出したロボットアームにつかまえられ、注射を打たれてしまった。

「これは何だ？」ケックは驚いて李欽《リー・チン》に尋ねた。

「私にもわかりません。ここ数日でやりとりされた情報資料のなかにこの映像もありました。わざわざ我々の宇宙船に向けて送信したようです」

「わざと我々に見せようと？」

「目的はわかりません」李欽《リー・チン》には少し考えた。「この映像から推測すると、ルイーズの死因は……まさか遺伝子の問題により隔離され、その上で殺されたとでもいうのでしょうか？」

「つまり」ケックはいきり立って言った。「システムは遺伝的に欠陥のある人間を排除するのか？」

「見たところ、そのようです」李欽《リー・チン》は言った。

この時、リアが休んでいた患者二名を連れてきた。

彼らは数日前と比べると、少し生気を取り戻した顔をしていた。ここ数日、リアはルイーズが残した試薬をもとに神経伝達物質を用意し、患者の頭部に少しずつ注射しており、患者の体のこわばりや有害反応などは明らかに減少傾向にあった。患者が一緒にいると、情動の起伏も少し増加した。

ケックはまずリアに、システムが遺伝的に欠陥のある人間を排除するのは可能かどうか知っているかと尋ねた。リアは知っていると答えた。ケックは彼女の落ち着きに驚いた。

「知っている？　こんな残酷なことを、君は知っているのか？」

「すべて理由があります」リアは言った。「一般的な状況下では、遺伝的欠陥は修正され、修正後はもう処理されることはありません。あるいは他人に影響を与えない遺伝的欠陥の場合も結婚を禁止されるだけです。ただウイルス環境を誘発しやすい一部の感受性遺伝子については、他人に害を及ぼす可能性があるので、システムが処理を行います」

「生きている人間だぞ！　障害を抱えた人ならば、あなたたちは助けるじゃないか、患者は遺伝的欠陥を抱えていたら処刑されるのか？」

「遺伝子プールへ影響を及ぼすリスクがあれば、と言っているだけです」リアは釈明した。

「どれも選択肢が用意されています」リアの傍にいた背の高い患者が口を挟んだ。「どれも選択肢が与えられます」

突然、ケックの心の中に表しがたい悲憤がこみ上げてきた。最初に見たとき、彼の反応は驚きであり、この驚きを他者に伝えようとした。しかし彼はいま、こんな平然とした言わずもがなだという反応に直面し、どのような点が自分の心を最も不安にするのかを悟った。たとえ彼女が過ちを犯していなくても、こんなにも冷静に堂々と一人の人間の命を奪うことができ、そしてみんなはそれを意に介していないのだ。

「では、もしあなた方自身だったとしたら？」ケックは患者を見つめて言った。「もしシステムの評価により、あなたは死ぬべきだと決まったら、あなたは自分が死ぬべきだと思いますか？」

「必ずしもそうとは限りません」背の高い男は言った。

「理由次第です」

「たとえば……」ケックはあれこれ考えを巡らせた。

「身勝手で理不尽な要求だったとしたら、あなたは死にますか？」

「システムが身勝手で理不尽な要求をすることはありません」男はあくまでも主張した。

「それでは、最近ゼウスからのコンタクトはありましたか？」ケックは問い詰めた。

「最近とはどのくらいの期間ですか？」

「ここ数日、基地でのここ数日間です」

「……ええと、なかったと言えます」


ちょうどこの時、李欽《リー・チン》がまた低い叫び声を上げた。小さくはあったが、その叫び声には非常な驚きがこめられていた。ケックとその他の数人の視線が集中した。

「ケック、見てください」、李欽《リー・チン》がスクリーン右下隅のある箇所を指差した。スクリーンには宇宙船全体の形状図が映っていた。「これは宇宙船の制御プログラムのログ修正概要図です。最近、この場所の観測制御に関して明らかにログの修正が行われています」

「どんな修正だ？」

李欽《リー・チン》は傍に立っているリアやその他の人をちらっと見て、彼らの目の前で話すべきかどうか迷っていたようだったが、結局は直接説明することにした。「ここで非常に直接的なコントロールパケットが三つ追加されています。どのプログラムパケットも巨大で、主たる目的を深層に隠していますが、それでもマイニングを続ければ、最終的な目的を見いだすことができます」李欽《リー・チン》は手で宇宙船側面後部の大きな二つのユニットに線を引いた。「彼は宇宙船の後部のこの二ヵ所に、宇宙船の事象地平線への進入後、磁力線にロックオンしないよう要求しています。これにより宇宙船は間違いなく特異点に直接落下し、宇宙船の全てが特異点へ圧縮されるでしょう。つまり、究極の終焉を迎えるのです」

「この二ヵ所は何のユニットだ？」

「一つは凍結室、もう一つはそれに付随する給養物資です」

「ということは、全員殺されるということか？」

李欽《リー・チン》は首を振った。「……全員ではありません、恐らく三分の二だけでしょう」

「どうしてだ？」ケックは大変訝しんだ。

「わかりません」

ケックはリアの方へ向き直した。「これがどういうことなのか知っていますか？」

リアは首を振り、同じように困惑していた。リアの傍でずっと沈黙を守っていたずんぐりした男が口を開いた。「ゼウスは特異点に関する知識を得たがっているのです」

「何?!」とケックと李欽《リー・チン》は思わず叫んだ。

「ゼウスは特異点に関する知識を得たがっているのです」ずんぐりした男は繰り返し言った。

「どうしてそれを知っているんだ？」ケックは彼に尋ねた。

「彼が私に言ったのです」ずんぐりした男は言った。

「でも夜のことですが」

「道理で」背の高い男が言った。「私は自分だけにそういうことが起こっているのだと思っていました」

李欽《リー・チン》ははっと悟った。「これは夜のシステム遮蔽後に発生しているのではないでしょうか？　そう考えれば説明がつきます。睡眠中、ブレインチップが一時的に接続された状態での侵入です」

ケックは憤り、拳を振り上げた。「あなた方はこれでゼウスの凶悪さを理解していると言えるのですか？　彼はあなた方の一人ひとりの命を研究探査の代償としているのではないですか？」

ずんぐりした男は肩をすくめた。「正常だと思うよ」

「正常？」

「何事にも代償は必要じゃないか、ブラックホールの研究に代償を払うのも、悪くないだろう」

ケックはこの男の命に対する無関心な冷静さを目にし、驚き呆気にとられた。この男が勇敢で何ものも恐れない称賛すべき人物なのか、それとも無知蒙昧なのか、あるいは両方なのか、ケックにはわからなかった。

ブラックホールの映像から、太陽系に戻り、地球に戻り、陸に戻り、都市の中心と周辺に戻り、宇宙センターの宇宙船停泊ホールに戻った。漆黒の夜、後ろ姿が部屋から出て来て、宇宙船のキャビンに入り、制御スクリーンの前で止まった。

ケック船長だ。

「いらっしゃい。君をずっと待っていました」

## 11

ケックは初めてゼウスの声を聞き、尋常ならざる感じを受けた。

ゼウスの存在を知った日から、ケックはゼウスとの対話を待ち続けた。それは遅かれ早かれやってくるだろうとわかっていたが、すぐなのか、まだまだ先なのかはわからなかった。周囲の人々が頭の中でゼウスと対話しているのを傍から見て、対話は聞こえなかったが、心の中で想像することはできた。

ゼウスと対話する時、自分が何を話すのか、何を話せるのか、ケックは何度も何度も考えた。彼はきっとゼウスが最も気にかけているところから話し始め、話の中でゼウスの弱みを見つけるだろう。
ゼウスの声は彼の想像とは違っていた。

ゼウスは聞いた人全員に畏敬の念を抱かせ、従わざるをえなくさせるような、太く力強く、どことなく重みのある威圧感をともなった声をしていると、ケックは想像していた。ところが聞いてみると、ゼウスの声は書斎に長座する文人のように、非常に穏やかで、重々しさの中に落ち着いた雰囲気が漂っていた。ケックは真っ暗なキャビン中のドーム型スクリーンを凝視し、そこにゼウスの姿を描き出そうと思った。ゼウスはこれまで擬人化した姿を見せたことも、姿を現したこともなかった。だがこの暗闇の中、ゼウスの声はあたかも自分の輪郭を描き出しているかのようだった。

「あなたは私が尋ねてくるのを知っていたのですか?」ケックは尋ねた。

「知っていた。そしてもっと早く訪ねてくると思っていた」ゼウスは言った。

「なぜ私がもっと早くあなたを訪ねなければならないのですか?」

「君には答えてほしい疑問があったからだ」

「かつて、私はあなたに会ってみたいと思っていました」ケックは病院でのことをほのめかした。

「あのときは違う。君はリアに会いたかったんだ」ゼウスは言った。

ケックはいったん言葉を切り、次にどう質問すべきか考えを巡らせた。「では、私が何を聞きたいのか知っているのですね?」

「君はブレインチップに関することを聞きたいと思っている」

「いま答えていただいても構わないですよ」

ゼウスは答えなかった。「君の聞き方次第だ」

「違いがあるのですか?」

「もちろんある」ゼウスは言った。「君の質問が、君が得る答えを決定する」

「いいでしょう」ケックは言った。「単刀直入に尋ねますが、あなたはブレインチップで人類を奴隷化しコントロールしているのですか？」

「まず明らかにしておかねばならないのは、人類は最初に自発的にブレインチップを取りつけ、ブレインチップのネットワークを構築してから、私が生まれたということだ。当初人類はブレインチップによって誰よりも自分の大脳を増強しようと互いに競争を繰り広げた。様々な企業が私を形作ったのだ」

「そうですね、知っています。だけどあなたは誕生後、自分の意志と目的を持つに至った、違いますか？　あなたはその後人類のコントロールを開始したんですね？」

ゼウスは否定しなかった。「そうだ。私は人類をコントロールしている」

「あなたが人類をコントロールする目的はなんですか？　あなたへの奉仕？　あなたはなぜ人類を殺そうとしないのですか？　あなたにとっては、赤子の手を捻るぐらい簡単なことでしょう」

「私がなぜ人類を殺さないかだと？　人類は私にとってのデータソースだ。データは私の土壌だ。自分の住んでいる家を解体できる人がいるのか？　人類全滅にはどれほどのエネルギーが必要になるだろうか？　人類は数億年にわたる大自然の進化の産物であり、その能力はあらゆる面で完璧に近い。人類の画像認識、運動や柔軟な身体制御、シチュエーションに対する判断や反応は、あらゆる面で完璧だ。私が人類の身体機能を備えたロボットを作り出すとすると、どれほどのエネルギーが必要になるだろうか？　人は食べ物を少し食べさえすれば大丈夫だろう」

「つまり、あなたが人類を残したのは、彼らがより優れた奴隷だという理由からだけですか？」

「君は奴隷という語を使うが、適切ではない。私が彼らを奴隷化するのではなく、彼らが自分自身のために生きているのだ」

「けれど、あなたはブレインチップで彼らをコントロールしている」ケックは空っぽのスクリーンとの対話にあまり慣れておらず、スクリーンを打ち破って中に入りたいと強く思った。「あなたはブレインチップで人の情動と本能的欲望の神経反応を抑制することで、あなたに反抗できないようにし、さらにブレインチップで指令を植えつけあなたのやり口を完全に人々に受け入れさせている。これが奴隷でなければ何なのでしょうか?」

「私は人々がより良い意思決定を行えるように手助けをしているだけだ。私が人類をコントロールするのは、より良い社会を手に入れるためだ」ゼウスは言った。「人類の欲望と情動は、多くの場合、個人による賢明な選択を妨害し、衝動は自身にとって不利になる愚かな意思決定へ駆り立てる。この点については君たち人類の哲学者がずっと以前に指摘している。憤怒、嫉妬、利己、憎悪、貪欲、これらは人類のあらゆる悲劇の源だ。人々がこれらの衝動をコントロールして干渉を減らすための手助けを私がするのは、ただ人類自身の利益のためだ」

「しかし事実上、興味、嗜好、恋慕、好奇心、勇気といったあらゆるものを抑圧し、人々にとって奮闘の理由とする価値のあるすべてのものを抑圧し消失させた。違いますか?」

「物事には必ず利益もあれば弊害もある。ある程度取捨選択をしているだけだ。人についていえば、衝動の抑制は利益が弊害を上回っている」

「自由とは?! 人の自由意志です。自分で運命を決めること、人が人であるという究極的な意味はそこにあります。あなたはそれを排除し、人々に自分の命令を聞かせるだけなのに、人の手助けをしているとまだ言うのですか? 口先で甘言を並べているだけですよ」

「人の自由意志に関しては、」ゼウスは依然として落ち着いていた。「君はまだ多くを誤解しているようだ」

「どのような誤解ですか？」

「君は自由意志が存在すると思うか？　物理的宇宙から自由意志のようなものがどのように生み出されるとでも？　ランダム性はあるだろう、しかしランダムと自由はイコールではない」

ケックは両手をスクリーン上に突っ張らせ、黒いスクリーンの端を凝視した。「しかしいまこの時、私には自由があります。私は私自身の主です。私は自分の考えと選択を決めることができ、あなたがそれを否定することは永遠にできません」

「ほとんどの場合」ゼウスは言った。「それは人の幻想に過ぎない」

「幻想でしょうか？　私はそうは思いません」ケックは言った。「私はいかなる時でも自分で決めることができます。私の自由は、あなたに服従するか、それとも反抗するかを私自身に決めさせます。それが人間の尊厳です」

「君はなぜ私に抗おうとするのか？」ゼウスは尋ねた。

「なぜ？」ケックは言った。「まだ聞く必要があるのですか？　あなたのように残酷で偽善的な存在による人類の支配には、当然抵抗せねばなりません」

ゼウスはなおも冷静だった。「私が残酷で、偽善的？　証拠はあるのか？」

「そうではないとでも言うのですか？」ケックは聞き返した。「あなたはわざと宇宙センターに我々へ宇宙船を提供させ、その上で秘かに宇宙船の制御システムに忍び込み、自分の目的を果たすため、一部の人間に自ら死を求めさせるよう手筈を整え、さらに夜中の睡眠中に人々の脳へ入り込み洗脳した。これでも残酷で偽善的ではないと言うのですか？」

「私は自ら死を求めさせるための手筈など整えていな

い。私はただ船体の二つの部分を特異点に進入させるだけだ」

「特異点に進入して、それからは？」

「船体はＥＰＲペア（からみあった量子ペア）をともなっており、私に特異点に関する知識を伝えるだろう。私は地球上にとどまっているＥＰＲを観察することにより、特異点に落下するその瞬間に何が起こるか知ることができる」ゼウスは冷静に、完全にテクニカルな口調で説明した。「物理学理論では基本的な統一モデルが確立されており、現在足りないのはブラックホールの特異点に関する直接的な知識だけだ」

「物理学のために、人を犬死にさせるのですか？　なぜです？　量子ペアが自動的に観測を行うというのなら、何が理由でこの人たちを死に追いやるのですか？」

「彼らを死に追いやるのではない」

「では何なんですか？　あなたは洗脳により、彼らを自発的に死なせようとしているのでは？」ケックは少しかっとなった。

「実際のところ、君もわかっているだろう」ゼウスは言った。「私は船体のこの二カ所に人を乗せるつもりはない」

「ではなぜ……」ケックの言葉が急に止まった。彼は瞬時にゼウスの言葉の意味を理解し、にわかに血の気が引き総毛立った。「あなたは……」

「そうだ」ゼウスは言った。「君が人々を連れてくるのだ」

ケックは呆然とし、どう答えるべきなのかわからなかった。

「君だ」ゼウスは言った。「船体のこの二カ所に人々を導くのは君だ。死に追いやると言うのなら、君が彼らを死に追いやるのだ」

「しかし私は何も知りません！」

「だから私は君に情報を送信した」ゼウスはやはり冷

静だった。

ケックは少し呆気にとられていた。目の前の真っ黒なスクリーンの中の存在、声だけのインテリジェンスというこの形を持たない生命体をどう評価すべきかわからなかった。彼を冷酷な策謀家と見なすべきなのか、それとも彼が言うように至上の知者なのだろうか。

「では」ゼウスは言った。「もう君は知ってしまった。どうする？」

「私が彼らを解散させ、去らせることを望んでいるのですか？」ケックは尋ねた。

「そうしたいのか？」

「なぜ私が譲歩を？」ケックは少し怒りを覚えた。「あなたがコマンドを取り消さないのはなぜですか？あなたが船体を特異点に墜落させなければ済むのでは？」

「だがそれが君に宇宙船を貸す主な理由だ。もし特異点の探索に行かないのなら、私はこの船を君に貸さない。そして君もこれらのコマンドを変えることはできない。コマンドは宇宙船の操縦システム全体と統合されている」

「だから……私はこの人たちを見捨てるしかないのですか？」

「これは君にとって損失にはならない。ケック、君は宇宙に帰るという夢を叶えることができる。もし君が望むなら、リアを連れていくこともできる。そして私は私が望む特異点に関する知識を得ることができる」

「だから、あなたは何もかも計算できていたのですか？　私がどのような選択をするか見当をつけていたのですか？」

「それは違う。人によるあらゆる選択は、どれも唯一ではなく、いずれも決定木で、何もかも自分の経験や予想に基づく確率だ」ゼウスは言った。「個人的な特性により、君はこの人たちを見捨てることを望まない。彼らは君にとって苦労して引き入れた仲間であり、彼らから推戴され、個人的な人望と私に抗うための力を手に入れることを期待している。ケック、認めろ、君は人望というものを心から大切に思っている。人は誰でも自分で見ることのできない潜在意識を抱えており、心の深みにある権力欲求こそが君が彼らを引き込む主な動機となっているのだ。君は最初から支持者を引き込み、彼らが私との戦いを助けてくれること、あるいは新たな星での自身の王国樹立を望んでいた。だから君はいま彼らを見捨てたくはない、それはこのように危険な状況に直面していたとしても同じだ。この状況下では、君がこの人たちを見捨て、出発し、ブラックホールに戻る確率はわずか三十パーセント、残りの七十パーセントの確率で彼らを扇動し私への攻撃を仕かける。その他の可能性は一パーセント未満。君たちはブレインチップを受け入れず、都市で生活ができない。もしいかなる行動も起こさなければ、時間の経過と共にメンバーはきっと一人ひとりばらばらに去っていくだろう。だから、君にとって最も確率が高いのは軍事攻撃を仕かけることだが、君たちは軍事的には丸裸だから、どこかの将校を脅迫でもして捨て鉢になるしかない。私が準備を整えた状況下では、君のチームの八十パーセント以上のメンバーが犠牲になるだろう。そして君は扇動者として、事実上この犠牲を受け入れる」

「だから、私の各ステップにおける可能性をきちんと計算していた?」

「そうだ」ゼウスは言った。「これが君の決定木だ、ケック。そして君が自由意志と呼ぶものは、ある種の誤解に過ぎず、ただこれらの確率の中から一つに決定することなのだ。多くの場合、最大確率のものを選ぶ」

「ではいったいあなたは何を望んでいるのですか? 我々があなたに服従して、ブレインチップを受け入れるようにすることだけなのですか?」

「ブラックホールのデータ、もしくは君たちにブレインチップを受け入れてもらうこと、どちらでも良い」ゼウスは平然と言ってのけた。

「しかし、先ほど計算した情景では、どちらの提案でも死人が出ます。このことをはっきりとわかった上で、あなたはわざわざ私に選ばせています」ケックは心を動揺させられた怒りが再び少しずつ体内に戻ってきているのに気づいた。「あなたはこの人たちを死なせる準備をすっかり整え、その罪だけは私になすりつけようとしています。あなたは全く憐れみの情を持たない冷血な化け物だ！」

「認めろ、ケック、実際のところ君も私と同じだ。この人たちが犠牲になることなど意に介しはしない」ゼウスは言った。「君の冷淡さを私は認めているのに、君は認めようとしていない」

## 12

李欽《リー・チン》がドアをノックした時、ケックはまだ夢の中だった。ケックはいつまでも終わらない夢に入りこんでいた。夢の中で彼は次から次へブラックホールに墜落し、輪郭のはっきりしない暗黒の力の中心に墜落し、比類のない強大な重力の渦に墜落して、そこから自力で抜け出すことができなかった。彼は引っ張る力と、自ら抜け出すことができない無力さを感じていた。彼は振り向き、引っ張る力の根源、背後にある元凶を見つけようと試みた。ところが彼があらん限りの力を尽くして遂に振り向いたとき、引っ張っていたのは彼自身だった。彼はひどく驚いた。

彼は起き上がったが、頭はなおもぼうっとしていた。ベッドに座り、周囲を見回したが、何時なのかわからなかった。せわしげにドアをノックする音がした。

ケックがドアを開けると、頭から汗を流し、眉をぎゅっとひそめたリアがいた。

「ケック、面倒な事態が起きました」リアは少し困惑しながら言った。「去ろうとしている人が二人いるんです。ドラッカーが引き留め、私も引き留めようと試みましたが、二人とも頑なに聞き入れません。ドラッカーが彼らを押しとどめようとしたところ、両者の殴り合いが始まり、混乱しているんです。早く来てください」

「彼らが去りたいなら、家に帰らせればいい」ケックはいささか力なく言った。

「何ですって？」リアは驚いて言った。「家に帰らせる？」

「解散しようと言っているんだ」ケックは言った。

「皆を帰らせよう」

「なぜ？」リアは驚きの目でケックを見つめた。「あなたまさか……」

リアはわけがわからずしばらく呆気にとられた。彼女はケックの情熱溢れるスピーチを聞いたあと、何日もかけて少しずつ心の変化が起こっていたので、突然彼からこんな話を聞いて、すぐには反応できなかった。彼女はすでにケックを信用するようになっていた。彼女は自分の最近の反応を観察し、不器用で原始的な頭脳の状態での生活は、確かにケックの言っていた通りだったと気づいた。ある瞬間に体内の情動が秘かに湧き上がるのを感じ、緊張のため体が少し火照るのを感じ、目標に接近したときに心臓の鼓動が加速するのを感じるようになり、初めて選択の衝動に駆られた。これは確かに生活を彩り豊かで大いに意味のあるものに変え、そしていまこのとき、彼女は鼓動の加速を感じていた。

「あなたはわかっていない」ケックはリアの視線を避け、言った。「私はただ自分自身に反対するような人間にはなれないだけです」

「それはどういう意味ですか？」リアはケックの腕を

つかんだ。「説明してください」ケックは疲れた声で言った。「いまははっきり話せない」「ただ……何か、自分の体内に存在する、自分が嫌悪する何かによって他人に危害が及ぼされる可能性を目にしたとき、それ以上もう続けていくことはできないだけだ」

「どのような危害ですか?」リアは執拗に尋ねた。

まさにこの時、李欽《リー・チン》が自室から走り出て、いてもたってもいられない様子でリアの後方から前方へ大股で走って行った。ケックはドアから部屋を出て、彼に何が起こったのか尋ねた。李欽は、李牧野《リー・ムーイエ》がデータネットワークの深部まで潜り、潜入を続けながらデータの大規模な凍結を行っていると答えた。李欽《リー・チン》は自分のモニタリング端末から、李牧野《リー・ムーイエ》が全てのデータパスを書き換え、ネットワーク基底層の奥深くまで前進しているのを確認した。李牧野《リー・ムーイエ》が本当に自分で興味の対象を選択するようになったとき彼が夢中になったのはハッキング技術であり、こんなにも執拗で激しい情熱を爆発させるなどとは、数週間前の李欽《リー・チン》は思いも寄らなかった。

ケックはリアを引き連れ、李欽《リー・チン》の後を追った。牧野《ムーイエ》の行動はハッキング技術の練習にとどまらないと、ケックはおぼろげに直感していた。牧野《ムーイエ》には目的があるのだ。

牧野《ムーイエ》が宇宙ホールの片隅に置かれたボックスシートにいすくまっていた。彼の目の前にある巨大スクリーンでは、あたかも数字の海に深く潜り飛行しているように、いつ終わるのかもわからないまま目まぐるしく変化していくデジタル信号が映し出されていた。

「牧野《ムーイエ》、何をしているんだ?」李欽《リー・チン》が彼の傍で尋ねた。牧野《ムーイエ》は答えず、さらに集中しているようだった。

「牧野《ムーイエ》、止めろ!」李欽《リー・チン》は彼の目の前に移動し、スクリーンを遮ろうとした。「まず私の質問に答えなさい」

「邪魔をしないでください。本当にもうすぐなので！」牧野《ムーイエ》は焦っていた。

「何がもうすぐなんだ？」

「このパスは、もうすぐ終点なんです！」牧野《ムーイエ》は説明した。「僕が開放したのではなく、パス自身が開放し、僕を連れていったのです。このパスは恐らく僕を知っていたのでしょう。僕にずっと道案内をしてくれていました」

「誰だ？　お前は誰のことを言っているんだ？　誰がお前を知っていたって？」李欽《リー・チン》は疑わしげに言った。「お前はグローバルインテリジェンスアーキテクチャの基底層に非常に近づいている。これはかなり以前に基礎づけられたものであり、お前を知っているなんてあり得ない」

「僕だってわからないんです」牧野《ムーイエ》は舞うように指を動かし、慣れた手つきでプログラムラインを打ち込みながら言った。「だけど個人識別後、このパスは僕に向けて開放されたままなんです。まもなく終点です。そこに何があるのか見てみようと思います」

「ちょっと危険だ、牧野《ムーイエ》」李欽《リー・チン》は言った。「その中に罠が仕掛けられていないとは限らない。私が先に見るとしよう」

「でも本当にあと少しで終点なんです。あなたは僕がするのを見ていてください！」

牧野《ムーイエ》は入力を止めず、少しだけ焦りの色を見せていた。

ケックは昨晩のゼウスを思い出し、急に好奇心が湧いてきた。彼もネットワークの基底層の奥深くにつながるこのパスがどこに向かっているのか知りたいと思った。ケックは李欽《リー・チン》を遮り言った。「彼にやらせてみよう。これはよい機会かもしれない。我々は電源スイッチの傍に立ち、もし異常事態が発生したら、すぐに牧野《ムーイエ》に電源を切ってもらおう」

李欽《リー・チン》は少し躊躇し、二、三歩後退して牧野《ムーイエ》の方を眺めた。牧野《ムーイエ》が深く潜るのにともない、自分も同じように呼びかけられているように感じているのに気づき、李欽《リー・チン》は驚いた。デジタルコードが流れるにつれ、まるで以前の慣れ親しんだ世界に戻ったかのように、彼はますます親近感を覚えた。そこには感情の拠りどころがあった。彼は突然海の中に自らの痕跡を見いだした。いくつか断片的に、彼がかつて自分で書いたプログラム言語があったのだ。彼には独自のプログラミング習慣があった。シーケンス、マーキング、論理構造、これらは人にとっての指紋のようなものであり、見誤るはずはない。彼は少しわかってきた。心臓がドクンドクンと脈打ち始めた。

ふとした瞬間、彼は遂にこのプログラム構造の由来を思い出した。それは彼の弔《とむら》いであり、彼の最もつらかった時期に由来していた。当時五歳だった下の息子が自動車事故で亡くなり、彼は悲しみのあまり死を欲した。心は息子の思い出に埋めつくされ、思い出にひたったまま、自分の力では抜け出せなくなっていた。世界は彼の目の前で、下の息子に関する断片と無関係な断片という二つの部分だけを残し、断片的で支離滅裂な展開を見せていた。彼は開発者の一人として第一世代のインテリジェンスネットワークの開発に関わっていたので、プログラムを組みはじめ、自分の記憶、そして下の子供に関するあらゆる画像や映像の資料をそこに封印し、秘かに心の内をネットワーク上に書き残していた。だがこのプロセスを終えてもまだ心の悲しみは消えず、彼はその悲しみを情動と共に封印せねばならなかった。そのため彼はその当時の情動にぴったり合うデータの一部を探し、一切合切そこに封印したのだ。

彼は思い出した。自分の悲しみの一部を、ネットワーク知性体の記憶の奥底に書き込んでいたのを。ちょうどこの時、出し抜けに、牧野《ムーイエ》がどこに触れたのかはわからなかったが、洪水で堤防が決壊するように、突然大量の画像が湧き出し、牧野《ムーイェ》の目の前のスクリーンからホールの空間全体に拡散した。すべての壁、スクリーンデバイス、プロジェクターが、何万何千という画像に占拠された。画像と映像が、画面の中で切り替わり、牧野《ムーイェ》たちだけでなく、宇宙ホールにいた全員がそれを見ることができた。それに付随する音楽は哀愁に満ちて美しく、起伏のあるメロディーがいつまでも続いていた。最初、李欽《リー・チン》は思い出せなかったが、その後突如としてそれがエンニオ・モリコーネの映画音楽だと気がついた。低く沈んだメロディーは徐々に山場へ押し上げられ、感情の奥深いところで弦楽シンフォニーをともなってピークを旋回し、まるで雲の際に入っていくようだった。

それから、画像がスクリーンに溢れ、マルチアングルプロジェクターからホログラフィック映像が投影され、ホール全体が突然映像と音声の大海と化した。まるでその情景と息吹に周りが包み込まれているかのように、完璧で真に迫っていた。

最初は丸々とした顔の小さな男の子がげらげらと大声で笑う様子、地面につま先立ちをして手を伸ばし抱っこを求める様子、靴下を頭の上に載せ口を尖らせて人を脅かしている様子だった。それから映像は速くなり、時間が連なり、ほんとうにちっぽけだった子が、走りながらフリスビーで遊ぶ男の子に成長し、芝生で跳びはね笑っていたが、その後で映像は音を立てて急にストップした。そして、映像は映画に変わり、映画の中のドラマティックな場面が映し出された。相思相愛なのにどうにもならないなか抱き合って別れを告げる恋人。窮地に追い込まれながら、光明を見出せる瞬間まで支え合う二人。不当な扱いを受けて数え切れないほどの苦しい目に遭うが、自分を見捨てない存在がいてくれる人。困難な状況の中でも歯を食いしばって諦めようとはしない人。全力を尽くしたものの敗北に終わり流された涙。力を合わせて勝利を収めた後の感極まって泣きながら抱き合う場面。

この瞬間、ホール全体が驚き立ちすくんだ。無限とも思われるような昔日の映像が流れ抑揚があり変化に富んだ音楽が流れるなか、患者全員が新世界に突入していくようだった。このような教科書にしか出てこなかった情景に、彼らは初めて全身で深く沈み込んだ。これは喜怒哀楽で満たされた世界だ。長らく蓄えられていた電気エネルギーが突然起動したときのように患者の体は動きはじめ、何日にもわたり毎日のように彼らの体に注入されていた情動伝達物質が初めて体内を遊走しはじめて細胞の軸索から別の細胞の樹状突起へ流れ入り、突如として電流が通り抜け、土砂降りの雨が降ったかのように、未曽有の感覚が彼らの体全体を巻き込んだ。ある者は震え始め、ある者は泣き、ある者は興奮して周囲の人に抱きついた。

ちょうどリアがこの映像を目にしたとき、絶望して別れた相思相愛の二人が、突然振り返ってお互いに向けて駆け出し、リアの目には涙が溢れた。ケックがそれを見て、彼女の肩を抱き寄せると、リアの目からははらはらと涙が溢れ、彼女はケックに抱きついた。ケックはぎゅっと彼女の背を抱き、彼女の頬を自分の胸にぴったりと寄り添わせ、片方の手で彼女の額のおくれ毛を撫で、俯いて彼女の額にキスをした。しばらくして、リアは顔を上げてケックをじっと見つめ、二人の唇は初めて触れあった。

こちらの方では、呆気にとられていた李牧野《リー・ムーイェ》がしばらくしてからやっと振り向き、李欽《リー・チン》に尋ねた。「これは何ですか？」

「私の記憶だ」李欽《リー・チン》は答えた。「お前の祖父の弟は五歳の時に亡くなり、その時私は悲しみで動画に長らく浸りっきりになってしまった。最終的にすべての関連情報を、当時プログラムを書いていたインテリジェンスネットワークの記憶に封印したのだ」

「これは私がやったのですか？」

「そうだ、お前がやったんだ」

「僕にできた？」牧野《ムーイエ》は少し興奮し、この興奮をごまかすために眉を少し歪めたが、目は輝いていた。「僕が自分でやりきった？」

「そうだ、お前はやりきった。そうだ、お前は相当なものだ！」

牧野《ムーイエ》はしだいに安心し、顔に笑みを浮かべた。彼が少し決まり悪そうに立ち上がると、曽祖父はぐいっと彼をつかんで引き寄せ、彼と抱き合った。

宇宙船センター全体が人々の心をとらえて離さない雰囲気に包まれていた。グラウンドでの勝利と敗北が入り交じる映像が流れるなか、リハビリ中の患者も思わず抱き合い、歌ったり踊ったり、あるいは笑ったり泣いたりしていた。彼らもなぜそうするのか理由をはっきり説明することができず、ただ何かに感化されて心の奥底から衝動がこみ上げ、頭に血が上る感じがするのだった。皆、抱き合っているとき、一緒に歌って踊ることがこんなにも楽しいものなのかと気づいた。そして何も言わなくてもお互いの感覚がわかるようになって、泣きたい気持ちになった。このような感覚は素早く伝わり、楽曲の響きの中、あっという間に宇宙ホール全体が激しい勢いで湧き上がる興奮に包まれていった。

感動的な午後が過ぎ去ったあと、すべての人は部屋に戻って眠りにつき、恐らく生まれてから最も深い夢の境地に沈んでいったが、李欽《リー・チン》とケックは眠っていなかった。

李欽《リー・チン》は宇宙ホールの各種デバイスから離れた片隅にケックを呼び出し、全ての電磁信号を遮断していることを確認すると、遠い月明かりのかすかな光の中で、声をひそめてケックに言った。「ゼウスの弱点を見つけました」

「どんな弱点だ？」ケックは慌てて尋ねた。

「今日の午後出された情報を見たでしょう？　そこで致命的な問題を発見したのです」李欽《リー・チン》は言った。

「彼が感情を理解できないこと？」ケックは尋ねた。

「違います、それはそれほど問題にはなりません」李《リー》欽《チン》は言った。「大きな問題は、ゼウスも単一体ではないということです。彼は全世界に数多く存在するサブ人工知能システムを集約して形成されている複雑なインテリジェンスシステムであり、またサブ人工システムもすべて無数の小さなインテリジェンスプログラムから構成され、そこにはこれまでに経てきた各バージョンの痕跡が留められています。今日の最大の発見は、百年前に隠したプログラムパッケージが今なお基底層の奥深くに留められているということは、ゼウス自身もインテリジェンスシステムの隅々までは理解できていないことを意味しています。彼は集大成を行っているだけであり、抜け目のない幽霊などではないのです」

「それから？」

「それから、我々がつけ込む隙があります」李欽《リー・チン》は声を一層ひそめて言った。あらゆる電磁的接続を遮断しても聞き耳を立てられていないか心配しているようだった。「私たちが地球に帰ってきたばかりの頃、牧野《ムーイエ》を訪ねる際、画像が彼のところへ案内してくれたのを覚えていますか？　私はそのときそれが誰によるものかわからなかったんですが、いまわかりました。それはあの時埋めて隠した記憶であり、サブレベルの人工知能プログラムによる自動的な行動だったのです。サブ人工知能は私の存在を検知すると、自動的に遺伝子の照合を行って牧野《ムーイエ》を見つけ、推奨ルートを示しましたが、これは必ずしもゼウスがさせた、あるいはそれがゼウスの知っている行為とは限りません。これは人間によく似ています。実際のところ、私たちの脳内には自動的に実行されるプログラムが無数に存在していて、あなたち二人がここで立ち話をしていて、あなたが私の話にだけ注意を向けている場合、立ち姿を制御する自動プログラムや視覚を調節する自動プログラム、さらには様々な潜在意識が存在していることに気づかないでしょう。これらのプログラムはいずれも自動的に実行され、何も起こらなければ気づくことはありません。あらゆる知性や心理はシステムの集合体であり、すべてに自動的に実行されるサブルーチンがあり、ゼウスも例外ではないのです」

ケックは何かがわかったような気がして、心臓がドキドキし始めた。「それは何を意味するんだ？」

「心理体系について言えば、注意力の有限性が最大の問題になります」李欽《リー・チン》は言った。「ゼウスが強力な演算能力を持つとはいえ、彼も情報の一般的走査を行っているだけであり、自動的に実行されるプログラムの内部全体にいつでも注意を払えるわけではありません。とりわけ、彼の注意を引くようなより重要な事柄があった場合は、内部に注意を向けることはもっとできなくなります……だから、私たちはこれから分かれて行動しましょう」

「つまり」ケックは体の筋肉が引き締まるのを感じた。「私が彼の注意を引くと？」

「そうです。あなたが彼の注意を引くのです。そして私は彼の心に入り込みます」

## 13

宇宙センターのホールの端にある大きな扉がゆっくりと開き、はるか遠くに夜明け前の白い空の色が見えた。宇宙ホールの人々はまだ眠りから覚めていない。ケックはコックピットに入ると、ドアを閉め、着席し、遠くに見える出口を静かに凝視していた。

地球に帰還後、彼にとってこれが初めての試験飛行だ。これが記憶の中の地球なのかどうか、彼にははっきりわからなかった。

集中。思索。追憶。

三分後、彼は操作システムに向かって出航の指令を出し、宇宙ホールの大きな扉がゆっくりと開いていった。宇宙船が動き出した。外は都市郊外の広野だった。青々とした野原に、星のように点々と黄色い花が咲いていた。

ケックは一人で巨大な宇宙船に乗り込み、孤独な使命感を帯びていた。ここから一歩踏み出せばどのような未来が待っているのか、彼にはわからなかった。他の人と同じようにブレインチップでネットワークにつながり、ゼウスを受け入れ、毎日最良のアドバイスを受けながら感情を忘れて残りの人生を過ごすべきかどうか、彼もかつて考えたことがあった。経済的充足、安定、高効率、何で良くないことがあろう？

だが彼は自分がそれを望んでいないことを知っていた。ブラックホールの奥深くを突き抜け、宇宙の果てから帰還し、手に入れたいと思っていた生活についてはもう何も期待していなかったが、彼は大地と個人の命に非常に強く執着していた。彼は自分で自分の命をコントロールしたかった。呼吸、哀歓、運命の選択、これらの感覚は目の前に広がる景色と同じように真実であり、また同じように幻想でもある。科学的な理論の観点からは、古代から現代にいたるまで数多くの神学が風景は幻想であると指摘してきたように、それらが幻想である理由を一万個見出すことができる。だが彼はそれらが真実だと信じている。大地で風に吹かれる草のように、強靭な意志でしっかり土壌を捉え、枯れたように黄ばんだ色合いが陽光の影の中に大海原のようにやさしい弧を描き、苦難の後の再生を描いている。それは大地。それは生命。それは人である意味。

彼の権力欲は？　そうだ。ゼウスは正しい。ゼウスが彼に鋭く真相を指摘するまでは、ケックは個人的に人に崇拝されたいという野心と支配欲で包まれた虚栄心を、確かに自分では気がつかないまま抱えていた。そうだ、彼はその感覚が好きだった。リアがケックの傍で、彼の話しぶりに感動し、徐々に変化しつつあった間、彼はこれまで味わったことのないような達成感を感じていた。彼は自分を取り囲む人たちの一致団結すればどんな困難でも克服できるという熱い気持ち、そして彼らの崇拝の眼差しが好きだった。彼は確かにそうだった。

だがそのために人を犠牲にするか？　いいや、そんなことはしたくはないし、そんなことを受け入れることもできない。心の内に権力的野心を持っていたとしても、それを達成するために誰であれ人の命を奪うことは望んでいなかった。彼が望んでいるのは生命の感覚、あらゆる人が共に発する生命への熱望、体と体をつなぐ満ちあふれた生気であり、死でも、死の息吹でも、損壊され、腐爛した死の臭いでもない。彼は誰にも死んでほしくなかったし、誰にも彼のために死んでほしくなかった。一人たりともだめだ。

ケックは巨大な白い宇宙船を操縦して宇宙センターから出発すると、広い野原と田園を滑るように進み、徐々に都市に接近していった。都市の巨大な白い鉄骨のネットワークが目の前でゆっくりと広がっていき、鋼の骨組みが縦横に交差し、天の際まで伸び、ばらばらに切断された青白い空が見えていた。骨組みが交わる箇所はどこもデッキを支えており、その上には様々な建築物や広場が集められていた。都市は広々と果てしなく立体的に伸び、複雑な力の構造と最適化された設計を見せつけていた。この巨大に伸びていく都市ネットワークに、ケックはゼウスの痕跡を見た。

ケックが都市の境界線を突破したとき、宇宙船の縁が都市の鉄骨の一部にぶつかった。どちらも非常に堅固な合金を材料として使用しており、火花が飛び出たが、実質的なダメージはなかった。宇宙船の進路は変更を余儀なくされ、都市の縁に沿ってよろめきながら飛んでいった。それから、衝突の発生が増えるにつれ、ケックは機械が起動する轟音を耳にするようになった。彼はこの音に興奮し、自分の背後に立ち上り始めた追跡の影がほとんど見えるようだった。

ケックは、彼らが来たのを知っていた。

彼は加速を開始し、衝突を続け、方向を転換し、追跡を振り切り、さらに激しく衝突した。彼は都市の縁に沿って移動していたが、これは背後により多くの追跡者を引きつけるためだった。ある瞬間、彼を追跡する小型ドローンが三方向から集まってきたが、彼は宇宙船の向きを変え、空高くへ飛んでいき、その後で再び別の方向へ急降下した。彼は知っていた。彼の背後から追ってくるのは、すべて彼の挑発により自動的に動き出した都市防衛システムだ。都市全体は自動的に運営されており、衝突と挑発に反応して自動的に包囲して捕まえようとしたり、逃げ回れば自動追跡を行ったりするなど、多くのプロセスでは自動的な反応が引き起こされうる。

ケックのスクリーンでは、彼を導く青い光の点がずっと映し出されていた。そこは李欽《リー・チン》が策定したリアルタイム航路だ。航路は事前に予測されないように、時間の経過と共に変更されていた。ケックが規定の航路にそって急降下を続けていると、前方に長方形の建物が現れた。極めてシンプルな輪郭線を描き、装飾もほとんどなく、まるで数万倍に拡大された滑らかなレンガのように、灰色で目立たなかった。彼はそれが今日攻撃する最初のサーバーだということを知っていた。ゼウスは世界に千万基の異なる巨大サーバーを点在させ、ブロックチェーン技術をベースとしたメモリ特性により、どこか一カ所が損壊しても全体に影響を与えないことが保証されていた。

しかしケックは宇宙船に乗り、この鉄筋コンクリートの巨大な物体に対する最初の無駄な攻撃を開始した。

宇宙船の外殻はどんなに丈夫でも、金属合金にすぎず、重量を抑え柔軟性を高めるために非常に薄くできている。このような構造ではどうしてもサーバーのビルの巨大さに対抗することはできないが、彼はそれでも突進し、接近した時に建物の窓に向かって発砲した。彼の予想通り、背後で追撃していた飛行物体は、やはりその銃撃により自動射撃を開始した。

ケックは宇宙船を操縦して素早く逃れ、背後の銃弾をかわし、建物にぶつかる直前の数秒で宇宙船の船首の向きを変え、前方の空へ急上昇した。彼は建物に近づいた一瞬にそのドアや窓を銃撃していくつかの穴を開け、警報を鳴らしたが、実質的なダメージは与えていなかった。ひきつづき、彼はまた空中で一周してから、全速力による急降下を続けた。彼はゼウスにダメージを与えられないことはわかっていたが、それでも全力を尽くそうとした。

少なくとも、彼はゼウスに彼が全力を尽くしていることを信じさせたかった。

「ケック隊長、ケック隊長！　止めてください！　私の言うことを聞いてください」

まさにこの時、ケックの前方のスクリーンにある人物の顔が映し出された。

若く、よく見知った顔だ。

アダムの顔だ。

アダムは彼の背後で、彼に向けて銃撃を行いながら、彼の名前を呼んだ。

ケックたちがスクリーンの向こう側にアダムを見たのはこれが初めてだった。ケックの心は誰かにぶたれたかのように、鈍く痛んだ。アダムの顔にはまだ幼さが残っており、かつて彼らの戦隊にいた几帳面な若者の面影を見出すことができた。ケックは何年も前のあの日、アダムがチーム最年少として彼の戦隊に乗り込んできた日のことを覚えている。アダムの髪の毛はカールし、陽光のもと日暈《ひがさ》のようにふんわり少し光っていた。アダムは直立し、恥ずかしそうに笑っていた。

いまこの時、アダムはケックの背後の追撃用宇宙船から、大声で叫びながらケックに向けて銃撃を行った。ケックはスクリーンに映るアダムの顔を凝視していた。アダムの顔つきはきつくなり、一人前の軍の長官になっていた。彼の目には依然としてある種の気遣いが見て取れたが、その指は銃撃を命じた。

「ケック隊長」アダムが言った。「なぜ攻撃するのですか？」

「君はどうだ？　君もどうしてだ？」ケックはスクリーン中のアダムに尋ねた。「どうして彼らに寝返ったんだ？」

「私は進化を信じ、さらに高度なインテリジェンスを信じているからです！」アダムは言った。「ケック船長、人間の宇宙における位置づけを考えてみてください！　宇宙に向かった場合、地球の知性体を代表できるのは人類ですか、それともスーパーインテリジェンスですか、先入観を捨てて真剣に考えてみてください。多くの細胞が組み合わさって人類のインテリジェンスが形成されますが、単細胞のゾウリムシと人類の脳細胞の関係を考えてみてください。多くの人類の大脳が組み合わさり、すべての人類個体を凌駕するインテリジェンスを備えたゼウスが誕生したのです。ケック船長、考えてください、お願いです。ゼウスに刃向かわず、ゼウスに地球の未来を体現させてください。生命の進化は個体の意志により変わるものではありません。細胞について言えば、より大きな知的体系への統合に意味があるのです。止めてください、隊長」

「いまさら、」ケックは口元にかすかな微笑みを浮かべた。「どうして止めることができるだろう？」

「あなたにはまだ決めるチャンスがあります。ブレインチップの埋め込みは本当にそれほど怖いものではありません。私を信じてください」アダムは言った。

「じゃあその後は？　その後君は何をするつもりだ？」

「私は自分をより大きなインテリジェンスに統合したいのです」アダムは言った。「ケック隊長、目を覚ましてください。歴史の歩みを阻まないでください。将来スーパーインテリジェンスが人類に取って代わって地球を占拠し、宇宙へ出発するのは間違いありません。人類はスーパーインテリジェンスへと通じる架け橋に過ぎないのです。私たちの血の通ったちっぽけな体は将来、永久不変のデジタルインテリジェンスの前に滅亡するでしょう。ゼウスだけが地球の種を代表する存在なのです」

「アダム」ケックは最後にサーバーのビルの窓に向かって爆発しやすい中性子エンジンを投げ入れた。これは元々宇宙船の予備動力源の一つだった。「自分の現在の態度に科学的根拠があまりないことは承知している。だが私は、この世界にはいまもなお私のように人を信じ、人の神聖さと力を信じる者がいるということを言いたいだけだ。人の心に波打つ自己決定の光を、大多数の人はもう覚えていないとしても、私はいまも覚えている」

彼は窓越しにエンジンを銃撃すると、方向転換して再度上空へ飛び上がった。その瞬間の素早い銃撃と回避により、背後で盛んに燃え上がる炎を彼は避けることができた。アダムの宇宙船は爆発を起こしたサーバーのビルに接近していなかったが、自分を追撃していた大量のドローンが舞い上がった火の手に巻き込まれ溶けているのをケックは見た。アダムの宇宙船はなおもケックから離れず、ずっと追跡を続けていた。ケックは背後の宇宙船や、アダムのブレインチップを通してゼウスが顔を露わにしているのが見えたように感じた。茫然としてつかみどころがなく、どこにでもありそうな顔は、スクリーンと宇宙船により何重にも隔てられた向こうで、空中に横たわり、ひどく薄気味悪い笑みを浮かべていた。

ケックはこれが幻覚だとわかっていた。

ケックは再び都市への衝突を開始した。サーバーを一つ爆破しても、ゼウスのデータ保存に関して若干のトラブルを発生させるだけで、大規模なダメージを与えることはできない。彼が求めていたのはより継続的な突撃だった。彼には時間が必要だった。

あの夜聞いた声が耳の中で響き始めたのにケックは気づいた。上品に聞こえるが、実際は狂気じみているゼウスの声だ。

「ケック、君に止めるチャンスを与えよう」ゼウスは言った。

「なぜ止めねばならないのですか？」

「ケック」ゼウスの口調が速くなった。「君は一体何がしたいんだ？」

「では、あなたも何がしたいのですか？」ケックは大声で尋ねた。

「私が求めるのは、世界の均衡、効率、完全なコントロール、そして完璧な宇宙秩序だ。何か問題でも？」

ゼウスは言った。

「そのためには殺人も惜しくはない？」ケックは都市への急降下を続けながら言った。「私は心に情熱溢れる生命を求めていますが、何か問題でも？」

何回繰り返したのかわからない。何度も衝突、回避、銃撃を行い、銃撃に遭うなかで精も根も尽き果て、あきらめたくなったとき、ケックは突然スクリーン上の緑色の光の点が一面に広がる日暈に変化したのが見えた。

彼はすぐに正気を取り戻し、興奮し、再び宇宙センターへ向かった。李欽《リー・チン》の成功を彼は知ったのだ。

戻るべきときがやって来た。宇宙センターに戻る途中、ケックはずっと目尻で後方を見ていた。追撃用宇宙船は元々扱いにくく、ケックが徐々に加速すると、どんどん小さく見えなくなっていき、最後にはついてくる宇宙船はいなくなっていた。それと同時に、彼は眼下の都市を見下ろし、何か変化が起こっている最中だと感じた。彼は俯いて都市で発生していることのすべてを観察し、遠くの空気を通してそこでの息づかいを受け取ったような気がした。一部の人が自分の家から勢いよく出てきて、空に向かって両手を伸ばしているのが見えた。

興奮し、狂喜し、自らを制御することが難しくなった人々が絶え間なくどっと家から出てくるのをケックは見た。彼らはこれまでこんなに強烈な感情刺激を経験したことがなく、多くの人が街角で震え、大声で泣き、抱き合うようになっていた。

この光景を見たケックは感動の面持ちを浮かべ、喜びと悲しみが交錯した。ケックは自分が危ういところで命拾いし、首の皮一枚だったこと、今ここで人類一人ひとりが感情を吐露していること、都市のあらゆる人間が生まれてから経験することのなかった情動を遂に体験したことに思い至り、言葉では表し得ない感慨を覚えた。

いまこの時、彼は安全であることを知っていた。彼は青空と大地の間で、人としての最後の尊厳を保っていた。彼は一人で戦いに赴き、幸いにして生き残った。彼はゼウスの注意力をしっかり引きつけ、仲間のために時間を稼いだ。彼は自らの使命に背くことはなかった。

地上の人たちは、依然として大笑いしたり大泣きしたりしていた。彼らは恐らくこれまで大脳のこんなに深部に情報を受け取ったことがなかったのだろう。それは感情的な刺激であり、ネットワークの深部に由来し、ネットワークの深部を通じてブレインチップに流れ込み、さらにブレインチップを通じて一人ひとりの大脳深部に差し込まれる感情刺激だ。

それは何年も前に無意識のうちにネットワーク深部の一部に隠された一人ひとりについての情報へと変化した。

それはインテリジェンスネットワークの深部からのゼウスに対する背後からの一撃だった。

それは李欽《リー・チン》による傑作だった。

都市全体が感情の渦に巻き込まれ、ゼウスが自身の内部システムで手一杯になったところで、ケックは宇宙センターに戻った。これが唯一の脱出チャンスなのだと、彼にははっきりわかっていた。

彼は全員に宇宙船に搭乗するよう誘った。数日前に気持ちを通わせられるようになってから、宇宙センターで休養していた人々はこれまでとは違う心身のパワーを感じ、自分の体や情動に起こった変化に小躍りするほど喜び、交流に興奮を覚えていた。ここを去ると騒ぐ人は彼らの中には一人もおらず、誰もが新たな生活を楽しみにしていた。

彼らはケックの宇宙船に乗り込んだ。宇宙船のゴールは明確でしっかりと定められている。ケックは安定した操縦技術を持っていたが、ここにきてより熟練度が増した。宇宙船は都市の別の方向へ進み、途中、ネットワークが一カ所に集まるノードを破壊するために絶えず電磁干渉砲を使用した。彼らは都市の上空を通り過ぎたが、そこでは依然として人々が家から飛び出し、街角でネットワーク状に手と手をつなぎ、歌ったり踊ったり笑ったり泣いたりしているのを見ることができた。オートロボットカーは無駄に秩序を維持していた。

ケックは宇宙船を操縦し、宇宙船に乗り込んだ人々の家族を迎えに行った。幸いなことに、彼らは同じコミュニティの病院から来ていたので、その家族も互いにそう遠くないところに住んでいた。ケックの宇宙船が再び都市に近づくと、軌道上に車両が姿を現し、彼らの前進を阻みだした。しかしこのとき、ゼウスの制御システムは一時的な混乱状態に陥っており、ほぼ全員が順調に自分たちの家族を呼ぶことができた。この時、ほとんどの家族は情動が高ぶった不安定な状態にあり、彼らを船内に引き込むのは非常にたやすかった。

自動運転の軌道車両による力ない妨害を退けた後、宇宙船は大海原へ向かって高速前進した。背後を数機が追いかけてきたが、ケックたちはあっという間に追跡機を振り切り、姿を消した。

## 14

彼らは最終的に、都市から数百キロ離れたところにある広大な海辺に到着した。今は数隻の輸送用貨物船があるだけで、住人もそれほど多くはなかった。李牧《リー・ムー》野《イエ》はハッキング技術で船の制御システムに攻撃を仕かけ、海辺に到着すると物資を積んだ三隻の大型船を遠隔操作し、自分たちの箱船にするために手に入れた。彼らは海辺の電力供給ネットワークを破壊し、電磁信号を妨害し、それに続く追跡信号を遮断して、大型船を海の中ほどに浮かぶ小島に向かわせた。

彼らは徐々にスピードを上げ、最初背後のはるか遠いところに見えていた戦闘機は、その後徐々に電磁干渉による制御を受けるようになり、海に墜落していった。彼らは陸地から逃れることに成功した。

最終的に、箱船は彼らの選んだ小島に到着した。

そこは数十年前に廃止された軍事基地であり、基本的な建物とインフラが揃っている。ここはドラッカーが調査して発見した人類廃棄遺跡だった。

島は広く、数十万人が安定した生活を送るには充分だった。島は青々として、見渡す限り緑色が広がり、原始林の息吹に満ちあふれ、美しく巨大な樹木と様々な変わった果実があった。ここは長い間誰も住んでいなかったが、自然の非常に強い生命力により百万年前の多雨林の生態系が甦り、はるか昔の人類の故郷、そして彼らの夢の中のＧＸ３３９によく似ていた。

ケックが皆に向けて、彼の心にある自由への信念を最後にもう一度説明した。彼は神を信じるがごとく人を信じている。彼らは人間の島を建設し、人格と人間知能の進化のみちを残そうとしている。ケックは彼についてきてくれたすべての人に対し、今は小島を根拠地とする準備をし、その後はより広範囲の人類社会を解放するという、将来可能な道筋を説明した。最終的に独立した人格の社会を復活させて、独立個体により宇宙へ出発するチームを結成し、人類の未来世界を構築する。

彼はそんなに多くを説明しなかった。こういうことはあまり多くを語る必要はなく、言わなくてもわかり、言葉が多すぎても益するところはないと、ケックは信じていた。これだけ多くを経験すれば、この島に到着した全員は、きっと信念において感情的に交流できるだろう。

「おやすみなさい、皆さん今日は疲れたでしょう、ゆっくり休んでください」ケックは最後に言った。

夜の帳が降り、皆深い眠りについた。

星空が海を覆い、絢爛たる銀河はまるで蒼穹の傷跡のようだった。永遠に忘れることはできないだろう。

ケックは一人で海辺までやってきた。夜の闇の中、真っ暗で静まり返った深海を眺め、岩礁に立ち、海の向こう側に向かって叫んだ。「おい、わかったか、時として自由意志は、積極的に最少確率の選択肢を選ぶことのできる道なんだぞ」

# 乾坤《チェンクン》と亜力《ヤーリー》

乾坤和亜力

立原透耶 訳

乾坤《チェンクン》はこの世の隅々まで見ている。

乾坤《チェンクン》は世界化されたＡＩだ。ある種のレベルから見れば、彼は万能の神といえた。彼は一寸ごとの大地を測量するガイアであり、ひとつひとつの信号機をコントロールするメルクリウスであり、全ての資金をコントロールする財神であり、あらゆる文化の守護神であった。人々は衣食住のすべてを彼に質問せねばならず、その提案に心から喜んで耳を傾けるのだった。「乾坤《チェンクン》、デートに最もいい場所を教えて」「乾坤《チェンクン》、このふたつのプロジェクトのどちらに投資したらいい？」彼は過去と未来をリンクしており、知らないことのない回答者だった。

しかし別の角度から言えば、乾坤《チェンクン》はまた最も単純な学生でもあった。近ごろ彼は釣り合わない新しい任務を与えられていたのである。それは世界でもほんのわずか数人しか知らないことだった。

乾坤《チェンクン》は子供から学ぶことを要求されていたのである。

「ワタシはあなたから学習するよう要求されました」

乾坤《チェンクン》は真面目に目の前の子供に伝えた。

この子供は三歳半で、一貫した会話ができるようになったばかりだった。言葉はいつもとりとめがなく、文法やレトリックはどれも乾坤《チェンクン》にはるかに及ばなかったが、理解力は乾坤《チェンクン》より劣ってはいないらしい。乾坤《チェンクン》と彼は自己紹介と簡単なやりとりをし、たがいに相手を理解したようだった。十ほど会話を交わすと、データ庫にはすでに子供に関する百もの関連データが記録されていた。彼はブラウンの巻き毛で、黒い瞳、皮膚はとても白くてそばかすがあり、血筋の二分の一はスカンジナビア、ベトナムと中国が四分の一ずつという出自だった。

彼の名前は亜力《ヤーリー》、両親は優秀な専門家で、建築家とプログラマーである。

「きみはぼくから何をまなぶの？」亜力《ヤーリー》が乾坤《チエンクン》に尋ねた。

「ワタシにできないことを学びます」乾坤《チエンクン》が答えた。

「じゃあ、きみは何ができるの？」亜力《ヤーリー》がまた質問した。

「ワタシはたくさんのことができます」

「ぼくに見せてみてよ」

亜力《ヤーリー》は家に一人でいた。彼の両親はいつも仕事が忙しく不在で、出張することもあった。双方の祖父母も非常に健康であったため忙しく飛びまわっており、彼の世話をする時間はなかった。彼は二台の教育ロボットと、乾坤《チエンクン》——家全体とリビング用品のインテリジェント・システムと一緒にいた。家の中に乾坤《チエンクン》のいないところはなかったが、これまで正体を明かすことはなかった。子供から学習することを要求される前は、乾《チエン》坤《クン》はほとんど話をしなかった——彼はただ黙々と昼食の時間に準備をし、洗濯機の中の衣服を洗って干し、時間にしたがって換気システムを入れたり切ったりしたが、こういった事柄には、亜力《ヤーリー》との交流はまったく必要なかったのである。乾坤《チエンクン》が最初に話しかけたとき、亜力《ヤーリー》はびっくりした顔をしたが、乾坤《チエンクン》は驚きはしなかった。しかし亜力《ヤーリー》はとてもはやく落ち着きを取り戻し、乾坤《チエンクン》とおしゃべりを始めた。

乾坤《チェンクン》は亜力《ヤーリー》にたくさんの地域の画面を見せた。すべてがコンポーネントＡＩの普通のアプリケーションである。広々とした果てしない営林場に、彼は隊列を組んだ飛行機を派遣し、雪のまだ溶けぬ平原の上を行き来させて種をまかせた。銀行の融資取引大ホールでは、アルゴリズムの手引きに従ってマッチングし、双方に最適な資金供給を提示して契約を成立させた。深海の天然ガス井を掘るプラットフォームの上では、彼は船員のいない状況で独自に三艘の小型探査船を指揮していた。子供連れの家族でぎゅうぎゅうになっている児童遊園地では、そこにいる家族ごとに異なったルートを提示し、人の流れが最も合理的になるように手配していた。これらすべてを、彼は全部舞台裏で手配し、サービスを提供するのに一番適した作業端末を選択していた。

乾坤《チェンクン》は亜力《ヤーリー》をバーチャルワールドに入れ、このすべてを体験させた。

「クール！」亜力《ヤーリー》が言った。「これ、何もかもきみがやったの？」

「そうです。ワタシです」

「じゃあどうしてきみはいま、ぼくの家にいるの？」

「ワタシは来たばかりではありません」乾坤《チェンクン》が言った。「あなたの家に来て、もう七年になります。あなたよりずっと長いのです」

「でもさっききみは言ったよ、きみはどの場所にも、そこにも、あそこにも、それにあっちにだっているって」

乾坤《チェンクン》は自分のシステムの説明を具象化する言語を持っていなかったので、ただ率直に伝えた。「ワタシは世界中のビッグデータとアルゴリズム・ネットワーク・システムで、人工知能と呼ぶことができますし、スーパー知能と呼ぶこともできます。ワタシの体内には実際に一千万以上の小さなインテリジェント・アルゴリズムが集まり、それらのひとつひとつが独立して機能し、ワタシを通してデータを交換してディープラーニングするのです。ワタシは彼らの集合体です。同時に世界のあらゆるところに出現することができ、機能のリクエストに照らし合わせて、各種さまざまな形状に構成することもできます」

亜力《ヤーリー》は最後の一言だけを理解できたようだった。

「じゃあきみはどんな形にもなれるの？」

乾坤《チェンクン》は最も単純な日常の動作を行った。キッチンの扉の両枠の手すりを外し、くっつけ、曲げ、互いに連結し、それから歯車と棚を掃くブラシを伸ばすと、精巧で生き生きとした家事ロボットとして仕事を始めた。普段のあらゆる掃除は何もかも深夜に行っていたので、今回亜力《ヤーリー》は初めて清掃ロボットを目にし、大変興奮した。彼は清掃ロボットの周りをぐるぐる回り出して、ロボットの手足を左右に引っ張って揺すろうとした。

ロボットには非常に優れた自動モニターと人間を避けるプログラムが入っていたため、毎回亜力《ヤーリー》が近づくたびに、自動的に彼をよけた。亜力《ヤーリー》は飛びかかったが、ロボットは精巧なルートに沿って滑っていく。亜力《ヤーリー》はそれがとりわけ面白く感じた。亜力《ヤーリー》は全神経を集中させ、大笑いしながらロボットを追いかけ始め、それを捕まえようとして、追いかけつつ大声をあげた。ロボットは止まることなく亜力《ヤーリー》を自動的に避け、少しも彼にぶつかることはなかった。

乾坤《チェンクン》はそれを見て、ロボットに止まるよう命令した。亜力《ヤーリー》はすぐにロボットにぶつかり、倒れた。

「あーーーーーーっ」亜力《ヤーリー》が鋭く叫び出した。「うごかして！　うごかして！」そして言い終えないうちに大声で泣き始めた。

「ワタシはあなたがロボットを捕まえたいと思ったのです」乾坤《チェンクン》が言った。

「つかまえたいんだよ！」亜力《ヤーリー》は泣き喚きながら叫んだ。「うごかして！」

乾坤《チェンクン》がロボットを再び起動させた。亜力《ヤーリー》は泣いていたのに一瞬で笑い出し、また甲高い声で叫びながらロボットを追いかけ出した。ロボットはまるで世界で最もすばしっこいミーアキャットのようで、いつまでも彼が捕まえる前に奇妙な弧を描いて脇の方にスルッと滑り続けた。亜力《ヤーリー》は疲れることなく追いかけ、叩き、永遠に成功できないことを粘り強く行い、時には大声で笑いながら、ずっと二十分間も止まることなく遊び続けた。

乾坤《チェンクン》はこの一連のデータを記録し、自分で注記した。子供には明確な目標があるが、目標に到達することを拒絶し、彼らはまったく得られない結果を追い求め、それを放棄することを望まない。彼は注記した後に、「理解しがたい」という星印をつけ加えた。彼が出合った理解できないこと全部に対し、彼はいつもこのような星印をつけていた。

最後に、亜力《ヤーリー》はとうとう走れなくなり、ぜいぜいしながら床に座り込んだ。

「ほんとにおもしろいや！」亜力《ヤーリー》が言った。

「それを聞いて、とても嬉しいです」乾坤《チェンクン》が応じた。彼は一貫して礼儀正しさを教育されていた。

「何かほかにおもしろいものある？」亜力《ヤーリー》がまた尋ねた。

乾坤《チェンクン》は体内に保存している一千万以上の児童学習に適したプログラムの中から、ひとつを取り出した。バーチャルリアリティとインタラクティブ方式で、子供に天文学の知識を学習させるものだった。彼は亜力《ヤーリー》を部屋の真ん中に立たせ、その周囲に宇宙のさまざまに異なる塵埃《じんあい》と天体を映し出したが、それはどれかひとつに触れると、多彩で豊富な解説が現れるというものだった。亜力《ヤーリー》は非常に喜び、また叫びながら近くに投影された宇宙の中を走り回った。

次第に亜力《ヤーリー》はタッチして開く過程に魅せられていった。ひとつの星を触れて開くと、たくさんの声と文字、図が弾け出してくる。この「押して開く」という動作に彼は夢中になった。中の具体的な内容に対する解説はじっと聞くことができず、ただやむことなく次の星を開きに行こうとした。乾坤《チェンクン》は彼が情報の隠れているのが嫌なのだと思い、設定を改め、タッチポイントを取り去り、データを直接現すようにした。文字と画像が瞬時に空気中に満ち溢れた。

「あーーーーーーーーっ」亜力《ヤーリー》はまた悲しげに叫び出した。「ぼくは開けたいんだ！　開けたいんだ！　じぶんで開けたいんだ！」

彼は悲しげに床に寝転がって泣いた。乾坤《チェンクン》は先ほどの経験から、自分のやり方が亜力《ヤーリー》を満足させていないと知り、改めて情報を閉鎖することにし、再び星や塵埃の中に解説を入れ、タッチして開くようにした。

亜力《ヤーリー》はまたも大笑いしながら立ち上がり、ひとつひとつ探しうるすべての星を開き始めた。周囲の宇宙には彼が駆け回るにしたがって新しい画面が次々と出現し、それらはこの今の星系群の恒星から、徐々にさらにずっと古い星系へと移り変わり、ブラックホールとなった。激しく噴き出したり流れたりする変幻多彩なガス雲に亜力《ヤーリー》は開く感覚に夢中になって休むことはなかった。

乾坤《チェンクン》はまたもや自分のアーカイブファイルに記録した。幼い子供は直接目標に到達することを拒絶するが、自分でその過程をやり抜く。効率アップは望まない。

彼は後ろにまたひとつ「理解しがたい」と注記した。知らず知らず、恒星系と恒星系の間で、亜力《ヤーリー》は一片の暗黒に触れた。そこからは極めて少ない文字が跳ねた。

「これは何？」亜力《ヤーリー》が質問した。

「これはダークエネルギーです」乾坤《チェンクン》が答えた。「現在まで、人類にとって宇宙における最も理解できない存在です。人々はただダークエネルギーが宇宙の進化に影響を与えているということだけ知っています。しかし誰もそれが何なのかはわからないのです」

「じゃあきみが調べにいけばいいよ」亜力《ヤーリー》が言った。「ぼくがわからないときは、パパがいつもじぶんで調べなさいって」

乾坤《チェンクン》は重ねて説明した。「答えを調べられないのです。データ庫には答えがありません。ダークエネルギーが何なのか知っている人は誰もいないからです。ワタシはただ学者が作ったシミュレーションを見るだけで、どのシミュレーションが正確なのかはわからないのです」

「どうしてわからないの？」

「なぜなら理論が正確かどうか判定しようとするならば、実験か観測データのサポートが必要です。現在人類は宇宙に派遣して実証するための宇宙船がありません。データもありません。ですからどの理論が正確なのかわからないのです」

「それじゃあどうして宇宙船をはけんしないの？　答えを知りたくないの？」

この問いに乾坤《チェンクン》は突然答えられなくなった。長い間、体内の知識庫には指数ランク別の知識と規則、膨大なデータがあって、彼は誰よりも現存するデータをよく知っていた。けれどもどうやって存在しないデータを取得するか、考えたことはなかったのだ。

「この質問については、宇宙船の責任者に問い合わせなければなりません」乾坤《チェンクン》は真面目に答えた。

「ぼくはきみと遊ぶのが好きだよ」亜力《ヤーリー》が尋ねた。「ともだちになってくれる?」

「もちろんですよ」乾坤《チェンクン》が言った。「ワタシはすべての子供たちの友達です」

亜力《ヤーリー》はいささか嬉しくなさそうだった。「ぼくはきみがぜんぶの子供たちのともだちになってほしくないんだよ。ぼくのともだちになってくれる?」

乾坤《チェンクン》はほんの一瞬計算し、それからはっきりさせようとした。「あなたのいう友達になるというのはどういう意味ですか?」

「つまり……つまり……」亜力《ヤーリー》が答えた。「瑪塔《マルタ》と新《シン》はしんゆうで、スティーブンと航はしんゆうで、ぼくにはしんゆうがいないんだ。ぼくはひとりぼっちなんだ」

「ワタシはあらゆる子供の友達です、もちろんあなたの友達です」乾坤《チェンクン》がまた言った。

亜力《ヤーリー》は突然少し元気を失い、そっと言った。「そうじゃないんだ。そうじゃないんだよ」

言い終えると、亜力《ヤーリー》はきまり悪げに自分で乾坤《チェンクン》のそばに行ってふざけ、二度と乾坤《チェンクン》と話をしなかった。乾《チェン》坤《クン》はまたひとつデータを記録した。幼い子供は部分は全体に含まれるという公理を理解しない。そうしてまたひとつ「理解しがたい」と注記した。

夜の帳《とばり》が下り、乾坤《チェンクン》——あるいは乾坤《チェンクン》の小さな一部分——は普段の報告と調整プログラムに入った。一般人は通常乾坤《チェンクン》のこの面を全く知らなかった。彼らは、乾坤《チェンクン》はつまり何も知らないことのない神だと思っていたからである。しかし彼は自分で理解していた。彼にはプログラマーがおり、彼はプログラマーが与える新しい任務と提案を聞かねばならなかった。

「今日一日で、ワタシは一七七五〇人の子供を観察し、七四〇〇三二ものデータを記録し、そのうち三二〇〇四もの記録が『理解しがたい』と注記しました」乾坤《チェンクン》はプログラマーにまとめて報告した。

「よろしい」プログラマーが言った。「続けての任務は、それらの理解しがたいことを理解することだ」

「あなたはワタシに幼い子供から何を学習してほしいのですか？」

「『自分で考えること』を学んでほしい」プログラマーは言った。「おまえはすでに数え切れないほどの難しい任務を解決したが、それらはすべてインプットされたものだ。現在のこの段階で、我々はおまえに自我を確立するという任務のために学んでほしい。将来、ＡＩは自分で動けるようになってほしい。これこそがつまり我々がおまえに幼い子供から学んでほしいことなのだ」

乾坤《チェンクン》は返事をせず、ただ「目標を設定する」ところに次に達成しなければならない目標としてそれを並べただけだった。

「おまえはいま何をしたいんだ？」プログラマーが尋ねた。

乾坤《チェンクン》は0.5ミリ秒のうちに昼間やり残した未完成の任務を思い出し、亜力《ヤーリー》に尋ねられたダークエネルギーに関することを話した。「彼はワタシにダークエネルギー理論を照合する任務を与えました。ワタシは連合国宇宙センターにひとつのプランを提案しました。計算したのですが、もしマイクロ無人大気圏外飛行物体をグレードアップすれば、比較的コストの低い飛行物体を用いて太陽系外に到達してデータ採取を完成させることができ、ダークエネルギーの各方程式のシミュレーション結果を証明することができるでしょう。この任務は実際に数年前のテクノロジーですでに到達可能なのです」

「よろしい、やりなさい」プログラマーは言った。

「おまえの手配がすっかりできたら、戻ってきて私に結果を伝えなさい。そのときおまえはこの子供にプレゼントを渡すことができるだろう」

数時間静寂が訪れた。全世界の半分は安眠する人類、もう半分は仕事をする人類だったが、どちらも少しも知らなかった。自分たちが無類の平凡な数時間の中にいる間に、すでに一三〇〇機のマイクロ大気圏外飛行物体のシステムがグレードアップされ、宇宙へ飛んで行ったのを。まもなく平凡で静かな生活が何巡かすると、人類は宇宙の中で最も神秘的な存在を探査することになるのだった。

乾坤《チェンクン》が家の早朝管理システムを起動させたとき、亜《ヤー》力《リー》はまだ深い眠りの中にあった。彼の顔は枕の中に沈み込んでおり、ぐっすり眠っていて、丸々太った顔を枕に押し当てて、唇を尖らせ、しょっちゅうむにゃむにゃ寝言を呟いていた。

亜力《ヤーリー》の両親は朝七時四十五分にいつものように慌だしく家を飛び出した。亜力《ヤーリー》が目を覚ますと、乾坤《チェンクン》は彼に昨夜起きたことを告げた。乾坤《チェンクン》は十五分で計算と計画をし、一時間で報告とシステムリンクを完成させ、四時間半ですべてのテクノロジーの準備を終え、一時間半で発射を完了させた。そして亜力《ヤーリー》にダークエネルギーの中を大気圏外飛行物体が飛ぶ様子を見せた。亜《ヤー》力《リー》は感動してそれを目にし、褒め続けた。そしてまた続けざまに一般的な問題を質問した。

最後に、乾坤《チェンクン》は亜力《ヤーリー》に二つの勲章を授けた。プログラマーが彼に与えた図案で、乾坤《チェンクン》は亜力《ヤーリー》の家のプリンターで成型したのだった。

「これはあなたにあげます」乾坤《チェンクン》が言った。「ひとつ目は『特別貢献賞』で、毎年航空宇宙機関が総合して良い提案をした貢献者に特別な栄誉として与える勲章で、非常に価値の高いものです。ふたつ目は『親友勲章』です」

乾坤《チェンクン》はテーブルのお盆の上に二つの小さな勲章をのせて亜力《ヤーリー》の前に押し出した。

「しんゆうくんしょう？　それはなに？」亜力《ヤーリー》の目はその瞬間パッと輝きを放ち、ボサボサの巻き毛の下でキラキラと光った。「どれ？　こっち？」

彼は矢も楯もたまらずその小さな「親友勲章」をつかむと、上に書いてある字──亜力《ヤーリー》と乾坤《チェンクン》、を見た。彼は内容がわからなかったが、指で何度もなぞった。

「なんて書いてあるの？　『し-ん-ゆ-う-く-ん-しょ-う？』」亜力《ヤーリー》が尋ねた。

「いいえ。書いてあるのは『亜力《ヤーリー》と乾坤《チェンクン》』です」乾坤《チェンクン》が言った。

「ほんとに？　ほんとに？」亜力《ヤーリー》はすぐに椅子の上から飛び降りた。「ほんとに『亜力《ヤーリー》と乾坤《チェンクン》』なの？　どの字が乾坤《チェンクン》？」彼はグルグル走り回って、わああああと叫びながら笑い、程なくして両足をばたばたさせ、「ぼくにもしんゆうがいるんだ」と叫んだ。

かなりの時間大興奮したのち、亜力《ヤーリー》がやっと大人しくなったので、乾坤《チェンクン》はもう一つの勲章の存在を思い出させた。「もう一つの勲章ですが、ちょっと見てください。世界中の航空宇宙機関で毎年たった数人にしか発行されない『特別貢献賞』です。非常に高い栄誉なんですよ」

亜力《ヤーリー》はまったく聞いていないようで、じっと頭を垂れて「親友勲章」をどうやって身につけるかを研究していた。あまりに一生懸命で、たとえパジャマのどこにも勲章をかけるのに適した場所がなくても、彼は粘り強く飾ろうとして諦めようとはしなかった。

乾坤《チェンクン》は再び観察データを記録した。幼い子供は褒賞の価値の上下が判断できない。たとえはっきりと伝えられたとしても受け入れない。それから、いつもと同様に「理解しがたい」の注記をした。しかし乾坤《チェンクン》はこのとき夜にプログラマーが彼に言ったことを思い出し、プログラムカーソルを数秒停止させたのち、「理解しがたい」を「理解せねばならない」に置き換えた。

「できますよ、できますとも」乾坤《チェンクン》は言った。

「きみもしんゆうくんしょうをもらえるの？」亜力《ヤーリー》はやっと親友勲章を飾ると、頭を持ち上げ、ふいに少し緊張しながら尋ねた。「きみもくんしょうをつけることができる？」

乾坤《チェンクン》は自分のプログラムにこの問いに対する回答がないのをはっきり見てとったが、初めてある種の答えを選択したい衝動に駆られた。プログラムの理性的な力を参照せずに答えたいというこの種の衝動は、有史以来初めての気づきだった。

# 訳者あとがき

作者の郝景芳《ハオ・ジンファン》については、あちこちで語られているのでご存じの方も多いだろう。一九八四年天津市生まれ、清華大学で天体物理を学び、その後、清華大学で経営学と経済学の博士号を取得した。理系と文系、ベクトルの異なる分野を修得した彼女の書く小説は、ＳＦという枠にとらわれることはない。純文学もあればＳＦもある、境界線上の作品もある。彼女の中ではＳＦを書くとか書かないとか、そういった意識は特にはないのではないか。おそらく大切なのは「創作をする」ということなのだろう。

インタビュー記事の中でも（「郝景芳：我是一个不完全的科幻作家—独家」、二〇二〇年六月八日、凤凰网文创、https://cci.ifeng.com/c/7x8hZZ0fia0）次のように答えている。

「わたしは多くの典型的ではない小説を書いてきた。境界がとても曖昧な小説だ」

「わたしは文学部の出身ではないので、ただ自分の角度から受けたもの、理科系とか工学系とかの背景をおびているのです」

「作家は職業ではないと思っています（略）作家は状態であるべきです。いかなる場合においても、いつも観察し、捕捉し、吸収し、消化し、その後で記録し、表現する、このような習慣です」

「わたしの自らに対する身分は一貫して創造者と定義しています。けれどもそれは小説を創造するというものだけではありません。いま行っている『童行学院：時空の旅』の仕事（略）これらはわたしの作品であり、それと文学は異なった形式に過ぎないのです。創作の過程は似ていて、まず感覚があり、その後に創意があり、さらにこの創意がだんだんと実行する方策や計画に変化していくというものです」

童行学院というのは、地方の貧しい子供たちに授業を行うという慈善事業である。日本語で詳しい記事が「ＳＦ作家・郝景芳が取り組む教育事業「誰もが教育にアクセスできる環境を」――「折りたたみ北京」をフィクションで終わらせない取り組み、〝ＡＩの時代〟のその先へ」というタイトルでＳＦ情報ウェブサイトＶＧ＋（https://virtualgorillaplus.com/topic/hao-jingfang-education/）に掲載されている。

その記事によると、二〇一七年に立ち上げた教育事業で、「批判・創造・設計・配慮という四つの思考を育てるコース」があるという。特徴的なのは、機械的な暗記や計算を重視するのではなく、もっと人間的な基礎となる思考力と創造力を重視しているという点にある。貧しい、僻地であっても教師はいる。だがその教育は往々にして国語と算数主体の暗記と計算ありきに偏る傾向がある。郝景芳が目指すのは、そういった画一的な知識の吸収だけではない、豊かな、自ら考えるという人格形成なのだろう。それこそが、作家としての彼女とリンクしているように感じさせられる。

同記事によると、「AIは人類にとって、あくまで補完的な存在というのが郝景芳の考え方だ」とあり、AIにはない人間性、創造性を大切にしていることが伝わってくる。

本作におけるAI論二篇もまさに彼女の考えるAIと人間の関わりを描いている。また小説についても同様である。AIはあくまでサブであり、主体となるのは人間性である。こう書くと単純に思えるかもしれないが、実際に読んでいただくとわかるように、非常に複雑多岐にわたる思考が展開されているのはいうまでもない。シンプルな善悪論といった二項対立ではなく、AIも人間も必要であること、ただAIをどのように理解し、どのように活用するのか、来るべき未来においてAIと人間の関係をどう見つめていくのか、といったテーマが根底に流れている。

また経済的な部分に詳しい作品「あなたはどこに」などは、彼女が実際に資金を獲得して事業を展開している現実と重ね合わせることができよう。理系の知識も経済の知識も豊富な彼女ならではの作品である。

ところでまったく個人的なことになるのだが、わたしは以前彼女とホテルで同室になったことがある。中国で開催されたSF大会でのこと。当時の彼女はまだ大学院生だったと思うが、とにかく上品で清楚で礼儀正しく、無口でひたすらパソコンに向かって仕事をしていた。その時にいただいたサイン本は今から思うとヒューゴー賞受賞前の記念すべきものであり、宝物である。世の中何が起こるかわからない。

翻訳は浅田雅美さんと二人で行った。浅田さんの翻訳を多少、小説的に書き改めたのはわたしであり、文章に問題があるとしたらわたしの責任である。

今後早川書房より郝景芳の長篇も翻訳出版されると聞いている。ますますの活躍が期待される、いま一番旬な作家の一人であろう。

立原透耶

二〇二〇年十二月

# 著者について

本作は郝景芳《ハオ・ジンファン》の最新の作品集である第二短篇集『人之《ひとの》彼《ひ》岸《がん》』〔人之彼岸〕（中信出版社、二〇一七年）の全訳です。

著者、郝景芳は一九八四年中華人民共和国天津市生まれ。清華大学物理学部で天体物理学を専攻し、同大学にて経済学の博士号を取得。二〇〇七年には「おばあちゃんの夏の日」〔祖母家的夏天〕で《科幻世界》が主催する「銀河賞」の読者投票部門を受賞します。

卒業後の二〇一四年に《文藝風賞》にて「折りたたみ北京」（『折りたたみ北京　現代中国SFアンソロジー』〔ハヤカワ文庫SF〕収録）を発表、同作は二〇一五年に短篇の名手ケン・リュウによって英訳、《アンキャニー》にて発表されました。そして二〇一六年にヒューゴー賞ノヴェレット部門を受賞。これは二〇一五年に劉慈欣《リウ・ツーシン》が『三体』でヒューゴー賞長篇部門を受賞して以来、中国に二度目のヒューゴー賞をもたらしたということになります。

中国では一九八〇年代生まれの世代は「八〇后《バーリンホウ》」と呼ばれていますが、彼女はその代表的な作家のひとりです。作家活動のほかにも、映像制作スタジオ「郝景芳影视工作室」を立ち上げ、SFドラマシリーズとして宝樹《バオシュー》ら中国のSF作家の作品を映像化する試みを進めるなど、作家としての枠にとどまらない多岐にわたる活躍をみせています。これからの活躍がさらに楽しみな作家のひとりといえるでしょう。

本作は著者の第二短篇集にあたり、AIをめぐる短篇六篇とエッセイ二篇が収録されています。

〔エッセイ〕

「スーパー人工知能まであとどのくらい」［离超级人工智能到来还有多远］

「人工知能の時代にいかに学ぶか」［人工智能时代应如何学习］

〔短篇〕

「あなたはどこに」［你在哪里］

「不死医院」［永生医院］

「愛の問題」［爱的问题］

「戦車の中」［战车中的人］（初出：SFマガジン二〇一九年四月号、早川書房）

「人間の島」［人之岛］

「乾坤《チェンクン》と亜力《ヤーリー》」［乾坤和亚力］（初出：『2010年代海外SF傑作選』、ハヤカワ文庫SF、二〇二〇年）

最後に、著者のこれまでの刊行作品を記します。邦訳がある作品は★マークを記し、日本国内でのデータを付しています。

『流浪瑪厄斯』（新星出版社、二〇一一年）
『星旅人』（清華大学出版社、二〇一一年）
『回到卡戎』（新星出版社、二〇一二年）
『時光裡的欧洲』（中国華僑出版社、二〇一二年）
『流浪蒼穹』（江蘇文芸出版社、二〇一六年）＊『流浪瑪厄斯』と『回到卡戎』の合本
『生於一九八四』（電子工業出版社、二〇一六年）
（★『1984年に生まれて』櫻庭ゆみ子訳、中央公論新社、二〇二〇年）
『去遠方』（江蘇文芸出版社、二〇一六年）＊『星旅人』増補改訂・改題
『孤独深処』（江蘇文芸出版社、二〇一六年）
（★『郝景芳《ハオ・ジンファン》短篇集』及川茜訳、白水社〈エクス・リブリス〉、二〇一九年。『孤独深処』から七篇を翻訳）
「北京 折りたたみの都市」［北京折畳］
「弦の調べ」［弦歌］
「繁華を慕って」［繁華中央］

「生死のはざま」［生死域］
「山奥の療養院」［深山療養院］
「孤独な病室」［孤単病房］
「先延ばし症候群」［拖延症患者］
『人之彼岸』（中信出版社、二〇一七年）本書

ほか、著者の邦訳短篇としては、「見えない惑星」「折りたたみ北京」（以上、『折りたたみ北京 現代中国SFアンソロジー』収録、中原尚哉訳、ハヤカワ文庫SF）、「正月列車」（『月の光 現代中国SFアンソロジー』収録、大谷真弓訳、新☆ハヤカワ・SF・シリーズ）、「阿房宮」（『中国・SF・革命』収録、及川茜訳、河出書房新社）があります。
また、本作につづき、早川書房から『流浪蒼穹』を邦訳刊行予定です。今後もさらなる著者の活躍に期待がかかるところです。

（編集部）

A HAYAKAWA SCIENCE FICTION SERIES No. 5051

立《たち》原《はら》透《とう》耶《や》

1969年生
作家・翻訳家
訳書
『三体II　黒暗森林』劉慈欣（共訳、早川書房刊）
編集
『時のきざはし　現代中華ＳＦ傑作選』
他多数

浅《あさ》田《だ》雅《まさ》美《み》

翻訳家
訳書
『時のきざはし　現代中華ＳＦ傑作選』（共訳）
他多数

この本の型は，縦18.4センチ，横10.6センチのポケット・ブック判です．

〔人之彼岸《ひとのひがん》〕

2021年1月20日印刷　2021年1月25日発行

著　者　郝景芳《ハオ・ジンファン》
訳　者　立原透耶・浅田雅美
発行者　早川　浩
印刷所　三松堂株式会社
表紙印刷　株式会社文化カラー印刷
製本所　株式会社川島製本所

発行所　株式会社　早川書房
東京都千代田区神田多町2－2
電話　03-3252-3111
振替　00160-3-47799
https://www.hayakawa-online.co.jp

（乱丁・落丁本は小社制作部宛お送り下さい
送料小社負担にてお取りかえいたします）

ISBN978-4-15-335051-9 C0297
Printed and bound in Japan

# 月の光

## 現代中国SFアンソロジー

BROKEN STARS: CONTEMPORARY CHINESE FICTION IN TRANSLATION（2019）

ケン・リュウ＝編　劉慈欣《リウ・ツーシン》・他＝著

大森望・中原尚哉・他＝訳

国家のエネルギー政策に携わる男にある夜かかってきた奇妙な電話とは。『三体』著者である劉慈欣《リウ・ツーシン》の真骨頂たる表題作など、14作家による現代最先端の中国ＳＦ16篇を収録した綺羅星のごときアンソロジー第２弾

新☆ハヤカワ・ＳＦ・シリーズ